天狗文庫

信長燃燒【上】

[日]安部龙太郎 著

蔡春晓 译

重庆出版集团　重庆出版社

NOBUNAGA MOYU 1,2 by Ryutaro Abe
Copyright©Ryutaro Abe,2001
All rights reserved.
First published in Japan by Nikkei Publishing,Inc.,Tokyo.
This Simplified Chinese edition is published by arrangement with
Nikkei Publishing,Inc.,Tokyo in care of Tuttle-Mori Agency,Inc.,Tokyo
Through Beijing Kareka Consultation Center,Beijing.
Simplified Chinese translation copyright©2017 by Chongqing Publishing House
All rights reserved.

版贸核渝字（2013）第 237 号

图书在版编目(CIP)数据

信长燃烧 /（日）安部龙太郎著；蔡春晓译 .
—重庆：重庆出版社，2017.5
ISBN 978-7-229-11833-4

Ⅰ. ①信… Ⅱ. ①安… ②蔡… Ⅲ. ①长篇小说-日本-现代 Ⅳ. ①I313.45

中国版本图书馆 CIP 数据核字（2016）第 303695 号

信长燃烧
XINCHANG RANSHAO

[日] 安部龙太郎 著 蔡春晓 译
责任编辑：邹 禾 许 宁 魏 雯
装帧设计：谢颖工作室
封面图案设计：ESC
责任校对：郑小石

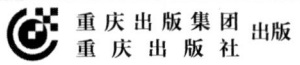

重庆出版集团 出版
重庆出版社

重庆市南岸区南滨路 162 号 1 幢 邮政编码：400061 http://www.cqph.com
重庆出版集团艺术设计有限公司 制版
重庆俊蒲印务有限公司 印刷
重庆出版集团图书发行有限责任公司 发行
E-mail:fxchu@cqph.com 邮购电话：023-61520646
全国新华书店经销

开本：890mm×1230mm 1/32 印张：23 字数：522 千
2017 年 5 月第 1 版 2017 年 5 月第 1 次印刷
ISBN 978-7-229-11833-4
定价：92.80 元

如有印装问题，请向本集团图书发行有限公司调换：023-61520678

版权所有　侵权必究

目录

序　章　阿弥陀寺之花 …… 1

第一章　左义长 …… 37
第二章　来自都城的使臣 … 69
第三章　骑兵检阅 …… 107
第四章　大日子 …… 143
第五章　公武交锋 …… 177
第六章　父与子 …… 219
第七章　天正伊贺之乱 … 253
第八章　我，就是神 …… 296
第九章　武田氏的灭亡 … 341
第十章　只要还活着 …… 389
第十一章　火烧惠林寺 … 422
第十二章　游览富士 …… 461
第十三章　委任三职 …… 523
第十四章　华丽的陷阱 … 561
第十五章　时不我待 …… 608
第十六章　遥不可及的梦… 663

后　记 …… 709
译后记 …… 713

序章　阿弥陀寺之花

　　震动京城的本能寺之变，早已是三十五年前的事了。

　　当时，我还是织田信长公身边的一名小姓①，随侍其左右。兵变发生的六月二日，我被派往别处执行任务，得以躲过一劫。

　　这究竟是幸还是不幸，我也无法说清。

　　正是因为保住了性命，我才能一一目睹这个乱世从织田到丰臣，再到德川的动荡变迁。然而，十五岁那年的那个早晨，我未能与主公及近卫同僚们一同慷慨赴死，却孤身一人苟活于世。这份耻辱，至今仍沉沉地压在我的心头。

　　既然如此，那就去死吧！若是信长公还在，他一定会这样说。

　　然而苟活下来的我，已经丧失了切腹自尽、追随主公的勇气，在亲友的资助下偷生至今。我这样的人，既无值得一提的一技之长，又找不到必须活下去的理由。如此潦倒下去，还不如死

---

①小姓：武家官职名。近身侍奉主公，负责日常杂务的武士。

在路边、一了百了的好。心如死灰、浑浑噩噩地过着日子，竟然就这样走过了六个年头。就在这一年的某个月光清冽的夜晚，在五条大桥①的桥下，我与曾同在二条②的学问所③就学的友人不期而遇了。

他本是清华家④的三公子，因为厌倦了公家⑤刻板沉闷的生活而离家自立，做起了木板印刷、刊行物语⑥的生意。

如今，在秀吉公的统治下天下太平，世人不禁缅怀起战乱之世的种种，对军记物语等读物日渐偏爱有加。自然，友人的店也一下子生意兴隆起来。

于是，他游说我也写写物语。

一开始我并未太上心，谁知一着手写起来，竟出乎意料地引人入胜。如何精心构架，如何独出心裁，才能令读者乐在其中？为此我绞尽脑汁、斟字酌句，常常投入到废寝忘食的地步。

---

①五条大桥：位于京都市，横跨鸭川的大桥，联通五条大道。
②二条：平安京中贯通东西的大道之一，又称二条大路。现京都市二条大道。
③学问所：原指私人的书斋、书库等。镰仓时代以后泛指教授学问的场所，日本古时教育机构的一种。
④清华家：公家的门第等级之一。最高位为摄家，清华家位居其后，再其次为大臣家。原有久我、三条、西园寺、德大寺、花山院、大炊御门、今出川等七大家，后加入广幡、醍醐两家共为九大家。
⑤公家：日本朝廷中贵族、上级官僚的总称。近身侍奉天皇，可奉召出入皇宫大内。主要是指三位以上可世袭的官僚之家。公家一词，原本只指天皇或朝廷。镰仓时代以后，在藤原氏、源氏、平氏等贵族之中，以武力效忠天皇的幕府逐渐被称作"武家"（或军事贵族、武家贵族），与此相对，以礼乐、文治效忠天皇的宫廷贵族也就逐渐被称作"公家"（或公家贵族）了。
⑥物语：广义即为故事或杂谈。狭义则是指作者以自身生活和见闻为原型，加诸想象虚构而成的叙事性作品，是平安时代到室町时代尤为流行的文学体裁。大致可分为传奇物语、和歌物语、写实物语、军记物语等等。

世阿弥①的谣曲②《鱼鹰》中，有这样一幕。因杀生而遭到僧人谴责的猎人，一边嬉笑着模仿鱼鹰的形态一边唱道：

"罪过呀报应呀来世呀，统统抛诸脑后，快哉快哉！"

而今的我，也深深被这样的快乐所俘虏。

就这样，军记物③、人情物、色物……胡写一气，如此虚度光阴，猛然惊觉竟然已迎来了人生的第五十个年头。如此庸碌无为的人生，实在是令人不齿。

可是，就算是我这样一个庸碌之辈也有自己的原则。那就是，无论别人如何恳求，关于信长公的事也决不会写只言片语。信长公的强大异于常人。正如凡人无法知晓天地的真理，我对信长公也一无所知。在一无所知的情况下卖弄聪明、夸夸其谈，对已故的主公是莫大的亵渎。

因此，信长公的生平事迹，在今年之前我从未染笔。但是最近，我却接受了一位身份尊贵之人的委托，要写一本记述本能寺之变的书。

那次兵变就连朝廷也牵扯其中。可是明智光秀落败殒命之后，为绝后患，所有的证据都被雪藏或销毁了。这样一来，虽躲

---

①世阿弥：室町时代初期著名的能乐表演家、创作家。为大和猿乐结崎座（后为观世座）的第二代大夫。幼名藤若，俗称三郎，大名元清。与其父观阿弥并称为"观世"，法名"世阿弥陀佛"。晚年又号至翁、善芳。他深得足利义满庇佑，同时也为了满足眼光独具的足利义满的要求而毕生致力于能乐的革新，将之逐渐发展成一种优雅的戏曲，并奠定了其艺术性和理论性的基础。除《风姿花传》、《花镜》等十六部理论著作之外，还留有《老松》、《高砂》、《清经》、《实盛》等众多能乐佳作，以及一些诗剧。确立并完善了梦幻能乐的形式。

②谣曲：能乐的词章。

③物：日本古代通俗小说的通称，前面冠以该小说的题材。如军记物便是指军事、历史题材的通俗小说，人情物则是指描写母子、夫妇等人间情爱的通俗小说，而色物即是除了落语以外的艺能脚本。

过了被追究责任的危险，可事情的真相也就此变得扑朔迷离。

"宫中和公家现存的当时的文献资料您尽可自由查阅，请务必尽早将您所了解的一切记录下来，编撰成书。"——对方却提出了这样一个令人不寒而栗的请求。

实在羞于启齿，其实，我本是公家出身。

我出身于一个与近卫家[①]同宗的家庭，十三岁之前一直在二条的学问所就学。后来却渐渐厌倦了陈规陋习束缚下的公家生活，决意成为一名武士，于是毅然离家。我投靠的乃是位列五摄家[②]之首的近卫家当时的家主——被尊为一族之长的近卫前久公。前久公盛年时曾与上杉谦信[③]歃血为盟，随军直下越后[④]，与谦信一同攻入关东，大战北条氏[⑤]。如此俊杰，自然是知己遍天下。渴望成为武家的公家人慕名而至，几乎踩破了近卫家的门槛。

所幸我与家门（家礼[⑥]、门流对摄家现任家主的称呼）有过一面之缘，很快得到引荐，找到了安身立命之所。就是从那时开始，我成为了一名小姓，得以近身侍奉信长公。主要负责信长公

[①] 近卫家：藤原氏北家，五摄家之一，属藤原氏嫡系。其始祖藤原基实乃藤原忠通之嫡长子，却英年早逝。后由其嫡长子基通袭爵，位至内大臣、关白、摄政。因其府邸位于京都近卫以北到室町以东的广阔区域，名曰近卫殿，故而后来也以此作为氏族之名。

[②] 五摄家：镰仓时代以来，历任摄政、关白的近卫、九条、二条、一条、鹰司五大家族。

[③] 上杉谦信：（1530—1578）战国时代越后国的武将，战国大名。越后国守护代长尾为景幼子，幼名虎千代，成年后称长尾景虎。人称"越后之虎"或"越后之龙"，被后世尊为"军神"。由于继承了关东管领"上杉"的姓氏，并先后得到上杉宪政和足利义辉的赐名，故又名上杉辉虎、上杉政虎。

[④] 越后：日本古国名，今新泻县的大部分。

[⑤] 北条氏：关东战国大名。本姓平氏，乃属武家桓武平氏之伊势一流。其始祖伊势长氏（即北条早云）于1495年攻入小田原城（今日本神奈川县），据此扩张势力。其子北条氏纲始称北条氏。为与镰仓幕府的北条氏相区别，又称后北条氏或小田原北条。

[⑥] 家礼：公家社会中，各个公家家族之间形成的一种主从关系。其中，近世的摄关家和其他的堂上家之间的家礼关系又称为"门流"。

与家门间的联络工作，也算得到了器重。

那位贵人之所以独独青睐于我，想必也早已查清了我的底细。不仅如此，他还准许我自由查阅宫中和公家现存的文献资料。对方表现出令人难以置信的诚意，我却对是否接受这项重任产生了犹豫。

的确，我曾侍奉过信长公，却不过只有短短两年而已。更何况，那时的我还只是虚岁十五的懵懂少年，对当时究竟发生了什么，说实话可谓是一无所知。故此，思虑再三我还是婉言拒绝了。可是对方一而再再而三地遣使者前来相劝，令我最终还是下定决心应承下来。

当时的记忆，今天仍鲜明地印刻在脑海里。我琢磨着，这份记忆再加上秘藏的文献资料，只要运用得当，或许能有一二分接近事情的真相吧。

在着手对兵变进行调查和记录之前，我决定先去一趟位于京城北郊的阿弥陀寺，参拜信长公之墓，将事情的原委如实相告，恳请他允许我撰写这件惊天动地的大事。

近年来，世事全都暧昧不明，军记物里的故事反被当成史实广为流传。故而提起信长公之墓，世人大多以为建在大德寺[1]的总见院[2]或搬迁后的本能寺内。其实，阿弥陀寺才是真正的墓址所在地。

个中缘由请容我细细道来。

---

[1]大德寺：位于京都市北区的紫野，乃为临济宗大德寺派的本山，山号龙宝山。始于1315年至1319年修建的大德庵，开山者为亦松则村。是花园上皇、后醍醐天皇的祈愿所。15世纪在一休等人的住持下重又振兴。千利休、小堀远州等人亦在山内结庵，藏有众多珍贵的艺术品。山中真珠庵、孤蓬庵、大仙院等寺庙中亦保存有难得一见的建筑、庭院及壁画古迹。

[2]总见院：1582年丰臣秀吉在京都大德寺中创建的寺庙，据说是织田信长的菩提所。

兵变发生那年，阿弥陀寺还坐落在西京的莲台野①，是一个八町②见方的大寺院。当年的住持清玉上人，是一位德高望重之人，连正亲町天皇③也虔诚皈依于他的座下，信长公也与他关系亲厚。所以，六月二日早晨，刚一听闻有变故发生，清玉上人便立刻率僧侣二十余人赶赴本能寺。然而为时已晚，他们赶到之时，信长的十多名近臣正在本堂后院火化主公的遗体。据说他们是遵照了信长公的遗命，决不能让遗体落入敌人的手中。了解了详情的上人，在与近臣们一番商榷之后，将遗骨护送回寺中，举行了正式且隆重的葬礼和法事。

然而，为了这遗骨，上人却与秀吉公起了争执。

在山崎大战④中剿灭了明智光秀的秀吉公，想要在阿弥陀寺为信长公重新举办葬礼。却遭到了清玉上人十分坚决的回绝。

究其原因，当时在京中也谣言四起，说法不一。大多数人认为，上人看穿了秀吉公想要从织田家手中篡夺天下的野心，拒绝举办葬礼正是为了阻止其不仁不义、不忠不孝之举。当然，其中也有人持不同看法。据说，兵变一事秀吉公事先是知晓的，所以才能那么迅速地从备中⑤挥兵反攻。这无异于背叛了信长公。清玉上人得知这个秘密，始终无法原谅秀吉公。

---

①莲台野：原指墓地或为死者送葬之所，后来多固定为地名。例如，京都市北区的船冈山西麓就是著名的莲台野。

②町：日本古时距离、长度单位。一町为60间，约109米多一点。

③正亲町天皇：战国时代天皇，后奈良天皇的第二位皇子，名曰方仁。1557—1586年在位。其在位期间，信长、秀吉逐步完成了日本国的统一。

④山崎大战：又称天王山之战。1582年，明智光秀发动本能寺之变之后，正在进攻西国的丰臣秀吉立刻率军返回畿内，在山崎与明智光秀展开决战，最终击败明智军。此战也奠定了秀吉日后统一日本的基础。

⑤备中：日本古代令制国之一，由吉备国三分而成，另两国分别为备前和备后。相当于今冈山县西部。

两种说法都不过是京中市井之徒的妄自揣测，但这样的谣言广为散布，对以夺取天下为目标的秀吉公来说，的确是极为不利的。于是，他只好在大德寺修建了总见院，收集信长公的遗物，于十月五日举行了震惊世人的盛大葬礼。此后，他更是将信长公的墓址定在了总见院。不仅诸大名[1]、家臣，甚至织田一门的后人也被禁止去阿弥陀寺参拜。由此，阿弥陀寺日渐衰败，世人也渐渐遗忘了它的存在。

我造访该寺，是在三月初的一天。时值仲春，垂枝樱开得正盛。可是偏偏那天，一早开始雨就淅淅沥沥地下个不停。我没有托任何人引荐就突然造访，没想到年近七十的住持竟欣然将我引入本堂，还郑重地亲自为我做了供奉。

佛坛的左手方设有佛龛，佛龛的正中间便安放着信长公的木像。我一再恳请住持准许我拜一拜这尊木像，他便借此询问起我的来历。两年前的大坂一役[2]中，丰臣家被灭，如今已是德川家的天下。可是信长公的墓址仍然被定在大德寺。如若本寺有这样一尊木像之事被公诸于众，不知会招来怎样的灭顶之灾。

于是，我便将自己要写本能寺之变一事的前因后果一五一十地告诉了他。

"是吗？这么说来，施主是要为信长公著书立传啊。"

---

[1] 大名：分为守护大名和战国大名。守护大名是指被幕府封为守护之职的地方武士团首领。然而正如幕府无法有效控制这些守护大名，后者也同样无法有效控制自己的领地。战国时期（1467—1590），各守护大名之间混战不已，一些在地方上拥有实权的幕府中下级武士和国人领主，趁机扩充力量，形成了独立于幕府体制之外的大封建主，于是守护大名逐渐演变为战国大名。战国大名采取富国强兵的政策，励精图治，积极发展经济，渐渐发展成为一股统一全国的力量。

[2] 大坂一役：（1614—1615）是江户幕府消灭丰臣家的战争，其中包括在1614年11—12月的大坂冬之战以及1615年5月大坂夏之阵（6月4日，农历五月八日结束），最常用的称呼为大坂之战。大坂即今日的大阪。

"也不尽然,这次我打算写一点与众不同的东西。"

"与《平家物语》[1]、《太平记》[2]一类的相似吗?"

"同样也是物语,但我打算下一番功夫,写出异于前人的作品。"

我认为,以惯常的手法,根本无法描写出信长公的真风采。可是,究竟应该用怎样的手法,现在的我仍是毫无头绪。

"太田牛一[3]公的大作您可曾惠览?"

"读过。"

"觉得如何?"

"用心之作,令人拜服,但窃以为,离信长公的真风采还相去甚远。"

牛一长年侍奉信长公,几年前著有《信长公记》一书。身为武家的他,过分着力于刻画信长公外在的力量。尤其是书中对本能寺之变的记述微乎其微,难免让人觉得,他对此事实在知之甚少。

听了我颇有僭越之嫌的评价,住持缄默不语,只是用似乎能看透人心的深邃眼神深深地看了我一眼,然后轻轻打开了佛龛。

信长公的木像高不过两尺,小而精致。身着束带[4],手执

---

[1]《平家物语》:军记物语,记录了平氏一门的兴衰和灭亡。文体乃和汉混合文,交织着对话,是一种散文式的叙事诗。佛教的因果观、无常观贯穿始终。以平曲的形式被琵琶法师广为传唱,多版本。

[2]《太平记》:军记物语,40卷。作者通常认为是小岛法师。用华丽的和汉混合文描写记录了日本南北朝前后五十年间的战乱和争斗。

[3]太田牛一:(1527?—1613)尾张国春日井郡山田庄安食之人。日本战国时代至江户初期武将。初仕柴田胜家,后从织田信长,为六人众之中的弓三张其中一人,担任过信长的弓术傅役。信长晚年时于近江任奉行,本能寺之变后仕丰臣秀吉,曾担任伏见之检地奉行,于秀吉晚年时担任京极龙子(侧室松之丸殿)的护卫工作。留下的记录与编撰物有:《信长公记》、《原本信长记》、《丰国大明神临时祭礼记录》等。

[4]束带:平安时代以后的朝服的统称。乃天皇之下文武百官出席朝廷重要场合时应穿着的正式服装。

笏①板，腰佩太刀②。

一看到这尊木像，我就情不自禁地拜倒在地。

这身姿、这神态，和主公在世时实在是太像了！

他端坐于高堂之上，双眼略作俯视状，又似乎随时会突然睁大，用目光震慑住下方列坐的群臣。双眉细长，鼻梁坚挺，双唇微启，仿佛随时准备怒骂斥责某个属下。

更令人吃惊的是，在我跪拜的过程中，木像的表情仿佛每时每刻都在发生着微妙的变化。时而无比温柔，时而如鬼魅般可怖，永远对自己的人生信条充满自信和自豪，傲然直面眼前的一切。

这，就是信长公。

内心涌动着千万种矛盾复杂的情感，心绪摇摆不定令自身备受折磨，却仍然坚持克己自律。既有下令火烧两万人的冷酷无情，又有亲自施舍路边穷人的温柔情怀。忽而笑如春风忽而怒发冲冠，忽而意气风发忽而却又变得郁郁寡欢。

郁郁多日的结果，往往是一场突然发作的狂怒，家臣甚至马匹都会遭到粗暴责打。

偶尔"癫狂失常"，太田牛一曾在其书中这样写道。他所指的，应该就是这样的情形吧。

不过话说回来，如此逼真的木像究竟出自何人之手呢？

---

①笏（hù）：古代人臣上朝拿着的手板，用玉、象牙或竹片制成，上面可以记事，古时候文武大臣朝见君王时，双手执笏以记录君命或旨意，亦可以将要对君王上奏的话记在笏板上，以防止遗忘。

②太刀：细长且具有较大弯曲度，刀身长3尺（1m）以上、不足5尺（约1.5m）的弯刀。其中3尺以下的称为小太刀，5尺以上的称为大太刀。用于仪仗、军阵，刀刃朝下佩于腰间乃为常例。

我向住持道出心中疑惑，却得到了意想不到的回答。

"啊，您说这位老师父啊，他就在本寺之中呀。"

"老师父、老师父……"年老的住持扯着沙哑的嗓音高喊了几声，却没有听到任何回答。本堂笼罩在如黄昏时分般的暗淡光影之中，只听得见雨点敲打屋檐的声响。

"真是怪事，明明方才还在来着。"

我出了本堂，打算继续去墓前祭拜。这时，方才还如瓢泼般的大雨骤然停了。我抬头看天，只见天空中原本覆盖着的厚厚的铅灰色云层，正以惊人的速度向东翻涌而去，云层的缝隙间透出一小块蓝天。

"看来，信长公很是高兴呢。"住持兀自低语了一句，领着我朝本堂后面的墓地走去。

入口处的红色垂枝樱枝条低垂，满树的花儿已开了七分，经过风雨的冲刷，反而显得格外艳丽夺目。这花儿，为何美得如此凄婉？是为了使墓地里掩埋的灵魂得以安息，神灵们才特意奉上如此绝美的花儿吗？抑或是，地下的长眠者对人世的眷恋，融入了樱花树的根茎，沿着树干蔓延至枝条中，化作一朵一朵的花儿，在向世人诉说着什么吗？

我在花下茫然伫立了许久，才迈步走进了宽阔的墓地。正前方，信长公与信忠公的陵墓并排而建。墓前供着新鲜的菊花，香雾袅绕。大雨既是刚停不久，这香火为何不曾熄灭？

我带着不解叩拜于墓前，为这三十五年间未能常来探望而深深致歉。

左侧紧邻的，便是近臣们的石塔[①]，仿佛在守护着主公的陵

[①]石塔：石造的佛塔，通常为用于安放佛舍利的供养塔，后来也作为高僧等的陵墓。

信长燃烧·序章　阿弥陀寺之花

墓。森兰丸、森坊丸、森力丸、汤浅甚助、菅屋角藏、青地与右卫门……一张张熟悉的面孔仍历历在目。虽然只有短短的两年，但我与这些大臣们一同侍奉信长公，也曾在咫尺之间瞻仰过他们的英姿。谁承想，那个早晨竟是死别，从此独留我带着耻辱苟活于世。这般想着，对这些与信长公一同赴死的大人们，我突然心生妒意，强烈到令我感觉犹如烈火焚身。

"本寺尚在莲台野之时，陵墓可要气派得多。可是后来迁移至此地，因为忌惮着秀吉公，才不得已将墓建得这般不起眼。"住持心有不甘地喃喃自语道。掌控了天下的秀吉公，其威慑力是如此之大。对阿弥陀寺的监控，自然也从未放松过。

祭拜完信长公之墓，我正准备返回本堂，却见一排排墓碑的后面，突然闪出一个矮小的男人。只见他一头乌黑浓密的长发束成总发[①]，身着淡墨色的劳作服。窄小的面庞，端正的五官，只是右边鬓角处有一道红色的烧伤疤痕延伸至脸颊。

我看到这个男人的第一眼，就不禁心中一凛。并非是害怕他那惨不忍睹的烧伤疤痕，而是感觉到内心深处长眠已久的某种东西被瞬间唤醒了。

"哎呀，老师父，原来您在这里啊。"听见住持跟自己说话，男人也并没有回答。他的年龄看起来在四十岁前后。似乎还很年轻，又似乎显得格外的苍老。更主要的是，我强烈地感觉到在哪里曾经见过他。

"老师父，这位是……"住持本想介绍我二人认识，可那男人似乎对我是何许人丝毫不感兴趣，拎着香盒就打算离开。当我看

[①]总发：男子发髻的一种。江户时代的儒者、医师、山僧、浪人、神官等的常用发型。通常保留额顶不剃，将头发留长，再全部束在一起。

11

到他的背影和略微拖曳着左脚走路的样子，脑子里顿时如有一道闪电划过："坊丸大人……您不是森坊丸大人吗？"早就听闻坊丸大人已战死在本能寺。可他的背影和走路的样子，实在与年轻时的坊丸大人别无二致。

男人猛然停住脚步，目光犀利地转过头来："阁下是？"

"我是清麻吕呀！总是被主公训斥的，那个混小子清麻吕呀！"尽管我如此表明身份，坊丸大人仍然用戒备的目光看着我。

顾不得对方拒人千里之外的冷漠态度，我百般央求，连拖带拽，将坊丸大人拉入了一间禅房，向他询问起信长公临终前的情况。对世人谎称已经战死，却在这三十五年间一直守护在信长公的墓旁。对坊丸大人来讲，六月二日的那个早晨所发生的一切，至今一定仍如难挨的噩梦一般深深地烙印在他的脑海里吧。

下面我要写的，便是他强忍着内心的痛楚向我讲述的一切。

内心一阵莫名的躁动，森坊丸突然醒了过来。从昨夜开始，就是由他来负责主公信长寝殿的警备工作，可是他却不知何时沉沉地睡着了。此前可从未发生过这样的事。誓死效忠信长的父亲可成总是教导他，侍奉主公时务必打起十二分精神，保持高度警惕。多年来，坊丸执勤时连打个小盹的时候都不曾有过。可是今日不知为何，总感觉如卧绵上一般浑身乏力，原本敏锐的警惕心也变得迟钝了。

最近实在是太忙了。

五月二十九日这天，信长只带了约一百五十个近身侍卫进入本能寺。队伍清晨从安土城出发，一路急行，傍晚时分便进了京城。刚一抵达本能寺，关于征伐中国[1]、征伐四国的各项指令便陆续下达，如雪片般朝四面八方飞去。其间，坊丸或是向使者传达指令，或是为前来领命的诸大名通报，简直应接不暇，忙得不可开交。

再加上昨日，也就是正月初一这天，信长公广邀众公家和京城、堺市[2]的商贾贵胄，共赏名贵的珍品茶器。从安土城带来的珍品名器，从九十九发茄子壶到白天目茶碗、千鸟香炉等，共有多达三十八件，件件都是价值连城、千金难换的珍品。为了一饱眼福，公家们云集而来，以太政大臣[3]近卫前久为首，有九条兼孝、一条内基、二条昭实等等，共达四十人。

展示品的准备工作也好，众公家的迎来送往也好，都是由坊丸及其手下小姓负责。大家忙前忙后了一整天，每一根神经都绷得紧紧的，丝毫不敢松懈。

所以说，执勤时无意中睡着也是情有可原的，可是坊丸却为自己的懈怠而自责不已。而更令他不安的，是在睡梦中听到的父亲的一番话："主公大祸临头，你竟然还待在这里！"父亲的声音因长年征战而变得干涩嘶哑，那如破钟般的怒吼，现在仍回响在耳畔。

四周仍是一片漆黑。天空中似乎有较厚的云层，看不见月

---

[1] 中国：本书中的"中国"，均指日本的中国地方，位于日本本州岛西部的山阳道、山阴道地区。日本的地域之一。由鸟取县、岛根县、冈山县、广岛县、山口县，5个县组成。古代日本的山阳道包括播磨、美作、备前、备中、备后、安艺、周防和长门，山阴道包括丹波、丹后、但马、因幡、伯耆、出云、石见、隐岐，共十六国。

[2] 堺市：大阪府的一个市，位于大阪湾东岸，西邻大阪市，相隔大和川河口。室町时代，形成了商人自治的水上都市，是与明朝通商往来的重要贸易港口，十分繁荣。

[3] 太政大臣：日本律令制度下的最高官位，位居太政官四大长官之首（太政大臣、左大臣、右大臣、内大臣），与左大臣、右大臣并称"三公"。太政大臣非常设官职，辅佐天皇，总理国政，定员一人，对应官阶为从一位或正一位。

13

亮，也没有星星。唯有寝殿庭院中点起的篝火在熊熊燃烧。时不时地传来柴火爆裂的声响，除此之外只剩下无边的寂静。

现在是什么时辰了？也不知道仅仅只是小睡了片刻，还是不知不觉间已酣睡了好久，连他自己也很难判断。坊丸从怀中掏出装火种的盒子，里边的木炭已有近一半烧成了灰。由此看来，离天亮还有近一刻[1]钟的时间。

天地包裹在夜的寂静之中，看不出任何异动的迹象。睡梦中听到的父亲的责骂，究竟想要告诉自己什么呢……

坊丸来到寝殿的外间，轻唤了几声兄长兰丸的名字。

"是坊丸吗？"紧闭的隔扇门[2]后面，立刻传来了应答声。年长一岁的兄长是近身侍卫之首，很受器重。夜里也往往贴身侍奉信长。

"我在睡梦中听到了父亲的声音，不知为何心中总是惴惴不安。"

"也许是你多虑了吧。"兰丸本不应是会做出如此轻率回答的平庸之辈。一瞬间的判断失误，往往会令自己身陷生离死别的战火之中。所以，对于不祥的预兆绝不可掉以轻心。

"我这就去寺院里巡视一圈看看，拜托哥哥您代为执勤。"将后续工作交代清楚以后，坊丸带上两个当值的小兵前去巡逻。

本能寺南邻四条坊门[3]，北朝六角大道[4]，是一个四町见方的

---

[1] 刻：古代用漏壶计时，漏壶共有四十八个刻度，是为一昼夜。四刻为一个时辰，一刻为四分之一个时辰。

[2] 隔扇门：日式房门，框架为木制，两面敷上纸或布。

[3] 四条坊门：四条坊门小路，平安京（京都）道路名，位于三条大路和四条大路之间的小路。

[4] 六角大道：平安京（京都）道路名，东西走向。东起西木屋町大道，西至佐井西大道入口。

大寺院。将之确定为自己的下榻之处以后，信长便命人将外围的壕沟挖深，筑起高高的土墙，将寺院改建成了一座城[1]的构造。寺院之内有信长用于起居的内殿和处理政务的外殿。外殿中通常有近三十个番兵[2]站岗放哨。此外，还有马厩和马场。以上的设施均是占用了本能寺的土地修建的，而寺院原有的建筑则被挤到了整个区域的北半部，中间用土墙隔开。

  坊丸首先检查的便是，是否有用火不当的情况。寺院的南半部，原有的房舍与新修的殿宇错落而建，无论哪里着火，都有可能瞬间波及内殿。

  其次令他担忧的是，是否有刺客潜入。信长意欲亲自带兵攻打毛利，最终实现统一天下的大业。心中惧惮的毛利，完全有可能派忍者偷偷潜入京中，谋取信长的性命。

  坊丸巡视了殿宇周围的情况之后，又从外大门的小侧门走了出去，查看寺外的情况。

  一切与往常无异。

  门前有身着铠甲的番兵二十余人，点起篝火，戒备森严。他们都是直接听命于信长的马回[3]，自然是手持长枪、铁炮上膛，恪尽职守，绝不敢有丝毫懈怠。

  坊丸折回外间，告知兰丸一切正常。

  "如此甚好。你辛苦了。"

  "我这就回去继续执勤。"

  "无需如此辛苦，你尽可以回营房休息了。"

---

[1]城：这里特指日本城堡，其建筑的主要目的是为了抵御外敌，结构坚固，实战性强。是日本各地长期军事发展的产物，也从一个侧面见证了日本的战争历史。
[2]番兵：哨兵。
[3]马回：大将骑马前行时，跟随其左右负责防卫的骑兵武士。

"主公命我明早卯刻叫他起身。"

"你也累了,接下来的事就交给我吧,你不必操心了。"

兄长竟然如此体恤自己,坊丸不禁心生感激。他回到小姓的营房,只脱掉肩衣[1]便躺下了。还有半刻天就亮了。本打算就这样小憩一会儿,谁知刚一躺下,便如坠深渊一般沉沉地睡熟了。

也不知睡了多久。外大门的方向传来嘈杂声,惊醒了坊丸。听上去像是有人在大声争辩着什么,还夹杂着太刀碰撞的金属声。莫非有人打起架来么?还未从睡梦中完全清醒过来的他迷迷糊糊地这么想着,就在这时,响起了排枪连射的枪声。二十发左右的齐射,整齐划一地重复了三次,中间只有片刻停顿。正是织田家引以为傲的三段式射击。坊丸顿觉胸口一阵钻心的疼痛,情况绝不是士兵打架这么简单,一定是有敌人偷袭本能寺!

"快起来!有敌人来袭!"他高喊着,把众小姓全都叫了起来,然后手握大刀,朝外大门冲去。他本想先弄清楚是何人谋反,可是外大门早已被攻破,身着黑衣的敌兵蜂拥而入,他们的铠甲上却连袖印[2]都没有。

坊丸迅速掉头返回,登上了营房楼顶的瞭望台。京城的天空终于泛起了微白,残留的夜色中街景都带着淡淡的青灰色,遥遥只见敌军压阵,声势浩大。南边的四条坊门,北边的六角大道,东边的西洞院,西边的油小路,本能寺的周边凡是可以称得上是路的地方都被铠甲武士填满了。有五千人,不,决不下一万。一

---

[1]肩衣:室町时代末期开始流行的武士服饰,背部中央和左右前胸都装饰有家纹,无袖,套于小袖之上。下装多搭配袴裙。

[2]袖印:在两军对阵时,为区分敌我双方而在战甲左右的袖子上装饰的小旗或布片之类。

支既无背旗①又无战旗,如幽灵一般的军队,在一片诡异的静默中摆开了阵势。

是谋反!

坊丸立刻意识到。堂堂正正进攻的敌人,绝不会用这样卑劣的行径来隐藏自己的身份。

那么,是谁?

……仿佛是在回答他心中的疑问,四方敌军突然齐声高喊,幡旗冲天而立。水蓝色的旗帜上染着桔梗花的图案,竟是惟任日向守②光秀的军队。

坊丸一瞬间仿佛五脏六腑都被人掏空了一般,感到深深的绝望和无力。光秀与羽柴秀吉③齐名,堪称织田军中数一数二的智将。这样一个人调动如此庞大的军力企图谋反,想要脱身几乎连万分之一的可能都没有。尽管如此,为了通报这个紧急情况,坊丸仍然拼尽全力朝内殿飞奔。

兰丸正在寝殿的回廊上。他身系白襷④,手持一间⑤半长的长枪,正在向侍卫们发出一连串的指令。内殿大门紧闭,一旁的马厩和膳房入口也高高地堆起了草垫,用来阻挡子弹。

"哥哥,敌方是明智大人。"

"当真?"

"我登上瞭望台看得清清楚楚。一万多人的军队高扬着桔梗旗,正从寺庙的四面八方朝我们逼近。"

---

①背旗:战场上插在铠甲背部用于辨识或装饰的小旗。
②惟任日向守:明智光秀又名惟任光秀,官职日向守,故有此称呼。
③羽柴秀吉:丰臣秀吉原姓木下,后将丹羽长秀和柴田胜家的名字各取一字改姓羽柴。
④襷:日本人劳作或作战时用来挽系和服长袖的带子。
⑤间:长度单位,主要用于土地和房屋的丈量。通常一间等于六尺(约1.818米)。

17

"日向守大人，这是为何……"兰丸一时间一片茫然。他无论如何也不敢相信，那样深得信长器重的光秀，竟会起兵谋反。

就在此时，身后的隔扇门无声地开启了，织田信长出现在众人眼前。

"这是谋反啊。"他用敏锐的目光扫视四周，同时侧耳聆听，观察着目前的情况。

"正是。"兰丸单膝跪地回答道。

"是何人所为？"

"应该是明智日向守大人。"

听到这个答案，信长连眉头都没有动一下。他遥望天际略作思考，下达了一个简短的命令："先撑一阵，挡住敌人，让女人们先撤，放火烧了内殿！"言毕，反身进了寝殿。

仅凭这短短的一句话，兰丸似乎已将信长的全盘计划了然于心。他集合众小姓和马回，开始逐一分派任务："阿坊、阿力，你二人率众小姓，与菅屋大人一起保护主公。"

"哥哥您呢？"最小的弟弟力丸问道。

"我要与影子[①]一起战死在这里。快去！"

坊丸并不明了兄长的意图，可是已经没有时间细问了。他只得带上弟弟力丸和众小姓，进了殿内。与此同时，一个束发成髻，身着白色小袖[②]的男人从殿内走了出来，几乎与他们擦肩而过。无论是长相还是体魄，都与信长如出一辙，小姓中甚至有人惊讶得停下了脚步。其实，真正的信长公还在寝殿之中，他早已

[①]影子：当权者或武将为蒙蔽敌人的耳目，会挑选与自己长相、身形相似的人乔装打扮，做自己的替身。在日本战国时期尤为盛行。又称影子武士。

[②]小袖：袖口窄，垂领式对襟和服。平安时代贵族多穿在简袜之内，到了镰仓时代加宽了袖筒，开始在武士和百姓中普及开来，被当作内衣或上衣穿着。

信长燃烧·序章　阿弥陀寺之花

穿上锁帷子①，系上了皮袴②，端坐在床几之上。

"你们慌什么慌？那不过是影子！"菅屋角藏大人厉声呵斥道。为了以防万一，信长出行时总有影子武士相随。这件事连众小姓也鲜有人知。

"从现在开始，我们要保护主公，突出重围。就算只剩下最后一个人，也要奋战到底，用自己的身躯来做主公的肉盾！"角藏是众马回的首领，是一个身长超过六尺的伟男子，也是马上筒③的高手。

信长端坐在床几上纹丝不动。他紧闭双唇，凝视前方，眼神深邃而空洞，谁也不知道他究竟在想些什么。

不一会儿，马厩入口响起了枪声，敌人的呐喊声听上去近在咫尺。同时，后门传来的打斗声，也告诉众人我方将士正在奋勇抵抗。内殿各处已点起了火，黑色的浓烟也涌进了寝殿。

"主公，该走了！"在角藏的催促下，信长站起身来。他和平日里一样，迈着沉稳矫健的步伐，从取次间④下到御座间⑤。紧随其后的，只有马回七人，小姓十二人。御座间已经被火包围，障子⑥被烧得卷翘起来，火势进一步向栏间⑦窗蔓延。火苗噌噌噌地

---

①锁帷子：一种铠甲式的防护装备。帷子本是贴肤而穿的麻制单衣，锁帷子即是用金属链缀成的帷子。通常穿在铠甲或外衣里面，日本战国时代常见。
②皮袴：皮质袴裙。袴，原义为"便于跨马骑背的腿衣"。日式袴裙普遍认为从中国传入，穿着时通常将上衣的下摆束起，长度从腰至脚。腿部大都一分为二，呈袋状。种类繁多。
③马上筒：用于马上射击的一种短筒火枪。
④取次间：日本古代宫殿房间中的功能性区域，是属下向主人禀报消息和主人下达指令的地方。
⑤御座间：日本古代宫殿房间中的功能性区域，君主通常坐在这里接受臣子的参见和朝辞，听下属禀报消息，并传召戒下达指令。
⑥障子：日式房屋中设于门扉、窗户或走廊内侧的一种挡板，木制框架敷以透光度较高的纸张，用于房屋采光。又称"明障子"。
⑦栏间：多开在房间与房间或房间与走廊之间的屋顶与门梁中间，用于通风、换气或采光。

19

往穹顶上蹿,方格形穹顶①上描绘的色彩鲜艳的狩野派②绘画眼看着被熏得焦黑。

信长在御座间屈身坐下,口中冷冷地蹦出一个字:"水!"

坊丸闻言,立刻将壁龛③里装饰着的插花里的露草④扯出来扔掉,拿着空的白瓷花瓶朝伙房跑去。有一根导水筒从厨房里支出,里边总有水源源不断地流出。他用花瓶接满水后正打算返回,看到十几个女子正从中庭横穿而过。

原来是信长的侍女们,正从御局间⑤向寺院后门逃生。在前头为她们开路的是厩奉行⑥青地与右卫门。不过他的装束很是奇特,六尺长的兜裆布拧成一股,桔梗纹的战旗披在肩上。只见他大大地张开双臂,一边高呼着:"全是女眷,请让她们通过!全是女眷,还请手下留情!"一边一阵风儿似的往前冲。与右卫门是相扑力士出身,所以大腹便便、身材魁梧。看到这样一个男人勒紧兜裆布如相扑力士上场一般朝自己冲过来,不仅我方将士,连敌兵也奇迹般地闪开了一条道。这番情景实在神奇,坊丸简直看呆了,好一会儿才回过神来。

女眷当中有四五人身着小袖,似乎遮遮掩掩不肯让人瞅见自

---

①方格形穹顶:用边长约45厘米的方柱形木条拼组、搭建而成的方格形屋顶。
②狩野派:日本绘画史上最大的画派,从室町中期(15世纪)到江户末期(19世纪)活跃了近四百年,一直占据画坛中心的职业画家团体。此派始祖乃是室町幕府御用画师狩野正信,其子孙在室町幕府灭亡之后也仍然继续做织田信长、丰臣秀吉、德川历任将军等的画师。创作有大到宫殿、寺庙的壁画小到扇面等各类型的大量作品,风格粗犷明快,对后世的日本美术界影响深远。
③壁龛:日式房屋中常设的装饰性区域。比地板略高出一截,正面墙上通常装饰有字画,地上摆放着摆件、插花等装饰物。
④露草:鸭跖草。
⑤御局间:供宫中女官们居住的殿舍。
⑥厩奉行:镰仓、室町时代负责饲养马匹和随将军出行的官职。

己的脸。其中一人将满头乌黑浓密的秀发梳成垂发[1],一直垂至腰际,尤为引人注意。

这难道是……

没错!正是阿茶局[2]——诚仁亲王[3]的女御[4]劝修寺晴子!她竟然深夜造访信长的寝殿!

这样的念头一闪而过,坊丸立刻意识到自己的疏忽,连忙掉头赶回御座间。

"磨蹭什么!"信长一如既往、短而有力地怒斥道。随后,他把花瓶送到自己嘴边,喝了两大口,转手递给了角藏。角藏伸手接住仰头喝了两口,又递给下一个人。

明智军队似乎已经攻破了马厩和膳房入口,纷纷杀入了内殿的中庭。不时有子弹射入寝殿,从御座间呼啸而过。即便如此,信长仍是岿然不动。您究竟在等什么呢?坊丸用疑惑不解的眼神看向他,就在这时,影子浑身是血地回来了。他腹部中了枪,背上还深深地插着两支箭。那副样子让在场的人仿佛看到了真正的信长正濒临死亡。"主公,永别了!"影子用尽最后一丝力气颤声

---

[1]垂发:日本古代宫廷、贵族女子常见发型之一。让长发或发髻末端长长地自然垂落。

[2]阿茶局:局,本是赐予在宫中或贵族府中任职的女官居住的房间,后来逐渐演变成对享有此等待遇的女官的尊称。劝修寺晴子于1567年(永禄十年)以女官的身份入宫侍奉诚仁亲王,名为"阿茶局",实则等同于太子妃,并为诚仁亲王育有6男3女。

[3]诚仁亲王:(1552—1586),正亲町天皇第一皇子,母亲为万里小路房子,王妃是劝修寺晴子,子女包括有后阳成天皇、八条宫智仁亲王等六男三女。由于织田信长曾经要求正亲町天皇退位,造成两方之间的不愉快,相反地,信长与诚仁亲王间保持友好关系,并一心想计他继位。本能寺之变后,诚仁亲王还没等到继位,就早逝了。后来他的长子和仁亲王被正亲町天皇当做养子,接受让位,称为后阳成天皇。后阳成天皇在即位以后,追赠生父诚仁亲王为"阳光院太上天皇"的尊号。

[4]女御:在为天皇侍寝的女官中地位仅次于中宫,通常只有摄家出身的女子才有资格成为女御。直至平安中期以后,立女御为皇后渐成惯例。也可指上皇或皇太子的妃子。

说道，话音刚落就被门口的几步台阶一绊，倒地身亡。

信长迅速行动起来。他让众马回走在最前面，穿过书房奔库房而去。众小姓不明就里，只得快速跟上。

火势从东西两面逼近，唯有北侧尚算安全。库房就在内殿的西北角。北侧与本能寺所属区域之间隔着一道土墙，并无可供通行的小门。而西侧则是筑地屏①，墙外便是外壕沟。

信长为什么会选择这样一个无路可去的地方呢？坊丸满腹疑惑地紧跟在信长身后，不敢停下脚步。

他们刚绕过走廊一头的小厅来到后院，十多个忍者装束的人突然出现，挡住了他们的去路。看来，光秀唯恐让信长跑了，竟派人从后方迂回潜入。

敌人一发现信长立刻用短弓射击。说时迟那时快，有五名马回迅速向前一步，站成一排，挡在信长身前。尽管胸部和腹部都中了箭，众马回仍然面不改色。他们竭力支撑着彼此的身体，如磐石一般岿然不倒。

另一边又响起了连续的枪声，是角藏用马上筒连发两枪，射杀了两名弓箭手。趁着敌人重新取箭搭弓的当口，力大无穷的高桥虎松取下杉板门用作盾牌，朝敌人冲了过去。

"好机会！冲啊！"坊丸大喊一声，紧随其后。他只觉得热血上涌，恐惧也好疼痛也罢，全都浑然不觉。他紧握二尺三寸的大刀杀入敌阵，挥刀一阵狂砍，几乎杀红了眼。

弟弟力丸和众小姓，也手执短枪或大刀奋勇杀敌。虽然都不过是些十五六岁的少年，由于平日里刻苦训练，如今面对敌人却也毫不退缩。

---

①筑地屏：瓦顶板心泥墙。在土墙上加盖屋顶，多用于宅院的外墙。

趁此时机，信长在众马回的掩护下早已退回了书房。

敌人本已所剩无几，还不停有人丧命，忍者的头领见状只得不断吹响笛子，用来传递暗号。他一定是在告诉己方的人，信长并没有死，真身就在这里。

坊丸猛地将刀反手一举，朝他掷了过去。刀头准确地直奔目标，深深地插入了他的胸膛。就在这时，瞅准坊丸两手空空之机，一个敌人从他的侧面用力挥刀砍将下来。坊丸条件反射地朝腰间一摸，不好！腰刀并未带在身上。

"哥哥！危险！"力丸举起短枪奋力迎上，想要将敌人的大刀挡开。谁知对方功夫了得，竟将短枪的枪柄一刀两断，刀顺势从力丸的颈部砍了下去，一直深深地切入他的胸膛。力丸的颈动脉瞬间被砍断，颈部顿时血流如注。对方退后一步，似乎是为了躲避回溅的鲜血。趁此机会，早已绕到他身后的高桥虎松对准他的手臂就是一刀。敌人的手臂从肘部上方被完全砍落下来，骨碌碌滚落在地时，手中还紧紧地握着刀。虎松将只剩一条手臂的敌人从后面拦腰抱住，双手从他的两腋下伸出，紧紧扣住他的双肩。

"阿坊，快替阿力报仇啊！"

听见他的叫喊，坊丸这才如梦初醒。他抓起断成两截的短枪，由下而上从敌人的下颚捅了进去。这一枪下去，连枪尖都从脑门冒了出来。遭受致命一击的敌人连吭都没吭一声就颓然倒地了。

"力丸！振作一点！"坊丸飞奔过去将弟弟抱起，他已是气若游丝了。

"快……快将主公……"力丸放心不下地望着信长撤离的方向，用尽最后一丝力气努力支撑起身体。

"你放心，我一定拼上性命保护主公！"坊丸的双眼早已泪如泉涌。

这是场梦吗？如果是梦，快些醒来吧！坊丸在心中无声地呐喊着，朝信长撤离的方向追去。

信长在以角藏为首的众马回的守护下，正欲穿过书房奔暖阁而去。书房早已是一片火海。众人奋不顾身地冲入，热风裹着火焰扑面而来，可是似乎没有一个人感觉到灼烧的疼痛。

这暖阁是一间二十席[①]的屋子，正中间设有地炉[②]。武家的君臣为了巩固彼此间的主仆关系，常常在这里同吃一锅饭，把酒言欢，通宵达旦。

在这间屋子里，信长再次被挡住了去路。听见笛声暗号，十几名忍者手执刀枪包围了过来。信长把背紧贴着墙，五个马回挡在前面护住他。他们个个武艺高强，忍者们也很难攻入。坊丸不假思索地举刀砍向敌人。虎松和剩下的五个小姓，也奋不顾身地挥刀冲了过去。在众人舍身忘我的厮杀下，敌人包围圈的一角终于露出了破绽。角藏等人抓住机会护着信长从中突围，向长廊跑去。

库房就在这条走廊的那头，距他们不过半町之遥。坊丸堵在长廊的这头，阻挡敌人的追击。走廊宽不过一间，两侧都是高墙。小姓还剩七人，准备死守这里，以确保信长顺利撤离至库房。

然而，对手都是忍者，个个身轻如燕。其中有一个手持短弓的男子，跃上同伴的肩头，瞄准信长开始放箭。一眨眼的工夫他已连放两箭。箭嗖嗖地从坊丸等人的头顶掠过，直直地射入信长的背部。信长一个趔趄，险些扑倒在地。他立即用手中的短枪撑

[①] 席：面积计量单位。一席为一张榻榻米（日式房屋铺地的席子）的面积，约合1.62平方米。
[②] 地炉：日式房屋中的取暖设施。在地板上挖开一个四方形的洞，将火炉置于其中，众人便可以围坐烤火。

住身体，缓缓转过头来，他的表情因愤怒而变得无比狰狞。坊丸分明感到，那怒火并不是冲着敌人，而是在谴责这帮小姓没能保护好自己的主公。

显然，虎松也是这样认为的。只听他大吼一声："卑鄙小人，竟敢暗箭伤我主公！"便举刀朝手持短弓的男人砍了过去。哪知却遭到数名敌人的阻截，最后眉心中箭，仰面倒地而亡。与此同时，坊丸等人已经退守到信长身旁。

"库房……去库房……"在角藏的搀扶下信长挣扎着说道。

就在此时，走廊的另一边出现了两个人影，正穿过浓烟朝这边跑来。

是敌人吗？

一瞬间，人人都紧张得屏住了呼吸。

"主公，您没事吧？"随着这呼喊声出现的，却是汤浅甚助和小仓松寿二人。二人昨夜都留宿在城中，一得到本能寺发生兵变的消息，便假扮成明智军的小兵，设法赶回到信长的身边。

"伤口尚浅。还不快将这伙敌兵赶走！"信长命令道。他的语气听起来更像是在责怪二人救驾来迟。

"遵命！"自桶狭间之战[1]以来，甚助就一直鞍前马后地保护信长，是难得的一员猛将。得知光秀谋反之后，他便将焙烙玉如兵粮一般牢牢地系在腰间，随身带着。焙烙玉是一种在素烧[2]陶器中填满火药用以投掷的手弹。

---

①桶狭间之战，日本三大奇袭战之一。1560年（永禄三年）东海道大名今川义元亲率大军攻入尾张国，却遭织田信长偷袭，于主营阵亡。战后，原本称霸东海道的今川氏从此没落，而获胜的信长却在中日本和近畿地区迅速扩张势力，奠定其日后掌握日本中央政权的权力基础。

②素烧：指不上釉烧制的土陶。

一转眼，甚助已点燃了焙烙玉的引线，奋力往前一掷。就像计算好了似的，炸弹刚好在敌人的头顶爆炸了。走廊空间狭小，更显得爆炸的威力巨大。十多个忍者被炸得四分五裂，如焦炭一般的尸体横七竖八地躺在地上。

然而，信长最终还是没能走到库房。他刚打开库房的门，就被事先藏身其中的忍者一枪刺中了。七寸来长的枪头，深深刺穿了信长的胸膛。信长反射性地一把握住枪柄，似乎在努力看清自己眼前发生的一切。他的脸上没有流露出丝毫痛苦的神情。只是一脸疑惑，仿佛根本无法相信这样的事会发生在自己身上。接着，他的视线转向攻击他的人。

"你、你是，伊贺的……"

"风之甚助是也。"蒙面的忍者面不改色地说道。

一瞬间，世界安静得仿佛时间都已停滞了。突然，信长的脸上露出了无比狰狞的怒容。"啊啊——"只听得他发出野兽一般的咆哮，手执短枪猛地插入对方的眼球，左右扭转之后掀掉了他的头盖骨。

这是信长在这个世上手刃的最后一个敌人。

最后的暴怒平息之后，信长终于双膝一软，精疲力竭地跪倒在地，手中还紧握着短枪。

"主公！"坊丸率先冲了上去。角藏也好，甚助也好，似乎都被眼前的景象吓得魂飞魄散，一个个呆若木鸡地站着，一时间竟不知所措。

"是阿兰吗？"信长无力地伸手摸了摸坊丸的脸。

"不，主公，我是坊丸！"

"我的身体，万不可落入敌人之手。让他们知道我死了，可就……"未及说完，信长就直直地望着天空，咽下了最后一口气。

火势已经蔓延到了宫殿的北侧。火焰和浓烟被一阵狂风卷起，涌入筒状的长廊，朝他们滚滚而来。

幸存的九个人，赶紧将信长的遗体抬进库房，紧紧地关上了门。库房的三面墙上都新装了架子，上面摆放着一个个箱子。昨日在茶会上饱受世人赞叹目光的那些举世无双的珍宝，如今还好好地封存在里边呢。这间库房约有十席宽，却连窗户也没有一个，可以说是完全无路可逃。信长为何如此执意要到这里来呢？是想要和心爱的茶器们，一同走向生命的最后时刻吗？坊丸静静地看着这昏暗的屋子，内心仍然无法接受信长已死的事实。

讲到信长公阵亡的一幕，森坊丸大人突然沉默下来。他两手紧紧地抓住自己的膝头，游离而哀伤的目光望向天空，陷入了对往事痛苦的回忆之中。此刻，也许信长公临死前的一幕幕正清晰地浮现在他的眼前。坊丸大人内心的时间，永远地停在了三十五年前的那个早晨。

如此详尽地了解到信长公临死前的点点滴滴，我的内心也受到了强烈的震撼。在本能寺被上万敌军包围的情况下，主公仍努力寻找着脱身的办法，他的英勇无畏和悲惨结局多么令人扼腕和动容。

近年来的军记物，一味地热衷于塑造信长公一代英杰的形象，大多着力描写他是如何从容就死的。其实，这都是不知武士精神为何物的人的妄言和杜撰。

武士，是会战斗到最后一刻的人。就算以一人之力对抗上万敌人，也绝不会轻言放弃。首先，他会寻求获胜的良策，一旦发现没有取胜的可能便会想方设法逃生，实在是逃不掉，也会想尽办法杀更多的敌人为自己陪葬。如果没有这份如顽石般坚韧的意志,是很难在修罗场①上立足的。更何况信长公乃是身经百战的勇者,平日里就苦心钻研谋略,以确保自己无论面临何种变故都能全身而退。

那么,信长公预备逃生的库房里,究竟藏着怎样的玄机呢?

我一刻也等不及地想要知道其中奥秘,可是一看到坊丸大人那因过度悲伤而失魂落魄的样子,又不忍心过分追问。

雨好像又下起来了。

四周突然暗了下来,耳边传来雨滴敲打禅房屋檐板的声响。我一边聆听着头顶上方传来的稀稀落落的雨声,一边静静地等待着坊丸大人平复心情。雨越下越大了,突然一道闪电划过,照亮了天际。刹那间,中庭的树木在强光的映照下,如剪影一般投影在窗纸上。紧接着雷声大作,地动山摇。

"啊啊,是主公……主公他,发怒了!"坊丸大人仰望天空,顿时热泪滚滚。雷声仍轰鸣不止。在坊丸大人听来,那轰鸣声就如同信长公的怒吼一般。他静默不语,任由泪水肆意流淌。

人偶尔是需要哭一哭的。尤其是对于那些背负着常人难以忍受的痛苦,不得不咬紧牙关活下去的人来说,泪水才是最温柔的伴侣,给予他们从绝望的深渊中爬起来的力量。

也许是泪水冲刷和融化了内心的痛苦,坊丸大人的心情似乎渐渐地平复下来。他面露尴尬之色,是在为自己竟在清麻吕这样的无名小辈面前痛哭失态而感到羞愧吧。

"本能寺的库房内,有什么特别的机关吗?"机不可失,我赶紧追问道。

"的确有。"坊丸大人喃喃地回答着,再次讲述起那天发生的

---

①修罗场:本是阿修罗王与帝释天对战的地方,后来泛指刀光剑影、血流成河或胜负难分的战场。

事情。

一关上库房的门,这间用厚土墙封得严严实实的屋子顿时一片漆黑。不过,屋外熊熊燃烧的火光从房门的缝隙间透了进来,加之眼睛逐渐适应了黑暗,慢慢地四周也就看得清了。

幸存的九个人垂首围坐在信长的遗体旁。主公已死,一切都完了——在场的人谁不是这样想呢?他们一个个心灰意冷,连站起来的力气都没有了。与此同时,遗体还在不断地往外淌血。拔掉了枪头的伤口仍血如泉涌,渐渐地把库房的地面变成了一片血泊。坊丸见状自责不已,赶紧伸手按住伤口想要把血止住。可是无论他怎样用力,血还是不住地往外淌。血宛如一条条鲜活的小蛇般从他的指缝中拼命往外钻。坊丸实在忍无可忍,竟俯身想用嘴吸光信长的血。他不能眼睁睁看着,如此伟大的身躯里流淌的鲜血就这样白白地流走,哪怕一滴也不行。

"阿坊,快住手!"角藏从背后勒住他的脖子,侧身将他放倒。坊丸的脸顺势重重地摔在地上,脸颊处的皮肤立刻剥落了一大块。原来是他冲入书房的火海中时,脸被严重烧伤了。可是,也许是被信长的死吓得惊慌失措,他竟丝毫没有感觉到疼痛。

"遗体绝不能落入敌人之手,这是主公的遗命。我们这就将遗体抬入寺中,施以火葬吧。"角藏说着,轻轻地托起遗体。甚助和松寿也迅速行动起来。他们将库房架子上摆放的珍贵茶器一股脑儿扫落在地,又把架子上的木板拆了下来。

当架子的壁板被横向拉开之后,墙上竟露出了一个可供人弯腰进入的出口。再往里便是一个通往地下的大洞,架着一副不算窄的梯子。松寿点燃火绳走在前方开路,甚助紧随其后。坊丸和众小姓为眼前突如其来的机关密道大吃一惊,也跟着走下了梯子。地下有一条高约一间,宽约三尺的密道,遥遥延伸向远处。

最后走下梯子的甚助，回身关闭石门，封住了密道的入口。这时，只听得门外一声巨响，地面发生了爆炸，紧接着便是一阵土石簌簌落下的声响。原来，为了彻底地封住洞口，库房的屋顶上还堆满了土石。

亲眼目睹了这一系列巧妙的设置，坊丸这才终于明白了信长的良苦用心。一旦遭到敌人的偷袭，他便会用影子做替身让对方以为信长已死，自己则穿过这条密道，自然可以成功逃脱。这也是为什么，兰丸会与影子并肩作战直至战死，而信长则直到亲眼看到影子咽气才开始行动。当然，明智光秀之所以派忍者从后方迂回潜入，便是为了阻止这个计划成功。

不过话说回来，这条密道究竟通向何方呢？坊丸满腹疑惑地跟在角藏身后。密道就算再长，也不可能穿过本能寺外围的壕沟，通到京城城中吧。主公眼中的逃生之路，究竟在何方啊……

走了大约一町的距离，松寿突然停下了脚步。密道看似已经走到了尽头，可是只见他伸手往旁边一推，伴随着轮轴吱吱嘎嘎的响声，岩壁就这样轻而易举地被打开了。岩壁内竟是一间二十席左右的屋子。松寿走到屋子中央，四壁在他手中火绳的照耀下顿时金碧辉煌。

这里修建得与安土城天守阁[1]的第七重一模一样。

这是一间长宽各三间的四方形屋子，内墙上贴满金箔，柱子上描绘着飞龙。方格形穹顶上的天女图栩栩如生，仿佛随时会从

---

[1] 天守阁：日式城堡中最高的，也是最重要的部分。具有瞭望、指挥的功能，也是封建时代统御权力的象征之一。通常写成"天守"、"天主"、"殿主"等，"天守阁"是明治时代以后出现的新叫法。与欧洲城堡不同的是，除了织田信长曾经居住在安土城天守阁，城主通常并不居住在天守内，而是居住在本丸（城郭中心）中另行营造的御殿内。在太平年代，许多城主往往一年甚至一生才进入天守阁一次。

天而降。四面的障子门上则分别绘有三皇五帝①、孔门十哲②、商山四皓③、竹林七贤④等图案。

打开西侧的障子，眼前顿时一片明亮，琵琶湖的景致尽收眼底。远处，白雪皑皑的比睿山云雾缭绕、绵延千里。当然，这些都只是画上去的而已。身在地下仍有光线射入，自然是用琉璃镜⑤之类的装置精心设计的结果。

然而，在看到这番景象的一刹那，坊丸深信自己已经回到了安土城。

信长，是这个国家有史以来宣称自己是神，立志一统天下的第一人。朝廷也好，寺庙也好，神社也好，各方势力他统统不放在眼里，野心勃勃地要将这个世界完完全全掌控在自己的手中。

（这样一个拥有如此强大力量和才智的人，在他生命终结的一瞬间，一定创造了常人无法预料的奇迹，带领我们穿越比睿群山和琵琶湖，回到了安土城。）

坊丸沉浸在这样的幻想中，为之动情不已。然而，这不过是因为痛失主公过分悲伤而产生的错觉而已。

---

①三皇五帝：三皇，指燧人、伏羲、神农。五帝，主要有三种说法，一说指黄帝、颛顼、帝喾、尧、舜。第二种说法指太皞（伏羲）、炎帝、黄帝、少皞（少昊）、颛顼。第三种说法指少昊（皞）、颛顼、高辛（帝喾）、尧、舜。

②孔门十哲：孔子门下最优秀的十位学生（颜子、子骞、伯牛、仲弓、子有、子贡、子路、子我、子游、子夏）的合称，受儒教祭祀。

③商山四皓：秦朝末年四位信奉黄老之学的博士：东园公唐秉、夏黄公崔广、绮里季吴实、甪（lù）里先生周术。他们是秦始皇时七十名博士官中的四位，分别职掌：一曰通古今；二曰辨然否；三曰典教职。后来他们隐居于商山，曾经劝汉高祖刘邦谏诤不可废去太子刘盈（即后来的汉惠帝）。后人用"商山四皓"来泛指有名望的隐士。

④竹林七贤：三国时期曹魏正始年间（240—249），嵇康、阮籍、山涛、向秀、刘伶、王戎及阮咸七人，先有七贤之称。因常在当时的山阳县（今修武一带）竹林之下，喝酒、纵歌、肆意酣畅，世谓七贤，后与地名竹林合称。

⑤琉璃镜：玻璃镜。

这里应该位于修建在本能寺境内北侧的藏经堂。在这座收藏了无数经卷典籍的楼阁的地底，信长建造了这样一间屋子，作为自己暂时的藏身之处。明智军中很多人都亲眼目睹了影子身负重伤、奄奄一息的样子。再加上内殿被大火包围，烈焰冲天。明智军自然会以为信长已死，从而解除包围。在此之前，只需耐心躲藏在这里，总会等到脱身的机会——这便是信长的计划。

寺院的管辖区域并没有遭到明智军的攻袭。南边的殿宇火光冲天、浓烟滚滚，不时还会传来密集的枪声，可寺院这边还是一切如常。佛堂楼阁鳞次栉比，其间不时有害怕葬身火海的僧侣，怀抱寺中所藏的珍宝和经卷典籍，从后门逃命。

坊丸等人行至本堂后面的墓地，赶紧找来柴火开始焚烧信长的遗体。可光是柴火还不够，于是他们又找来卒都婆[①]和墓标[②]搭成井字形台架，将遗体安放在上面。

然而，人的身体不是那么容易燃烧的。若不抓紧时间火化，极有可能被敌人发现。所以，他们又是往火里添柴，又是用碎木板扇风，好一番忙乱。可越是心急如焚，就越是不见火势有任何起色。正在这紧要关头，清玉上人率领着二十多个身系襻带的僧人，从寺院的后门闯了进来。

"这以后的事，想必你也有所耳闻了。"坊丸目光犀利地看了我一眼，继续说道，"清玉上人与主公素来交情匪浅，我等家臣平日里也时有谋面。当时，上人是这么说的：'火葬乃是我等出家人应做的事，此处就交给贫僧来处理吧。我此行还带了不少僧徒同来，定能妥善火化遗体，将骨灰带回寺内安葬。此外，陵墓的修

[①]卒都婆：为了供养和祈福而在墓前竖立的一块细长的木板，上半部呈塔形。板上刻有梵文、经文、戒名等。

[②]墓标：作为标识竖立在墓前，有木制或石质，类似于我们的墓碑。

筑、葬礼和法事的举行也事不宜迟，贫僧定会尽心尽力，办得妥妥当当。眼下，还请诸位将士返回战场，去完成作为一个臣子应尽的使命吧。'听了他的这番话，在场的人无不大受鼓舞，一致决定杀入敌阵，拼死一战。

"可是，菅屋大人独独命我留下：'主公生前，你也深得他的信任。从今往后就留在清玉上人身边，为主公和我等家臣祝祷冥福吧。'

"这真是一个无法违抗的命令。

"我一时间怅然若失，就这么怔怔地站着。菅屋大人轻轻拍了拍我的肩头，把梯子架上围墙，反身跃入南侧宫宇的一片火海之中去了。其他六位同僚，分别向我交代完后事之后，也一个接一个含笑纵身跃入那死亡之境。最后只剩下汤浅大人。只见他取下腰间的焙烙玉，接二连三地投向藏经堂。随着一声巨响，藏经堂的屋顶被炸得腾空而起，大火顿时熊熊燃烧起来。

"'生死有命。万不可辜负众将士的遗志啊。'清玉上人轻轻搂住我的肩膀，劝慰我道。心中压抑多时的情绪终于爆发了，我发声大哭起来。我紧紧抓住上人的僧袍，哭得像个委屈的孩子。随后，上人就在火化处为我剃了发，将我混进同行的僧侣之中带回了寺里。而主公的遗骨，则是由上人亲自藏于僧袍的袖子中带回莲台野的阿弥陀寺的……"

讲完这番话，坊丸大人再次陷入了沉默。他仿佛在思索着什么，目光深邃，默默不语。可是不久，他却突然满面怒容，嘴唇甚至下巴都剧烈地颤抖起来。在将心中埋藏多年的秘密一股脑儿向人倾吐出来之后，人往往会有这样的反应。既为未能保守住秘密而感到羞耻，又为玷辱了珍藏的回忆而感到悔恨，更有一种无论自己如何倾诉旁人也难以理解的郁结，自然是五味沸然、坐立不安。坊丸大人的这种复杂的情绪，立刻演变成对我的愤怒，爆发出来。因为所有的一切，都是因我的一个提问引发的。

"清麻吕，你以为像你这样的人，也能理解主公的所思所想所为吗？"坊丸大人睁大布满血丝的双眼狠狠地瞪着我。

"小的不敢！"我诚实地回答道。

"可你竟然胆大包天地要写主公的生平事迹！如此僭越的行为，却是为何？"

"无缘无故，就是想写。"

"蠢材！一无所知，怎可妄言？光秀是受谁指使起兵谋反？秀吉又是为何能如此迅速挥兵反攻？这其中的真相你可知一二？罢了，罢了，你又怎么会知道呢。"

"……"我一时语塞。

"本能寺之变的背后，有无数阴谋，连朝廷也脱不了干系。正是因为知道其中内幕，清玉上人才会被秀吉的手下加害，而诚仁亲王更是被逼到了不得不切腹自尽的地步。对这些内情一无所知，只是为了迎合那些文人墨客的喜好而妄加杜撰、故弄玄虚，简直是一帮无知鼠辈！你也不过是其中之一而已。"

"您说得的确没错。可是我想，若我怀着一颗诚心缅怀信长公，他在九泉之下一定会给我某种启迪吧。就是凭着这股信念，我立志一定要在有生之年写出信长公的真风采。"我又把受某位权贵之托记述兵变一事的前因后果和盘托出，"细查朝廷秘藏的文献资料，再与自己的记忆相结合，或许能将坊丸大人您刚才讲述的那场阴谋的始末真实还原吧。所以，无论如何请大人助我一臂之力。"

"是吗，原来你是公家出身啊。"坊丸大人一脸厌弃地反问道，"那么，说不定你能从与武士完全不同的角度来写呢。"

信长燃烧·序章　阿弥陀寺之花

"那么，您能帮一帮在下吗？"

"姑且信你一次。不过，我可有言在先，既然你要写主公，你就得给我打起十二分精神。哪怕一字一句稍有懈怠，我都会当场叫你追悔莫及。你可听明白了？"坊丸大人令人胆寒的气势，与当年的信长公简直不相上下。

带着对信长公的无限怀念，再加上几分战战兢兢和青葱少年才有的高昂斗志，我一字一顿地回答道："小的明白！"

自翌日起，我便每日深入皇宫禁院的学问所，查阅秘藏的文献资料和公家的日记[①]。

然而不久，我便遭遇了意想不到的困难。

宫中有《御汤殿上日记》一书。乃是在清凉殿[②]的御汤殿[③]内贴身侍奉天皇的女官们所作的当值日志。用于了解皇宫的一举一动，是再好不过的史料。此外，这也是公家各族留给后世子孙以作行为典范的一本日记。若能有幸查阅到这类资料，便可充分掌握本能寺之变前后朝廷的动向。然而，正如那位权贵所说，这些史料在兵变之后大都被烧毁或藏匿，甚至被篡改了。

《御汤殿上日记》中从天正十年（1582）二月开始，大量章节均已缺失，而吉田兼见卿所写的《兼见卿记》一书中，从天正十年正月到六月的部分则被完全调了包。至于我近卫家的家主前久公，更是早在织田信孝公和秀吉公在山崎大战中大获全胜起兵上

[①]日记：原本是宫中、朝廷记录天皇日常起居或国家大事要事的官样文章，后来逐渐演变为记录个人经历和情感的一种文学体裁。平安时代，撰写日记在贵族社会中十分盛行，进而形成了女性撰写的回忆录式的女流日记文学。

[②]清凉殿：平安京大内中的宫殿之一，为天皇日常起居之所。也可在此举行四方拜、小朝拜、官奏等朝廷重要仪式。

[③]御汤殿：清凉殿西北角有一室名为"御汤殿上"，其西侧隔一条走廊有一房间，便是御汤殿。乃是天皇的浴室。

京之时，就将自己手中的相关文献资料尽数销毁，逃出京城投奔到了德川家康公的门下。

尽管面临以上种种不便，在细细查阅仅存资料的过程中，偶尔也会有意想不到的收获。

其中最令人震惊的，是《多闻院日记》一书中的天正十四年（1586）七月二十六日这一章。关于两天前猝然离世的诚仁亲王，多闻院英俊①作了如下的记述。

亲王殿下驾崩，云疱疮，又云切腹自戕。时年三十五岁也，若为自戕，则秀吉成王一事或已成定局。实乃天下怪事也。举国服丧亦为此事也。呜呼哀哉，女御为谁人所盗之故云云。

读到这一段文字，我立刻想到了坊丸大人曾说过，诚仁亲王是被逼无奈才切腹自尽的。旋即又想起他还提到过，劝修寺晴子曾夜访信长公寝殿。若果真如此，那么诚仁亲王之所以自尽，乃是因为在他即将继位之时，他的女御与信长公的不轨行径，成了最大的阻碍。而揭穿这一丑闻的，除了对亲王继位心有忌惮的秀吉公，还能是谁？

兵变背后隐藏的无数谜团令我疑虑重重，但我还是毅然提起了手中的笔。

---

①多闻院英俊：（1518—1596）日本奈良兴福寺多闻院之院主。《多闻院日记》由多闻院的历代院主所著。书中收录有织田信长与丰臣秀吉执政时代的政治情势与风土民情等资料，记载内容丰富，是了解当时社会状况的贵重史实资料。

第一章 左义长

天正九年开年了。

新的一年拉开序幕，无论对谁来说都是喜事一桩。在这辞旧迎新之际，一定也会有什么好事发生在自己身上吧——满怀着这样的期待，人们一个个欢欣鼓舞，迫不及待地赶往神社和寺庙，开始这一年的初次参拜[1]。而此时的安土城内更是一派热闹非凡的繁华气象。

原来是因为去岁岁末，织田信长曾宣布要举行骑兵检阅以庆祝新年的到来。织田家阵容豪华的马回众将要列队行军，自西城门始至东城门止，贯穿整个安土城。因此，城中主干道被清扫得一尘不染，沿街还铺设了专供城中百姓夹道观看的栈道[2]。

---

[1]初次参拜：新年第一天去神社或寺庙参拜，是新的一年的第一次参拜，直至今日仍是日本新年时的重要活动之一。

[2]栈道：为方便老百姓观看祭祀时的游行队伍等而临时将地面架高，搭建而成的看台。

信长对祭典尤为热衷，每每举办也都盛况空前。这次甚至还为前来观看的民众安排了周到完善的各种设施，对老百姓来说，自然也是一件普天同庆的大喜事。

偏偏这一天天公不作美，半夜开始就下起了雨，一直到正月初一的早上还没停。可是，却没有任何人担心骑兵检阅会因此取消。信长有感天动地的力量。到了午时，骑兵检阅开始的时候，这场雨必停无疑——似乎没有人怀疑这一点。这不，辰时刚过，就陆续有周边村庄和驿站的百姓，三五成群地汇集到安土城下。

令初次造访的来客瞠目结舌的，首先是安土城的气势恢宏和富丽堂皇。建在安土山山顶的天守阁有五层七重，高近十五丈。轩瓦①和破风②上镶满金箔，六重和七重的柱子和勾栏涂上朱漆。远远看去，宛如一座金碧辉煌的空中楼阁。无论你身在琵琶湖周边的任何地方，仰头便能望见这座楼宇的雄姿。然而，一旦真正置身城下，你依然会为它超乎想象的高大宏伟而惊叹不已。不仅是天守阁。安土山上还有本丸③、二之丸以及三之丸等环山而建。其间，一座座殿宇参差错落、极尽奢华。其规模之大，仿佛要将整座山都变成一座巨大的城堡。

这一日，信长在天守阁第七重的大殿上，举行了开年酒宴。

受邀出席的，只有织田信忠、信雄、信孝三兄弟，和菅屋九

---

①轩瓦：屋檐上铺设的平瓦，瓦上多绘有唐草（蔓草、蔓藤式）图案，故又名唐草瓦。

②破风：日本建筑中，装饰在切妻式屋顶上的合掌形板状物，有唐破风、千鸟破风等品种。

③本丸：日式城郭的中心部分，也是城池的核心部分，正中建有天守阁。又称作"本城"、"本曲轮"。二之丸则是其外围的第二道城郭，再向外便是三之丸。

右卫门、堀九太郎等近臣。也许是因为席上没有外人，又或许是为了即将到来的骑兵检阅而兴奋不已，信长的兴致格外的高。

平日里，信长滴酒不沾。可是这日，他却难得地喝起了屠苏酒[1]。而且，喝得兴起还行起了"三献杯事"。信长先将一杯酒一饮而尽，然后将酒杯传给信忠。信忠及其以下的列席者各饮一杯，再将这酒杯依次传递下去。如此酒过三巡方为一献。在庆典之类的盛大筵席上，常行三献之礼，因此又有"三三九度"的说法。

信长坐在上席，默默地看着酒杯在座下诸人手中依次传递。他的背后便是镶满金箔的竹林七贤图。带了几分醉意，他懒洋洋地坐着，看上去甚是闲散放松。实际上，内心却是思虑万千。

今年，他已经四十八岁了。《敦盛》[2]中所唱的"人生五十年"，已近在眼前。然而，平定天下，拓展版图，踏足唐土[3]、天竺[4]的宏伟目标，如今不过只实现了一半。

真想再多活十年，不，二十年——这是信长内心最真实、最强烈的愿望。

普天之下，能够实现这一目标的只有自己一人。可是，就算再多活二十年，就算自己殚精竭虑，豁出性命，又能走到哪一步呢？随着年龄的增长，他越来越感到自己的精力大不如前。所

---

[1]屠苏酒：中国古代春节饮用的一种酒，故又名岁酒。屠苏是古代的一种房屋，因为是在这种房子里酿的酒，所以称为屠苏酒。据说屠苏酒是汉末名医华佗创制而成的，将大黄、白术、桂枝、防风等中药入酒中浸制而成。后传入日本，至今仍是日本新年时的重要饮品。

[2]《敦盛》：能乐剧名。世阿弥所著之修罗物（战争题材的戏剧作品）。讲述的是熊谷直实讨伐年幼的平敦盛，后来感悟人生无常而遁入空门的故事。

[3]唐土：指中国。

[4]天竺：指印度。

以，他迫切需要一个得力之人，既当得起自己的左膀右臂，更能继承自己的遗志。

然而，他的三个儿子，横看竖看都难成此等大器。自己一死，他们多半会立刻转投秀吉或光秀门下。正是因为清楚地认识到这一点，信长有时会突然对儿子们心生憎恶。几个黄毛小儿，都在干些什么！他怒火中烧，简直想指着鼻子臭骂他们一顿。

此刻亦是如此。

三个人被在座的重臣们如众星拱月般地捧上了天，正旁若无人地饮酒作乐，一副不可一世的样子。信长看在眼里，禁不住在心底长叹了一口气。

"阿兰！"信长将近身侍卫森兰丸唤到身边，吩咐了几句。信长从不与近卫以外的人直接对话。身为一个绝对的统治者，一言一行皆须谨慎，绝不能轻易张口。

"主公口谕，谨告织田一族众人，值此新年，有何心愿尽可提出，主公愿闻其详。"兰丸跪拜在地，将信长的话转达给三位公子。

"回禀父亲大人！"首先开口的是嫡长子信忠。他是信长与生驹氏之女吉乃[1]所生的嗣子，年方二十五。一贯冷静沉着，少言寡语，可是一到了战场上，却又如烈火一般脾气暴躁，行事果决。他极富武将之才，也相当有政治手腕。早在六年前，信长就已将织田家的家督[2]

---

[1]生驹氏之女吉乃：生驹吉乃（1528—1566），做马队运输生意的生驹家宗的长女，名字初见于《前野家文书》，恐非真名。初嫁与土田弥平次，1556年其夫战死，她回到娘家。被信长看中，收为侧室。育有信忠、信雄、德子，因产后恢复不佳，虚弱而死。

[2]家督：日本封建社会父权制家族的家长。镰仓时代遵循家督嫡长子继承，遗产分割继承的原则，到了室町时代则演变为两者皆由嫡长子继承。不过，现实中并未确立完善的制度，故而常常因家督之位和遗产继承权的问题引发家族内部的纷争。

之位,以及尾张①、美浓②等固有领地交付于他。可是,信忠的性格中却有阴郁的一面,一旦认准的事便会固执己见,毫无商量的余地。年幼时他就与信长不甚亲近,近几年行事的态度更是让人隐隐觉得他对父亲心有不满。

"儿臣以为,今年必是实现统一大业之年。越后③的上杉、甲斐④的武田、西国⑤的毛利……我等定会逐一征讨,让整个日本国都臣服于父亲大人您的脚下。讨伐武田之时,恳请父亲让儿臣打头阵。儿臣会从美浓攻入,定能所向披靡,旗开得胜。"说完这番话,信忠微胖的圆脸早已泛起了红潮,也许是因为太过激动令酒劲上头了吧。他对信长事事抵触,多半也是不愿输给父亲的负气之举,作为一个男人,倒也有值得肯定之处。

"兄长所言极是,儿臣也愿为平定天下竭尽全力。"次子信雄

---

①尾张:日本古国名,在今爱知县西北部。东边是与三河国接壤的冈崎平原,从北到西通过浓尾平原与美浓国相接,西南的木曽川是与伊势国的分界线,南面是朝向太平洋的伊势湾。土地肥沃,自古就是粮食产地,战国群雄都对这里垂涎三尺。但地形独特,易守难攻。靠近日本古政治经济中心的近畿一带,是非常重要的战略重地,织田信长正是依靠着这种优势,入驻京都,成就战国一代霸主之名。

②美浓:日本古国名,属东山道,俗称浓州。今岐阜县南部。东边以木曽山脉为界与信浓国接壤,西边的伊吹山地是与近江国的分界,北方的飞弹岳、能乡白山山系形成了与越前国的国界,南部与尾张国共享浓尾平原。平安中期这里形成了美浓源氏,南北朝以后其后裔土岐氏成了美浓守护,直到1552年被斋藤道三所灭。后道三之子义龙谋反,于1556年长良川之战中杀掉道三,得以统治美浓。织田信长本是道三的女婿,曾多次进攻美浓均被击退。直到1561年义龙病死,其子龙兴即位,倒行逆施,不得民心。信长利用美浓国内部矛盾,才于1367年攻落了稻叶山城,得到了对美浓的统治权。

③越后:日本古代令制国之一,属北陆道,小称越州。相当于今新潟县(佐渡岛除外),面向日本海南北狭长的北陆之国。因国界被山地包围而利于防卫,但冬季频受大雪影响。主要势力为上杉氏。

④甲斐:日本古国名,七世纪前后成立,属东海道,俗称甲州。自古便是四面高山,地域独立性强的山国。战国时代为武田信玄所统治。现为山梨县。

⑤西国:指日本关西以西的诸国,特指九州地区,后来也将中国、四国包含在内。

紧接着说。虽说他与信忠年龄只相差一岁，却是个连马都骑不稳的平庸之辈，可以说毫无武将之才。他唯一的可取之处，便是钟爱茶道和能乐，在学问上倒是勤勉有加。"然则，要实现目标，需要做些什么，怎么做，我等却不得而知。一切听从父亲的指令，虽粉身碎骨亦在所不辞。"信雄之所以会有这番谦恭之辞，乃是因为他在两年前攻打伊贺[1]时丢尽了颜面。

信雄十二岁时便过继到伊势[2]的北田家做了养子，这是信长为了将伊势纳入自己的版图而走的一步妙棋。所以，无论是伊势长岛的一向一揆[3]还是石山本愿寺之战，信雄自然也都曾随军参加。不过，他却从未打过一场漂亮仗。其属下的将士们，表面上因他是信长的儿子而对他毕恭毕敬，背地里也颇有微词，说他难成大器。

身处如此尴尬境地，或许他也已经忍无可忍，天正七年（1579）九月，信雄等不及信长下令，便私自率领七千人马前去攻打伊贺国。他本来摩拳擦掌地想要打一场惊天动地的大仗，令天

---

[1]伊贺：日本古国名，属东海道，俗称伊州、贺州。今三重县西北部的上野盆地一带。大化改新后与伊势国合并，天武九年（680）又独立为伊贺国。与甲贺同为忍者的发源地。以总国一揆为宗旨，具有高度独立性的伊贺国，在织田信长称霸近畿地区之后一直是其眼中钉。

[2]伊势：属东海道，又称势州，其领域大约为现在三重县的中央大部分。古代神国，皇大神宫之所在地。大化改新后独立成一国。于七世纪，与志摩、伊贺合为一国，天武九年（680）分置伊贺国，八世纪又分立志摩国。多平原，产业发达。因伊势湾之故，渔业和海运业亦十分昌盛，同时带动了商业的发展。伊势国司北田氏在南北朝大乱之后逐渐守护大名化，统治了南伊势，与北伊势的关氏分庭抗礼。直至1555年北田家剿灭了德政一揆，势力由北向南扩张，大有一统伊势的势头。

[3]一向一揆：日本战国时代净土真宗（一向宗）本愿寺派信徒所发起的一揆的总称。一揆，本意为同心协力，团结一致。后来泛指百姓、土著、当地势力人士等非政府组织因某些目的而集结之团体。也通称百姓起兵反抗统治者的武装起义或暴动。一向宗门徒素来以强大的宗教向心力、舍命杀敌的圣战模式著称，甚至曾经形成过自治组织，自成一国。到了战国末年，一向一揆的首领势力甚至可以与各地大名匹敌。著名的一向一揆有：石山本愿寺（一向宗大本营），伊势长岛愿证寺。

下人对自己刮目相看。然而这次出兵最后还是以损兵折将，狼狈退兵而告终。盛怒之下的信长扬言，今后若再有此等事发生，不仅会断绝父子关系，甚至就算要大义灭亲也绝不会留情。也许是被父亲雷霆般的怒喝吓破了胆，从那以后信雄在信长面前总是诚惶诚恐，战战兢兢。

"儿臣斗胆自荐平定西国总大将一职。"如此气势逼人的进言，乃是出自三子信孝之口。他是信长与侧室坂氏之女所生的儿子，与信雄同年。或许正是因为如此，他处处与信雄攀比竞争且从不避讳，难免遭人诟病。不过，他生性开朗率直，在战场的表现也可圈可点。"羽柴筑前守大人已平定了播磨[1]、美作[2]等地，正打算出兵伯耆[3]。而今将丹后[4]、丹波[5]的两支兵力集结在一起，镇守住山阴

---

[1] 播磨：亦称"播州"，日本本州兵库县南部旧国名，属山阳道。首府在今姬路市。

[2] 美作：日本旧国名，俗称"作州"，山阳道内陆国。大约为现在的冈山县东北部。最早是吉备国的一部分，和铜六年（713）后北部六郡独立为一国。北面是同为中国山地的伯耆国和因幡国，南面与备前国交界，东边是播磨国，西边与备中国交界。随着守护赤松氏权利衰退，出现多家争夺相互制约的局面，后被毛利攻击，最终由毛利控制了大半的美作。

[3] 伯耆：日本古代的令制国之一，属山阴道，俗称伯州。现鸟取县中部及西部。东边与因幡国接壤，西部与出云国相邻，越过南部的中国山地是美作、备中和备后，北方是日本海。多山地，适合防御，但农业生产力低下，交通不便利。进入战国时代，守护山名氏被尼子氏所灭，后者又被毛利就打败，自1566年，该国便成为毛利家的领国。

[4] 丹后：日本古代的令制国之一，属山阴道，又称丹州、北丹。其领域大约为现在的京都府的北部。曾是丹波国的一部分，713年分立出来。西南和东南分别是但马国和丹波国，东边是若狭湾及若狭国，北面则是广阔的日本海。多山地，宫津湾和舞鹤湾形成天然良港，海上交通便利，自古与中国和朝鲜文化交流频繁，受临近的京都文化影响也大。进入战国时代，此地各大名势力争斗不断。随着织田信长入京后对丹波的入侵，丹后的局势也更加混乱。

[5] 丹波：属山阴道，俗称丹州，南丹。其领域大约包含现在的京都府中部及兵库县东隅、大阪府高槻市一部分、大阪府丰能郡丰能町一部分。其为内陆国，耕地面积少，生产力不发达。离京都近。由细川氏统治达150年之久，后来本地守护内藤氏和多纪郡代波多野氏势力扩大，步上战国大名之路。随着细川氏与三好氏的对立，局势益发动荡。后三好氏势力逐渐衰弱，1575年起开始受到织田军的入侵。

道①。而我则率两万兵马直下山阳道②，定可一举攻下毛利氏。"

听着三人的慷慨陈词，信长心中的忧虑越来越重了。黄毛小儿全然不用自己的脑子思考问题，只知一味地听信身边人的教唆，方才不过是鹦鹉学舌般地复述一遍而已。而且，他们竟然对这种做法的危险性全然不觉，岂不是如巢中雏鸟一般不堪一击？

信长想要再考验一下自己的儿子们。你们张口闭口平定天下，说得如此轻松，我倒想问问，待到敌人都消灭干净，又该如何治理这个天下呢？借兰丸之口，信长向他们提出了这个问题。

"父亲自然应当位列将军。"信忠认为应该像源赖朝和足利尊氏一样建立幕府，这是作为武家政权最合理的存在方式。

"此等大事，岂是儿臣所能揣度的。"信雄不敢直言。他潜心修学，又岂会真的毫无主张。不过是害怕不小心说出了什么迂腐之见，遭到信长的斥责而已。

"儿臣以为应位列关白③，不知父亲意下如何？"信孝毫不忌惮地扬言道。追根溯源，织田家本就属藤原氏一脉。在他看来，父亲位列关白是理所当然之事。不过，至于当上关白之后应该如何治理这个国家，他却从未想过。

---

①山阴道：又名背面道。日本五畿七道之一，位于本州日本海侧的西部。畿内往西延伸，相当于现在由北近畿至岛根县的范围。律令时代的山阴道，是连结畿内与山阴道诸国国府的官道，七道中属"小路"等级。

②山阳道：又名影面道、光面道。日本五畿七道之一，位于本州濑户内海一侧。畿内以西的位置，现在的兵库县西部至山口县的濑户内海沿岸的总称。律令时代的山阳道为连结畿内（难波京、平城京、平安京）与北九州（大宰府、博多）的道路，供外国使节通行、宿泊。七道中唯一一条被编为"大路"等级，是最被重视的道路。

③关白：日本古代官职，本意源自中国，为"陈述、禀告"之意。后经遣唐使引入日本，逐渐成为日本天皇成年后，辅助总理万机的重要职位，相当于中国古代的丞相。在古代日本，摄政并不常见。后至平安时代，藤原氏始开关白一例。当天皇年幼时，太政大臣主持政事称为摄政，天皇成年亲政后摄政改称关白。天皇无实权。

信长渴望的，是强大的力量。

平定天下，集结诸国的力量进军海外。为了实现这个目标，怎样的治国之策才是最理想的选择呢？信长的提问意在于此，可是这三个人却谁都没能想到这一点。

（唉——这也怪不得他们啊。）

信长长叹一声，抬头望向穹顶上描绘的天人御影向图。

"宣——近卫内府大人进殿！"伴随着障子门外的高声通传，肩披大红色丝绒斗篷的近卫信基走入殿来。他乃是前任关白近卫前久的嫡长子，刚过十七岁，年纪轻轻就已被任命为内大臣[①]。四年前他元服[②]之时，信长做了他的乌帽子义父[③]，并赠予他"信"一字作为名讳。从那以后，二人的关系便日渐亲厚，俨然亲生父子一般。

"恭贺义父大人新春之喜。义父大人福寿康泰，今日得见，晚辈欣喜之至。"信基对在座的重臣连看也不看一眼，径直走到信长的座前，俯身朗声说道。清新脱俗的行为举止，清秀俊逸的瓜子脸，无一不在向世人证明，他是一个名副其实的贵公子。他虽然身为公家，却对信长倾慕有加，稍有闲暇便会快马从京都赶来安土城求见。南蛮[④]舶来的丝绒斗篷配上皮革袴裙，眼下的这身装扮

[①] 内大臣：令外官之一。职在辅佐天皇，地位仅次于左右大臣。669年由藤原镰足首次出任，奈良末期又恢复此官职，直至平安中期成为常设官职。

[②] 元服：中国古代、日本皆有的祝贺男子成人的仪式，内容是改变发型和服饰，加冠。年龄多在11—17岁。废止幼名，起正式的名字。

[③] 乌帽子义父：在元服仪式上为当事人行加冠之礼的人，在日本中世武家社会，男子成年行元服之仪时，按照惯例必要请某人假借父亲的名义为当事人戴上乌帽子，此人便被称作当事人的乌帽子义父，而当事人则是他的乌帽子义子。同时，废止幼名，由乌帽子义父为其另取新名讳，此名便叫做乌帽子名。

[④] 南蛮：本意为四夷之一，是统治中国大陆中原地区的朝廷对南方未归顺的异民族的蔑称。日本最初也用作此意，直至15世纪，随着与西欧人之间的南蛮贸易的发展，变成了特指欧洲及东南亚相关事物的一个词。

正是模仿信长而得来。

"今日听闻要举行骑兵检阅,晚辈特备薄礼前来朝贺,恳请义父大人笑纳。"信基奉上一个紫色包袱,兰丸接了过来。写有西洋文字的木箱中,装着一双黑皮长靴。皮靴长及小腿中部,为了穿脱方便外侧开了一条口子,再用一排皮扣连接。款式十分新颖别致。

"好礼!"信长第一次亲自发声,并询问起礼物的出处。近年来南蛮船只频繁出入堺港,西洋的风雅之物也随之传入日本。不过,如此精美的皮靴仍是十分罕见。

"这是晚辈差人从萨摩[①]的坊津[②]送来的,又稍稍作了加工。"

"何处做了加工?"兰丸追问道。这位年仅十六岁的少年,仅看信长的脸色便能准确地猜中他的心思,懂得见机行事,无须多费唇舌。对于习惯了沉默的信长来说,是不可多得的贴身亲信。

"我在皮靴外侧开了一道口子,用皮绳连接。此外,又在内侧镶了兔毛,以防在长途行军时冻伤双足。"看来,这是信基自己花了一番心思设计,又命经常出入近卫府的能工巧匠们精心加工而成的。他情感丰富,拥有天马行空的想象力,从不墨守成规。难怪日后会成为三藐院流[③]书道的鼻祖。而且,他也颇有胆识,马术、猎

[①] 萨摩:日本古代令制国之一,属西海道,又称萨州。领域基本等于现在的鹿儿岛县西部。古代九州隼人族的聚居地,一直到战国时代还有着非常尚武的彪悍民风。由于面向外海洋,自古便有海外先进文化由此传入,与中国、朝鲜及其他国家的贸易航线也十分发达。特别是1549年葡萄牙传教士萨比埃尔由此登陆,带来了西方文明,给日本带来了重大影响。

[②] 坊津:萨摩国川边郡坊津的地名,现鹿儿岛县南萨摩市坊津町。日本古代的繁华港口。

[③] 三藐院流:"三藐院"乃是近卫信基的号,他在书法、和歌、绘画及音律曲艺上均显示出卓越的才能。尤其是书道,深得青莲院流的精髓,并将其进一步发展而自成一派,称作"近卫流"或"三藐院流"。并与本阿弥光悦、松花堂昭乘并称为"宽永三笔"。

鹰皆游刃有余。这样的青年一辈子做个公家人实在是可惜了。

信长对信基也十分中意,只等有机会正式收为义子。信长不仅是一个伟大的武将,同时也是一个冷静沉着的政治家。他也有意将来让信基当上关白,掌控朝政,所以关于平定天下之后该如何治理国家,自然也要问一问这位年轻的内大臣的意见。信长通过兰丸传达了自己的旨意。"这是个好机会!就让他和信忠比一比高下。"信长看看信忠又看看信基,低声吩咐兰丸。

"说到如何治国,那就要看义父大人的最终目的究竟是什么了。"信基思索片刻,不慌不忙地开口说道,"如若只想要这日出之国国泰民安,那么,只需接受朝廷册封的征夷大将军[1]一职,建立幕府,将国土分封给诸大名,令其妥善治理即可。然而,如若平定天下后还有进一步进军唐土、天竺的打算,那么单单建立幕府肯定是不够的。"

"此话怎讲?"兰丸代信长追问道。

"获得领国的大名们,必然事事以自家的利益为先,而无视整个天下的利益。之前的幕府政权时期,区区三管四职[2]之家就敢不把足利将军家族放在眼里。这样下去,如何能将全天下的力量集

---

[1]征夷大将军:在日本历史上,原为大和朝廷对抗虾夷族所设立的临时的高级军官职位,本应于停战时即功成身退。其衙门,称为幕府,中文中又俗称为幕府将军,日本也常简称为将军。直至12世纪末,征夷大将军转为所有武士与军人的首领和总代表。1192年至1868年成为了日本的实际统治者。

[2]三管四职:管领,室町幕府的一种职称,原称为"执事"。名义上负责辅佐将军管理领地,将军对地方守护的命令也皆须通过管领传达,并执掌多个中央机构,可以说是幕府中央的最高行政官。依照惯例,管领这个职位由细川氏、斯波氏、畠山氏这三大家族来担任,合称"三管领"。管领之下设置侍所、政所、问注所等机构,分别处理不同的政务。其中,侍所的长官——所司,则由赤松氏、一色氏、山名氏、京极氏四个家族的人出任,其实权仅次于管领。这三大管领家族和四大所司家族合称为"三管四职",掌握着相当大的权力,影响着中央政务的决定。

结在一起呢?"

"那么,要想集结全天下的力量,又有什么上上之策呢?"

"要学历史上的秦始皇,在各个领国设置各级官府,直接从中央派遣官吏,确保他们一切遵照义父大人的旨意行事。"

"这样的治国之策,在本国可有先例?"

"相传,在律令制尚完备的古代,由天皇亲政,实行的就是这样的政治制度。"信基毫不迟疑地回答道。身为历任摄政、关白的近卫家未来的第十七代家主,对于政治他自然有着常人无可比拟的敏锐洞察力。

"若要学习前人,那么主公应该就任何等官职呢?"

"在朝廷身居要职当然也是一种执政之道,不过那样一来义父大人的宏图伟业便会功亏一篑。"

"这又是何故?"

"朝廷里有自神代[①]沿袭下来的各种繁文缛节和规章制度,身在朝廷必然会为其所累。"

"这么说来竟是没有办法可想了吗?"

"非也。办法只有一个。"信基从食案上拿起酒杯,一口一口缓缓饮尽。那优雅的举止表明,他十分清楚如何才能吸引众人的注意力,吊足听者的胃口。

信长平生最恨人不干不脆,令他心焦。深知他有这个脾气的兰丸,和颜悦色地催促了信基几句。

于是,信基继续说道:"那就是成为日本国之王。想当年秦始皇凭借其强大的实力,凌驾于周王朝的统治之上。晚辈认为,义父大人同样可以自封为王、君临天下,将朝廷的权威踩在脚下。"

---

①神代:神话的时代,神创造和统治人间的时代。在日本神话中,指神武天皇在位之前的时代,大约公元前660年以前。

"岐阜①中将大人，听了刚才内府大人的一番言论，您作何感想？"兰丸转头询问信忠。自从天正五年（1577）右迁至从三位②左近卫③中将以来，信忠就开始被世人称作岐阜中将。

"'将朝廷的权威踩在脚下'，此等大逆不道之言，真不敢相信竟出自内大臣大人之口。"信忠微胖的圆脸上竟已显出怒容，"天皇和朝廷，自古老的神代起就尽心供奉神灵，为这片土地的安宁和天下苍生的福祉而虔心祈祷。正是因为如此，各国臣民才会忠心臣服于朝廷的统治。身为臣子却要侵犯朝廷的大权，实在是僭越之至。"

"方才内府大人还说，就算建立了幕府也无法团结全天下的力量，关于这一点，您又有何见解？"

"尽管领国的统治权都交予了诸大名，但只要治国有方，仍然能够团结各方力量。此外，各国百姓的脾气秉性和生活习惯也都大相径庭。若用一成不变的律法统一治理，而不因地制宜，反而会弊大于利，极有可能导致国力凋敝，民不聊生。"

"对于方才中将大人的意见，内府大人觉得又该如何应对呢？"

"所谓一国之治，无论在哪朝哪代都是一把双刃剑。律法严苛便会令百姓丧失自由，尊重百姓的自由又会有损国家律法的威

---

①岐阜：位于日本本州岛中部，内陆县，多山多森林，水资源丰富。地名源于织田信长迁居稻叶山城，从尾张政秀寺的泽彦和尚进言的"岐山、岐阳、岐阜"中选取而来。取中国周文王起兵岐山、一统天下之意。

②从三位：律令制官阶之一，正二位之下，正四位之上。603年，圣德太子制定"冠位十二阶"制，701年的大宝令和703年的养老令进一步完善了"位阶"制度。确定了亲王四阶，诸王13阶，诸臣30阶的模式。位阶可随功绩升迁，各位阶出任相应官职（官位相当制）。

③左近卫：近卫大将，日本律令官制中的令外官之一，负责宫中警戒的左右近卫府的长官。左近卫府设左近卫大将，右近卫府设右近卫大将。也可略称为"左大将"、"右大将"。定员一名，常设武官的最高职位，兼任马御监。

严。诚如岐阜中将所说，诸国一视同仁，用统一的律法治理天下，的确有可能造成一定不利影响。"信基位列内大臣，所以对仅为从三位的信忠只称中将，并不用敬称，"然而，若想集结全天下的力量讨伐唐土、天竺，做出一点小小的牺牲又有何妨？手握一万精兵，却因担心损失二三千的兵力而不敢应战，天下哪有这样的武将？"

"那么，在下想请问内大臣大人。"信忠闻言，一脸惊愕地侧过身来，面向信基提问道，"大人当真认为，平定天下之后应该向唐土、天竺派兵吗？"

"如果这是义父大人的心之所愿，那么我自当鼎力相助。"

"就因为这个原因，您便力劝父亲大人，要将自己的权力凌驾于朝廷的威严之上，是吗？"

面对这样的质问，就连年轻气盛的信基也不由得迟疑起来，没有立即作答。无论自己如何钦慕信长，身为内大臣，"帝王的权威尽可随意侵犯"，这样的话又怎能轻易说出口？

"方才内大臣大人还说，稍作牺牲也无关紧要，对吗？"信忠突然变得咄咄逼人，"要勉强百姓做出牺牲，首先必须以理服人，令万千子民心悦诚服。要想毫无道理地强人所难，唯有用武力征服这一个办法。秦始皇的统治仅仅维持了一代便宣告灭亡，正是因为他有违伦理天道的暴政，令天下百姓对他失去了信心。"

"阿兰，让他别说了！"信长厉声喝止。信基的深谋远虑和信忠的拳拳之心他都已了然于心。再这么争论下去，恐怕二人都有可能说出什么令他为难的言辞。

"信基，在我日出之国，可曾有过此等人物？"信长再次亲自开口询问。

所谓此等人物，当然指的是权力凌驾于朝廷之上的人。

"以日本国王之名称帝的，唯有三代将军足利义满[1]一人。"信基揣度着信长的用意，当即回答。

巳时前后，原本已有风停雨住的迹象。谁知临近午时，骑兵检阅即将开始之际，雨却突然大了起来。拉开障子门，只见比睿的连绵群山沉浸在一片白茫茫的雨雾中。成千上万条雨柱，悄无声息地被脚下的琵琶湖吞没。伫立在第七重的回廊上极目远眺，仿佛正置身于九重天之上。

信长抬头仰望天空，片刻之后，宣布取消骑兵检阅仪式。

今天的仪式，他自己自然是万分期待，城内的百姓更是翘首以盼。不想却被一场大雨给毁了。唯有举行一场比骑兵检阅更为隆重的仪式，方能弥补这份遗憾。

信长只将兰丸一人叫到回廊上来，下令在松原町[2]的海滨修建一处新的跑马场。

"此事就交给九右卫门[3]、久太郎[4]二人来办。告诉他们，十日之内务必建成。"信长的命令一如既往地简洁明了，不容违抗。

晴空万里。

天空湛蓝如洗，白雪皑皑的铃鹿[5]和比睿群山秀美如画。

在安土山东面的松原町，新建的跑马场四周早已聚集了数以

---

[1] 足利义满：（1358—1408），室町幕府第三任将军，1368年继位。1378年移居京都室町、正式称室町幕府。1392年逼降南朝后龟山天皇，结束南北朝对立。1394年让位于其子足利义持，自任太政大臣，后出家为僧，仍掌握实权。1402年朱棣夺取帝位后，派使臣分赴四方。足利义满受明朝封赏，册封为"日本国王"，与明朝正式建立了外交关系。

[2] 松原町：大阪府中河内郡的一町，相当于今松原市东南部。

[3] 九右卫门，指菅屋长赖（生卒之年不详），信长近卫，战国时代到安土桃山时代著名武将。姓又作"菅谷"。

[4] 久太郎：指堀秀政（1553—1590），信长近卫，战国时代到安土桃山时代著名的武将、大名。

[5] 铃鹿：铃鹿山系，位于日本三重县。

万计的百姓，他们正焦急地等待着左义长的开始。受一场大雨的影响，信长不得不取消了正月初一的骑兵检阅。所以他决定，正月十五的左义长一定要举办得格外盛大。

左义长乃是正月十五上元节时举行的祭火大典，起源于宫廷中流行的一项运动——打马球。打马球是一项竞技类运动，参与者以一身唐人的装束骑在马上，分成两组用木杖击球。自古以来，为了喜迎新年的到来，宫廷中年年都会举办这项赛事。后来，公家社会逐渐形成了一种风俗，将比赛中所用的球杖作为贺礼相互赠送，而阴阳师[1]则会在正月十五这一天将破损的球杖烧掉。通常会将三根球杖捆成一束，如火把一般树立于地面加以焚烧，由此而得名"三球杖"。不久，因为谐音，三球杖又被写作了"左义长"。这项活动也逐渐演变成焚烧各种正月饰品的爆竹节[2]，慢慢在武家和百姓之间盛行起来。

为了能将本次左义长举办得比骑兵检阅更为盛大，信长命菅屋九右卫门等人在十日之内建起了这座跑马场。跑马场就建在琵琶湖畔，湖水在它的正前方拐了一个大弯，流入大海。跑马场南北长五町，东西宽三町，正中央用青竹枝搭起了三座高约三丈的架子。青竹枝上系满了正月的饰品和长条形诗笺，底部堆满了稻草、麦秆和柴火，做好了随时可以点火的准备。围绕着三座竹架支起了三尺高的栅栏，栅栏外则是可供马匹来回奔走的通道。

随着仪式开始的时刻慢慢临近，围观百姓的人数也迅速增

---

[1] 阴阳师：起源于中国，广泛流行于日本，并形成了独特的"阴阳道"，是日本神道的一部分。阴阳师是占卜师，亦是幻术师。他们上知天文，下知地理，驱邪除魔，无所不能，成为上至皇宫贵族、下至黎民百姓的有力庇护者。且为在尔虞我诈的宫中生存，他们也精通和歌、汉诗、音律等一切风雅之事。且具有看穿人心和不泄密的职业素养。

[2] 爆竹节：正月十五日，在城郊或村边举行的大型祭火仪式。将门松、竹、注连绳等新年祭品收集起来点火焚烧。

加，现场气氛不断高涨。"新年伊始，信长公就做了一项重要决定。为了心中宏愿能早日实现，据说这次典礼上他还会散财以结善缘"——这样的说法一时间传遍了安土城内外。不仅是近江[1]地区，就连周边的几个领国都有人赶来凑热闹，聚集的百姓少说都不下五万人。安土城中人口不过六千，到场人数近乎于这个数字的十倍。瞅准这个良机，小商小贩们纷纷开店营业，艺人（戏子）、游女（歌伎）也搭起戏台招徕过往客人。

转眼间未时已到。冬季昼短夜长，此刻一轮冬日早已西斜。跑马场的入口处响起一阵激烈的枪声，原来是由信长直接领导的铁炮手，正朝着天空鸣枪。

在场的百姓被枪声震慑住，顿时安静下来。在一片肃穆之中，织田家的队伍依次入场。打头阵的，是身着鲜艳华服的小姓约二十骑。森兰丸、坊丸、力丸三兄弟和高桥虎松等人也身在其中，不过所有人都蒙着面，一时难以分辨。

走在他们后面的，是骑着菊青马的信长。他头戴黑色南蛮斗笠，脸上化着醒目的妆容。绯红色小袖的外面罩着唐锦质地的无袖羽织[2]，腰上缠着虎皮行縢[3]。他足蹬黄金马镫，脚上穿的正是

---

[1]近江：日本旧国名，属东山道，今滋贺县，俗称江州。境内有日本第一大湖琵琶湖，故俗称"近之淡海"，古称"淡海"。自古便是连接东西日本的交通要道，政治、经济、文化高度发达的地区，有"控制了近江便控制了天下"的说法。被称为古代三关的铃鹿、不破和逢坂，也设在近江国四周。进入战国时代，守护六角氏控制了南近江，而浅井氏则凌驾于上家京极氏之上控制了北近江。浅井长政时代，于1560年的野良田之战中大破六角氏，伺机侵入南近江，迈向了战国大名之路。同时，长政娶了织田信长之妹织田市，与织田家结盟。

[2]羽织：日本传统服装的一种穿在长着、小袖的外面的对襟短上衣，通常前襟无法闭合。有防寒、礼服等目的。

[3]行縢：用鹿、熊、虎等的毛皮制成，围在腰间，长至脚踝。奈良时代搭配短甲穿着，平安时代多在驯鹰时穿着，直至平安末期成为武士在狩猎、远行时的骑马的装束。

53

正月酒宴上信基进献的那双黑皮长靴。

出乎所有人的意料，与信长并驾齐驱的竟是信基的父亲前久。身为五摄家之首的近卫家的家主，他戴着黄金面具，身穿绯色毛毡质地的水干①，身跨一匹浑身雪白的骏马。

二人身后，紧跟着北田中将信雄、织田三七信孝②、织田七兵卫信澄③等人。个个都把脸遮得严严实实。

织田一门的队伍走过之后，便是由重臣、马回和弓箭手组成的五百骑兵。同样蒙着面，步伐整齐划一。

除了头戴南蛮斗笠的信长以真容示人，族人、家臣全都蒙着面。在场的百姓垂首而立，屏息凝气，无言地看着眼前这番令人匪夷所思的景象。

面具不仅可以用来遮掩面部，也是一个即将离世之人的随身佩戴之物。人一旦离开这个世界，便能从现世的束缚中解放出来，升华为如神灵一般的存在。当他作为神灵的化身再次降临人间，便会蒙上面遮住真容。这是我国人自古以来就深信不疑的事情。因此，企图反叛俗世的戒律的人，同样也会蒙面。譬如强盗、叛军等等。

如此细细想来，信长命家臣全体蒙面，的确别有一番深意。

那么，各位看官，想想看那究竟是什么呢？

---

①水干：日本古代朝臣礼服，猎衣的一种。与狩衣同源，最早是平民的日常着装。水干在前后的缝合连接处都以"菊缀"进行加固；另外，没有狩衣的颈扣，而是以细带接系领口处。随着时代的推移，水干逐渐成为武家或部分公家的日常服装，并很快成为礼服的一种。

②织田三七信孝：织田信孝幼名三七。

③织田七兵卫信澄：织田信澄（1555—1582），织田信长之弟织田信行之子，其父因意图谋反而被信长诱杀。作为遗子的信澄则被既是杀父仇人又是嫡亲伯父的信长交由家老柴田胜家抚养。

毫不隐讳地说，他正是在告诉众家臣："做好告别人世的准备，为我而战吧！"什么样的人才能令别人无视俗世的戒律，甘愿为之牺牲呢？答案只有一个，那就是神佛。信长让家臣全体蒙面，正是在向世人宣告，自己已经成为了神佛的化身。抑或是在表明自己一定要化身神佛的强烈意愿。

在场的百姓凭直觉多少体会出了他的用意。信长入场时原本鸦雀无声的观众席，渐渐地骚动起来，不一会儿就淹没在一片狂热的欢呼声之中。信长并不为之所动，他目不斜视地骑马绕场一周，然后才来到看台上摆放的黄金坐榻前弯腰坐下。

他的右手方是小姓森兰丸，左手方则坐着近卫前久。织田一门的众人和十多名重臣则坐在低一级的位置上待命。传言明智日向守光秀也会来参加今日的左义长，并亲自随驾侍奉。不过，人人都蒙着面，一时难以辨认出谁是他。

跑马场的入口再次枪声齐鸣。戴黑色面具穿一袭黑衣的骑兵约三十骑，以惊人的速度奔驰而来。他们都是织田军中首屈一指的马回，每十骑为一组排成鱼鳞阵形，前后三列绕场驰骋一周。无论是驱马直行还是左转急弯，阵形都保持得纹丝不乱。他们身下的马匹也个个体形高大，四肢的肌肉结实而紧绷。第一梯队绕场一周之后，紧接着，戴红色面具穿一袭红衣的三十骑骑兵以同样的阵形登场了。就这样，每绕场一周便会陆续加入黄色、紫色、白色的骑兵队。最后形成一百五十骑的队伍，连成一个圆圈，如一条五色布匹一般绕场翻涌。鲜艳夺目的色彩，风驰电掣的速度，以及马蹄击打地面时发出的震耳欲聋的声响，无一不向世人彰显着织田军团的强大。

以一声枪响为号令，这只骑兵队如五彩的波浪般由跑马场的出口奔涌而出，随后登场的是由精锐骑兵组成的单骑队。他们身披各色战甲，不戴面具，只用护面罩遮住脸的下半部，背上则背着巨大的母衣。

母衣原本是一块如披风一般迎风招展的布，用以抵挡背后射来的暗箭。后来逐渐演变成内部用细竹条支撑的大布囊，如一只灌满了风的风帆，可以起到肩头旗的作用。而所谓肩头旗，则是一个士兵的标志，在战场上移动时便于我方主公或作战指挥官认出自己。所以母衣往往颜色鲜艳、体积庞大，确保从远处也能一眼就看到。不过，肩负着这么一个庞然大物肯定会行动不便，如此显眼的东西自然也更容易被敌人发现。

因此，敢于肩负巨大母衣的人往往都是无所畏惧的勇士。

在素以军纪严明著称的织田军里，更是只有无惧生死，敢于单骑上阵的，世间少有的英杰，才能背负如此巨大的母衣。他们当然个个深得信长信任，可谓前程似锦。不过功名利禄他们可不放在眼里。这些了不起的热血男儿，只为身为一名单骑兵的荣誉而活。

十五六名单骑兵绕场策马驰骋一周之后，戴白色面具的小兵跑进场，在场内的多个地方支起栅栏，垒起沙袋。随后，号称坂东第一骑手的矢代胜介，骑着爱马奔驰而来。他要表演马术，为此次左义长助兴。

栅栏少说高一间以上，更有两座用沙袋高高堆成的斜坡，中间相隔四间的距离，似乎是要设置成壕沟的样子。底部还铺设了木板，木板上竖着一把把锋利的枪头。骑手必须准确目测距离，跨越这条壕沟，稍一失手便有可能命丧黄泉。

在场的每一个人都屏住了呼吸，无数紧张的目光投向场内。这时，在众目注视之下，一名尚未留头[①]的少女骑着一匹白色幼马

[①]留头：旧时女孩幼年剃发，年龄渐长，先蓄顶心头发，再蓄全部头发。这种全部蓄发叫做"留头"，又叫做"留满头"。

绕场跑了一周。她也许是胜介的亲属，正在慎之又慎地确认栅栏、沙袋等的位置。少女和幼马皆身量尚小，远远望去，衬托得栅栏显得格外高，沙袋堆成的斜坡也显得异常庞大。

"那是谁？"信长被少女的美貌所吸引。她看上去还不满十岁，却有着高挺的鼻梁、清秀的五官。尤其是她跨马疾驰的矫健身姿，格外惹人喜爱。

"她是矢代胜介的女儿，名叫阿驹。"兰丸当即回答道。

"近卫，你看那孩子怎样？"只有对近卫前久，信长才会直接交谈。他既是前任关白，又是五摄家之首的近卫家家主，其势力甚至可以左右朝廷。唯有这样的人中龙凤，才会被信长以友相待。

"要让我说，"透过黄金面具，只看得到前久的一双眼睛："论骑术，自然是相当精湛。就算是成年男子，资质平庸一点的，只怕也不是她的对手。"骑马、鹰猎，前久都驾轻就熟，可与信长一较高下。

"信基和她比起来呢？"说话时，信长仍直视前方，目光追随着阿驹的一举一动。

"没法比，没法比。那小子现在还是个半吊子，一上马就抱住马鞍不敢松手呢。"前久自谦得有点过分了。

"是吗？去年秋天随我一同鹰猎时，我看他倒是身手矫捷，与我这些家臣不相上下啊。"

"多谢大人您的青睐。不过，犬子毕竟是个公家人，论身手远不及武家。"嫡长子信基与信长过从甚密，前久自然心有疑惧。信长想拉拢信基以控制朝廷，他的意图前久怎会看不出来？

说话间，阿驹已经完成了场地的勘测，退出场外。身骑栗色高头大马的矢代胜介终于现身了。他身着以红丝线为缕金片缀成的华丽铠甲,头戴装饰着锹形前立[1]的头盔。这身行头不同于当下穿起来灵活轻便的新式铠甲,而是源平合战时期常见的大块头。其重量少说有七八贯[2],算得上是老古董了。

　　穿成这样,怎么可能跃过那一道道栅栏?若是不小心跌进了斜坡之间那布满枪头的壕沟里,岂不是人和马都会被刺得千疮百孔?

　　在场的每一个人都悬着一颗心,连大气也不敢出。每一双眼睛都在注视着胜介的一举一动。方才还热火朝天、躁动不已的整个赛场,却突然安静得针落有声。

　　胜介端坐马上,闭目凝神片刻,突然哐当一声,猛蹬了一脚马镫。栗色大马立刻撒开四蹄飞奔起来,速度越来越快。第一道栅栏轻轻松松便一跃而过,翻越第二道栅栏也不是什么难事,转眼间已来到了沙袋堆成的斜坡前,准备跨越壕沟。

　　此处恰好正对着信长的看台。

　　如土堤般高高垒起的沙袋之间,密密麻麻的枪头在夕阳的照耀下,反射着鲜红如血的光芒。

　　栗色大马站在斜坡坡顶,后腿铆足劲儿一蹬地,猛地直立起前半身,如一支射向天际的箭一般腾空而起。那有着健硕四肢的高大身躯在半空中划出一道优美的弧线,在落地的一瞬间身体前倾,稳稳着地。四间的距离轻轻松松便一跃而过,如天马凌空一般在天幕上划出了一道鲜明的轨迹。

　　如此精彩的表演,连信长也不禁叹为观止。

　　"近卫,你说说看,我比他如何?"信长用这番话来掩饰自己

---

[1]锹形前立:前立乃是头盔前的一种高高立起的装饰物。有锄头形的、半月形的、高角形的等等。

[2]贯:日本古代重量单位,一贯约为3.75千克。

内心的惊愕。

"自然是比不上。世人都说,论弯弓无人能敌那须与一,论驭马无人能比矢代胜介。寻常人实在不可望其项背。"

"那小女子的能耐我也想试她一试,阁下意下如何?"

"我也正有此意。"

"若是信忠在此,定叫他俩一较高下。"信长看似稀松平常的一句话,实则并非如此简单。正如信长想拉拢信基一样,前久也一心想将信忠纳入麾下。所以,每逢信忠上京,前久总会将他邀请到近卫府中,又是举办歌会①、茶会,又是共赏能乐,少不了一番盛情款待。席间,他总会有意无意地在信忠耳边谈起朝廷和武家的种种利害关系,耳濡目染,信忠自然会有所触动。此前,信忠主张建立幕府,想必也是受了前久的影响。信长将这一切看在眼里,所以今天这样的场合才会看似无意地提及信忠的名字,其实是在以此要挟前久,暗示他:"那就用你的信基来换吧!"

"若是信忠卿,自然不落其后。"前久却不动声色,似乎并未觉察信长的用意。人说牛有四个胃,那么公家人则有一颗八面玲珑心。为了维护朝廷和家族的利益,他们可以不择手段,从不手软。行事可谓百密而无一疏,绝无丝毫破绽。

"阿兰,传信基晋见。"对付心机深重之人,唯有先下手为强,不给他半点谋算的余地。吃了多次苦头之后,信长方领悟到,这才是与公家人的博弈之道。

片刻之后,信基便骑着一匹漆黑的骏马出现了。只是,他的装扮十分怪异。戴着只有深受业病②之苦的人才会戴的白色面具,身着唯有身份卑贱之人才会穿的土黄色衣衫,肩披描绘着银色十

---

① 歌会:这里指共同品鉴、欣赏和创作和歌的文化活动。
② 业病:因造下恶业遭报应而患的重病。

字架的黑色披风。

"为何这副打扮?"信长问道,听声音似乎饶有兴致。

"我乃六重天魔王的部下。"信基简短地回答道。六重天魔王,乃是率领座下众多党羽,大肆扰乱佛道的邪教首领。信长曾经自诩为六重天魔王。

"既是魔王部下,何以现身人间?"

"因为魔王正在此处。"

"这白色面具又是何意?"

"人间乃是秽土,我岂能显露真容?"

"这身土黄色衣衫呢?"

"乃是为了要揭竿而起。"

"背上的披风呢?"

"乃是为了传达大宇须教①众神的旨意。"

"那么,部下听令,速速将它戴上!"信长摘下头上戴着的黑色南蛮斗笠,亲手交予信基。信基毕恭毕敬地双手接过,稳稳地戴在头上。仅仅多了这一顶斗笠,信基这一身不伦不类的装扮,立刻显得协调起来。

此时,跑马场上的栅栏和沙袋早已清理妥当,信基与阿驹的较量即将开始。

信基一身奇装异服骑一匹黑马,阿驹则身穿淡蓝色水干骑一匹白色小马,信基的马比对手的足足高出一头。观众中早已有人提出抗议,这可不是一场公平的比拼。可是看样子,矢代胜介却并不打算换掉阿驹的马。

跑马场的入口处,两匹马并头而立,随着一声令下,如两支

---

① 大宇须教:天主教。天主教传入日本初期,日本人以其拉丁语"神"(deus)的音译称之,汉字记为"大宇须"。

离弦的箭一般齐齐冲了出来。他们先要跑过看台正前方的三町左右的直道，再向左转过一个大弯。

直道上时，黑马在速度上有明显的优势。可是，一旦进入弯道，高大的身躯和过快的速度反而成了它最大的障碍，马的整个身子向外倾斜得厉害，奔跑时划出的弧线也更大。瞅准这个机会，小白马从其内侧切入，紧擦着跑道的内栏杆反超了过去，一举夺得领先的位置。而且，阿驹竟然并没有拉缰绳，只是用两手扶住马鞍的前缘，身体努力向内倾斜。她仅凭巧妙地移动重心就流畅地完成了一系列动作，紧贴着栅栏轻盈地奔跑着。

跑过弯道，便又进入了观众席正前方的直道。此时，信基突然发力，意欲反戈一击。他应该已经意识到，要想获胜，唯有在直道上与对手拉开距离，所以铆足了劲儿，快马加鞭，全力加速。可是，由于速度过快，在刚进入下一个弯道时，他便从马上被甩了下来，重重地摔在地上，腾起了一阵尘土。

"蠢材！"近卫前久在黄金面具之下发出了一声低沉的斥骂。

祭典并不是为人而举行的。

祭典的举行，是为了向神灵表达人的感激之情，或者向神灵告知自己的存在，祈求获得神灵的庇佑。因此，精心准备的供品和神圣威仪的仪式当然是必不可少的。正如年关将近时农民和渔民们都会把这一年的收获作为供品进献给神灵，武士也会把自己亲手砍下的第一个敌人的首级作为献给战神的祭品双手奉上。

血祭仪式，便是起源于这种风俗。

信长特别热衷于这种血祭仪式。举行大型祭典的时候，甚至会拖出战俘斩首示众，场面十分残忍血腥。双手被绑在身后的俘虏，被一个个拖了出来，跪在沙洲上事先挖好的一个个土坑前，一个接一个地被无情地砍下头颅，这番场景，光是想想就令人不寒而栗。然而，尽管平日里不易觉察，其实人人心中都住着一个恶魔，面对残忍无情的景象，一面因恐惧而遮住双眼，一面却又陶醉地享受着暴虐带来的快感。恐惧越是强烈，那种快感也越是强烈。所以，人们每每乐此不疲地赶往血祭场或刑场围观，不就是为了想亲眼看一看这种恐怖的场景吗？

信长拥有直视人心的敏锐洞察力，他恰恰看透了人心的这个弱点，所以每次举行盛大祭典时，必然少不了活祭这一环节。举行这种残忍血腥的仪式，正是为了向家臣和百姓展示自己的强大力量，让他们牢牢记住"顺我者昌，逆我者亡"的道理，从而死心塌地地臣服于自己。

近卫信基与阿驹的赛马结束时，冬日的夕阳已经完全没入比睿山的那一边，四下里逐渐昏暗起来。正是一天之中阴气渐甚，邪魔出行的时刻。

今日的血祭上，会进献怎样的活祭品呢？信长又会给我们带来怎样的惊喜，来满足我们嗜血的灵魂呢？在场的每一个人都满心期待，屏息凝气地注视着跑马场的入口。

场内一时间寂静无声。西边的天空，一抹抹金色的晚霞绚烂夺目，将琵琶湖面染成了朱砂红。在一片红光的映衬下，比睿群山的雄姿如印刻在天幕上的一幅画卷一般，起伏跌宕。一阵风轻抚过湖面，迎面吹来，卷起一阵尘土，掠过跑马场，飘向远方。风静谧而清冷，令因期待着血祭而躁动不安的人群稍稍冷静了下来。

这时，突然枪声齐鸣。

上百支铁炮三度齐发，枪声响彻天际，回音经久不息。这样的百枪齐射，只有在大战开战之时方能听到。枪声引起的骚动尚未平息，跑马场的入口处就冲出一骑马来。马上之人一袭黑衣，戴着黑色面具，背上，一团火正在熊熊燃烧。

难道，是要就这样骑在马背上被活活烧死吗？——明知他背上背的是火把，但那火势烧得实在太猛，令观众不禁产生这样的错觉。

只见那黑色面具的男子身负烈火绕场一周之后，抽出背上的火把，一一扔进场内三处事先搭好的青竹架内。火把划出一条优美的弧线，稳稳地落在青竹架的根部，高高堆起的稻草、麦秆和柴禾立刻就着了火，火势迅速蔓延，越烧越旺。眼看着三大火堆火势渐起，与此同时，火势也蔓延到了地面。青竹架之间，各有两条火线蹿出，宛如灵动的火蛇一般，这也许是事先用火药铺设的引线。转眼间，熊熊燃烧的三大青竹架，就被火焰烧成的锁链连在了一起，即将降临的夜幕也被这火光映照得辉煌一片。

万众瞩目的左义长，也就是世人常说的爆竹节，终于渐入佳境。不过，看样子，今日似乎并没有安排活祭的环节。观众中一时间叹息声一片，既松了一口气又不免有些失望。正在此时，地面突然冒出一群狗来，犬吠声震耳欲聋。

接下来，将会有怎样的精彩在等待着大家呢？

狗一只接一只地蹿了出来，仿佛是直接从地面冒出来的一般，最后总共有近一百只。这支庞大的狗群在栅栏中疯狂地来回乱窜。栅栏外，出现了五十多个骑着骏马的弓箭手，他们一边以迅猛的速度绕跑马场飞驰，一边瞄准栅栏里的狗，逐一射杀。

这便是武家的传统项目——追犬物。

从马背上射杀逃窜的狗，没有长期的训练绝不可能练就这样的功夫。不过，他们都是从织田军中精挑细选出来的高手，自然箭无虚发，支支命中。被视作目标的狗一只又一只地应声倒地。

"牵马来！取我的弓箭来！"信长看得热血沸腾，早已坐不住了。话音刚落,苇毛马已被牵至看台前,森兰丸奉上重藤弓。"近卫,咱们也上!"说着,信长另换一顶南蛮斗笠戴上,一边站起身来。前久本想推辞,无奈信长不答应:"你以为这面具是为何而戴?不正是叫你服从主人的命令吗?"言毕,便命人立即牵出了前久的马。前久所用武器乃是马上筒。他年轻时就擅长使用南蛮舶来的铁炮,长年的勤加练习,如今也算得上一等一的高手了。

首先冲出去的是信长。他左手持弓,右手握住三支箭,连缰绳也不拉,驱赶着苇毛马奋力向前。奥州[①]出产的良驹比其他地方的品种体格更大,步伐也更敏捷。这匹马不受缰绳的束缚,在信长的操控下绕场飞驰,马背上的信长早已弯弓搭箭,瞄准了栅栏中的狗。

第一支箭一举射穿了一只大型黑狗的腹部。说时迟那时快,第二支箭紧跟着射出,射中了一只褐色小狗的耳根。两箭之后,马已跑完直道,开始向左转弯。信长却选在这个时候射出了第三支箭,同时仅凭身体重心的转移跑出了一条弧线。这支箭意外射失了,实在令人惋惜。然而,观众席仍然爆发出一片喝彩声。方才信基遗憾坠马的一幕仍历历在目,如今目睹信长以远超过他的速度驱马急转,还能同时拉弓射箭,他们怎能不为后者的高超技艺所折服?

弓箭、铁炮、刀枪、马术……无论哪一项信长都已练就得出神入化。想当年,正是凭借着这一身超凡的本领,年轻的信长身先士卒,浴血奋战,为自己开辟了一条卓越不凡的命运之路。然

[①]奥州:陆奥国别称,日本古代令制国之一,属东山道。领域在历史上变动过四次,但一般而言大约包括今日的福岛县、宫城县、岩手县、青森县以及秋田县东北的鹿角市和小坂町。远离京都,政治文化发展缓慢,但面积大,战略物资充足,士兵和马匹的素质自古较高。

而与此同时，信长也深知，再高超的技艺也总会有它的弱点。所以，一直以来他也从不会轻视战术的调配，为此耗尽心力，力求每战必胜。

常言道，时势造英雄。然而，唯有信长，乃是亲手缔造了这个战国乱世的豪杰中的豪杰。

前久的表现也不相上下。黄金面具加上绯红色毛毡水干，这一身华服配上雪白的骏马，再加上手中一柄三尺长的马上筒，是何等的摄人心魄？他一边驱马向前，填装子弹，一边还要举枪射击，如此行云流水般的身手也实在令人瞠目结舌。

不幸的狗儿们一只接一只被射杀，悉数成为了血祭的祭品。与此同时，三大青竹架已经完全被火焰所吞没，火堆中不时发出竹片爆裂的声响。仿佛是与之遥相呼应，跑马场的入口也响起了惊天动地的爆破声。

是爆竹！

戴着各色面具的三百骑兵，手中挥舞着一串串点燃的爆竹，如潮水般涌入场内，爆破声震耳欲聋。

信长和前久驱马跟在队伍的最末，紧随其后，又有一支两百人左右的骑兵队入场。随即，围观人群的头顶上，漫天钱币纷纷如雨而下。原来是这两百骑兵从各自马鞍中掏出一把把钱币或金珠，毫不吝惜地撒向人群。百姓们或是踮起脚尖，伸手乱抓，或是埋头捡拾，你争我抢。

信长冷眼看着眼前这群忙乱的百姓，唇角浮出一丝讥诮的冷笑。绕场一周之后，便与由家臣组成的五百骑兵一起，返回了安土城内。

翌日，安土城本丸正殿的主厅内，一场酒宴正开得热闹，乃是为昨日的左义长举办的犒赏之宴。受邀出席的有织田一门众人，数位重臣，还有近卫前久、信基父子，一共二十多人。重臣们照例坐在下首，按资历入座，明智光秀也在其间。关于他此次特意前来参加左义长，为信长侍驾的传言，看来所言非虚。这样的酒宴上无需过分讲究位分尊卑，更不用拘泥于三献杯事，故而人人开怀畅饮，尽情谈笑。

端坐于上座的信长，默默地看着眼前这番热闹景象。

"话说昨日内府大人落马的身姿，还真是风采卓越呀。要说昨日的精彩，您这可算得上头一桩啊。"重臣之中已经有人喝醉了，肆意开起了玩笑，言语颇有些不知轻重。

"那便是传说中的'近卫流落马术'，我用此术落马，周身并未受一丁点伤。"信基将水干的两袖一展，从容应对道。

"听大人这么一说，我们倒想向您讨教讨教。"

"当然可以。不过，我收的束脩①可不便宜啊。"

"您要什么？尽管吩咐！"

"让我参与大战，还要让我领兵打头阵，执掌行兵布阵之重权。"

"这可的确是昂贵，再给下臣几条性命也难以满足您的要求啊。"此言一出，立刻引起了一阵哄堂大笑。看起来，信基在织田家重臣之中，也颇有人缘。

"话说回来，昨日的精心安排，可谓场场精彩，真想让都城的百姓们也能有缘一见呢。"

"信基，此话当真？"信长突然开口发问，席间的谈笑声戛然而止，众人立刻安静下来。信基并未领会信长此问针对何事，一时间竟手持杯盏，一脸茫然。

---

①束脩：古代学生与老师初见面时，必先奉赠礼物，表示敬意，名曰"束脩"。早在孔子的时候就已经实行。后来基本固定为拜师费的一种形式，亦可理解为学费。

"大人真的想让都城的百姓也看一看吗？"森兰丸代信长又问了一遍。

（可别说什么蠢话！）

前久话到嘴边又生生咽了回去，只是狠狠地瞪了信基一眼。却不知年轻气盛的信基是否领会了父亲的用意。

"在都城若真能举行如此新鲜有趣的仪式，晚辈自然愿意广邀天下人前来观看。"

"近卫，你说呢？"信长转而向前久问道。

"的确也没什么不可。不过，京城中似乎难以建造如此开阔的跑马场。"前久委婉地提醒道。看他一头乌黑的头发，容光焕发的细长脸面，神采奕奕，哪里像是四十六岁的人？不过，自十九岁当上关白以来，多年来与一个个战国大名打过交道，他看似无心的一句话、一个动作，往往都有可能隐藏了可怕的玄机。

"我随足利义昭上京时，他曾为我谋求过一次面圣的机会。"

"早已是多年前的事了。"

"我记得那天正好也是举行左义长的日子。虽然那次面圣未能获准，但如今我欲献上一场左义长作为回礼，想必你也不会有异议吧？"

"那么，您尽可以将此番心意上奏天皇陛下，恳请圣意裁夺。在此之前，下臣实在不敢妄言。"

"内大臣，你又有何打算？"

"晚辈认为，陛下定会感念义父大人的诚意。但身为臣子，晚辈也实在不敢揣度圣意。"信基见气氛紧张，言辞也变得谨慎起来。

"如此说来，还是尽早上奏，谋得圣上恩准，方为上策。只不过，以我臣子的身份劳动圣驾，恐怕难以成事。还是由你二人来上奏，以你们想观看左义长为由，奏请朝廷派使者前来传旨，如何？"

"下官明白！"连前久也不敢违逆信长的命令。

"光秀，各方事务就由你来分派。具体事项就和阿兰商量吧。"信长见事情已商议妥当，不过只坐了四刻半钟的时间，便早早地起身离席了。

第二章 来自都城的使臣

  安土城南侧横亘着一片沼泽地，与琵琶湖相连，形成了一道天然的外壕沟。信长在这片沼泽地的对岸，修筑了一条笔直的大道，作为连接城东的须田和城西的丰浦的一条主干道。大道宽近四间，沿道路两侧种有街树。每隔一町还放有一把笤帚，意在提醒城中百姓，切勿忘了及时打扫。因此，尽管这条路上过往百姓穿行如织，却连一丁点儿灰尘都看不到，更别说马粪之类的秽物了。

  进城的百姓通常会先穿过这条大道，再渡过横跨沼泽地的朱漆大桥，最后到达正城门——大手门。一入城门，便可看到近五间宽的干街——大手道，笔直地延伸向山顶的天守阁。大道尽头，更有一段近一町长的石阶攀山而上。每一级台阶都长宽一致，整齐划一，绝无分毫偏差。这段石阶的尽头便是高耸入云、金碧辉煌的天守阁。在它的雄姿映入眼帘的一瞬间，刚刚穿过大手门的来客往往会愣在原地，一时间茫然失神。

大手道上，重臣的宅邸和供来客住宿的斋馆沿街而建。之所以称之为斋馆，乃是因为这些房舍的迎来送往皆是由总见寺①的僧侣们负责。其中，要数大宝坊最为豪华气派，若非身份尊贵的宾客，甚至连留宿的资格都没有。

左义长的庆功宴结束后，近卫前久便先一步返回了大宝坊，一直焦灼不安地等候着信基归来。这个意气用事的糊涂小子，令事态的发展越来越对自己不利了。可是，他本人对此却浑然不觉，眼下一定正与织田家的重臣们觥筹交错，酒兴正浓呢。

"臭小子！"前久禁不住骂出了声。堂堂内大臣竟对信长如此言听计从，若不及时制止，听之任之，后果实在不堪设想。

"大人，您叫我吗？"丹后在外间询问道。他是久居大宝坊的信基从京城带来的厨师，自祖辈起就一直在近卫家侍奉。因为祖籍丹后，所以世世代代都被唤以此名。

"没有，自语而已。"

"奴才为您上点儿酒吧？"

"嗯。信基平日里也常常这样晚归吗？"

"也不是，往常可没这么晚。"丹后逃也似地赶紧退了下去。他不过是二十出头的青年，与信基似乎特别投缘。显然，他宁可忤逆前久的旨意也要维护少主，这一点谁都看得出来。

"臭小子！"前久默默地在心里又骂了一遍。

一边喝着丹后送上来的烫得正好的酒，一边打发着时间，突然间，前久惊觉障子外一片明亮。

---

①总见寺：天正年间，织田信长在修建安土城的同时在城中建造了这座寺庙，此寺乃临济宗妙心寺派寺庙，开山者为织田一族的岩仓城城主织田信安的三子——禅僧刚可正仲，创建时的住持为尧照。建寺时，信长将附近神社寺庙中的众多建筑物搬移过来，至今仍保留着很多珍贵的遗迹。

下雪了。

也不知这雪是几时开始下的，放眼望去，宽敞的院落里，远处的安土城，都已经覆上了一层薄薄的积雪。前久伫立在回廊①上，望着漫天飞雪纷纷而下。大片大片的雪花如搓棉扯絮一般，在天地间无声地飞舞，大地早已蒙上了一层白幕。

前久自幼就偏爱雪。

雪，可以涤荡这混沌的浊世。那清冽的寒冷和夺目的光辉，能够清洗我们肮脏而污秽的灵魂。

也许，年幼的前久就已经感悟到了这一点。雪后的清晨，他总是一睁眼就飞奔至庭院中，如狗儿撒欢一般雀跃奔跑。乳母和侍女们担心他着凉，急得直跺脚，可是前久却不以为然。公家在隆冬也会沐浴净身，也许正是这项传统锻炼了他们耐寒的强健体质，所以就连伤风感冒也极少有人得。

转眼间，地上的雪已积了两寸有余，前久挽起袴裙，打算去雪地上走走。正在这时，正大门传来了急促的敲门声："丹后，我回来啦！内大臣大人回府啦！"是烂醉如泥的信基的声音。前久闻声放下袴裙，若无其事地转身坐回原来的位置。信基吵嚷着走了进来。他戴着黑色的乌帽子，红色丝绒斗篷严严实实地包裹着身体，脸色通红，步伐却出乎意料地还算稳健。

"父亲大人，您回来得可真早啊。"信基解下斗篷随手一扔，回头命丹后去取酒来。

"你还没喝够吗？"

"本来是喝够了，可看您的样子似乎有话要对我说，那就让儿子陪父亲大人再喝上几杯吧。"

---

①回廊：日文写作"缘侧"，日本房屋中，用木板搭建在房间外围的细长走廊。类似于中国的回廊，但构造与功用大有不同。是室内外空间的结合区域。

"既然如此，我们就去院子里，一边赏雪一边喝，如何？"于是，二人将几案挪至院中，竟在一片冰天雪地中对酌起来。见前久是一副乌帽子配水干的打扮，原本打算披上斗篷的信基，为了不输给父亲，也只穿了水干就出来了。

"如何？喝醉的身体感受这份彻骨的寒冷，最是惬意不过了吧？"

"哪里哪里。还是父亲大人的嘲讽之言，听起来更令人神清气爽。"

"我等身在皇宫禁院之人，喝酒并非是为了愉悦自身。而是一种必要的交际手段，只为朝局、政务能顺顺当当，不出大的疏漏。"前久说着，一抬手将杯中之酒一饮而尽，将空酒杯递给信基，似乎有意要较量一番。信基自然也不甘示弱，待一旁伺候的丹后将酒杯斟满，他也一仰头喝干，又把酒杯递了回去。

公家人酒量自然不会差。每逢朝中有什么重大祭祀、庆典，必会大摆宴席，从早到晚喝上一整天。更别说什么歌会、茶会，开到最后也往往总会变成一场酒宴。然而，若将这单单视为一种奢靡和放荡，可就大错特错了。在公家人的觥筹交错之间，对朝局的运筹帷幄，对各家势力的权衡掌控，皆经过了百般的酝酿和反复的盘算。他们善于不露声色地试探对方的心思，适时巧妙地流露自己的意图，在不伤彼此和气的前提下摸索问题的化解之法。正因如此，公家人可以饮酒，但绝不能醉倒。表面上目醉神酣，头脑仍必须保持高度清醒，如一把锋利的剑，随时准备着出鞘迎敌。久而久之，这已成为了公家人的一种习惯。然而，与此同时，自然也会有阴险小人萌生邪念，为将对方灌醉而无所不用其极。由此，斗酒的风俗也就应运而生了。

眼下，前久向信基挑战，也正是出于这个目的。当然，若说仅仅是为了比试酒量，也绝非如此简单。倒不如说，是为了好好考验一番这个不肖子，给他点厉害尝尝，或许更为恰当。甚至，也许这考验里边，还多少带有一点惩罚的意味。

"想让都城百姓也看一看左义长，你如此进言，可是受了那一位的指使？"前久说着，将手中的空酒杯递予信基，这已经是第五杯了。

"不，并非如此。"

"那么，你为何如此莽撞行事，提出这样的建议？"

"不过是为了赞叹一下昨日的精彩表演而已。"信基也想继续挑战第五杯，却突然感到一阵反胃，连忙用手捂住了嘴。

"这么说，想在都城举行那样的祭典，确是你的本意？"

"有何不妥吗？"

"当然不行！那面具意味着什么，你也不可能毫无察觉吧？那一位举行大型祭礼之时，必然心中有所谋划。其目的何在，你可知道？"

"儿子不知。"信基被驳斥得体无完肤，心中不免恼怒，仰头灌下一大口酒，反问道："可是父亲，您不也答应说要上奏天皇吗？"

"如今说这些也无济于事，还是赶紧想想到时可有什么补救之法吧。"

对于朝廷而言，信长的存在无异于洪水猛兽。虽说目前信长尚在朝廷的掌控之中，还能借他的力量为己所用，暂时无虞。可是万一哪天双方转而形成敌对之势，那么，信长无疑会成为朝廷目前为止所面对的敌人中，最残暴、最可怕的那一个。正因如此，前久每每与信长正面交锋，总是处处小心、步步为营，所耗费的心力非同寻常。

雪越下越大了，无论是前久还是信基，肩头都同样落满了雪。庭院中，大手道的石阶上，雪无声无息地堆积，那白得没有一丝杂质的光辉益发耀眼夺目。

前久就着杯中落入的雪花，已经饮干了第八杯酒。信基虽在数量上能勉强持平，但脸色早已苍白如纸，也不知是因为醉酒还是因为寒冷。

"我听说，你还曾劝那一位要做日本国之王？"

"父亲的消息还真是灵通啊！这一定又是岐阜中将的功劳吧？"信长的嫡长子信忠，钦慕前久已久。每每有什么要事发生，他总会有意无意地将织田家的内幕透露给前久。

"这你不用关心。我只问你，究竟有没有此事？"

"确有此事。"信基用迷离的醉眼，直愣愣地看着前久。

"你当时说了什么，现在说来听听。"

"我说，'秦始皇凭借其强大的实力，凌驾于周王朝的统治之上。义父大人也同样应该超越朝廷的权威……自封为王，君临天下……'"

"声音太小，我听不清。好好说话！别这样吞吞吐吐！"

"'您应该自封为王，君临天下'，我就是这么说的。"

"这是你的真心话吗？"

"……"

"回答我！你是真心实意这样说的吗？"前久的语气听上去平静温和，却自有一种震慑人心的威严，似乎在暗示信基，若不老实回答，甚至有可能丢掉继承权。

"我想，如若这确是义父大人的心之所愿，又有何不可呢？"

"那么，朝廷应该何去何从？这个国家，自久远的太古时代起，就一直由天皇统治，这已是不可动摇的天理。如今，竟然有人要凌驾于这份权威之上,哪有这么容易的事?"

"说到朝廷,本就可有可无,彻底消失岂不更好?"信基小声嘀咕了一句,一口喝下了第九杯酒,接着说道:"父亲大人,您方才的意思是说,朝廷的地位至关重要。可是,看看如今的朝廷,还有何实力可言?对当下的掌权者趋炎附势,借此讨得一点少得可怜的扶持和接济,这才得以苟延残喘,如此而已。更别说还墨守着千百年来的陈规陋习,不思变通,一味只知道维持体面,粉饰太平。难道我说得不对吗?"

"那又如何?"

"这样的朝廷,我早已厌恶至极了。充满了腐臭霉味的朝堂和满朝呆若木鸡、唯唯诺诺的蠢相,实在令人透不过气来,憋屈得几乎想死。"信基一股脑儿地说完这番话,突然扑倒在地,大口大口地呕吐起来。漫天飞雪簌簌而下,鹅毛般的雪片落在他的脊背上,无情地将他一点一点覆盖起来。

"家门大人,明智日向守大人遣使来见。"丹后小心翼翼地向前久通报。

"先请客人进来。"前久伸手拂掉肩头上的积雪,反身上了回廊。是否对儿子太过严苛了?他不禁有点心软。可是,既然已经走到了这一步,那么最后一击已是不得不发,容不得半点犹豫:"够了,信基!你对朝廷的满腹牢骚,我可没工夫听。我只要你记住,既然身居朝廷要职,又是近卫家的第十七代当家人,藐视君王的言论是绝对不可饶恕的!如果你做不到这一点,那么我唯有即刻剥夺你的继承权。"

"您尽可以试试看。"信基就这么匍匐在雪地上,抖动着肩膀笑出了声:"义父大人曾说,要将朝廷交由我管理。我倒要看看,您究竟有没有这个胆量违背他的意愿。"说着,信基攀着缠绕在庭中古树上的枯藤想要站起身来，可是干枯的藤蔓根本承不住力，一下子就碎成了渣。信基再次跌倒在地，头朝下栽进了积雪里。

（蠢材！）

前久在心中咒骂了一句，交代丹后照顾好他，便起身朝会客室走去。

明智光秀派来的使者，是一名留着额发①的小姓，他一见到前久便开口说道："这是我家主人日向守给大人您的亲笔书信，特此呈上，请大人惠览。"

前久接过呈上来的信笺，迅速浏览了一遍。

我将在明日午时返回坂本城②，愿与大人同行，护送大人至山科③，恳请大人准允。

这便是书信的全部内容。

翌日，大雪初晴，碧空如洗。

安土城一带四季分明，天气瞬息万变。刚才还是晴空万里，一转眼便阴云密布，雷电交加，那也不是什么稀罕事儿。从岐阜移居此处的织田家的家臣们，暗地里称这种天气为"主公面"。这个叫法既体现了众人对喜怒无常、琢磨不透的信长的敬畏，却也不无揶揄之意。

待到日上中天，昨夜的积雪刚刚开始融化的时候，前久便坐上了四方轿，前往位于大须田的明智光秀的府邸。由于提前派了同行的随从前去禀报，所以光秀早早地迎了出来，正在府邸的大

---

①额发：男童或妇人前额上留的头发，通常束成一束。

②坂本城：位于近江国滋贺郡坂本（今滋贺县大津市坂本城址公园内）的一座平城，面对琵琶湖，是监视比睿山延历寺和控制琵琶湖制海权的据点。

③山科：现京都市东部的一个区。与京都盆地相隔东山，与近江盆地相隔音羽山和醍醐山，自古便是连结京都和东国的交通要道。

门口候着呢。他比前久年长八岁，应该有五十四岁上下了。出身美浓土岐氏[1]末裔的他，年轻时曾在足利将军麾下效力。前久与他就是在那个时候相识的。

"近卫太阁大人，劳您大驾，下官惶恐之至。"光秀单膝跪地，俯身一拜。只见他脸型瘦长，五官俊朗，两鬓似已染上了薄薄的霜华。

"劳你费心，我才是过意不去呢。"

"船只已准备就绪，请您这就登船吧。"在光秀的亲自指引下，轿夫抬着轿子下到渡口，连人带轿地将前久抬上了一叶小舟。身份高贵之人，轻易足不沾地，这是朝廷惯有的规矩。前久虽心中觉得多有不便，但最近这段时日，凡事也都尽量依着规矩来办。

湖面上另有一艘三十支桨的大型舰船静静地等候着。前久一行弃了小舟，踩着舷梯登上了大船。站在船舷上放眼望去，湖对岸连绵的比良山地[2]几乎近在眼前。覆盖着皑皑初雪的山峰，在蔚蓝天空的映衬下，益发显得俊秀挺拔、巍峨壮丽，令人不禁心旷神怡。前久被眼前的壮观景象所打动，敬畏之心油然而生，颔首默默无语。

"今日当真是个好天气啊。"光秀站在他身后开口说道。

"安土城中，可都管这样的天气叫做什么'主公面'呢。"

"舱内设有雅座，还请大人移动尊驾。"光秀事事谨慎小心，闻此言只当没听见，引着前久进了船屋。船屋中，前一后有两间

---

[1] 土岐氏：美浓源氏，定居于土岐郡。中世时为美浓守护。战国时代末期为斋藤道三打败，就此没落。

[2] 比良山地：位于滋贺县琵琶湖西岸的山地，最高峰为武奈岳（约高1214.4米）。自古便是因近江八景之一"比良暮雪"而闻名遐迩的风景名胜地。

约六席宽的房间。里间装潢得更为考究，铺着镶纭綢[1]织锦的席子，摆放着描金的凭肘几。

"阁下的一番好意本官感激不尽，然则此乃上用之物，我实在无福消受。"前久命人撤下镶纭綢锦的席子，屈身直接坐在地板上。

"下官并非有意冒犯，乃是听闻最近摄关家也常有人用此等上品。"

"这样的人肯定不少，但我实在无法苟同。凡事都应该遵循祖制，不可造次。"

"在下有一人想要引荐给大人，大人可否准许？"

"嗯，你说。"

"与一郎，进来吧！"随着光秀的召唤，一个身材高挑皮肤白净的青年走了进来。原来是细川藤孝[2]（又名幽斋）的嫡长子，与一郎忠兴。他刚过十九，却早在十五岁第一次上战场时就立下了赫赫战功，信长对他也颇为赏识。三年前，由信长亲命指婚，将光秀的次女玉子许配给了他。

"为参加此次左义长，他特意从丹后的田边城赶来侍驾。"光秀对忠兴的能力也赞赏有加。他的领国丹波与丹后互为邻国，能得到忠兴这个乘龙快婿，可以加深与细川家的关系，让他更无后顾之忧。

---

[1]纭綢：古时的一种色彩搭配法。选用同色系的颜色，按浓淡有层次地组合，或搭配以浓淡相宜的与之有对比效果的其他色调，从而产生一种立体感和独特的装饰效果。盛行于中国唐代，奈良时代至平安时代在日本逐渐普及，被广泛地运用于佛像、建筑、工艺品及织染等的色彩搭配上，并得到进一步发扬光大。

[2]细川藤孝：（1533—1610），日本战国时代武将和歌人，号幽斋，玄旨，官位正五位下兵部大辅，精通和歌的儒将。本姓三渊，其父三渊晴员，作为细川元常的养子继承细川家，侍奉将军足利义辉。义辉被杀后，拥立足利义昭为将军，但最终与其决裂而臣服于织田信长，受封丹后田边城。本能寺之变后，拒绝明智光秀投奔丰臣秀吉，秀吉去世后又主动倒向德川家康。

"久仰大人威名。初次见面,在下乃是细川与一郎忠兴。"忠兴俯身一拜,报上名来。

"非也,我与你曾有过一面之缘。"前久言罢,命忠兴抬起头来。他宽展的额头和刚毅的眼神,与年轻时藤孝简直一模一样。

"在下竟毫无印象,不知是几时的事?"忠兴询问道。面对前久,他也丝毫不显怯懦之色。

"那时你才不过三岁吧,自然是不记得。"

"是啊,我记得那是在二条御所①举行的赏樱大宴上,没错吧?"也许是陷入了对往事无限的回忆之中,光秀的目光变得飘渺而幽远,充满了深深的眷恋。

那一年,是永禄八年(1565),忠兴正好三岁。当时的将军足利义辉,在二条御所召开赏樱大宴,特邀近卫前久出席。年幼的忠兴,也跟随细川藤孝、明智光秀等一起,有幸一睹将军的英姿。

说起前久与义辉、藤孝的相识,却有一段神奇的因缘。前久的祖父尚通②,致力于重振日渐衰落的朝廷和足利幕府,加强近卫家和足利家的联系,努力实现公武一体之势的复兴。为此,他将自己的女儿庆寿院嫁与第十二代将军义晴做了正室。庆寿院便是义辉的母亲,也是前久的叔母。前久的父亲稙家③继续贯彻这个方

---

① 二条御所:又名二条城。日本历史上称作"二条城"的地方有多处。因为当时二条大路在朱雀大路废弃之后,成为了京中第一大路,故而足利尊氏到义满先后三代将军都曾在二条建造府邸。室町时代,二条城是平安京右京唯一的城,与左京唯一的西院城齐名,并称为平安京两城。此外还有13代将军足利义辉的居城、织田信长为15代足利义昭修建的居城,以及信长后来将之作为自己的住所进行修缮开最终进献给皇太子的府邸。1603年,江户幕府也修建了二条城作为德川家康的府邸,现存的二条城便指的是这一处。

② 尚通:近卫尚通(1472—1544),日本战国时代的公卿、关白。父亲是近卫政家,母亲是北小路俊宣的养女俊子,妻子是德大寺实淳的女儿维子。

③ 稙家:近卫稙家(1502—1566),日本战国时代公家、关白。藤原北家近卫家第十五代家主。父亲近卫尚通,妻子为久我通言养女(细川高基之女)。

针,将前久的妹妹里子嫁与义辉做了正室。如此一来,前久和义辉便成为了既是表兄弟又是连襟的双重关系。

然而,在这一系列政治婚姻的背后,有一个悲惨而无辜的女人,她便是细川藤孝的母亲。藤孝的母亲是备受世人景仰,被誉为当朝第一大学士的清原宣贤[①]的女儿。她在足利义晴身边做侍女的时候,怀上了藤孝。本来她可以顺理成章成为正室,藤孝继任第十三代将军也是水到渠成之事。可是,只因义晴与庆寿院突然缔结婚约,这个女人不得不以六甲之身下嫁三渊晴员[②],藤孝就是在这个时候出生的。义晴对他母子俩也深觉心中有愧,不久便让他做了细川管领家一门的细川元常的义子。

因此,对将军义辉来说,藤孝其实是同父异母的兄弟,忠兴则是他的内侄。当年那场赏樱大宴本是义辉和前久的内府家宴,忠兴能有资格出席,也正是因为这个缘故。

这一年,前久和义辉都是三十岁。一位位列关白,一位贵为将军。二人分别掌管着朝廷和幕府,实权在握。而时年三十二岁的细川藤孝早已是义辉的左膀右臂,成为了维持幕府统治的中坚力量。同样,三十八岁的光秀作为一名奉公众,也深受重用。所以,这一日的赏樱大宴,实则不过是彼此知根知底的亲友间的一次聚会,借以互诉衷肠,增进情谊。

在繁花怒放的樱花树下,众人推杯换盏,其乐融融。酒至半酣,义辉兴之所至,表演了一支剑舞。一旁,前久吹笛,藤孝击鼓,光秀则咏唱汉诗,一起为义辉的表演助兴。他们个个都是技

[①] 清原宣贤:(1475—1550)日本战国时代儒学者。吉田兼俱之子,清原宗贤的养子。号环翠轩。著有多篇手抄本、古籍注释等。

[②] 三渊晴员:(1500—1570),日本战国时代武将,室町幕府幕臣,先后侍奉义晴、义辉、义昭,受封和泉国松崎城主、山城国大法寺城主。

艺超群的高手，精彩的一幕甚至引来了女眷围观。巾帼不让须眉，庆寿院和里子也命人取出琴来，当即抚了一支近卫家独传的名曲。不愧是叔父与内侄女，果然意趣相投。一时间，笛声、琴音，美妙的音符伴着缤纷的落樱，洋洋洒洒，飞扬于天地间。

啊，那是一个多么美好的春天！

谁也没有料到，那次相聚之后，等待他们的竟是生离死别。

"那一日御所大人①的舞，的确是精妙绝伦。直到现在，我只要一闭眼，眼前就会浮现出他轻舞飞扬的身姿。"光秀用手捂住眼角，强忍住眼中的热泪。

"那一日的宴会，我记得也是为你设宴饯行，对吧？"

"是啊。我受命出使诸大名的领国，宴会次日就离京出发了。先后造访了若狭②的武田、近江的浅井。直至来到越前③的一乘谷，才得知御所大人遭遇变故的消息。"

赏樱大宴大约三个月之后的五月十九日，松永弹正④起兵谋反，义辉兵败被害。前久的叔母和妹妹，自然也难逃同样的厄

---

①御所大人：指足利义辉。

②若狭：日本古代令制国之一，属北陆道，又称若州。其领域大约为现在的福井县岭南。天然良港、交通要道。镰仓以来的北条氏、室町时代的一色氏、武田氏等幕府重臣先后为若狭守护。但进入战国时代，若狭武田氏势力衰落，后被邻国越前的朝仓氏攻陷。直至1570年，织田军讨伐越前时，顺便收服了若狭，归于丹羽长秀的支配之下。

③越前：古代日本令制国之一，属北陆道，又称越州。其领域大约为现在福井县的岭北地方及敦贺市。原为古越国一部分，七世纪末将其分割设置为越前、越中、越后三国。平原广袤，农业发达。良港众多，海运昌盛。应仁之乱后，国内的朝仓氏逐渐扩充势力，稳步向战国大名迈进。国内形势相对安定，以一乘谷城高度发达的文化水准者称，有着越前小京都之称。直到1570年出现了强大的敌人——织田信长。

④松永弹正：松永久秀（1510—1577），日本战国时代大和国大名。早年于三好长庆手下担任要职，后阴谋篡夺三好家实权。1565年，又与三好三人众谋杀足利义辉，史称永禄之变。但不久双方反目，开始长期交战。1568年，松永久秀臣服于上洛的织田信长，但数次发动叛乱，终于在1577年信贵山城之战战败后自杀身亡。

81

运。当时，前久得知二条御所被松永的大军围困，也曾想尽各种办法营救义辉。他甚至恳求松永，就算义辉非死不可，至少放庆寿院和里子一条生路。可是，面对前久的苦苦哀求，松永弹正却只报以冷冷一笑，竟下令继续收紧包围圈，放火烧了御所。火势顺风而起，迅速蔓延开来。炽烈的火焰如一条条火蛇一般疯狂地往上蹿，似乎要把一切都吞噬干净。

痛失足利义辉，给朝廷和近卫家造成了难以弥补的重创。为了与将军家族同心同德，共同实现朝廷和幕府的复兴大业，近卫家三代人苦心经营多年。谁承想，这一切竟在一夕之间分崩离析，化为乌有。然而，前久和藤孝却没有时间感慨命运的无情。当务之急，是要将义辉的弟弟，身为兴福寺①继承人的觉庆转移到安全的所在，无论如何也要保住将军家族最后的血脉。兵变当日，前久便连夜派人前往兴福寺，嘱托他们保护好觉庆。数日后，藤孝又避开松永军的重重耳目，成功将他带出了寺。

这觉庆便是后来的第十五代将军足利义昭。

义昭在藤孝和光秀的倾力协助之下，安全藏身于朝仓义景②之处。可是，朝仓一族却没有匡扶新任将军，杀回京城的实力，他不过躲在此处虚度光阴而已。所以，藤孝和光秀才会想到求助于管辖美浓、尾张一带的织田信长，而谋划此事的便是前久。他先

---

①兴福寺：日本法相宗大本山，位于奈良市登大路町。天智天皇八年（669），藤原镰足之嫡室镜女王继承镰足遗志，于山城山阶村陶原（今京都市山科区）建立山阶寺，安置丈六释迦像。天武天皇元年（672）将此寺移至大和高市郡厩参（今奈良县高市郡），改称厩参寺。和铜三年（710），迁都平城京之际，藤原不比等又移寺址到现在所在地，并易名为兴福寺。

②朝仓义景：（1533—1573）日本战国大名，越前朝仓家末代大名。朝仓孝景的长男，1548年父亲死后成为朝仓家的第十一代家督。后来加盟于信长包围网，1573年末被信长击败，最终在贤松寺自尽，死后头骨被制成酒器。

派近卫家的家礼山科言继[1]前去织田府上，探听信长的口风，看他是否同意接纳义昭。诸事妥当之后，光秀和藤孝这才顺顺当当地将义昭转送至岐阜城。

而信长一方，则早已做好了万全的准备，只待义昭的到来。故而，仅仅两月之后，他便率五万大军挥师上京，将三好三人众[2]逐出京城，扶持义昭登上了将军之位。

然而，对于前久来说，与信长这位绝世奇男子之间的漫长的斗争，才刚刚拉开序幕。

三十支桨的大船，在清澈见底的湖面上乘风而行。日渐西斜，水面偶有微波，在夕阳的照耀下泛起粼粼波光。从安土到坂本走水路只有大约七里，不过一刻工夫就能到达。在离对岸的渡口还剩不足一里远的时候，光秀似乎痛下决心，终于将谈话切入了正题："此次请大人来，是想商量商量本次祭典的事宜。您觉得京中可有什么合适的场地？"

"那就要看信长公意欲举行何等规模的祭典了。"前久小心谨慎地试探着信长的真实意图。

"主公早已言明，这场左义长特为圣上而举办。"

"关键是该如何办。若要和昨日同等规模，在京城之中绝非易事。"

---

[1]山科言继：（1507—1579）权大纳言，京都的公卿，武家传奏官。其五十年间所著之日记《言継卿记》是有关战国时期历史的珍贵史料。山科家世世代代担任皇室的内藏头，负责皇室财产的运营和收支。

[2]三好三人众：指日本战国时代末，阿波三好氏一族的三名武将，三好长逸、三好政康与岩成友通。早期家世模糊，自称出自小笠原氏。前两者为三好长庆同族，岩成为三好氏重臣。在三好长庆为三好家主的时期，三人是地位颇高的大将。长庆死后不久，特别是永禄之变之后，三好家分裂为两派，双方在1565年至1573年之间于近畿展开大规模混战，导致了三好家的彻底衰落和灭亡，也为织田信长进京打开了大门。

"此话怎讲？"

"京城可没有如此大的场地，能修建那么大的跑马场。唯有贺茂[①]的河滩，倒可以勉强一试。"前久的心中有两个担忧：其一，信长会不会让天皇陛下也戴上面具？其二，左义长会不会只是个借口？信长的真实目的，其实是要向朝廷提出更多的要求？

"若果真选在河滩举行，可有御驾亲临的先例？"

"若是微服出巡，或许有过类似的情况。此事要待我回宫查一查，方可确认。"

"恳请大人务必全力相助，促成此次左义长在京城的顺利举行。"

"我自当竭尽所能，只是信长公究竟用意何在，我至今仍一无所知。为何会无缘无故突然提出这样的请求？"

"主公今年有意进兵诸国，讨伐各支敌对势力。或许他是想在出兵之前请天皇亲自检阅织田军的战斗力，借此振奋全军的士气吧。"光秀的回答却出人意料的实实在在。

"果真如此，那就该举行骑兵检阅，而非左义长才是啊。"出兵诸国之前在御前举行骑兵检阅，则等同于得到了天皇的圣旨，可以名正言顺地讨伐诸国。

"也许是觉得骑兵检阅不太妥当吧。"

"信长公早已手握天下重权。与天皇陛下比肩而坐，共览骑兵检阅，又有何不妥？只是一点，对朝廷必须保持谦恭，礼数周全。"

光秀的船将前久一直护送到大津，之后他又在细川忠兴的保护下继续赶往京城。随行的有抬轿的轿夫十人，贴身保护的青年

[①]贺茂：京都市北、左京两区的地名。

侍卫十人，再加上忠兴的家臣五十骑，排成两列纵队向京城进发。

翻过日之冈，进入山城国[1]境内，前久绷紧的神经才稍稍放松下来。接下来的行程下起了雨，起初只有大颗的滴珠稀稀落落地敲打在四方轿的轿檐上。前久掀起帘子仰头一看，北边的天空已经聚拢了一大片铅灰色的云层，潮湿的空气黏黏地包裹着人的肌肤。不一会儿，乌云滚滚而来，一场大雨蓄势待发。

"与一郎，你过来。"前久叫住走在队伍前方的忠兴，"这雨来势汹汹，今夜就在吉田神社[2]借宿一宿吧。你先去通报一声。"

"属下明白！"忠兴亲率二十人，骑着马冒雨前去了。

吉田神社中供奉的，乃是从春日大社[3]请来，分祀在此地的诸神。而春日大社中供奉的则是藤原氏的氏神[4]，与近卫家有极深的渊源。神社的神主吉田兼和[5]（又名兼见），相当于是细川藤孝的从兄弟。前久之所以命忠兴前去通报，正是因为清楚他们之间的这层亲属关系。

大队人马穿过粟田口，到达吉田山山麓的神社时，四周已经

---

[1]山城国：日本古代令制国之一，属京畿区域，为五畿之一，亦称山州或城州。相当于现在的京都府南部。因其领地内平安京为仿洛阳与长安形式所建，亦称雍州。

[2]吉田神社：位于京都府京都市左京区吉田神乐冈町的吉田山中，二十二社之一。贞观元年（859），藤原山荫将春日大社供奉的四座神作为藤原一族的氏神请到吉田神社，后来逐渐被视为生活在平安京中的藤原氏全体族人的氏神而备受崇敬。镰仓时代以后，此社神职由卜部氏（后来的吉田家）世代相传。到了室町末期，吉田兼俱创建吉田神道（唯一神道），并以此社为据点，在社中建大元宫。

[3]春日大社：位于奈良县奈良市，于768年为祭祀中臣氏（后来的藤原氏）的氏神而建造，旧称春日神社。二十二社之一。

[4]氏神：将氏族的祖先作为神灵供奉，又称"氏族神"。例如，藤原氏的祖神乃是天儿屋根命。

[5]吉田兼和：（1535—1610）日本战国时代至江户时代初期的神道家，京都吉田神社神主。吉田兼右之子。吉田家第九代家主。1570年继承吉田神道。因避讳后阳成天皇名字（和仁）而改名兼见。任从二位神祇大副，左兵卫督。

85

完全暗了下来。时间刚过申时,可是天色已昏暗得犹如黄昏,风也越来越大,带着刺骨的寒意。

从忠兴那里得到消息的兼和,早已把一切准备得妥妥帖帖,恭候多时了。

"大人您是先沐浴更衣,还是先喝一杯暖暖身子?"待前久坐上玄关的台阶,兼和立即像下人一样双膝跪下,亲手为他脱去短靴。这位四十七岁的祭祀官,乃是吉田神道的嫡系传人。作为清原宣贤的孙子,学识上自然是出类拔萃,更兼有过人的处世之才。作为前久的得力助手之一,他主要负责各方消息的汇总和传递。

"我要与你单独谈谈,让闲杂人等全部退下。你去安排吧。"

"若是这样,还请大人移步里间,屋子里有地炉,暖得正好。"兼和躬着身子谦卑地说着,将他那原本就矮小的身躯益发缩成一团,将前久带入了茶室。茶室宽约六席,中央挖出一个窄小的地炉。火撑子上架着大锅,正咕噜咕噜往外冒着热气呢。对于在寒冷的夜雨中长途跋涉的旅人来说,没有比这番景象更能慰藉、温暖身心的了。

"安土的左义长可还算精彩?"兼和熟练地点好茶[①],奉与前久。

"万马奔腾,爆竹声声,甚至还上演了追犬物。真可谓是眼界大开啊!"

"哦,是吗?还有追犬物?"

"信长这家伙,竟邀我一同射狗。"

"大人您应允他了吗?"

"那家伙的脾气你还不清楚?就爱瞎凑热闹,拜他所赐,倒连

[①]点茶:日本茶道中的制茶手法,通常用竹制茶匙按一定动作将茶碗中的茶搅成泡沫状。点茶、煮茶、冲茶、献茶是日本茶道仪式的主要部分。

累我沾染了血腥之气。看来，入宫面圣之前，非得好好沐浴斋戒一番不可了。"前久一脸无奈，苦笑着喝了一口茶。血和死亡是宫中最忌讳的事，甚至有人仅仅因为在进宫途中撞见了兽类的尸体，就被取消了入宫觐见的资格。

"那可真是一场无妄之灾呀。"

"你可别一副事不关己的样子。信长发话了，同样的祭典，他要在京中也举行一次。还有意邀请陛下御驾亲临呢。"

"如此说来，不就等于是一场骑兵检阅吗？"

"是啊。他这分明是想凭借圣上的天威，向天下人炫耀自己的威势。"此等行径，实在天理难容。然而，前久虽然满心愤懑，却无力与信长抗衡。无奈不得不委曲求全，任人差遣。也正因如此，他益发怒火中烧，焦躁不安。

"我今日前来，正是有事相托。"

"这场骑兵检阅，有什么需要我事先张罗的吗？"兼和那深深凹陷的铜铃眼，闪过一道凌厉的光。

"你速与春长轩取得联系，命其摸清信长的真实意图。既然陛下会御驾亲临，万不可有丝毫的疏漏。"

春长轩，指的是京都所司代，村井长门守贞胜[1]。

仅凭贞胜一人之力，能否成功说服信长？他又会做出何等的让步？此事成败在此一举。

二条御所大致坐落在京城的正中央，东西毗邻乌丸街和室町街，南枕三条坊门街，北朝押小路，交通可谓极为便利。其中三条坊门街又称御池街，因为这条街的一侧紧邻龙池。天正四年

---

[1] 村井贞胜：（？—1582）日本战国时代织田家家臣之一，为织田家中第一幕僚。早年作为织田信长之部下而活跃。后担任京都所司代，帮助维持治安，修筑内宫。入道号春长轩。本能寺之变时，与织田信忠等一同据守二条御所，遭明智军包围，不敌，战死。

（1576）四月的最后一天，织田信长正留宿在位于龙池西侧的妙觉寺内。他纵观周遭景致，忽觉甚合心意，于是命人在池东侧建造了这座私属行馆。

二条殿选址之处，所幸恰有空地可供修建。泉水、庭院之远景，甚是风雅。遂将兴建之种种事宜，悉数交予村井长门守一人操持。

太田牛一的《信长公记》中有如上记载。

此后，又加筑了外围壕沟和围墙，几乎建成了一座设施完善的城郭。不过，在天正七年，信长却将整个府邸拱手献给了成仁亲王。成仁亲王乃是正亲町天皇的嫡长子，是年年方二十八，早已被立为太子，行过册封之礼，世人皆知其即位之日可谓是指日可待。

当时的京城之中，顿时流言四起。人人都说，信长将二条御所进献与亲王，不过是为了让他远离皇宫大内，远离皇权的中心，进入自己的势力范围之中。当时信长与正亲町天皇不睦已久，百姓们如此揣测，也在情理之中。

正亲町天皇自弘治三年（1557）四十一岁时登基以来，已身负皇权重责长达二十三年。身为帝王，他执政经验丰富，精通法典，谙熟朝务。信长不仅火烧镇护皇城的比睿山，对朝廷更是多次提出无理要求，天皇对他早已忍无可忍。故而，每有武家传奏官[①]递上信长的奏折，天皇也极少爽快应允。

信长倾力扶持成仁亲王登上皇位，不正是为了废除当今这个不听话的天皇，为自己扫清障碍吗？

[①]武家传奏官：按日本朝廷的规矩，只有获得五位以上的身份的人才可上殿，无官位者不能面见天皇。各家大名或家臣向朝廷献金或进谏，都必须通过山科言继、劝修寺晴丰等公卿传奏，这样的官职叫武家传奏官。

尽管人人都心有疑窦，可是天正七年（1579）十一月二十二日，诚仁亲王一家上下还是如期迁入了二条御所。搬迁的队伍于卯时从皇宫出发，沿一条大街往南折向室町街。

开路先锋便是近卫前久。由当今朝中最有权势的前久来开路，无可辩驳地证明了，此次迁府之事正是由他一力促成。

紧随其后的是近卫大纳言[①]信基、关白九条兼孝[②]、左大臣一条内基[③]、右大臣二条昭实[④]，还有鹰司少将信房[⑤]等等，清一色全是五摄家当家人的轿舆。再往后，便是满载着唐柜的马车，柜中装的全是亲王家的绫罗绸缎、奇珍异宝。车队在宫中杂役的护送下徐徐前行。街道两旁，赶来看热闹的百姓数以万计。东宫（皇太子）的仪仗通行，沿街百姓本应该行屈膝之礼，可是站着看的人也不少。

紧接着，两顶六抬板轿缓缓而来。第一顶上坐的是五王子和

---

①大纳言：律令制度下朝廷的官位名，正三位，太政官次等官。乃是为三公提供协助及参政议事，也是作为天皇的近侍，把政务上奏予天皇，同时把天皇敕令向下宣诏的要职。又可以在左右大臣不在时代行职务，另外大纳言皆为上卿，负责大节礼仪等事务。理论上，公卿中的羽林家（如小路、四条、山科等氏），名家（如劝修寺、乌丸、甘露寺等氏）、半家等皆可出任。实际上，公卿家中身份最低的半家顶多只能担任参议或中纳言。

②九条兼孝：（1553—1636）安土桃山时代至江户时代初期关白。九条家第十七代家主。本为二条家出身，父亲二条晴良，母亲伏见宫贞敦亲王之女位子。弟弟二条昭实、鹰司信房。幼时被大伯父九条稙通收为养子，1560年八岁时继从三位，后经左大臣成为关白。号后月轮。

③一条内基：（1548—1611）日本战国时代后期至江户时代初期的公家。父亲是关白一条房通。藤原北家摄家家主一条家家主。

④二条昭实：（1556—1619）安土桃山时代至江户时代初期公卿，关白，摄关家二条家家主。曾娶织田信长的养女为妻。与丰臣秀吉、德川家康等统一天下者也关系密切。

⑤鹰司少将信房：（1565—1658）安土桃山时代至江户时代的公卿。父亲二条晴良，母亲伏见宫贞敦亲王之女位子。从一位。天正七年（1579），在织田信长的建议下，他继承了在鹰司忠冬死后已断绝多年的鹰司家的香火，并使之再兴。其名讳中"信"一字也是信长所赐。历任内大臣、左大臣、关白。

他年轻的乳母，五王子同时也是信长的义子。第二顶上坐的是深得亲王宠爱的劝修寺晴子和中山亲子。

六抬板轿之后，便是府中的众女房约六十人和众公家约三十五人徒步跟随。众公家之中，有晴子的兄长劝修寺中纳言晴丰[①]、亲子的兄长中山中纳言亲纲、广桥头弁兼胜[②]、中院中纳言通胜[③]等，这些个个都是在后来的公武关系中举足轻重的人物。此外，吉田神社的神主吉田兼和，也在队列之中。他头戴立式乌帽子[④]，身着锦缎直垂[⑤]。

紧跟在清华七家[⑥]的家主之后，诚仁亲王的御舆终于出现了。轿子四面轿帘低垂，可恰在这时，一轮旭日冉冉升起，将亲王的

[①] 劝修寺中纳言晴丰：(1544—1602) 织丰时代武家传奏官。劝修寺家属于"新家"（也叫名家，是公家中较低的门第），晴丰的极官（按门第可以担任的最高官职）只到大纳言。但在庆长六年（1601），即其死前一年，晴丰升任从一位、准大臣，后来在庆长十九年又被追认为内大臣。著有《晴丰公记》。

[②] 广桥头弁兼胜：(1558—1623) 日本安土桃山时代至江户时代初期公家、歌人。藤原北家日野流。广桥国光之子，母亲为高仓永家之女，兄弟为日野辉姿、日贞。最高官位从一位内大臣，1603—1619年担任武家传奏，为维护朝廷与幕府间的关系而奔走。

[③] 中院中纳言通胜：(1556—1610) 战国时代到江户前期的公家、歌人和学者。中院通为的三子。天正七年（1579）位至正三位权中纳言。著有日记《继芥记》、歌集《中院通胜集》等。

[④] 乌帽子：日本公家平安时代流传下来的一种黑色礼帽，近代日本成人男性的和服礼服组成部分。镰仓时代以来，乌帽子越高表示等级越高。公家通常戴的帽子叫"立式乌帽子"，此外还有风折乌帽子、侍乌帽子等。

[⑤] 直垂：垂领式上衣，通常与袴裙搭配穿着，武家的代表性服饰。本是庶民的服装，镰仓时代成为武家在幕府的正式服装，近世又成为侍从以上身份之人的礼服。公家也时有穿着。质地精良，无纹，有五处菊缀，带胸扣。

[⑥] 清华七家：清华家，公家家格（门第）之一，大臣家族中仅次于五摄家。一般兼任近卫大将、大臣等职位，最高可晋升到太政大臣。在摄家之间清华家的子弟被称作公达。一共包括九大家族（之前有七个称"七清华"，后来加入两个改称"九清华"），分别是：久我氏、三条氏、西园寺氏、德大寺氏、花山院氏、大炊御门氏、今出川氏、醍醐氏、广幡氏。

身影清晰地映照了出来。

关于当时的情景，太田牛一在他的书中不无感慨地写道：

当是时，朝晖射入轿帘，故芸芸众生，有幸一睹亲王音容。他双眉微蹙，头戴立式乌帽子，身着绫罗。远远望去，白衣飘飘，俊逸出尘。纵贯古今，如此咫尺之间瞻仰亲王之事，可谓绝无仅有。

当时，亲王的御舆中还载有三大神器[1]之一的御剑，一到二条御所便由中院通胜送了进去。

此后的一年多，亲王府的生活至少在表面看来风平浪静。其间，府中曾发生过两件大事。其一是去年四月，十二岁的长女突然夭折。其二便是去年年末，晴子诞下次女。亲王与晴子已育有六男一女，这已经是第八个孩子了。

在整个京城为信长举行骑兵检阅的事闹得沸沸扬扬的时候，产后不足一月的晴子正在休养之中。她一直幽居在内殿的寝宫，日日缠绵床榻。

正月的最后一天，晴子仍然没有踏出寝宫半步。她卧于衾被中，只略略支起上半身，斜倚在床头小几上，显得怅然若失。她已经给孩子哺过乳了，也并非身体有何不适。却总是莫名地郁郁寡欢，做任何事都觉得意兴阑珊。药师声称这是产后疲惫所导致的体虚。然而，晴子自己比谁都清楚，事情的缘由并非如此。这不是身体的倦怠，而是内心的活力消失殆尽，好比失去了水分的草，只能渐渐枯萎。

而这一切的根源，还要从去年四月长女幸子的死说起。这个女儿，是她十七岁时所生的第一个孩子，特别的聪慧可爱。却突

---

[1] 三大神器：从神代继承下来的宝器，作为皇权的标志被历代天皇代代相传的三件宝物。即八咫镜、草薙剑、八尺勾玉。

然不知染上了什么怪病，不过三日便香消玉殒。这已经是晴子第二次经历丧子之痛。第一次是在六年前，她的第四个儿子刚一出生便不幸夭折。然而，失去幸子所带来的伤痛远远超过了上一次。朝夕相处了十二年，对晴子来说，幸子已经不仅仅是自己的女儿，更是可以无话不谈的闺中密友。失去她，宛如割掉身体的一部分，那种痛楚是常人难以理解的。

偏偏在这个时候，她得知自己又怀上了第八个孩子。诚仁亲王坚信这个孩子是爱女转世，因此倍感欣慰。可晴子却怎么也高兴不起来。她恍然意识到，孕育生命似乎与自身的意愿并无半点关系，一个女人的身体和本能不过只是任人摆布的工具，她不禁从心底感到厌恶。

细细想来，自从十五岁嫁给亲王，她已经不辞辛劳地为他接连诞下了七个孩子。这既是身为劝修寺家族的女儿与生俱来的使命，也有一份诞下皇室血脉的荣耀。然而，这份使命感，这份荣耀，和幸子的死比起来，却变得一文不值。

（我的人生，究竟是为何而活？）

突遭变故，竟然令她对自我存在的根本意义产生了怀疑，这个可怕的念头日日夜夜啃噬着她的心，令她备受折磨。尽管如此，肚子里的小生命仍然一天一天地长大了。身边的人都热切盼望着这个孩子的出世，所以晴子只能一直默默隐忍，直至忍耐到孩子呱呱坠地的那一刻，终于耗尽了最后一丝心力，整个身体都像被掏空了一般。

"娘娘，您感觉好些了吗？"侍女房子端了葛粉汤进来。她是随晴子从劝修寺家一同过来的陪嫁侍女，如今已是四十出头的老丫头了，"您多少喝一点儿吧，身子要紧啊！"晴子看了一眼房子递过来的葛粉汤，却没打算伸手接。

"您这到底是怎么了？生了那样一个生龙活虎的胖囡囡，您还有什么好担心的？"

"唉，说了你也不会懂的。"

"您这是哪儿的话？奴婢有耳朵有脑子，您说啥我都能懂。"

"不会的，生了八个孩子的女人，那份酸楚和无奈，你又怎会明白？"晴子将小几一把推开，拉过睡袍往头上一蒙，重新躺了下来。

"歌里唱得好呀，金子银子比不上自个儿的孩子①。儿孙满堂，这不是天大的福气吗？"房子不容分说一把掀开睡袍，托着晴子的胳膊将她从床上拽了起来，"好啦好啦，这样胡闹下去可不行，快把葛粉汤喝了。再瘦下去，您那漂亮的小脸蛋儿可就变得跟般若面②一样啦。"

"什么漂亮不漂亮的，都这把年纪了。"

"没有的事儿！娘娘您呀，如今依然是光彩照人。御所里的人谁不说，娘娘足不出户这段日子，好比天照大神③躲进了岩屋户洞，个个唉声叹气呢。"

拗不过房子的软磨硬泡，晴子总算端起了那碗葛粉汤。淡淡的甜香在嘴里溢开，令心中的郁结暂得疏解。

不过，房子所说的绝不是溜须拍马的奉承话，虽然已经二十九岁，做了八个孩子的母亲，可晴子仍然是个不折不扣的大美

---

①金了银了比不上自个儿的孩子，此句出自《万叶集》山上忆良（660—733）的思子歌（卷五·803）。原歌大意为：金银与宝玉，何物是家珍。唯有吾家了，珍贵世无伦。（杨烈译文）

②般若面：能乐面具之一，女鬼的面具。有角，表情充满嫉妒、痛苦和愤怒。

③天照大神：伊奘诺尊之女，高天原主神，日本皇室的祖神。被尊为太阳神，祭祀于伊势的皇大神宫，乃皇室崇敬的中心。在日本古代神话中，曾因惧怕其弟弟须佐之男命而躲进岩屋户洞，造成高天原和人间一片黑暗。

人。漆黑的眸子灿若星辰，高高的鼻梁俊秀挺拔，如沾了朝露的花蕾一般的红唇娇艳欲滴。她下颚尖尖，脸型小巧，长发及腰，乌亮柔顺。还是少女时，晴子的美貌就已是家喻户晓，据说当时劝修寺府门前常常有男子成群结队而至，就是为了一睹她的芳容。

"娘娘，您还要再用一碗吗？"房子伸出两只圆乎乎的胖手接过汤碗。

"已经够了。殿下现在何处？"晴子现在仍称诚仁亲王为殿下，因为她找不到更为恰当的称呼方式。

"为了月末的大祓[①]仪式，殿下今日进宫商议去了。"

"出门的穿戴是由谁负责打理的？"

"这个嘛，奴婢没问。"

"撒谎！一定是若草夫人伺候的吧？"晴子单从房子吞吞吐吐的神情，便能猜出一二。

若草夫人，说的就是中山亲子。亲王曾经赞美十九岁的亲子宛如春天之若草，自那以后，亲子便有了这样一个别称。

晴子并不是小气善妒的女人。可是，每每想到自己大着肚子百般辛苦的时候，殿下却流连于那个如御所人偶[②]般的女人的床榻，即便是她也很难做到心平气和。

"殿下他体谅您玉体违和，还提议说送您去有马[③]泡汤疗养呢。"

"一定是嫌我待在这里太碍事了吧。"

[①]大祓：古来，6月和12月最后一日，亲王以下的在京百官会聚集在朱雀门前的广场，举行祓除的仪式，在神灵面前赎清天下子民的罪孽和污秽。

[②]御所人偶：据说在京都的公卿间相互赠送，又说是西国大名参勤交代，入京觐见所得回礼。头大，体形圆硕的幼儿裸体人偶。

[③]有马：兵库县东南部旧郡名，包括神户市北区、六甲山地的西北麓的温泉胜地。

"怎么可能！娘娘您可别说这样的话！"

"外面是在下雨吗？"

"没错。"

"兴许痛痛快快的淋场雨，我这心里反而会舒坦些。"

"对了对了！听说，信长这次要在京城中也办一场左义长呢。"房子连忙岔开话题，"说是在安土足足有两千人马，一边鸣放爆竹一边绕马场飞奔，好大的阵势！近卫太阁大人在宫里说起当日的盛况，陛下一听便来了兴致，也说想亲眼看一看呢。"

"这件事近卫大人可算是煞费苦心啊。"

"娘娘您为何这样说？"

"圣上对信长可不甚中意呀，即便想看，又怎会主动提出？"晴子猜想，恐怕是信长态度强硬，前卫推脱不过，却又想保住朝廷的颜面，才编出这么一番说辞的吧。

"我可听说，就这两天，朝廷便会派佐五局大人作为使臣前往安土呢。"此次派佐五局前去，正是为了向信长传达命其操办左义长的圣旨，"我还听说，那安土城就建在琵琶湖边，城楼高高，直入云霄。那影子倒映在湖面上，仿若水中龙宫一般。"

"听这口气，你也想去看看热闹？"

"咳，趁这把老骨头还在，能看上一眼自然是好的。"

"既然如此，我们就来想想办法吧。快去请兄长来一趟。"

半刻之后，晴子的兄长劝修寺晴丰果然如约而至。他身长近六尺，却异常纤瘦，常被人说瘦得像根竹竿。他比晴子年长九岁，身为一名武家传奏官负责公武之间的联络。

"你急着招我来，还以为出了什么事呢，我看你不是好好的吗？"晴丰头戴乌帽子，俯身钻过门檐走了进来。他和晴子长得很像，都是尖尖的下颚、端正的五官。和身量相比，脸益发显小，看上去极不相称。

"听说佐五局要出使安土,可是真的?"

"女官们的消息还真是灵通,如此机密的事竟然已经传到了你的耳朵里。"

"这么说,要在京中举行左义长是确有其事?"

"是骑兵检阅。为了让天下人共睹织田军的威仪,要在圣上御前举行一场骑兵检阅。"

"明知其用意何在,为何还要派使臣前去宣旨?"

"据说,信长公声称以臣子之身劳动圣驾深觉惶恐,故而想要换种形式,改由朝廷一方提出要求。"作为近卫前久的左右手,晴丰此次负责与武家在各项事宜上的交涉。安土所发生的事情的来龙去脉他自然已一一知晓。

"你不觉得他这么做别有用心吗?"

"此话怎讲?"

"既然是朝廷下令命其操办骑兵检阅,那么自然必须提供相应的经费物资。信长若就此提出什么要求,你可想好了该如何应对?"

"没有,这样的事我还从未细想过。"

"到时候,这一定会成为最大的难题。妾身此次也打算微服私访安土,请你代为转告近卫大人。"为了朝廷的安危,她决定与信长见上一面。此决心一下,晴子顿觉振奋,只感到一股久违的力量在胸中激荡。

不过话说回来,晴子贵为太子妃,身份非同小可,却为何会在这个时候突然决定挺身而出?痛失爱女的悲伤,产后的抑郁,对偏宠若草夫人的诚仁亲王的失望……生活似乎处处在为难她。也许,她是想从这绝望的生活中暂时解脱出来吧。抑或是,年近三十的她，开始想要寻求与此前截然不同的另一种活法吧。

自十五岁入宫以来，晴子就将对亲王忠贞不贰，努力为他繁衍子嗣视为生活的全部意义。也幸得上天眷顾，从嫡长子和仁（之后的后阳成天皇）算起，她已成功诞下了六位王子。

然而，近日里她时常觉得，自己无论作为一位母亲还是一名妻子都可以功成身退了。孩子们自有乳母和侍女悉心照顾，夫君的心也早已被若草夫人独占了去。自己已经不再被任何人所需要，终将变成一个可有可无的存在，就这么郁郁终老。正是这种不安和焦虑，促使她痛下决心，为朝廷的利益而奔走，借此实现一种全新的人生价值。

另一个不容忽视的原因则是，晴子的外祖父也是一名武士。他名为粟屋右京元隆，是若狭的守护[1]武田氏的家臣，同门兄弟粟屋胜久[2]则效力于织田信长麾下。晴子的性格爽直开朗，与寻常公家女子迥异，哥哥晴丰则身量高大，都是因为他们身体中流淌着武家人的血。

晴子自幼便屡屡从元隆或胜久口中听到关于信长的事迹。什么一马当先，所向披靡，什么成倍敌军，一举歼灭……那是一个青年武将的动人传奇。他的飒爽英姿，堪比须佐之男命[3]和日本武

---

[1]守护：镰仓、室町时代由武士出身的军事行政官。1185年，源赖朝以讨伐源义经为名，在全国设立守护，并拥有其任命权。镰仓时代，原则上是一国一人，其权限包括征剿叛乱者，逮捕杀人者，及监督与镰仓的警备事宜。守护任职之国的御家人听其指挥，治安维持及警察权力由其行使，遇有战事则负责指挥国内武士作战。至镰仓末期，守护统领一国，侵占庄园，有了领主化的趋势。到了室町时代至南北朝，权限更广，后来往往转变为守护大名。

[2]粟屋胜久：（生卒年不详）战国时代至安土桃山时代武将，受领名越中守，若狭国国吉城主。粟屋氏为清和源氏安田氏末裔，若狭国守护若狭武田氏的被官。

[3]须佐之男命：日本神话中，伊奘诺尊之子，天照大神之弟。性凶暴，引发了天之岩屋户事件，被逐出高天原，在出云国砍杀八岐大蛇，得到草薙剑献给天照大神。

尊[1]，无比鲜明地印刻在了晴子的脑海里。

正因如此，佐五局即将出使安土的消息，重新唤起了晴子少女时代的记忆，她也想亲眼见一见这位传说中的信长。

总之，这个决定最终彻底改变了晴子的人生，也给她造成了无可挽回的悲剧。可是，人非神灵，谁又能未卜先知呢？

晴子携房子与佐五局一同前往安土，是天正九年（1581）二月六日的事。

因为是暗访，所以晴子化名为若狭局，扮成侍女的模样，妆容和衣着都极为简朴。

渡过架在外壕沟上的朱漆大桥，穿过大手门，一段宽阔的石阶呈现在他们眼前。轿夫们将载有晴子和房子的板轿打横抬起，晃晃悠悠地拾级而上。由于坡度太陡，轿子倾斜得几乎与石阶平行，若不牢牢抓紧吊绳，随时有可能从后面跌落下去。

"娘娘，您没事吧？"房子单手抓住吊绳，另一只手扶住晴子的背。

"我还好，你才是快没劲儿了吧？"

"您尽管放心，奴婢这可是伐木劈柴练出来的腕力呐。"

"这个时候就别逞强了。还有，我现在可是若狭局，别再叫我娘娘了。"二人压低声音交头接耳，只恐被轿子外的人听了去。

说话间，轿子已经爬了好长一段距离。一抬头，安土城的天守阁已近在咫尺。

"娘娘，快看！您快看！"房子一捋袖子，抬手向上一指。

"看见了！有什么大不了的，瞧你，咋咋呼呼，成何体统？"

---

[1]日本武尊：日本古代传说中的英雄。景行天皇之皇子，本名小碓命，别名日本童男。奉天皇之命讨伐熊袭，平定东国。战功赫赫，威震四方。后于战胜归途中，病死于伊势的能褒野。

晴子嘴上虽不服，心底里却早已是赞叹不已。身在城楼脚下仰望天守阁的威容，那磅礴的气势简直令人喘不过气来。其实，早在乘船横渡琵琶湖的时候，她就已经为安土城的壮丽所折服。随着船越来越近，内心的震撼也越来越强烈。直到船驶进城内的港口，她的心还在怦怦直跳。

可是，晴子是朝廷派来与信长会面的使臣之一，身份非同一般。

（绝不能被此番气势给震慑住，自乱了阵脚。）

一路上，晴子一直强作镇定。却在抵达天守阁脚下，仰望云端的一刹那，如被扎破的气囊一般泄了气。

轿子在石阶的半中腰向右一拐，停在了一座风雅不俗的院落门前，这便是供宾客留宿的大宝坊。他们在此稍事休息，暂缓旅途的疲劳之后，便要与信长正式会面了。晴子下轿时激动得几乎抑制不住地浑身颤抖起来。

进入大宝坊的客房，刚刚舒展了一下疲惫的双足。只见房子一脸惊惶地从茅房飞奔回来："娘娘，不得了！不得了啦！"

"没规矩！何事如此慌张？"

"这间斋馆……近卫大人也在这间斋馆里！奴婢刚从茅房出来便迎头撞上了，吓得我差点儿没背过气去。"

"内府大人？他为何会在此地？"

"说是厌倦了京城的生活，暂居此处养精蓄锐来着。"

"你竟然还跟他说话了？"

"能不说嘛？奴婢刚一打开茅房的门，他就站在我跟前儿啊！"房子似乎仍然惊魂未定，一个劲儿地拍着自个儿的胸脯。

"难不成，你把我的行踪也告诉了他？"

"当然没有！奴婢只说是和佐五局大人一块儿来的。"

"那就好，以后还需格外小心，千万别和他碰面。"晴子自幼便和信基相识。若是被他知道自己偷偷跑来此地，不知会引来多大麻烦。

"二位，是否已准备妥当？"随着一个拿腔拿调的声音，走进屋来的是佐五局。她便是宫里派来的使臣，一位年过半百的女官。她总是一副机敏而谨小慎微的表情，却因为过分瘦削而略显尖刻，"接下来我们便要上山，去本丸面见信长公。切记，你二人自始至终绝不可发一言。"

"这是为何？"房子不解。

"我此番出使，谈的可是关系着公武未来的头等大事。信长公此人心思缜密，若言语稍有不慎，便极有可能给对方以可乘之机。故此，你二人只需在一旁默默听着，回去之后再如实禀告给二条御所大人①即可。"佐五局从未见过晴子，压根儿没想到眼前的人便是东宫太子妃。只是趾高气扬地吩咐说，会面在半刻之后，务必速做好准备。

自大宝坊起，一行人改由步行前往。在馆内僧役的带领下，不胜脚力的三个人慢吞吞地向上爬。还有数位负责保护他们的装扮成入道②形象的武士，抬着装满赠礼的箱子，紧跟在他们之后。石阶两侧房屋鳞次栉比，一行人顺着石阶忽左忽右地蜿蜒而上，终于，一扇巨大的宫门耸立在众人眼前。

这是一道漆黑的铁门。门扉和门柱皆为钢铁浇铸而成，全部涂成黑色。建造得如此坚固的铁门，即使数百挺铁炮同时强攻，也定然坚不可摧，牢不可破。

一进门，一名留着额发的小姓便单膝跪地，毕恭毕敬地说

---

①二条御所大人：此处指太子诚仁亲王。

②入道：皈依佛道的修行之人。

道:"在下森坊丸。奉主公之命在此恭迎贵客,带各位前往天守阁。"

"什么?还要往上爬?"晴子忍不住冲口问道。光是那一段长长的石阶,已然令她气喘吁吁。时节虽尚是早春,阳光却已变得灼人。她走得浑身汗津津,和服黏在身上,裹着双腿,实在是举步维艰。

"大人累了吗?"

"是啊是啊,太累了。还是容我等稍稍休息一下吧。"晴子老老实实地回答道。佐五局一个劲儿地朝她使眼色,她却装作看不见。于是,众人在本丸大殿中稍作休憩整顿之后,方才再接再厉,继续向天守阁进发。

穿过面宽一间半的登阁御门,再爬过一段狭窄的石阶,便到了天守阁的第一层。此层东西宽十七间,南北长也是十七间,四四方方,面积约有二百八十九坪[1]。每一个房间都装饰着镶有金箔、绿釉的壁画,唯有十二席宽的信长寝殿,配的是画着梅花的水墨画。第二层总面积约一百二十坪,分别有门上绘有花鸟的御座间、十二席的会客厅和供宾客休息等候的贤人斋等。第三层则为八十八坪,有凤凰厅、龙虎厅等等,铺席的房间有七个,铺木板的房间有三个。

"各位,这边请!"坊丸说着,拉开绘有龙虎的障子门。原以为里边又是另一个房间,没想到竟是处于整个城楼正中央的一个开阔空间,四面均有带勾栏的回廊环绕。而且,整个空间并无地板,只有一条架空的通道贯穿其中,好似能乐舞台上的桥挂[2]一般。

---

[1]坪:日本建筑面积单位,六尺见方,约3.306平方米。
[2]桥挂:能乐舞台的一部分,从镜子到舞台的通道,悬空斜架,设有栏杆。

在坊丸的指引下，晴子随众人一起穿过通道。中途，她下意识地探头朝下一看，吓得赶紧缩回脖子直往后退。没想到，不仅这一层，从最底层到最顶层，整个城楼的中部都是镂空的。从此处往下看，高度足足可比清水舞台①，连底层的灯光都变得隐约而朦胧。

原来，城楼的中轴部是中空设计，好比一座天主教堂。为了让京城来的贵客们好好见识见识，坊丸直到第三层才揭晓这个秘密。

佐五局探头朝下一看，也立刻吓得蹲在地上，嘴里哎呀呀地惊呼个不停。眼前的这番景象，仿佛稍不留神便会跌入无间地狱，吓得她顿时手脚瘫软，浑身无力。房子不得不使出伐薪劈柴练就的腕力，将佐五局拦腰抱起，搀扶着她继续往前走。

第四层乃是被称作木屋段的储藏室，面积与第三层完全一致。

一行人刚登上第五层，佐五局终于彻底瘫倒了。因为，一幅无间地狱的惨烈画卷真的展现在了她的眼前。

只见，通往正八角形房间的甬道两壁，描绘着一片火海、烈焰冲天的阿鼻城，牛头马面拉着塞满亡灵、冒着火焰的灵车立于门口。门前，勾魂使者正装模作样地在和地狱的鬼卒商讨着引渡亡灵的事。

这勾魂使者的面孔，与晴子曾几何时隔着帘子窥见到的信长竟有几分相似。

（什么啊！这画的莫不是他自己吗？）

晴子的心中好奇多过恐惧。在她看来，曾经火烧比睿山，令数万僧徒葬身火海的信长，正在用这样的方式为自己辩白。

---

①清水舞台：位于京都清水寺，乃本堂前依悬崖而建的凌空高台，日本国宝级文物。

甬道的柱子漆成鲜艳的朱红色，其间除了阿鼻地狱图，还绘有双龙戏珠图、波涛飞龙图等等，画风大气雄浑，颇有狩野永德[1]的风范。厅内的柱子则漆成金色，四壁和穹顶也都金光灿灿，障子上更配有释迦说法图和降魔成道图。整个布局似乎寓意着从地狱升登极乐的佛教教义。

最顶层的第六层乃是四四方方的一间房，长宽各三间，面积为九坪，故被命名为"四角段"。这个房间也建造得异常精美，甚至外侧的墙壁和屋檐都镶了金箔。可是，晴子却看得有些腻烦了，再也提不起一丁点儿兴趣。

相较之下，还是从外围回廊远眺的美景，最为令人倾倒。脚下碧波万顷的湖水，远处连绵起伏的山峦，让人不禁产生如凌云端的错觉。

如此如沐春风般的感动似曾相识，那是多久以前的事了？

还记得年幼时，曾缠着外祖父把自己放在他的马背上，漫山遍野地肆意驰骋，仿佛翱翔在广阔的天空，那种感觉与现在何其相似？

（相比之下，我如今的生活，与地底的蝼蚁又有什么区别？）

晴子一时间感慨万千。

京都三面环山，是一块死胡同般半封闭式的狭小土地。自建都以来，这座王城走过了近八百年的漫长岁月，形成了一套王城特有的生活模式。自出生那天起，晴子就严格遵循这套模式生活着，早已耳濡目染，深入骨髓。处处被陈规陋习所约束，年年为祭祀仪典而奔忙，对于这样的生活，她从未产生过丝毫的怀疑。

然而，这真的是自己想要的生活吗？劝修寺一族的荣耀、皇

---

[1] 狩野永德：（1543—1590）日本画家，狩野派代表人物。名州信，通称源四郎。他的传世作品还有《唐狮子屏风》、《桧图屏风》、《洛中洛外图屏风》等。

宫大内的威严、太子妃的身份,这一切对自己来说又有何意义?

"娘娘,您看那儿!"房子叫着,从高高的朱红色栏杆探出身去,手指向远方。

原来是城中港口有艘五十橹大船正欲扬帆起航。船舷上,身强力壮的水手们和着咚咚作响的太鼓摇起船橹,大船破浪而行,逐步加速,溅起两道白色的浪花。仿佛被乘风破浪的大船牵引着,晴子也不知不觉将整个上半身向前倾,几乎完全探出了栏杆。扬帆起航,这是一个多么振奋人心、多么充满希望的词汇啊!此刻的晴子心潮澎湃,仿佛一张开双臂就能化身为一只自由的鸟儿,能飞到自己想去的任何地方。

"如此瞻前不顾后,甚是危险啊!"一个低沉而严厉的声音从身后传来。晴子猛地一回头,戴着侍乌帽子的信长就站在她的身后。他面容瘦长,剑眉星目,留着淡淡的胡须。

信长的突然出现,吓得房子赶紧回屋,规规矩矩地坐在了下首。可晴子素性遇事不慌不乱,她朝信长微微颔首示意之后,方才从容就座。一旁怒目而视的佐五局再次遭到无视。

"实、实在是多有冒犯。大人您突然现身,我等始料未及。"佐五局说着,深深俯下身子,叩首一拜。

"足下便是来自都城的贵使吧?"

"正是。在下乃隶属于上臈局大人的佐五局。"

"你身后的二人呢?"晴子并未叩拜行礼,自然吸引了信长的目光。

"他们是二条御所派来的仆从,都是没见过世面的下人。若有失礼冒犯之处,还请大人多多包涵。"佐五局使劲拽了拽晴子的衣袖,暗示她赶紧拜倒行礼。

"方才承蒙贵使惠赠,深表谢意。"

"都是上﨟局大人精心挑选的礼物，同时借在下之口表达她对大人的诚挚问候。"

"这城，足下觉得如何？"

"素闻安土城气势非凡，今日一见，尤胜传闻。我等平庸之辈只有咂舌称奇的份儿。窃以为，唐土的紫禁城也不过如此吧。"

"说到紫禁城，我至今无缘一见，莫非御局大人有幸瞻仰过？"

"这、这个嘛，倒是没有。单凭想象而已。"

"哦，原来不过是想当然耳。"信长沉默了下来，似乎突然没了兴致。

二人的谈话，一旁的晴子冷冷看在眼里，仿佛在观看一出好戏。信长执拗的追问令她深感意外，不禁哑然失笑，一侧脸颊上浮出一个淡淡的酒窝。

信长犀利的目光立刻转向晴子，似乎在说：你是何人？竟敢嘲笑本大人！可是，这让敌人甚至我方将士亦为之胆寒的可怕眼神，竟然丝毫未能引起晴子的注意。

"你，报上名来！"信长冷冷地命令道。

"在下若狭局。"

"你可是有话要对我说？"

"使臣该说的话，应由佐五局大人呈报。"

"那些话，彼此心知肚明，不说也罢。"

"既然如此，在下有一事不明，不知当讲不当讲。"

"说来听听。"

"大人纵横沙场，一马当先统领全军之时，究竟是一种怎样的心情呢？"

如此出其不意的一问，连信长也毫无防备，一时竟不知如何作答。片刻哑然之后，他突然放声大笑起来："这个嘛，好比与美貌女子相会时一般，可谓热血沸腾，飘然欲仙呐。"二人的一问一答之间，当下尴尬紧张的气氛一扫而空。佐五局这才得以顺利完成此行的任务，没出什么大的纰漏。

第三章 骑兵检阅

织田信长入京举行骑兵检阅，是在天正九年（1581）二月二十日。嫡长子信忠和次子信雄早已入京，做好了万全的准备，只待信长的到来。京城的条条大路两旁，卫兵们肃然而立，信长在百余骑兵的护送下，从容不迫地通过其间，进了本能寺。

前一回已经说到，此次骑兵检阅发端于安土城内的那场左义长。天皇迫于信长的威慑，无奈改由朝廷一方下达旨意，命其督办。出兵征讨中国、四国、甲州的大战迫在眉睫，信长选在此时将一场声势浩大的骑兵检阅呈于御前，供天皇御览，正是要为这场征服诸国的大战赢得一个大义名分[1]。

当然，信长的目的绝不仅限于此，在他心中还暗暗酝酿着一个可怕的计划——借此良机胁迫正亲町天皇让位。这一点，在故事开始之前，有必要向各位看官说明。

之所以多此一举，乃是因为近年来幕府或诸藩门下的儒士

---

[1]大义名分：给自己的行为赋予的堂堂正正、冠冕堂皇的理由。

们，个个宣称当年的骑兵检阅乃是信长奉朝廷之命督办的，并无任何打破公武间势力平衡的政治意图。他们的此番论调，可以在《御汤殿上日记》天正九年（1581）一月二十四日的记录中找到依凭。

二十四日。春长轩所。劝修寺中纳言。左大弁宰相广桥。欲于京城御览左义长之圣意。奉旨命其转申信长。答曰。今日亦欲面圣请奏。不谋而合。回禀如上。

大意如下。二十四日，劝修寺中纳言晴丰、左大弁宰相广桥兼胜奉命前往春长轩村井贞胜的府邸传旨，命其将圣上欲在京城一观左义长的旨意转达信长。贞胜回禀道，他当日也正欲进宫面圣，奏请此事。故而双方不谋而合，皆大欢喜。

换言之，信长一方也恰好打算借村井贞胜之口，奏请圣上御驾亲临左义长。只不过朝廷的圣旨先其一步传到而已。何来信长强迫朝廷之说？

然而，这个说法实在于理不合。很显然，信长千方百计促使朝廷一方主动提出举行左义长，正是在为今后的计划能够顺利推行做好铺垫。朝廷一方无法推脱，迫不得已才命武家传奏官劝修寺晴丰和广桥兼胜传达旨意。对整件事的内幕视而不见，却仅凭一篇日记就信口开河，说什么在京城举行骑兵检阅乃是朝廷的本意，岂不是一叶障目、掩耳盗铃？

另有一例，吉田兼和的日记中，一月二十五日的一条这样写道：

入夜，有惟任日向守书状一封送至。今次信长奉旨上京御马（骑兵检阅）。奉命传达各分国悉皆随同上京之旨。日向守一条亦有涉及。其间，更有公家参阵皆应列席之旨。附朱印。案书写来。

大意是讲，二十五日夜，明智光秀修书一封送至兼和手中，传达信长的命令。此次信长上京举行骑兵检阅，属下各分国将领皆应随同入京。更附有一纸文书，上面誊抄了信长的亲笔军令，并加盖了朱印，命参阵公家务必全数参加，不得缺席。

在这封信中，可以窥见许多不为人知的内情。

首先，为了此次骑兵检阅，信长已下令将手中的兵力全部集结起来。这项命令独独指派明智光秀来传达，充分证明了光秀在织田军中的地位仅次于信长。

其次，信长还命众位参阵公家务必参加，更特意在令书上加盖了朱印。信长为何如此在意朝中文武百官是否参与呢？无非是因为，扩大自己在朝野中的影响力才是此次骑兵检阅的真正目的所在。

不过，各位看官都是聪明人，自然不难看出，早在一月二十五日，信长的周密部署就已经进展到了此等程度，这才是至关重要的一点。信长发出命令，再由光秀传达给各个分国的将领，待誊写的令书送到吉田兼和的手中，少说也要两三日的时间。而朝廷发出的圣旨不过是在二十四日，也就是前一天，才刚刚传到。如此看来，那些无知儒士们所宣称的，此次骑兵检阅乃是出自朝廷的意愿，实在是无稽之谈。

那么又是为什么，这些儒士们却一再强调这个显而易见的错误主张呢？

理由再明白不过。

德川幕府自成立以来，一直极力打压朝廷的势力。继"公家法度[1]"、

---

[1]公家法度：大坂之战后的1615年7月17日，在京都二条城，由大御所德川家康、将军秀忠、前关白二条昭实所共同签署的十七条法令，后由武家传奏官发布。其中，对天皇的德行和才能，三公和亲王的座次，三公和摄关的任免，年号的制定，天皇以下公家的服饰等等做了详细的规定。

"敕许紫衣法度①"等之后，又颁布了"禁中并公家诸法度②"，几乎形成了一个连天皇也必须遵循幕府法度的政治环境。此外，更是明令禁止诸大名出入京城，其目的就在于切断西国大名和朝廷之间的密切关系。

幕府对朝廷的势力忌惮到如此地步，对于历史上的重大事件，自然极力弱化朝廷在其中的影响力（如果可能，将朝廷的存在抹得一干二净自然是最好），想尽办法混淆百姓的视听。

天正九年（1581）的那场骑兵检阅，自然也被渲染成一场由朝廷下旨，举行得十分圆满成功的盛会。于是，幕府便勒令其门下的儒士们，让他们四处宣扬这种歪曲历史的说法。

但是，对于这样的所作所为，真的只能坐视不理吗？

曾经，我向一位颇有名望的儒士问及此事，他竟毫不犹豫地回答我："然也。"他进一步解释说，学问的意义不仅在于探究真相，更应有助于社会的安定。不幸的是，如果揭露真相注定会导致社会的混乱，那么，将社会的安定放在第一位才是儒士的明智之选。

的确，他的这番话不无道理。可是，退一万步说，就算这番话完全正确，我依然无法抹去心中的疑虑：长此以往，这个国家的学问将会沦为何物？这个幕府的统治若能维持上百年，那么我国的历史无疑将会沦为一块由一个又一个谎言堆砌而成的丑恶顽石。

---

①敕许紫衣法度：庆长十八年（1613）颁布，其中规定，大德寺、妙心寺、知恩寺、净华院等几大寺庙，凡遇大事，须在请求天皇敕准之前知会幕府，得幕府首肯之后紫衣敕许方可得到承认。

②禁中并公家诸法度：17世纪后期，《公家法度》之前被冠以"禁中"二字，特指天皇。此法度确定了朝廷和公家的地位，同时也确定了与之相对的武家的权威。

历史，是一个国家的自画像，也是万千子民的精神之本、情感之源。私以为，切不可仅仅从当权者的利益出发肆意篡改历史。各位看官又作何感想呢？

入京的翌日清晨，织田早早地起身了。一场集结了两万大军的骑兵检阅迫在眉睫，他此刻的心情犹如大战在即，可谓踌躇满志。为了稍稍镇定心绪，昨夜他特命森兰丸彻夜陪伴其左右，可是身体里那一把权欲之火，仍无法彻底熄灭，随时可能重新熊熊燃烧起来。

天还未亮透，吊钟形的明障子上只微微泛出了鱼肚白，屋内尚显得晦暗。

信长支起上半身，陷入了深深的思索。恍惚间，似乎灵魂已脱离肉身，正飘浮在半空中，居高临下地俯视自己。在这样一间精致小巧、四壁装饰着水墨画的房间里，坐着这样一个瘦长脸小身板，若有所思的男人。已近知天命之年的他，皮肤早已光泽尽失，斑白的头发愈发显得扎眼。

信长啊，冥冥中，仿佛有人在呼唤着他的名字。

天地悠悠，相比之下，人的一生何其短暂，何其脆弱？与地上踽踽而行、朝生夕死的蝼蚁又有何异？尽管如此，不，应该说，正因为如此，人才必须利用这有限的生命去追求无限的可能。

人世间，本无善恶之分、优劣之别。诸如此类的言论，不过是那些随波逐流、趋炎附势的懦弱庸碌之辈，为明哲保身而鼓吹的虚妄之辞而已。

是生还是死，是杀戮还是被杀，这才是这个世道唯一颠扑不破的真理。被杀者大可以化作怨灵为祸人间，但唯有杀戮者可以高奏凯歌踏过失败者的尸体。

人尽可以为所欲为,因为这亘古天地间的一切因果、是非,其实全凭天道裁决。人的内心所产生的所有欲念,归根结底都是上天的安排。想杀便杀,想反便反,想盗便盗……若你的所作所为天理难容,那么顷刻间灭顶之灾便会从天而降。若你如蝼蚁般卑微的躯体仍存活于世,则说明一切都是天意。

(信长啊,你的人生其实并非由你主宰。)

后脊传来的阵阵寒意令信长从漫无边际的遐思中清醒过来。不知何故,他时常会产生一种身不由己之感。善与恶、美与丑、贪生与求死……所有这一切彼此矛盾的情感同时存在于他的体内,相互融合又相互抵触,沸腾着,燃烧着,在他的脑内撞击出一道道电光石火。时而陶醉在极致的幸福之中,时而又面临如堕地狱般的恐惧,如此大起大落的情感撕扯着他的身体,令他的身心备受煎熬。就在这之后,一道耀眼的光芒将会从天而降,为他的人生开辟一条新的出路。

"阿兰!"

信长刚一张口便有人应声作答:"您叫我吗?"身着上下装的兰丸将障子门推开了一条细缝。即便在夜间他也是正襟危坐,和衣而眠,一旦主子有何吩咐便能及时做出反应。若无这份谨小慎微,又如何当得了信长的贴身侍卫?

"南蛮人那边进展如何?"

"已于十三日抵达堺港,目前正在赶往京城的途中。"

"队伍阵容如何?"

"有马三十五匹,马夫四十人负责运送货物,另有骑兵八十骑专门护送几位传教士大人。"

"就是那个叫什么范礼纳诺的吗?"

"是亚力山德罗·范礼纳诺[1]大人。"

"何许人也?"

"据说身高六尺三寸,体格健壮,年龄四十有三。"

"如何交流?"

"此人对日语一窍不通,由弗洛伊斯[2]大人和劳伦逊[3]大人代为翻译。"兰丸曾受过天主教的洗礼,说话间很自然地流露出几分期许的神情。

这范礼纳诺乃是耶稣会在东印度管辖区域的巡察牧师,活跃于印度至日本一带的传教士皆归其统辖。起初,他曾远赴印度的果阿[4],后又远渡重洋去了中国的厦门,两年前才来到岛原半岛[5]

---

[1]亚力山德罗·范礼纳诺:Alessandro Valignano(1539—1606),耶稣会意大利籍传教士,中文名范礼安。1566年加入耶稣会,1573年被任命为耶稣会远东观察员视察澳门教会,1578年9月由印度果阿抵达澳门。1579年来到日本,1580年制定了《日本布教规定》,其中最重要的是在各地设立神学校,教育日本人并培养祭司。对基督教在日本的传播作出了巨大的贡献。

[2]弗洛伊斯:路易斯·弗洛伊斯,Luis Frois(1532—1597),耶稣会葡萄牙籍祭司、传教士。1548年16岁就加入耶稣会,同年赴果阿,在当地与即将去日本传教的弗拉西斯科·圣·皮埃尔等相识,对他的人生产生了深远影响。1561年在果阿受任祭司,因语言学方面的才能和卓越的文采而受到很高评价,并从事各传教地之间的通信工作。1563年31岁登陆长崎,开始了期盼已久的在日本的传教工作。1565年入京,1569年在二条城与织田信长初次见面。

[3]劳伦逊:劳伦逊了斋(1526—1592),战国时代至安土桃山时代日本的耶稣会会员。以卓越的演说能力著称,常年活跃于各地开展传教活动,对基督教在当时的日本的传播起到了极大的作用。又被称作劳伦逊丁四。

[4]果阿:印度的一个邦,位于西高止山脉,动植物资源丰富,以海滩闻名。当地的仁慈耶稣大教堂是亚洲最主要的基督教朝圣地之一。历史上果阿曾是葡萄牙殖民地。葡萄牙商人于16世纪抵达果阿,打压印度教及回教徒,导致当地多数人口归信天主教。

[5]岛原半岛:位于日本九州西北部,由西向南呈"く"字状的一个半岛,属长崎县行政范围。北岸为有明海,半岛中心部称"云仙"。

的口之津[1]。他先是在岛原，后又去了丰后[2]传教。此次上京则是为了巡察五畿内[3]一带。

"数日前，他在高槻城[4]内与切支丹右近大人一同主持复活节大祭，据说现场聚集的信徒多达两万人。"兰丸口中的切支丹右近大人，就是天主教大名高山右近[5]。

"复活节？何为复活节？"

"耶稣基督在被处以极刑的三日后复活，这一天便被定为复活节，以此庆祝。"

"可笑至极！已死之人又如何能起死回生？"信长冷笑道，嘴角的胡须微微上扬。天主教的教义，他早已从弗洛伊斯、奥尔冈蒂诺[6]等人的口中听过不少。可是，什么圣母玛利亚以处子之身受

---

[1] 口之津：港口，1562年有马义贞之弟大村纯忠在开设横濑浦港后开设了口之津港。到1582年为止有7艘葡萄牙商船入港，后逐渐成为基督教传教的据点。现在仍保存有"南蛮船来港之碑"。

[2] 丰后：丰后国，日本古代令制国之一，属西海道，又称丰州。其领域大约为现在的大分县北部。古代与丰前国同属丰国，文武天皇时分为两国。多山，温泉资源丰富。有着漫长海岸线，多良港，海运业发达。常有来港的葡萄牙商船，带来先进的基督教文化，故丰后逐渐成为日本的欧洲文化的中心。自室町时代就是大友家的领地。

[3] 五畿内：又称"五畿"，指日本京畿区域内的五个令制国，即山城、大和、河内、和泉、摄津五国。

[4] 高槻城：位于大阪府高槻市内，又称入江城。乃是室町时代入江氏的居城，后入江氏被织田信长所灭，和田惟政及后来的高山右近做了城主。明治七年成了废城。

[5] 高山右近：又名高山重友（1549—1615），右近是其自封的官位。原为高槻城城主。精通茶道，是利休七哲之一。信仰天主教，是著名的切支丹大名（切支丹是天主教的日文音译）。在他身为城主期间，致力于推动领地内居民信奉天主教。1587年因丰臣秀吉限制天主教而被驱逐，后又遭德川家康再次驱逐而流浪到菲律宾马尼拉，客死他乡。

[6] 奥尔冈蒂诺：Gnecchi-Soldo Organtino（1530—1609），战国时期在日本传教的意大利传教士，祭司，耶稣会会员。品格高洁，深受日本人爱戴。在京都生活长达三十年，与织田信长、丰臣秀吉等成为至交，也是亲身经历日本战国时代的西方人之一。1570年赴日，从1577年开始任京都地区传教负责人长达三十年，1576年在京都修建了圣母被升天教会，即所谓的"南蛮寺"。

孕，什么被处以极刑的基督起死回生，在他看来无异于天方夜谭。

"据说范礼纳诺大人身边还带着一个通体黝黑的男子，沿途引来众多百姓看稀奇，凑热闹。"兰丸适时地换了一个信长可能感兴趣话题，避免在教义的问题上继续深入。

"肤色黝黑的家伙家臣中也大有人在，有什么稀奇？秀吉什么的不就黑得跟只猴子似的么。"

"据说黑得与常人不一样，所以才有如此多的人争相前去一看究竟。"

"预计何日抵京？"

"明日，最迟不过后日便能到达。"

"六尺三寸的高大男子，外加一个比猴子还黑的男人，还真是令人期待呀。"按照信长的筹划，这一行人都将出席此次骑兵检阅。这也是为什么他会刻意选在此时让他们入京。

正午刚过，近卫前久便领着劝修寺晴丰和吉田兼和登门拜访。

"说是关于骑兵检阅的场地选址，有要事禀告。"

"你先去问问，究竟是何事。"刚刚用过午膳汤泡饭的信长，保持着斜卧榻上的舒适姿势，命令兰丸道。

对于前久，信长有着复杂难言的情感。毋庸置疑，前久绝对是公家一等一的人物。他早在十九岁时，未及弱冠[1]便荣任关白，重权在握。年轻时更是胆识过人，曾随长尾景虎的大军攻入关东。他博古通今，学贯中西。不仅公家，在寺院神社及武家之中也有极广的人脉。只要前久出面，无论什么争执纠葛大都能轻松得以化解。这样的人物若能为己所用自然是事半功倍，故而与朝廷、寺社间的交涉信长大都借他之手。然而，这并非意味着信长

---

[1] 弱冠：古代中国男子二十岁时称为"弱"，行元服之礼而戴冠，标志着成年，这一习俗也传到了日本。

对他绝对信任。

"主公,近卫太阁大人说他无论如何要亲自见您一面。"兰丸回来复命。

"是马场丈量已毕,前来复命吗?"

"大人他执意要当面亲口说与您听。"

"若是马场一事,不是早有定论吗?"信长虽然表面上默许了,心里却盘算着若是对方啰嗦个没完,便想法把他们打发走了事。同时,他的脑中又闪过这样一个念头。既然人都已经来了,不妨将自己的计划和盘托出,给这几个家伙出出难题,弄得他们措手不及,也不失为一桩趣事。

与此同时,前久等三人正在外殿的会客厅等候消息。

"近卫,听说你带来了什么好消息,说来听听。"只见信长谈笑风生地走了进来,径直坐上了首座。

"大人此番上京,路途遥远,甚是辛苦,下官感戴不已。"前久高贵的脸上浮现出恬淡的微笑,从容不迫地回答道,"昭告众位参阵公家的命令,已传达无误。"

"这可是一场举世无双的骑兵检阅啊。把天下的名马统统搜罗了来,配置的服饰装扮也尽可能地隆重奢华。资费上若有不足,尽管开口,我自有办法。"

"大人慷慨,下官感激不尽。前日大人问及马场一事,故今日特来回禀。"

"我只是命你做好骑兵检阅的各项准备,并未言及马场之事。"信长的记忆力惊人的精准,就算是十年二十年前的事,必要的时候他也能准确无误地回忆起来,就好像昨日才刚刚经历过一般。

"下官以为,马场选址也是准备工作中的重要一环。因此再三吩咐属下们，务必精挑细选出一处绝佳的场地。"

"在何处？"

"吉田神社附近的春日马场。此地足够宽敞，又紧邻贺茂河滩，可供大军驻兵候场。"

"我看你对此次骑兵检阅似乎颇有不满嘛。"

"大人何出此言？下官一心促成此番盛事，否则又怎会如此尽心尽力，各方奔走？"

"既然如此，我明明说是在京中举行，春日马场可是在京城城外呀。"

"前日下官已向大人禀明，京城城中确实没有可供数万大军集结的场所。"

"此外，春日马场乃是当年平清盛公平定平治之乱时举行骑兵检阅的地方，可谓祥瑞之地呀。"前久身后的兼和也上前一步附和道。这个小个子男人跟在前久身边，就跟他的随从似的。信长不过略略瞟了他一眼，便转头向兰丸递了个眼色，意思是，接下来的事情就交给你应付了。

"近卫太阁大人的别院往北，大约五町之外的地方，不是有一处极宽敞的空地以备火患吗？此地选作马场应该费不了什么功夫吧？"

"且慢！那里可是……"那里正是东邻大内皇宫的所在。之所以留有这一大片空地，也正是为了在周边燃起大火时，能够避免皇宫遭受牵连。

"若选在那里，陛下亦可一出东门便观赏到骑兵检阅，省去一番舟车劳顿。恐怕没有比之更合适的场地了吧？"

"可是，即便是那里的面积，也难以容纳数万人的军队呀。"

"骑兵检阅中，上场的骑兵队不过一千人而已。其他的队伍，命其在沿途待命即可。"

向来喜怒不形于色的前久,听了兰丸的话也不由得脸色煞白。在紧邻皇宫禁城之地举行骑兵检阅,对于忌讳污秽不净之事的朝廷来说,无疑是难以容忍的。甚至,沿途还有数万军队驻兵待命,岂不等于整个皇宫都陷入了织田军的重重包围?

"下官以为……命军队沿途待命一事,还请大人三思。"

"大人此言何意?"

"信长公的骑兵检阅名扬天下,京城内外少说将有数万百姓前来观看。士兵与围观者之间,会发生怎样的争执纠纷也未可知。"

"我织田军中上下,绝无与百姓争长短的轻佻之徒。此外,所司代[1]的护城卫兵也定会严加警备,大人无须悬心挂怀。"

"可是,可是……"无言以对的前久心有不甘地闭上了嘴。信长看在眼里,顿觉心中畅快无比。

说呀,你倒是说呀,"你这样的杀人狂魔,我可不想让你接近我那至高无上的天皇陛下。"敢说吗?不,你可不敢。为什么呢?因为你们安然享受的太平盛世,恰恰正是建筑在我等的血腥杀戮之上。可是,你们竟然还妄想要我甘为臣子,对你们俯首帖耳!天下哪有这么便宜的事?该俯首称臣的不是我,而是你们。从现在起,我要让你们蚀骨入髓地认识到这一点!

"对了,吉田大人。我倒是有事要向你请教。"信长突然和颜悦色地转而对兼和说道。

"大人请讲。"

"何为神道?"

---

[1] 所司代:室町幕府官职,统领武士的所司的代理之职,后来逐渐成为负责管辖京都治安的重要职位。

"其教义深远，并非一两句话可以说清的。"身为吉田神社的神主，兼和继承了其曾祖父吉田兼俱的衣钵，将由其体系化的唯一正统的神道教发扬光大，世代相传。可谓本邦首屈一指的神道家。

"那么，你就简单指点一二，如何？比如，我听说神道的始祖乃天照大神，可是真的？"

"没错。这世间万物，皆是由天照大神所生……"

"兼和，别说了！"前久听出苗头不对，赶紧打断了他的话。

"近卫，该闭嘴的人是你吧。"

"可是，在大人面前卖弄学问，实在是僭越的行为。"

"此言差矣。我自幼便征战沙场，日夜以刀光剑影为伴，未曾读过四书五经，也全无和歌、物语之类的修养。故此，今日定要向本邦第一的学者虔心讨教。"信长说着站起身来，拉着兼和的手让他坐上了首座，"弟子向师父讨教，怎可自己独坐上首？还请师父上座，不吝赐教。"

"不可、不可，下官岂敢！"兼和闻言，立刻拜倒在地，直往后挪。信长却突然拔出随身短刀猛地一插，将兼和的大袖摆牢牢固定在了地板上，令他动弹不得。

"过分的礼让便是无礼。若想活着从这里走出去，就照我说的做！"

"求、求大人高抬贵手，放过在下。"

"不行！是当我的师父，还是丢了项上人头，你必须一选其一。"

"晴丰，咱们该告辞了。"前卫催促着劝修寺晴丰准备退下。

"怎么？近卫，你这就要回去了？"

"我等在此，只会打扰到将军探讨学问。再说，我俩也确有要事在身。"

"那可不行！我也有事要找你呢。"

"那么，可否请将军收起那有损风雅之物？"

"哦，你是说这个。"信长似乎忘了方才发生的一切，若无其事地令兰丸收起短刀，又恢复了原本的谈笑风生："瞧，这样你满意了吧？吉田大人，方才你说什么来着？这世间万物皆是由天照大神所生，对吗？"

"下官的确是这样说的。"

"那么，天主教中所说的上帝，可是与天照大神同等的存在？"

"非也，上帝也好，释迦、孔子也好，他们的教义皆是由天照大神的教义所衍生而成的另一种形式，才得以流传于世间。"

"兰丸，是这样吗？"

"我们天主教信奉，上帝才是万事万物的根本。"

"如此说来，究竟孰是孰非，实在需要好好争论一番。数日后范礼纳诺大人便会入京，届时不妨来一场宗教论争。近卫，你也参加吧！"

这道命令一下，对朝廷来说无异于晴天霹雳，信长却等不及对方有所反应，便起身离席，扬长而去。

宗教论争——信长为何会突然提出这个令朝廷大惊失色、胆战心惊的想法呢？

当时，笔者虽然已经开始侍奉信长公，却不过是被人呼来喝去的无名小卒，对事情的真相自然知之甚少。不过，通过涉猎当时的各方史料，再结合森坊丸大人的回忆，细细推敲起来，大致可以做出如下推论。

信长与传教士路易斯·弗洛伊斯初次见面是在永禄十二年，

按西洋人所用的格里历[1]来推算便是1569年。事情的起因是，弗洛伊斯想要得到信长的准许，可以驻京传教。而当时的信长，在前一年刚刚拥立足利义昭入京上位。信长爽快应允，而朝廷和寺社却是一片非难之声。

日本乃是以神道教为精神根基，辅以佛教、儒教思想而构筑起来的国度。而都城更是内有天皇主持大政，外有诸山镇守围护的神圣之地。这样的地方，竟允许一个南蛮人随意进入，广而散布天主教的言论，岂不是会埋下亡国的祸患？

神官、僧侣众口一词，纷纷执此论调，力谏信长收回成命，撤销他入京的资格。其中为首一人，便是日莲宗教徒，深得信长重用的朝山日乘[2]。他日日前往信长当时留宿的妙觉寺，晓以利害，苦劝他肃清天主教。

如此一来，双方主张究竟谁对谁错，信长一时也难决断，便命日乘与弗洛伊斯之间展开了一场宗教论争。

谁也没想到，在京城中素以论客之名著称的日乘，却在持续了近一刻之久的辩论的最后，被驳斥得体无完肤。因为弗洛伊斯不善日语，便委托日本人出身的修道士劳伦逊代为翻译。辩论进行到最后，理屈词穷，恼羞成怒的日乘，竟然夺过信长的刀几欲砍向劳伦逊，实在是丑态毕现。

经此一辩，自然胜负分明。没想到信长刚起程返回岐阜城，

---

[1]格里历，通称"格里高利历"，是所谓"公历"的标准名称。当今世界通用的历法，是一种源自四方社会的历法。先由意大利医生、天文学家、哲学家、年代学家阿罗伊修斯·里利乌斯（1519—1576）和奇拉乌斯等学者在儒略历的基础上加以改革，后由教皇格里高利十三世于1582年颁布。

[2]朝山日乘：日本日莲宗僧人，生于出云国朝山氏。曾上奏建议集资修建年久失修的御所，获"上人"称号。后被织田信长启用，负责扩建御所。为排除基督教会积极出谋划策。

日乘便出其不意地反戈一击。他从正亲町天皇那里讨得肃清天主教的圣旨，将弗洛伊斯等人悉数逐出了京城。

如此卑鄙无耻的做法激怒了弗洛伊斯，他连夜赶赴岐阜城，将事情的经过细细告知了信长。若是寻常大名，定会借口"圣旨已下，无可挽回"，对弗洛伊斯的控诉置若罔闻。然而，信长却觉得弗洛伊斯所言有理有据，不仅没有撤回对他驻京和传教的许可，反而高调宣称："宫中也好公家也罢全都无须理睬，一切局势皆在我的掌控之中，你只需听从我的命令便是。"

自那以后，无论是在京城还是安土城，陆续建起了一座座教堂，教徒的人数也逐年递增。改信天主教的大名也为数不少，甚至有人无情地拆毁了其领国内的神社和寺庙。这样的局面对朝廷和寺社来说可不大好过。

而这一次，比弗洛伊斯的地位还要高出一大截的巡察牧师范礼纳诺来到京城，与以吉田兼和为首的神道界理论家们展开论争。如果最终被驳倒的是后者，那么岂不意味着信长可以彻底终结朝廷的存在？

一时间，京城内外谣言纷纷，公家上下人心惶惶。他们一边感受着脊梁骨传来的阵阵寒意，一边惴惴不安地等待着传教士一行人的到来。

天正九年（1581）二月二十二日，范礼纳诺一行终于抵达了京都。

与森兰丸的呈报并无二致，整支队伍有马三十五匹，马夫四十人，负责运送进献给信长的礼品，另有骑兵八十骑，步兵二百人，负责警戒和防务。可谓分工合理，井然有序。

范礼纳诺留着金色胡须，长着一双碧眼，是个顶天立地般的高大男子。一袭黑色的长袍包裹着他虎背熊腰的壮硕身体，头上则是一顶宽沿的黑色南蛮帽。他的左右两侧分别是奥尔冈蒂诺和弗洛伊斯，劳伦逊则紧随其后。不过，还是走在队伍最前端，高举着金色十字架的黑人男子，最吸引京城百姓的注意。他的身量高低与范礼纳诺不相上下，身材却更加修长纤柔。年龄在二十五六岁上下，浓眉大眼，五官深邃。他满头细碎的卷发仿佛紧贴着头皮，脸和手都出奇的黑，几乎令人产生错觉，似乎他也裹着一身黑色的长袍。

都大道上看热闹的百姓早已挤得水泄不通。在众人的注视之下，一行人徐徐走入了面朝四条坊门大街的南蛮寺。这是一座三层高的西式教堂，乃是天正四年（1576）弗洛伊斯在信长的鼎力支持下修建而成的。

一行人刚入寺不多久，南蛮寺周围就爆发了一场不小的骚乱。听说来了一个皮肤堪比丹波黑牛的黑男人，京城百姓争先恐后，蜂拥而至，只为了看个稀奇。村井贞胜对此早有预料，于是早早安排下护城卫兵负责维持秩序，加强警戒。没想到竟惹怒了围观百姓，甚而发展到有人向卫兵投掷石块的地步。

说到爱看稀奇，谁也比不过信长。这不，就在第二天，也就是二十三日，他便差人将那个黑人带到了本能寺，还叫上了信忠和信孝一同列席，打算亲眼看个究竟。

南蛮寺和本能寺近在咫尺，那个黑人很快就被带到了。身材高挑的他和奥尔冈蒂诺以及众多日本教徒站在一起，静静在中庭等候。

哎呀呀！信长只看了一眼，便禁不住在心中惊叹了一声。这个男人有着清澈的眼眸和高贵的面容，直觉告诉信长，他绝非等闲之辈。

"奉大人之命前来拜见，此男子乃范礼纳诺大人的仆人，名唤亚赛尔。"奥尔冈蒂诺用流利的日语介绍道。他出生在意大利，现任耶稣会的中部日本传教长。他来日本已经有十二个年头了，是个地地道道的亲日派传教士。

"亚赛尔是他的名字吗？"受信长之意，兰丸代他询问道。

"正是。"

"生于哪个国家？"

"非洲大陆的东南部有个名为莫桑比克的小国，他自称出生在那里。"在莫桑比克有一个隶属于葡萄牙人的大型殖民要塞，据说范礼纳诺等人此行也曾在那里靠岸休整。

"那个国家的人肤色皆是如此吗？"

"正是。"

"洗洗看！"信长低声简短地命令道。兰丸一时未能领会信长的用意，保持着一脸郑重严肃的表情，不敢妄动。

"或许只是涂了一身黑墨而已。脱掉他的上衣！洗洗他的身体！"命令一下，立刻就有水桶和抹布送了进来，亚赛尔的衣服也被扒了个精光。和他的脸一样，他的身体也如涂了黑漆一般黑得发亮。而且，前胸、腹部和肩头都长满了结实而紧致的肌肉。

哎呀呀！信长再次发出了赞叹之声。若不是自幼便受过严格的训练，绝不可能拥有如此健硕的体魄。若是再让他挑上一样拿手的武器，定是身手不凡。不仅如此，好几个人在他的前胸后背反复揉搓，推推攘攘，他却宛如一尊佛像一般岿然稳坐，嘴角甚至浮出一丝泰然自若的微笑。

"你擅长使枪吗？"在好奇心的驱使下，信长甚至等不及让兰丸传话，便开口高声问道。

"没错！"谁也没想到亚赛尔竟然毫不胆怯地回答。

"你听得懂我的话？"

"来日本已快两年了。"范礼纳诺一行人于天正七年（1579）七月二日到达岛原半岛的口之津，此后一直在九州地区从事传教工作，二十天前才从丰后登船启航。

信长立刻挑选了一名善使长枪的人，命他与亚赛尔交手。身材高挑的高桥虎松首当其冲，挑了一柄卸了枪头的练习用长枪夹在腋下，大步下到中庭。亚赛尔也同样挑选了一柄二间长的长枪，摆好架势与之对峙。身长六尺三寸的他，衬得虎松像个小孩儿似的瘦弱矮小。尽管如此，虎松仍然瞄准对手的腿部果断发起了进攻。他打量对方身形过高定然行动不够敏捷，下半身容易露出破绽。没想到亚赛尔竟然相当的灵活，只见他双脚忽左忽右、忽前忽后巧妙地避闪着，不时还用手中的长枪挡开对手凌厉的攻势。虎松忽然调转枪头朝亚赛尔的上半身攻去，亚赛尔立刻挥起手中长枪，奋力一挡。这一挡，将虎松的长枪从他手中震飞，高高飞到了半空。

"哎呀。"信长第三次发出了赞叹之声，同时深深吐了一口气，早已下了决心，定要将这等人才收为己用。

"神甫大人，主公有意将此人收为家臣。"兰丸当即将信长的意思传达给奥尔冈蒂诺。

"他本是范礼纳诺大人的仆人，他的去留，请恕我一人难以决定。"

"那就待到后日与范礼纳诺大人会晤之时，再当面向他要人吧。"

两日之后，范礼纳诺如约造访了本能寺。同行的照例有奥尔冈蒂诺、弗洛伊斯和劳伦逊等人，同时还带来了一大批从欧洲、印度以及厦门等地搜罗来的奇珍异宝，进献给信长。这些进献的礼品之中，也包括亚赛尔。

信长亲自迎至玄关，一番寒暄之后，又将一行人引入了会客室。会客室内摆着两把罩着红色天鹅绒的高脚椅，信长和范礼纳诺一左一右面对面坐了。奥尔冈蒂诺二人则立于两者之间，充当翻译之职。

"遥远国度的贵客，不远千里而来，一路辛苦了！"

弗洛伊斯是葡萄牙人，奥尔冈蒂诺和范礼纳诺则是意大利人。所以翻译主要由奥尔冈蒂诺用意大利语来进行，佛洛伊斯再适当加以补充。

"这椅子坐着甚是舒适，我以后一定倍加爱惜。"对方献上的椅子，信长当即便使用起来，以此来回报范礼纳诺的一番好意。

"在下深知，耶稣会在日本的传教活动多番得到信长大人的鼎力相助，各地教徒也多次向我汇报。罗马教皇得知此事后也十分欣慰。在此，在下深表感谢。"

"您对我日本国印象如何？"

"九州山河俊秀，都城更是人杰地灵。'亚洲宝石'的美名实在是当之无愧。更加上城中治安良好，秩序井然。百姓人人生龙活虎，朝气十足。足见信长大人的治国之策是何等优渥。在下此行深有体会，深感叹服。"

"说起来，这小子也是贵教的信徒。尊客此番来访，他可是早就伸长脖子盼着呢。"信长引荐了在一旁伺候的兰丸。

"此番来了日本，才知道教徒们的汇报所言非虚。日本的信徒个个虔诚、热忱。在高槻举行的复活节大祭上，我也加入了信徒的行列，与他们一同游行。"

"事必躬亲自然是好事。我记得您带来的礼物中还有葡萄酒，尊客可要饮上一杯？"

"不必了，饮酒有损信仰的纯洁。"

"是吗，那就命人上茶。"信长也不爱酒。一听这位金发碧眼的大个子男人也不喝酒，亲切感顿生。

"范礼纳诺大人直到现在仍然坚持苦修，每日鞭打自己。"急于表现上司的伟大之处，一旁的奥尔冈蒂诺忍不住插了一句话。

"鞭打？这样做目的何在？"

"人是背负着原罪降生于世的。因此必须日日反省自己的所作所为，为了赎清自己的罪孽而鞭打自己。"

"何为原罪？"

"人的祖先尚身在伊甸园时，做了违背神的旨意的事，因此获罪而被流放到人间。"

"这原罪，是否跟佛教所说的执念差不多？"

"个中道理的确极为相似。但佛教主张通过个人的修行可以消除执念，而天主教中的原罪，却只能通过皈依于神才能得以消除。"

"能让他给我看看他的后背吗？"真的会每日鞭打自己吗？若不是亲眼所见信长是不会轻易相信的。

"范礼纳诺大人位高权重，与耶稣会总会长不相上下。对他提出这样的要求似乎不妥。"奥尔冈蒂诺面露难色，迟疑着不肯翻译。

"那么佛洛伊斯，你来说！"

"我也与奥尔冈蒂诺大人意见相同。试想，大人您访问他国时若也被提出同样的要求，又会作何感想呢？"

"贵教不是总宣称，神之子人人平等吗？对我清洗亚赛尔的身体并无异议，却不许我查看这一位的后背，这可不合情理呀。"

"教规有言，侍奉耶稣之人，不可将自己的善行与苦行示诸他人，刻意卖弄。故此，我等才斗胆违逆大人。"奥尔冈蒂诺和弗洛伊斯异口同声地极力辩解,信长却执意要看他的后背。二人越是极力阻止,反而越是让他怀疑,什么鞭打自己,不会是在撒谎吧?

范礼纳诺也感觉到气氛突然变得有点僵,便诧异地询问究竟发生了何事。听奥尔冈蒂诺道出事情的原委,他沉吟片刻之后便命其代为回复道:"将后背示人的确有违教规,不过请您摸一摸倒是无关紧要。"他表示说,对方隔着长袍一摸便自然能明白。

看着他自信而充满威严的神情,信长的疑虑顿时烟消云散。同时,他也愈发想知道,眼前这个高大魁梧的男人究竟生在哪个国家,又是出于何种目的选择了当一名传教士。

"大人所说的每一个字必须如实翻译,绝不允许有半点篡改和矫饰!"在信长的严令之下,奥尔冈蒂诺做了如下的翻译:

"我于1539年2月6日出生于意大利南部的拿坡里王国[①]。范礼纳诺家族是当地数一数二的名门望族,父亲曾任枢机主教[②],权尊势重。与罗马大教皇保罗四世[③]也私交甚厚。

"信长大人的名字有长久信赖之意,而我的名字亚力山德罗则意为宽大、宽容。

"我年轻时曾去过意大利北部的威尼斯,在帕多瓦大学[④]攻

[①]拿坡里王国:那不勒斯(Napoli)王国,中世纪到1860年意大利半岛南部的国家,在政治上常与西西里联合。

[②]枢机主教:枢机是天主教教宗治理普世教会的职务上最得力的助手和顾问。1917年颁布的天主教法典称"枢机"为教宗的参议会,由教宗选拔任命。

[③]保罗四世:(1476—1559)俗名季安·皮埃德洛·卡拉法,1555—1559年在位,出生于意大利那不勒斯。曾任罗马宗教审判大法官,1518年任大主教,1536年晋升枢机主教。1555年3月23日接替登位只有23天的马赛勒斯二世成为教皇。

[④]帕多瓦大学:(Padova)与牛津、剑桥、巴黎大学一样,是西方重要的文化学术中心。始建于1222年,仅次于博洛尼亚大学和巴黎大学,是欧洲第三古老的大学,也是意大利最大的大学之一。

读法律。这所著名的学府被誉为知识的摇篮，曾培养出哥白尼等为数众多的学者，可谓人才辈出。这些学者的研究证明了地球是个球体，由此拉开了西班牙和葡萄牙的大航海时代的序幕。因此，正是这所大学构建了今日世界之基础，这么说也毫不为过。

"我十八岁时获得法学学位毕业回乡，成为了一名神职人员，并立志毕生从事这项工作。没想到仅仅两年之后，我强有力的靠山教皇保罗四世便与世长辞，我在罗马天主教会里处处受阻，前途一片渺茫。

"我为形势所迫，决心凭一己之力开辟一条新的人生之路，于是重新回到帕多瓦大学投身学术。我本想改做检察官或者辩护律师，成为法律界的权威。岂料不久之后，自己便身陷囹圄。想来，这或许是冥冥之中神的旨意。

"事情发生在1562年11月28日，我时年二十三岁，按照日本的算法则应该是二十四岁。那一天，大学的课程已经结束，即将迎来漫长的寒假。学生们大都沉浸在假日前的兴奋劲儿中，好比获得解放的囚徒。他们个个都是二十岁前后，血气方刚的青年，想着在归乡之前与朋友们一醉方休，于是纷纷成群结伴地出入城中的酒吧。一杯接着一杯，随着人们的醉意渐浓，气氛也渐渐地变得自由、大胆。人人都变成了放纵的恶魔，有人已经开始调戏起了酒吧里的女人。这家店的二楼就是旅馆，如果遇到中意的女人便可直接领上楼，对客人来说甚是便利周到。

"在此之前，我从未和娼妇打过交道。也许是因为父亲曾是奉公正己的司教，所以我心中一直恪守着各种信条，绝不敢违背神的教义。可是人嘛，年轻的时候总是容易被莫名的情绪所左右。眼看着同伴们争着抢着和女人们调情，自然担心被他们看出自己情场生疏,丢了颜面。当然,想到如今教皇保罗四世已逝,自己此生再也无望成为神甫,心中也难免有些憋屈和不甘。一行人中数我最年长,于是装出一副情场老手的样子,满嘴说着在便宜小酒馆中船员水手才会说的污言秽语,开始勾引起女人来。

"这当然是不会得到神的允许的。

"他借着邻座一个名为弗朗切斯吉娜的女人之口,谴责了我轻薄下流的行径。此女子并非店里的女人,而是和恋人一同来用餐的。无奈当时的我已经丧失了理智,未能及时认清这一点。抑或是,心中始终有个声音在提醒着自己,眼下的所作所为有违神的教义,所以一旦有人面对面地、毫不留情地指出这一点,我反而千方百计地要为自己辩白。在一番既于理不合又不近人情的强词夺理之后,我竟然恼羞成怒,出手伤了那女子。为何会那样做,我至今仍然说不清楚。等我回过神来,弗朗切斯吉娜已经满脸是血地倒在了地上。我赶紧请来附近的外科大夫对她施救,总算保住了她一条性命,脸上却被缝了足足十四针,留下了一道可怕的伤疤。事后,我被作为肇事者拘禁起来,被检察官处以罚金,并依令缴纳了赔偿金和治疗费之后,便被逐出了城。

"这件事之后,我深深意识到自己罪孽深重,也更加深刻地理解了何为人之原罪。我下定决心,要想赎清这份罪恶,只有一个选择,就是成为神的仆从,终我一生为神的事业效忠。于是便再一次走上了神职人员的修行之路。

"自我鞭打的苦修,便是从那个时候开始的。

"1566年,二十七岁的我为了成为一名耶稣会的会员,接受了考试。

"信长大人一定也有所了解,耶稣会乃是1534年由弗朗西斯科·圣·皮埃尔①神甫和伊纳爵·罗耀拉②神甫等人在巴黎的蒙马特尔山丘上宣誓创建的,其一切活动得到了保罗三世的认可。本教会乃是本着在全世界宣教、传教的目的而创立的,圣·皮埃尔神甫的生平事迹也充分证明了这一点。

"我通过了成为耶稣会会员的考试之后,便进入罗马学院,为了当上神甫而接受正规的教导和训练。所幸我在帕多瓦大学曾专修法律,在教会中作为一名法学者已获得较高评价。在此基础上,我继续专注于哲学、神学、数学以及物理学等领域的研究。

"就这样,终于在1570年3月25日星期六,圣母玛利亚领报节③的这一天,我正式被任命为神甫。

"三年之后,我提出申请,希望被派往印度。我也立志像圣·皮埃尔神甫那样,成为一名杰出的神甫,将天主教的教义传遍世界。出乎我意料的是,耶稣会总会长竟任命我为东印度的巡察牧师。当时,东印度辖区的教徒们,正在从非洲好望角到远东日本的广大地区积极地开展传教活动,而巡察牧师乃是他们的最高领导者。我自觉以自己的能力实在难以胜任,所以再三推辞,最终还是却不过总会长的强烈要求而勉强接受了。

---

①弗朗西斯科·圣·皮埃尔:Francisco de Xavier(1506—1552),出身于纳瓦拉王国的天主教祭司,传教士。耶稣会创始人之一。受葡萄牙国王诺昂三世之命赴印度果阿,又于1549年第一次前往日本传教。此后一直在日本、印度等国传教,引导了众多人信仰天主教,是天主教会的圣人,纪念日为12月3日。

②伊纳爵·罗耀拉,Ignacio de Loyola(1491—1556),西班牙人,罗马天主教会耶稣会创始人之一,也是圣人之一。他在罗马天主教内进行改革,以对抗马丁路德等人所领导的基督新教宗教改革。

③圣母领报节:圣母领报在基督教中指天使向玛利亚告知她将受圣灵感孕而即将生下耶稣,出自《新约》,又名"天使报喜"、"受胎告知"。基督教中规定3月25日为圣母领报节,即圣诞节之前九个月。由于历法不同,东正教及其他东方教会中的这一节日相当于公历的4月6日或7日。

"1537年9月,我从罗马出发,与耶稣会的有力支持者葡萄牙国王短暂会面后,便于翌年的3月21日向印度扬帆启程了。

"以上便是我远离故土之前的简单经历,不知我的回答是否能令大人您满意。"

范礼纳诺一番冗长的叙述,奥尔冈蒂诺字斟句酌地细细翻成日语,很是下了一番功夫。而信长也凝视着范礼纳诺的蓝色眼眸,听得十分用心。尽管有很多地方没太弄懂,但他已经充分体会到了这个因为伤害过一个女人而悔愧交加的高大男人,想要将自己的一生奉献给神的毅力和决心。

"冒犯了。"信长忽然站起身来,绕到范礼纳诺的身后,伸手抚摸起他的后背。隔着黑色的长袍,也能清楚地感觉他背部隆起的结实的肌肉,和如脚掌一般粗硬的皮肤。手心的触感真实地诉说着,这些年来这个男人是如何日日鞭打自己,如何诚心赎罪的。

"我已深信尊客所说绝无虚言。您如实相告的诚意,我感激不尽。"信长郑重致谢,内心却始终无法理解,一个男人,仅仅因为伤害了一个女人,为何就要选择这样的活法?

"信长大人您,又是如何度过您的青年时代的呢?"范礼纳诺询问道。

"这个嘛,我……"久违地,信长陷入了对往事的回忆中。

将弟弟信行招至清州城[①]亲手斩杀,这或许是信长心头最为挥之不去的记忆。当年的他,同重伤女子的范礼纳诺一样,也是二十四岁。弟弟与信长为敌已久,于是他谎称自己患病,将弟弟骗到清州城,亲手了结了他的性命。痛下杀手不过是为了报复从小偏爱弟弟的母亲——如果他如实相告,这位宽厚仁慈的天主教教

[①]清州城:位于尾张国春日井郡清须,属平城,又称清须城。作为尾张国的中心曾繁荣一时,亦是往返京都与镰仓,与中山道相通的交通要塞。

徒会作何评价呢？

八年前，他又讨伐了自己的妹夫，将妹妹夫妇俩的孩子乱枪刺死。尽管如此仍犹觉不足，甚至揭下妹夫的头盖骨，涂上金箔制成金杯，与众将士举杯同贺，庆祝此战的大获全胜。

火攻比睿山，镇压伊势长岛和越前的一向一揆时的疯狂杀戮，还有那一场又一场数不清的大战……这一生，死在他手上的人大概不下二十万吧。其中，他亲手所杀的也应该接近二百人了。尽管如此，他并无丝毫的悔意。听他这么说，这位天主教教徒又会是一副怎样的表情呢？

"我的青年时代，过着常年征战杀伐的生活，并无任何值得一说的回忆。"信长赶紧结束这个令人不快的话题，询问起对方从欧洲一路而来的航线。

奥尔冈蒂诺早就盼着这一刻，他迫不及待地展开世界地图介绍道："这里是西班牙，相邻的是葡萄牙。范礼纳诺大人从里斯本启航，绕过好望角，从莫桑比克入港登岸。"此后又从莫桑比克继续向印度的果阿进发，在那里度过了三年的传教生涯，才途经马六甲、厦门来到了九州。途经的每个港口都有隶属于葡萄牙的殖民要塞，所以他在航海途中并未遭遇任何险情。

世界地图上，日本渺小得像一颗豆子。一部分对天主教不以为然的家臣甚至提出质疑：莫不是这些教徒们为了吹嘘自己国家的伟大，而故意给我们看了一张作了假的地图吧。可是，信长却不这样认为，他从弗洛伊斯和奥尔冈蒂诺那里了解到的航海日程、洋流流向以及各地的风土人情等等，都十分具体详尽，具备充分的说服力。

最后，信长询问了对方传教的目的，并表明若有任何要求尽可提出。

"传教的目的是为了让全世界的子民都能得到神的指引,从苦难的灵魂中得到解脱。"范礼纳诺毫不迟疑地回答道。

"本国自古笃信佛教、儒教和神道教,这些教义难道就不能拯救众生吗?"

"这就要靠凝听教义的人自己来判断了。我们传教士只负责传播教义,并无强制他人信教的意图。"

"天主教和神道教究竟有何不同,究竟孰是孰非,我实在想要弄个明白。改日我也将请神主针对神道教的宗旨做一番阐释,可否请您当着我的面与他来一场宗教论争?"

"恭敬不如从命。大人若真有此意,我定会做好准备,随时可以应战。"也许是因为有过完胜朝山日乘的战绩,教徒们看上去个个胸有成竹。

"那么,可有何要求?"

"范礼纳诺大人希望能常住安土城,并得到在贵领国传教的许可。"奥尔冈蒂诺回答道。

"这是自然,还有什么可说的?您尽可在安土愿待多久待多久,出入也绝对自由。一应费用上若有不足,也尽可随便提。"

"不胜感激。若大人准允,我还有一事相求。"

"不必有所顾虑,尽管讲!"

"贵国的天皇陛下,若有幸能得见一面……"

"明白!近日正好有一场骑兵检阅,届时将您引荐给天皇便是。"信长说着,表情却渐渐变得威严起来,鬓角处甚至青筋暴起,如密布的蜘蛛网,"不过,正如我平日里常对他们说的,这个国家的一切皆在我的支配之下,凡事只须遵从我的命令。宫中也好天皇也好朝廷也好,已经不过是帽檐上点缀的羽毛。骑兵检阅之时,我自然会证明给你看。此外,他们口中津津乐道的神道教,又是何等自相矛盾,自欺欺人,待到宗教论争那天您便能亲身体验了。"

天下布武[1]——这便是信长终其一生想要建立的一个庞大而森严的权力体制,而自己便置身于这个体制的最顶端。他决不允许有任何例外。

极致的完美主义和精神洁癖,令他不能容忍任何形式的妥协。

织田军团的骑兵检阅,定在二月二十八日。

此前一天,近卫前久一早便进了宫,在八景绘厅召见了众位太阁(历任关白者),一起商讨在此次骑兵检阅上的应对之策。

信长如此处心积虑地要在京中举行骑兵检阅,一定有其不可告人的目的。若不趁现在就商量好我方的怀柔之策,到时候面对他出的难题,定会一筹莫展,陷入进退两难的境地。自骑兵检阅举行的时间确定之日起,前久就反复强调了自己的看法,最终总算说服众人,促成了此次太阁议事。

朝廷的各项方针,通常依据近卫阵[2]的内部决议,或是通过召开只有三位以上的公卿才能参加的小御所[3]会议来决定。不过,非正式的事务性协商则会在八景绘厅召开太阁议事。

前久在此次议事上,提出了将织田信长推举为左大臣的建议。

自天正六年(1578)辞去右大臣一职以来,信长在朝廷一直没有担任任何职务。此次若能出任左大臣,定会竭力为朝廷效忠。即便对方拒绝就任,只因我方推举在先,骑兵检阅之后无论

---

[1] 天下布武:织田信长的治国理念之一,据说出自泽彦的进言。也是刻在信长的印章上的印文。

[2] 近卫阵:本是大内警卫的值班室,分为左右近卫阵。从平安时代中期开始,公卿开始在左右近卫阵聚议朝务。

[3] 小御所:京都御所内的建筑物之一,位于紫宸殿的东北方。在室町时代,是为将军入宫觐见时休息和更衣而专门设置的场所。

对方出什么样的难题，我方都能以"若依言出任左大臣便可应允"为由予以回击。

尽管前久极力主张，现任关白九条兼孝的反应却不甚积极。因为他并未像前久那样强烈地感受到信长带来的威胁。

"近卫太阁大人的这番说辞，其实是为了拉拢信长吧？"甚至有人不留情面地质问道。更有人指出，若将信长推上左大臣之位，那么现任此职的一条内基又该何去何从？难不成还要因此而劳师动众，将整个朝廷的人事安排全部调整吗？

信长的目的不过是要劳动圣驾亲临此次骑兵检阅而已，届时赐他御剑、时服①以示嘉赏便足矣。——持续了近一刻钟的议事，最终不过商讨出这么一个不痛不痒的结果。内心愤懑不已的前久，连会后的酒席也推脱掉了，愤然出宫而去。

（竟说我想要拉拢信长！）

一想到议事上众人对自己的无端指责，他顿时怒从中来。自己接近信长，完全是为了保全朝廷的利益，因为他明白这才是唯一的办法。至于个人的私利，他绝无半点图谋。

（不体谅我的苦心也就罢了，竟然还在那样的场合……）

愚蠢、固执、小肚鸡肠……固然是这些人与生俱来的特质，早已无可救药。令前久忍无可忍的，是他们已经烂入骨髓的本性。靠着五摄家当家人这个老天爷给的身份而坐享其成，既无半点能耐又无多少见识，却成日将门第观念挂在嘴边。至于皇室的将来、治国的良方，这些人何曾用过半点心思，出过半分力气？

怒火中烧的前久在心里把这些人的丑态都数落个遍，脑海中却突然浮现出儿子信基痛苦的表情——"充满了腐臭霉味的朝

---

①时服：每年春秋或冬夏两季，由朝廷赐予皇亲国戚及诸臣的衣物。

堂，满朝呆若木鸡、唯唯诺诺的蠢相，实在令人透不过气来，憋屈得几乎想死。"身为朝廷的柱石，对于这个和信长走得太近的儿子，前久自然不敢苟同。不过，他生于五摄家之首的近卫家，却并不安于上天赋予的身份，而是努力寻求自己的出路，这一点的确值得肯定。

出得土御门大街，前久便坐上四方轿向东而去。

皇宫东面紧邻的一大片空地上，新的跑马场已经建成。此地南起鹰司大街，北至一条大街，长约四町半，东起万里小巷，西至高仓大街，宽约一町半。杂草已拔除干净，周围的数十间民房也已悉数迁走，整片区域拾掇得敞亮整洁。

东西两面围着高达八尺的圆木栅栏，而皇宫东门前的高仓大街上则用木板搭建了看台，方便文武百官和远道而来的百姓们恭迎圣驾。顺着大街架起了一座长约十五间的高台，上面建了一座临时行宫。行宫搭建得十分富丽堂皇，屋檐上装饰着唐破风，涂了黑漆的柱子上零星镶嵌着黄金，即便从远处一眼望去，也可知那便是天皇的行宫。

土御门大街的南侧则是专供武家们起坐的高台。长二十间，宽约三间的巨大高台上，并未搭建任何宫宇。且高不过六尺，比行宫高台低了一尺左右。

驱轿至高台近旁亲眼确认之后，前久方才略松了一口气。他一直放心不下，担心信长会不知天高地厚地坐在比圣上更高的高台上。

"依令明日这些栅栏将全数用绯红色毛毡包裹起来。"陪同者向前久禀告。每隔半间便插了一根高八尺的圆木。四町半的距离一共栽了五百四十根，两侧加起来有一千八百根。粗细一致的圆木全用绯红色毛毡包裹起来，那场面可以想见是何等壮观。

返回近卫大街的府邸，方知吉田兼和已在府中恭候多时了。

"事情商议得如何了？"

"他们全然没当回事，根本无从商议。"前久命人端上冷酒，借以压压心头的怒气。

"内府大人刚从安土回来了。"

"那还不快把他给我叫进来？我有话要对他说。"

"可是早先信长公遣人来，不多久就把他请去了本能寺。"

"这次又是叫他去做什么？"

"说是那边新招了一个唤作弥助的黑人做家臣，想请公子过去看看。"原来信长果然从范礼纳诺手中讨到了亚赛尔，改名为弥助，收作了一名近卫。不过，如此急急地招信基前去，目的绝不可能如此简单。

"据说信长也吩咐了那洋人，命他为宗教论争做准备。"这个消息，自然是织田信忠透露出来的。眼看着父亲与朝廷间的对立越来越明显，信忠深感形势不妙，于是转而想借前久之力，寻求缓和之法。

"听说对手乃是耶稣会首屈一指的学者。此次宗教论争，你可有把握赢他？"

"有！"兼和毫不迟疑地回答道，"我吉田一族乃神道学世家，古有兼好法师[①]、慈遍大僧正[②]，今有唯一正统神道的集大成者兼俱卿，可谓人才辈出。即便对方是耶稣会的大学者，我也绝不会

[①] 兼好法师：指吉田兼好，又名兼好，镰仓末期的歌人，俗名卜部兼好。先祖为吉田神社的社家。最初为堀川家家司，后出仕于二条天皇，官至左兵卫佐。天皇驾崩后，他便出家遁世。后致力于和歌创作，入二条为世门下，著有《徒然草》等自撰家集。

[②] 慈遍大僧正：生卒年不详，镰仓末期神道家，吉田兼显之子，兼好之兄。初为天台僧，后受度会常昌的影响，著有《旧事本纪玄义》等多部著作。

轻易言败。"

"哟，难得见你这么有志气呀！"

"不过，前提是此次论争必须绝对公正。以前，信长公也曾凭借一场安土之争有效打压和削弱了日莲宗[1]的实力。有消息说，此次论争他也从一开始就暗中安排好了一切，注定是我方输。"

"嘴上当然怎么说都行啊。"为自己的失利找个借口那还不容易？总之前久丝毫不认为兼和有获胜的信心。

"在下绝非虚言。听闻前日接见那洋人时，信长公就曾批驳神道教充满了矛盾和谎言。既然他心中已有定论，必然会授意裁判判定我方输。"

"你倒不必如此患得患失。此次宗教论争，我本就不打算答应。"

神道原非仅凭理论便可以辩明正误的宗教。若不能做到正身清心，耳聪目明，感受各方神灵的存在，那么费再多的唇舌讲再多的道理亦是徒劳。神之所以为神，正是因为他的力量，是凡人的智慧和能力所无法估量的。想凭一场论争来裁决神的高低优劣，实在毫无意义。当然，这么说信长肯定是不依的。此言一出，说不定立马会遭到他的驳斥——难道朝廷就是建立在这样一个无法论证说明的教义之上的吗？所以说，若无无懈可击的回绝之辞，只怕还会引起更多的麻烦。

"眼下最紧要的是想好如何回绝，你可有什么良策？"

"若能推举信长公当上左大臣，他也许会留点情面，不好做出太过与朝廷针锋相对的事，可是……"

---

[1] 日莲宗：日本佛教十三宗之一。以日莲为祖师爷。依托《法华经》，教义为教、机、时、国、序的五纲教判和本尊、题目、戒坛三大秘法，以即身成佛、立正安国为理念。又可分为日莲宗、法华宗、日莲正宗、显本法华宗、不受不施宗等数派。

"此事既已在太阁议事上遭到否决,已然无计可施。还需另想个办法……"嘴上这么说着,前久的脑中却突然灵光乍现——他已经想到了一个万全之策,无须通过太阁议事便能达到同等的目的,将信长顺利推举为左大臣。

下人端上来的酒,前久还未来得及碰上一碰,便再次下令传轿,匆匆出了府。这一次他要赶去的,是二条御所。他要设法说服诚仁亲王,讨得一封推举左大臣的密函。

前久敏锐地预感到,借此次骑兵检阅之机,信长极有可能胁迫当今圣上让位。他不仅恰好选在骑兵检阅之前让范礼纳诺一行上京,甚至还扬言要搞个什么宗教论争。这显然是对下旨驱逐天主教信徒的当今圣上的公然挑衅。

万一事态真的发展到这一步,答应他倒也无妨——前久甚至做好了最坏的打算。当今天皇已六十有五,也的确到了该从纷繁的朝堂事务中抽身而退,移居仙院[1],颐养天年的时候了。天皇本人此前也曾多次流露过这样的意愿,无奈太上皇御所的修建以及新帝的登基大典均要消耗巨大的财力物力,在众臣的再三劝阻下陛下才迟迟未下决心。再者,诚仁亲王若能继承皇位,那么信长对于朝廷来说也就不再那么难对付了。

不过,再怎样斟酌考虑,当前最要紧的还是应该抢占先机,将推举左大臣的密函要到手。

二条御所就在近卫府往南不远的地方。因为原本是作为信长在京中的居所而修建的,所以四面掘了壕沟,垒起了高高的石墙。说是官邸,其实其构造更像是一座城池。

前久没有下轿,直接穿过了正大门,径直进到主殿,说明了

---

[1] 仙院:日本古代指太上天皇的御所,也由此指代太上天皇,又可称仙洞。

来意。却不巧诚仁亲王刚刚进了宫，说是八景绘厅设了酒宴，亲王也受邀出席。前久正在犹豫着要不要即刻追进宫去，却从殿内跑出一名三岁左右的小男孩。原来是诚仁亲王的第六个王子，后来的智仁亲王。

"等等，别跑啊！还没完呢！"紧跟着追出来的，是他的母亲劝修寺晴子。只见她一边追赶一边吃力地伸手挽起和服的下摆，六王子却并未停下脚步，而是一边逃跑一边不住地回头看。看来，他十分热衷于戏弄自己的母亲。

前久站在门槛下，猛地一伸手将他那小小的身子拦腰抱起。

"放开我！你放不放？"六王子在前久怀中蹬腿打挺拼命挣扎，却被晴子一把给抱了过去，屁股上重重地挨了一下："行了，别闹了！赶紧给我回内殿去！你要是再逃明日可就不带你去了。"看来，众人正在打点行头，为明日的骑兵检阅做准备。六王子被晴子狠狠地瞪了一眼，这才老实了，乖乖回了内殿。

"殿下明日也会出席吗？"

"是的，陛下特意吩咐下来的。"晴子神情似有一瞬间的黯然，但立刻恢复了落落大方的笑容，仿佛什么都不曾发生过。

"臣此次前来，本有要事要奏请东宫殿下，却不巧与殿下错过了。"

"是何事？若有需要，稍后妾身可代为转达。"

"果真如此，臣感激不尽。"前久要来笔墨纸砚，当场修书一封交予晴子，并说道："请转交东宫殿下。"

晴子略略浏览了一遍信的内容，面露疑色。

"怎么？有何不妥吗？"

"信长本人确有出任左大臣一职的意愿吗？"

"恐怕是没有的。不过，由东宫殿下出面委任，想来他也绝不

141

会心生芥蒂吧。"

"对于此事诸位大臣一定是反对的吧?"晴子的洞察力惊人地敏锐。短短的一问一答之间,她立刻就洞悉了一切——正是因为在太阁议事上碰了壁,前久才转而来求亲王的。

前久又反复强调了多次委任的必要性,这才告辞离开御所。可是直到傍晚,他仍未等来诚仁亲王的亲笔密函。在这一日宫中的酒宴上,也许亲王也听到了不少针对前久的怨言和指责吧。

翌日二月二十八日——前久不得不赤手空拳地去面对这命中注定的一天。

第四章 大日子

　　远处传来马的嘶鸣。一声、又一声……划破长空，急促而高亢。

　　在混沌未开的晨光中，劝修寺晴子睁开了双眼，是胸中莫名的悸动令她清醒过来。昨夜与侍女房子打点行装一直到深夜，可出席今日骑兵检阅所穿的盛装却迟迟难以选定。好不容易躺上了床也久久难以成眠，刚浅浅地入睡就马上醒了过来。如此反反复复终于挨到了天明，一睁眼却精神抖擞并无半分倦意。只是有一种轻飘飘的感觉，仿佛整个身子都飘浮在半空中。这或许是因为她做了一个梦，梦中年幼的自己正骑在外祖父的马上，和他一起策马扬鞭，驰骋山野。朦胧中，她清楚地听到了一声悠远的马鸣。那，莫非也是在做梦吗？

　　（哎呀呀，我这是怎么了？怎么变得这么孩子气？）

　　晴子拨弄着垂落到脸颊边的浓密的秀发。真是个孩子也就罢了，没想到自己也会对今日的骑兵检阅如此目盼心思。这股子兴奋劲儿要是被房子看见了，又不知会被她瞧出什么端倪来。

晴子将目光投向衣架上挂着的华服。棣棠黄袭[1]的表衣[2]外，罩着甲骨文浮绣纹的葡萄紫染唐衣[3]，而裙裳[4]和打衣[5]，早已被房子叠得整整齐齐收入了箱中。昨夜好容易才选出这么一身，看着还算满意。可如今在朦胧的晨光中看来，却又无端地觉得太过素净。黄色系的表衣色如枯叶，显得不够高贵，让人看上去老气横秋。

晴子走到廊边，牵开表衣的袖子，放在唐衣上比了比。果然还是太素了。穿着这样一身和若草君站在一起，只会沦为一个陪衬。

中庭的红梅早已开过了季，不过还剩下几朵枯萎的残花。对花也好对人也罢，岁月的摧残总是那么无情。仿佛存心要与这自然规律较劲，晴子一转身进了外间。

"娘娘，何事起得这样早？"从香甜的睡梦中被吵醒的房子，眨巴着惺忪的睡眼一脸惊愕。

"这表衣会不会太素了？"晴子用右手一牵，将表衣的袖子拉到自己胸前，比量着问道。

"不会呀，看这配色、这图案，高贵典雅、大气沉稳，没什么

---

[1]袭：本意是指内外衣服层层叠穿，也可特指层层衣服之间色彩的搭配和协调。又可写作"袭色目"。

[2]表衣：叠穿的衣袍之中的最外一层，讲究色彩的搭配，多用奢华材质。通常指宫廷女官正式服饰中，穿在唐衣之下的一层。

[3]唐衣：通常罩在表衣之外，是袖子和衣摆稍短的短褂。通常只有三位典侍以上的女官才有资格穿着。赤、紫、青乃是禁色。

[4]裙裳：日文通常写作"裳"，指女性腰部以下所穿着的包裹下半身的衣物。在平安时代，为宫廷女官的常用表束。通常选用12或10幅绫罗或丝绢，裁成长条形并立体缝合而成，同时施以海浦等各种图案，下摆很长。

[5]打衣：宫廷女官装束构成之一。表面质地多为绫罗，里衬多为绢，常用红色等浓艳色彩。通常穿在表衣之下。在平安时代后期多穿着于宫中宴会、仪式等场合。

不妥呀。"

"在灯光下看来的确如此，不过到了户外又是另一回事。此次大典场面隆重奢华，还是选择更为华丽的服饰为好。"

在晴子的催促下，房子咕咕哝哝地跟进了衣饰间。花了近半刻工夫才终于选中了一套樱萌黄袭的表衣。外层是嫩黄色，里层则是红花袭。比起棣棠花色来，自然是亮丽鲜嫩了许多。

"如何？会不会又太艳了？"

"再合适不过了！简直足足年轻了十岁呢！"

"瞧你这嘴甜得，怎么跟街市上卖衣服的小贩似的？"晴子嘴上嗔怪，心里却不禁有点飘飘然。取过镜子往里一照，连双眸似乎也显得比往日更添神采。

"话说回来，娘娘今儿个是怎么了？难得见您对穿衣打扮这么上心呐。"

"今日可是圣驾亲临的大日子，怎可不悉心装扮？别说这个了，我问你，佐五局那边的事办得如何了？"

"您请放心。封女官之口这类小事对我来说还不是轻而易举嘛。"今日侍奉陛下的上臈局等一众女官也会一同列席，佐五局自然也在其中。晴子担心她会发现自己假扮成若狭局暗访安土的事。所以为了以防万一，晴子便遣人暗中授意于她，命她务必保守秘密。

亲王一家从二条御所出发时，已接近辰时了。诚仁亲王和时年十一岁的世子（后来的阳成天皇）坐上了大八叶车[1]，晴子、房

---

[1] 大八叶车：八叶车乃是网代（竹席）车的一种。车厢上绘有八叶纹，依花纹的大小可分为大八叶车和小八叶车，以区分车主的身份高低。是上至大臣、公卿下至普通大夫常用的车辆。

145

子以及二王子以下的四个孩子则坐的是线毛车[①]。车上的装饰、随从的衣着，都是只有在王朝绘卷[②]上才看得到的庄重华丽。沿街看热闹的百姓挤挤攘攘，甚至有人与警戒的卫兵起了口角。

车从阴明门[③]入了宫，又一一停在了后凉殿[④]的门廊上。诚仁亲王和王子们进了休憩室稍作休整，只有女眷们沿着东门下搭起的台阶上了看台。

当身着十二单衣[⑤]的晴子拖着长长的裙裾登上看台时，若草君已经在她的下首方坐下了。她水晶花白袭的表衣外套着淡红梅纹的唐衣，虽比季节略早了些，却清爽雅致，楚楚动人，益发衬得那如御所人偶一般的小脸蛋儿玲珑剔透，娇艳欲滴。那是十九岁的年纪所特有的明艳夺目的美。

若草君注意到了晴子，立刻莞尔一笑点头示意。晴子也轻轻点头回礼之后才入了座，不过因为近段日子殿下时时流连于若草君的寝殿，她的内心可不像表面看上去那般平静。为了平复心绪，她把目光投向了马场。

东西宽一町半，南北长四町半的宽阔马场上，东西两侧围着用绯红色布匹包裹的木栅栏，而南北两端则是骑兵武士的队伍，

[①]线毛车：车厢用染色的线绳装饰的牛车，有青线车、紫线车、赤线车等多种，多为妇人乘坐。

[②]王朝绘卷：模仿8、9世纪中国的画卷，将绘画卷成卷轴，通过逐步展开来欣赏不断变化的画面的一种艺术品。内容多为经典名画赏析、传奇物语、佛教传说、高僧传记、寺社的起源、仪式的记录等等。大部分会在绘画的基础上添加文字说明，也保留了大量书法佳作。是平安时代的代表性艺术形式，在10—12世纪达到黄金时期，留下多部杰作。在古代、中世多称为"绘"、"绘卷"或"绘卷物"的说法是在近世之后才出现。

[③]阴明门：平安京皇宫内城十二门之一，位于大内西面的中央。

[④]后凉殿：平安京皇宫宫殿之一。在清凉殿西侧，属别殿。

[⑤]十二单衣：日本平安时代命妇以上的高位女官穿着的朝服。由唐衣、袭、打衣、五衣和单衣组成，单衣里边还要穿着小袖。平安末期再加上比礼、裙带、结发、宝冠等，算是保留奈良时代的遗俗。

排列得整整齐齐，一丝不乱。这片原本七零八落地搭建着几处窝棚的荒地，不过十日间就变成了一个规模宏大的马场，场上看不到一根杂草，一粒碎石，唯有洁白美观的细沙铺了厚厚一层。

这便是对织田信长威震朝野的权势和鲜明极致的审美的最好诠释。

不多时，陛下的随侍女官上臈局，携佐五局等人也来到了看台。东门正对的行宫中，天皇、亲王、以及五位王子陆续落座。而南侧的看台上，则坐着三位以上的公卿们。看到自己的五个孩子清一色的束带朝服，个个丰神俊朗地端坐在金銮宝座的左右，晴子的心中充满了自豪。

"娘娘您看，那便是南蛮来的洋人。"房子小声说着，拽了拽晴子的衣袖，示意她看向信长专用的看台。土御门大街南侧搭建的高台上，果然有头戴南蛮帽身披黑色长袍的范礼纳诺等人肃然而立。在他们的一旁，已做了信长家臣并更名为弥助的亚赛尔身着上下装礼服，充当警卫之职。

"那个叫做弥助还是什么的，您看到了吗？听说他来自一个从早到晚都艳阳高照的国家。因为成日价晒着太阳，皮肤才会变得那般黑。"

"世上哪有这样的事？凭他什么样的国家都应该有日夜之分啊。"

"真的呢！您想想，若是在有黑夜的地方，怎会晒出那样的肤色？京城里的人可都是这么说的呢。"

"照你这么说，那白皮肤的洋人又是怎么来的？莫非他们都住在只有黑夜的国家吗？"

"当然是啦！所以呀，那些人想要到有白天的国家居住，才会起兵攻打别的国家。"

"哪怕是草木，若没有阳光的照射也无法生长。居住在只有黑

147

夜的地方，怎会长成那般高大魁梧的体格？"

"您想啊，大豆的豆芽不晒太阳不也能长吗？再说了，那些人长得那般高大，其实还另有原因呢。"房子突然把身子凑过来，像是要说什么不可告人的秘密似的。

"有话直说！你惯爱这么故弄玄虚，这毛病可得改！"

"据说那些人最爱吃牛马之肉，连血都要喝得一滴不剩。而且，要加入天主教的人，也必须得饮血立誓，方能成为信徒。"死亡和血污是神道最为忌讳的事。所以南蛮人酷爱杀马宰牛，啖肉饮血的流言一经传出，宫中的女官们闻之无不心惊胆战。

晴子打开折扇正欲堵住房子的信口雌黄，突然太鼓声大作。数百只太鼓同时被敲响，发出了震天撼地般的巨响，鼓声忽而又变得细密而轻微，如远方的雷声滚滚而来，不久又掀起一波新的高潮。和着激昂的鼓声，等候在马场南北两端的织田军队，齐齐地高举长枪直指天空，连续三次振臂高呼。随后，入口处挂着的阵幕[①]被高高掀起，骑兵武士们上场了。他们一个个身着唐绫唐锦，衣饰华丽，骑在一匹匹装饰得美轮美奂的高头大马之上。

走在队伍最前面的，是丹羽五郎左卫门长秀[②]以及摄津[③]、若狭两国的武士们。若狭的武士队伍中，恍惚可见粟屋胜久的身影。论起来，他其实还是晴子的大伯父呢。年幼时耳熟能详的那

[①]阵幕：在阵地营房外围起的幕布，多用麻布，配有大型的固定图案。

[②]丹羽五郎左卫门长秀：（1535—1585）日本战国时代到安土桃山时代武将，织田信长帐下名将，"织田四天王"之一，别称鬼五郎左、米五郎左。十五岁即出仕于信长，逐渐成为与柴田胜家齐名的肱骨之臣。1563年与信长养女结亲，1571年姊川会战后封近江佐和山城主，1575年赐姓惟住。本能寺之变后，本在摄津做平定四国的准备的他闻讯火速东进，协助丰臣秀吉击败明智光秀。后受封若狭一国和近江高岛、滋贺二郡。

[③]摄津：日本古代令制国之一，属京畿地区，五畿之一，又称摄州。其领域大约包含现在的大阪市、堺市及神户市各自的一部分。农业发达，是备受重视的海上交通要冲，但地形不利防守。管领细川氏在应仁之乱后开始衰落，战国时代中期阿波的三好氏逐渐掌权。

些关于青年武将信长的英武传奇，大多出自这位大伯父之口。那时，他还是守护武田氏的家臣，如今却已成为织田军团中的一员，气宇轩昂地走在骑兵检阅的队伍中。

第二梯队乃是由蜂屋兵库头赖隆[1]打头阵的河内[2]、和泉[3]两国的武士方阵。

"第三梯队，明智日向守光秀大人和大和的武士方阵！"信长指派的传令官刚一报出名来，看台上立刻响起一片赞叹之声。身为美浓土岐家末裔，又曾在足利幕府中身居要职，光秀在朝中的威望自然很高。他不仅知书达理，温文尔雅，又神情冷峻，气度不凡。在女官中也有不少的仰慕者。东侧的观众席上聚集了数万名百姓，他们齐声高呼，为光秀助威。

第四梯队则是村井贞成[4]和根来[5]、上山城[6]的武士方阵。紧随其后的，是身跨菊青马的信长嫡子信忠率领着的美浓、尾张的武士方阵，而身骑淡茶色骏马的次子信雄则与伊势的武士方阵一起，浩浩荡荡地开进场来。

信长之弟信包、三子信孝以及七兵卫信澄等率领着织田一门的附属军徐徐通过之后，终于轮到参阵公家的队伍入场了。一马

---

[1] 蜂屋兵库头赖隆：（？—1585）信长最早的家臣之一，出身美浓，无子嗣。
[2] 河内：日本古代令制国之一，属京畿地区，五畿之一，又称河州。其领域大约相当于现在大阪府的东部。农业和商业都较发达。古代本是物部氏势力范围，进入室町时代后，由三管领之一的田山氏世袭守护一职。
[3] 和泉：日本古代令制国之一，属畿内，又称泉州。其领域大约为现在大阪府大和川以南部分。商业发达，文化水平高，乃兵家觊觎之地。在应仁之乱后，一直由细川和三好两家控制。
[4] 村井贞成：村井贞胜之子。
[5] 根来：和歌山县那贺郡村名，今属岩出町。
[6] 上山城：位于今山形县上山市，别名月冈城。永禄元年（1528），最上氏支流武永义忠在击败当地土豪小笠川氏后在上山修筑，元禄元年（1697）修复。

当先的便是近卫前久和信基父子二人，随后更有正亲町中纳言季秀①、乌丸中纳言光宣②、日野中纳言辉资③等昂首挺胸地走了进来，每人都各有十五骑骑兵陪同入场。他们个个都曾加入信长的队伍，参加过多次大战，论骑术自然不会输给任何一个武士。

这样的场景也是女官们最乐意看到的，她们拼命挥舞着手中的折扇和绢帕，高声喝彩。

"娘娘，您快请看！内府大人那凛然的风姿，与当年的九郎判官④简直如同一人。"内大臣信基的飒爽英姿令房子兴奋得尖着嗓子叫起来。他身着紫色的水干，跨着一匹白马。手中的缰绳，腰间的腹带，座下的皮鞴，无一不是鲜艳的绯红色，愈发衬托出那匹马毛色的雪白。

参阵公家的队伍之后，便紧跟着细川右京大夫信良⑤、细川右马头藤贤⑥以及伊势兵库头贞为⑦等从前足利幕府的重臣。

---

①正亲町中纳言季秀：（1548—1612）战国时代到江户时代初期的公家。天文十八年（1549）以权大纳言正亲町公叙养子的身份袭正五位下。永禄二年（1559）元服，历任右近卫少将、右近卫中将、藏人头等，天正四年（1576）位至从三位，列公卿。天正七年（1579）更名季秀，任正三位权中纳言，天正九年（1581）辞官。

②乌丸中纳言光宣：（1549—1611）战国至江户前期公卿，书法家。从一位，准大臣。擅长和歌，书法属尊朝法亲王流。

③日野中纳言辉资：（1555—1623）战国至江户前期公家。位至正二位权大纳言。本出身广桥家，原名广桥兼保（或兼洁），后过继到本家日野家，成为第28代家主。法号日野唯心。

④九郎判官：即源义经。平安末期武将，源赖朝同父异母之弟，别名九郎。

⑤细川右京大夫信良：（1548—1592）日本战国时代武将、大名。官至正五位上右京大夫。细川家本家京兆家家主。细川晴元之子。

⑥细川右马头藤贤：（1517—1590）战国至安土桃山时代武将。细川典厩家家主。父亲乃细川尹贤。其兄乃室町幕府最后的管领氏纲。摄津中屿城城主，别名四郎，官位右马头。

⑦伊势兵库头贞为：（1559—1609）战国至江户初期武将，精通典章法度，室町幕府幕臣。伊势贞良之子，幼名虎福丸。

紧接着，一群锐气逼人的武士如龙似虎般冲了进来，仿佛刚刚才从战场上下来一般气势汹汹。来人是以柴田胜家[1]、前田利家[2]和金森长近[3]为首的越前武士兵团。他们意欲攻打越中，如今与越后的上杉景胜[4]激战正酣。为了今日的骑兵检阅，才特意踏过白雪纷飞的北陆路[5]，千里迢迢地上京而来。

在这一支又一支军队相继入场的过程中，数百只太鼓的敲击声忽高忽低地一直持续着，好似来自地底的忽远忽近的轰鸣。这隆隆的鼓声渲染出沙场上豪迈壮烈的气氛，却在越前武士方阵出现时戛然而止了。一片寂静的马场上，五百余骑骑兵排列成一支整齐的队伍，庄严肃穆地徐徐前行，步伐一丝不乱。忽然，一声悠扬的笛声划过长空，数百只笛子和太鼓和鸣的曲子随之奏响，曲调舒缓柔畅。

---

[1]柴田胜家：（1522—1583）通称权六、修理亮，日本战国时期名将，斯波武卫家庶流，尾张织田家重臣、家老。信秀死后，曾拥立信行叛乱，兵败后作战勇猛而被饶恕。浅井家灭亡后，娶信长之妹阿市为妻，并被任命为北陆探题，主导对越前、越中、越后及能登的征伐，居城在北之庄城。本能寺之变与丰臣秀吉对立，战败后退回居城，在天守阁自杀。

[2]前田利家：（1538—1599）日本安土桃山时代武将，战国大名，加贺藩之祖。出生于尾张国海东郡荒子城，幼名犬千代。丰臣政权五大老之一。

[3]金森长近：（1524—1608）战国至江户时代初期武将、大名。初名近可，得信长赐名长近，通称五八郎，法印素玄。飞弹高山藩首任藩主。金森氏本是美浓源氏土岐氏支流。十八岁时离开近江出仕尾张国的信秀，信秀死后又效忠于信长。

[4]上杉景胜：（1556—1623）日本战国武将、大名，上杉氏米泽藩首任藩主。是上杉谦信的外甥和养子，生父是长尾政景。在御馆之乱中打败上杉景虎，夺取了上杉氏家督之位。但由于长期的战乱和织田氏的入侵，上杉谦信以来壮大的国力已大幅衰退。关原之战后，其领地被削弱，并移封至米泽城，后在此病逝。

[5]北陆路：北海道，五畿七道之一。"七道"指京畿之外的日本全土，仿中国唐制，以"道"称之。分别是东海道、东山道、北陆道、山阳道、山阴道、南海道、西海道。七道中皆有同名的官道，构成日本古代的交通路网。其中又有大路、中路、小路的区别。北陆道相当于今本州日本海一侧中部的行政区域。

一瞬间，马场仿佛变成了一个巨大的能乐舞台。

现场的看客们个个屏息静气，凝神注目，不知道接下来等待他们的将会是什么。而就在这样的重重目光的注视下，信长亲率的队伍登场了。

首先上场的是腰佩手矢的骑兵二十骑，接着厩奉行青地与右卫门牵着信长的六匹备用马匹紧随其后。再往后便是头戴立式乌帽子身穿黄色水干的先锋仆役长，和手捧信长的佩刀、长刀以及虎皮行縢的小姓共二十七人。

最后的最后，信长终于登场了。

他头戴唐冠，头巾垂肩。脸上化着浓妆，鬓后高高簪着一支梅花。

（什么嘛，这是！怎么一副高砂大夫[①]的打扮？）

晴子回头看了一眼房子，却碍着旁人的目光什么也没说出口。

信长的着装也异常华丽。白底红梅花纹的竖条纹小袖之上再套一件蜀江锦质地的小袖，袖口处用金丝拈成的金线镶了边。外搭红缎子的肩衣，下穿相同质地的袴裙，最外边裹着一条白熊皮毛制成的腰蓑[②]。腰间佩带着镶满金银的大小佩刀，更插着一朵御赐的牡丹绢花。他右手套着白色皮革的弓箭手套，脚上穿一双绯红猩猩毡的马靴。

信长骑在一匹纯黑的骏马上，和着笛声鼓声款款走入场来，宛如从神龛中走出来的住吉明神[③]。

信长紧握缰绳，双手放在马鞍的前沿。小袖的袖口镶着沉甸

[①]高砂大夫：江户时代游女的最高级称为"太夫"。这里用"高砂大夫"一词来形容信长装扮华丽而花哨。

[②]腰蓑：腰上缠的短蓑，又称"腰卷蓑"。

[③]住吉明神：大阪住吉神社中供奉的表筒男命、中筒男命、底筒男命三神。据说是伊奘诺尊在筑紫祓除时所生。是航海之神，也是和歌之神。

甸的金边，坠得手腕乏力，若不这样放着更觉辛苦，红缎子的肩衣和白熊毛皮的腰蓑也着实不轻。尽管如此，能在圣上、文武百官以及万千子民的注视下，骑着马雄赳赳气昂昂地走过，实在觉得扬眉吐气，无上荣耀。

关于今日的这场骑兵检阅的消息，早已传遍了京城周边甚至整个日本，可谓声震天下。它让诸国大名清清楚楚地认识到，一个由织田家一统天下的新时代已经来临。为了让这个消息更加富于传奇色彩，令听者称奇道绝，必须极力呈现一派隆重奢华、气势磅礴的盛世景象。

此时，正亲町天皇正端坐于皇宫东门前的行宫中，并有诚仁亲王和几位王子陪伴左右。金銮宝座前垂着御帘，自然无法瞻仰到圣上的真容，不过能劳动圣驾亲临现场，信长已经心满意足。因为唯有天皇陛下，才代表了这个国家至高无上的权威。无论是负隅顽抗的浅井和朝仓，还是以石山本愿寺为中心的一向宗起兵，只需一道圣旨便能令他们乖乖地倒戈投诚。圣旨好比是一根神奇的魔杖，能将一切不可能变为可能。这根魔杖，也许此刻已攥在我的手中——信长的心头萦绕着这个胆大包天的想法。他费尽心机请得陛下御驾亲临，正是为了让全国的每一个角落、每一个臣民都了解到这一点。

行宫的南侧，是殿上人[1]的看台。三位以上的公卿们，清一色乌帽子配直衣[2]的装扮，在看台上正襟危坐。北侧的看台上，则坐

---

[1] 殿上人：有资格上殿的人。一般四、五位以上的一部分和六位以上的藏人才被允许进入大内清凉殿。

[2] 直衣："直衣袍"的略称。平安时代以来，天子、摄家以下公卿的常服。大臣家的公子或三位以上官职得天皇敕准可着直衣入朝觐见。样式与衣冠袍几乎完全相同，唯一的区别是颜色的选择没有依照官位而定，更随意。

着一排排艳妆华服的女眷。在这群用元结①束起垂发,精致得如同女儿节②人偶一般的女人们当中,浓眉大眼,姿容娇艳的晴子仍显得格外出挑。

那不是……信长立刻在记忆的长河中搜寻到点滴线索,当日的情形一一浮现在脑海。没错!就是那个造访安土城的自称若狭局的使者。

信长身下这匹通体黝黑的爱马名为天道丸。此刻,它正踏着笛子和太鼓的节拍款款而行,最终行至武家专用的看台前,停下了脚步。

看台上,范礼纳诺端坐在椅子上,弗洛伊斯和奥尔冈蒂诺则站在他左右两侧,就连弥助,穿上这一身上下装礼服,看起来也有模有样,煞有介事。这场骑兵检阅的盛况,范礼纳诺回国后定会广而告之。那个叫做什么麦里克里昂③的耶稣会总会长也好,罗马教皇也好,都会听说世界的最东边有一个叫做日本的国家,那里有一个叫做织田信长的人。

(我要让他们永远记住"织田信长"这个名字!)

这是在为将来出兵海外,攻打西班牙、葡萄牙等国打下基础。

绕马场一周之后,走在最前头的丹羽长秀打出一个手势,信长立刻快马加鞭地跑了起来。身着盛装的武士们,也随着信长加快了步伐,保持着每十五骑为一组的鱼鳞阵形绕场飞奔起来。五百余骑兵同时策马飞驰,马蹄声震耳欲聋,扬起漫天尘土。那场景,简直仿佛置身于真正的战场。

跑了五六圈之后,信长一声令下,整支队伍都勒住了缰绳,

---

①元结:系住发髻的细长带子、细绳。
②女儿节:3月3日上巳节。有女儿的人家为祈祷女儿幸福、健康成长而设祭坛,装饰人偶,供奉菱形饼、白酒、桃花等。
③麦里克里昂:耶稣会总会长(1573—1580)。

重新调整好队列，并齐声高呼"嗬！嗬！哈——"伴着这一声声呐喊，身骑骏马的武士们高举起手中的刀，一下一下刺向天空。信长站在队伍前，背对着行宫接受了将士们用这样的方式表达出的崇敬和拥戴。

接下来，信长命号称坂东第一骑的矢代胜介表演了一场单骑疾驰。

"叫信基过来！"信长命森兰丸前去传话，询问近卫信基是否愿意与胜介一较高下。

"当然愿意！在下求之不得。"信基兴冲冲地回答道。自左义长那天赛马惜败给阿驹之后，信基就拜了阿驹为师，一直在潜心苦练马术。信长之所以在这样一个大场面上给他机会展示自己，也正是因为深知他这些日子以来的勤学苦练。"光一个人骑体现不出胜介的精湛技艺，试试看你能不能跟上他的速度，能坚持多久吧。"信长命令道。

首先冲出来的是信基。身穿紫色水干的他将两袖高高挽起，驾着他那匹纯白色的爱马逐渐加速。逢到第一个左转弯口，他也丝毫没有放慢速度，而是灵活地侧身向内倾斜，十分顺利地转了过去。仅仅一个半月的时间他的骑术就已突飞猛进到这般地步，那利落的身手简直让人想不到是个公家人，在场的殿上人和女眷们无不为他喝彩助威。

信基跑过半圈之后，矢代胜介这才出发了。他骑的则是一匹体形壮硕的黑色菊青马。众所周知，黑色菊青性子烈，难驯服，普通人连坐都很难坐上去。但若有本事驾驭得得心应手，却又能爆发出惊人的速度和力量，令普通的马望尘莫及。这样一匹剽悍的烈马，胜介竟然既不拴缰绳又不用马鞍，就这么徒手骑在马背上。甚至连双手都没有扶一扶，仅仅凭两腿的力道和身体的移

155

动，便轻松自如地控制着马匹的速度和方向。这出神入化的高超技艺令织田军团中的骑兵武士们也纷纷啧啧称奇——没想到旁人即使装上马鞍驾驭起来仍困难重重的烈马，到了他的手中却能驾驭得如此随心所欲。论速度，胜介更是无人能及。只在短短一周之后，他与信基的距离就缩小到了半圈左右。刚进入第二圈，跑到行宫正对面时，胜介就以明显的优势超越了信基。

这疾走如风的飞驰信长早已看得是血脉贲张，哪里还能坐得住？"众将士，跟上！"只听他一声高呼，双腿一蹬马镫，便朝着胜介和信基追了过去。

就在他前方一町左右的地方，信基正在奋力狂奔。信长紧追不放，眼看着就快追上了，几乎伸手就能碰到对方的马尾巴。此刻的信长感到莫名的兴奋，仿佛自己正率领着千军万马，即将成功杀入敌阵。胜利的渴望和败北的忧虑，战斗的喜悦和死亡的恐惧……这许许多多纷繁复杂的情感交织在一起，神经紧绷到极致，以至于几乎痴狂。

自从十四岁那年第一次踏上战场，他就曾无数次亲身体验这令人晕眩的一瞬。

经验告诉他，一旦陷入这样的情绪之中，他浑身沸腾的血液便久久不能冷却，直到他所向披靡，终于将敌人打得落花流水。可惜今日的马场上，并没有可以应战的敌人。

午时已到，进入午间休息的时间。

圣上和众位公家陆续返回宫内用膳及午休。信长也带着尚未平息的激情走进了休憩室，出席了特设的酒宴，几位重臣早已在那里恭候多时。

"在座各位，上京辛苦了！"信长言毕，只将酒杯送到唇边略沾了沾做做样子，就把它递给了下首。重臣们却毕恭毕敬地挨个接过酒杯饮过，再逐一传递下去。明智光秀、丹羽长秀、柴田胜家……这一个个勇冠三军，名震天下的名将，一到了信长面前，却紧张得连端酒杯姿势也要慎而又慎。

跟往常一样，酒杯传过一巡之后，席上的众人便放松下来，变得不再拘礼。一个个仿佛从某种魔咒中解脱出来一般，与左右邻座之人开怀畅饮，纵情欢谈。坐在首座的信长一言不发，冷冷地看着这一切。

也难怪，他现下大汗淋漓，浑身脏污，从脖子到腋下都沾满了沙砾和尘土。仿佛千万只毛虫正在全身上下爬来爬去，极不舒服。此刻只想早点沐浴更衣，换得一身舒爽，却实在不好薄了远道而来的诸位重臣的情谊，提前离席而去。

"主公，您先用着这个。"兰丸送上一条浸了热水又拧得极干的热毛巾。信长接过来，往脖子上一抹，顿觉温热舒爽，心情大快。可是，只这么抹了一下，毛巾就立刻沾上了尘土，一片脏污。信长看了一眼手中的脏毛巾，顿时食欲全消，面前的食物连碰都不想碰了。

"天主教徒们此刻身在何处？"

"微臣已请他们移步柳之厅休息。"

"小心伺候着，切不可有丝毫怠慢。多派几个伶俐得体的人去。"信长换了一把毛巾，继续擦拭着脖子。

"此次还要多谢修理亮大人，不远千里专程赶来。"明智光秀负责此次骑兵检阅的具体事务，自然要当面慰劳一下柴田胜家的辛苦。

"主公一声令下，我等责无旁贷，纵然身在天涯海角也自当如约前往。大人无须多言。"一脸络腮胡，声如洪钟的胜家豪气干云地回答道。

"话虽如此,翻越常年积雪的木芽岭时还是颇为艰辛吧?"

"大人哪里的话!我等长居北陆之人,风霜冰雪啥的有什么要紧?赶路时还能润润嗓子暂缓饥渴,倒是件好东西呐!"

"说的没错!一心想着能早日见到主公,这一路披星戴月,马不停蹄。哪里还顾得上这么许多?"前田利家也接着胜家的话头附和道。二人都是织田军中的老将,可若要论仕途坦荡,却都落在了后来者光秀之后。也许是心中多少有些不满和妒忌,难免说话带刺,略显刻薄。

"无论如何都辛苦二位了。改日再好好听二位讲讲越中的风土人情、逸闻趣事。"元老级的丹羽长秀连忙插话打圆场,转而聊起了上杉军的动向和诸国的形势。

如今,信长已将近畿地区收复大半,离天下统一只剩最后一步了。剩下的敌人仅有越后的上杉景胜、甲斐的武田胜赖、中国的毛利辉元[1]以及四国的长宗我部元亲[2],此外就还有伊贺的国侍兵[3]和杂贺造反军[4]等一小撮人马。为了抵抗信长,上杉和武田已经结

---

[1]毛利辉元:(1553—1625)安土桃山至江户前期大名,丰臣五大老之一,长州藩第一代藩主。祖父毛利元就,父隆元。幼名幸鹤丸,号幻庵宗瑞,通称安艺中纳言。11岁继任家督,1571年正式继承西国毛利氏家族。其领地从九州岛的丰前国一直延伸到播磨国和备前国,拥有一支强大的海军,并得到两位才能非凡的叔父——小早川隆景和吉川元春的辅佐。1566年消灭夙敌尼子氏一族。是信长包围网中的一员。

[2]长宗我部元亲:(1539—1599)日本战国时期大名。其所率长宗我部军名震四国,作战以勇猛、迅捷闻名,步兵军团尤为精锐善战,更获得"一领具足"的美称。仅以短短十二余年的时间,从土佐一方名不见经传的小名,逐渐统一四国,变身一代大名。

[3]国侍兵:领国地方武士。因伊贺国施行的是总国一揆的体制,故国内武士在保家卫国上起到了极大的作用。

[4]杂贺造反军:日文常作"杂贺众",是存在于日本中世的一种铁炮佣兵或地方武士集团。主要由纪伊国西北部(今和歌山市及海南市的一部分)的"杂贺庄"、"十之乡"、"中乡"、"南乡"、"宫乡"等五个地区的地方武士组成。作为佣兵集团十分活跃,具备极强的军事实力。在铁炮传入日本之后,更是拥有了数千挺的铁炮武装。同时也精通海运和贸易。

盟。不过，信长也已与关东的北条氏政[1]结盟，欲联手夹击，攻打两国。此外，信长又派了柴田胜家从越中进攻越后，而位于东海的武田政权的中心——高天神城[2]，他则调配了德川家康前去攻打。与中国的毛利对峙的羽柴秀吉，这几年也战果累累，形势大好。去年正月里才刚刚剿灭三木城[3]的别所长治[4]，平定了播磨一国。不久又联合备前的宇喜多直家[5]一直打到了美作和因幡[6]。

唯有四国的长宗我部情况比较复杂。

于天正三年统一了土佐一国之后，长宗我部元亲的势力迅速壮大，甚至有统一四国的野心。为了抑制其势力范围的扩张，阿

---

[1] 北条氏政：(1538—1590) 日本战国至安土桃山时代关东地方的大名。北条氏第四代家主，北条氏康的长子，幼名亿千代丸。其母为今川义光之女瑞溪院，正室为武田信玄之女黄梅院。官至左京大夫，相模守。

[2] 高天神城：位于远江国东端，即现在的静冈县小笠郡大东町西侧，筑于小笠山的山脊要害之处。传说，早在建久二年 (1191)，土方次郎义政就曾在此筑城。而明确的文字记载，则是室町时代的应永二十三年 (1416)，由骏河国守护今川范政在今川了俊的支持下建成。远江国在室町时代先后由同为足利一族的今川、斯波两家担任守护。应仁之乱中，两家激烈争斗，对战国时期政治格局产生了较大影响。

[3] 三木城：播磨国美囊郡三木 (今兵库县三木市上之丸町) 的一座日本城堡，属于平山城。又称釜山城、别所城。播磨三大城之一。因三木合战等大型攻城战而闻名。

[4] 别所长治：(1558—1580) 战国至安土桃山时代武将、大名，别所安治嫡长子，幼名小三郎。1570年继任家督。别所氏的历任家督原本一直臣服于织田信长，直到信长开始压制中国地方的毛利氏，长治开始对其产生不满，于是与妻子娘家丹波国的波多野秀治联手起兵谋反。最后据守三木城，在羽柴秀吉的大军兵临城下，毛利援军迟迟不到的情况下携妻儿兄弟自尽。

[5] 宇喜多直家：(1529—1582) 备前豪族三宅氏的分支，领有儿岛，又称宇喜田或浮田。先后侍奉守护赤松氏和守护代浦上氏。是战国时代仅次于斋藤道三的阴谋家，数十年未经一战，全凭联姻和暗杀夺取地盘，最终击败主家，完全支配备前、美作二国。与出云的尼子经久和安艺的毛利元就合称"战国三大谋将"。

[6] 因幡：日本古代令制国之一，属山阴道，又称因州。其领域大约为现在的鸟取县东部，古称稻叶。室町时代守护山名氏掌控大权，进入战国，山名家族内部开始相互攻伐，同时尼子氏的势力不断渗透。后来中国另一豪强毛利氏灭了尼子氏，最终山名氏也投降了，因幡成为了毛利家的领地。

波①、淡路等地的旧主三好康长②欲借助信长之力与之对抗。而与此同时，为了防止事态的恶化，元亲也欲与信长交好。康长依托秀吉努力接近信长，而元亲的靠山却是光秀。故此，信长究竟会与二者的哪一方结盟，直接关系到秀吉和光秀二人的颜面。

　　在席上重臣们的觥筹交错、高谈阔论之间，种种形势益发明朗。也许是因为骑兵检阅所激发的斗志和激情久久未能散去，他们个个意气风发、踌躇满志，甚至有人大发豪言壮语，就好像一统天下的大业早已胜券在握。

　　这是滴酒未沾的信长最讨厌看到的一幕。看着趁酒兴夸夸其谈的家臣们那一张张涨得通红的脸，他仿佛看到了什么肮脏不堪的东西。然而，在这样一个普天同庆的大日子里，面对这样一群为了自己不辞辛苦、远道来京的忠仆们，他又怎么能想发火就发火呢？唯有叹口气，强忍着罢了。

　　在后凉殿的曹司③里简单用了一点膳食之后，劝修寺晴子便无事可做，觉得百无聊赖起来。起初，她照例和房子、若草君等人聊了聊今日骑兵检阅的奢华场面和精彩表演。可是这些应景儿话说完之后，就再也找不到什么有意思的话题了。她也试着没话找话，可是若草君的回答总是不得要领。渐渐地，同处一室的两个人显得越来越尴尬别扭了。她着急着想去偏厅，和房子两个人肆

---

①阿波：今德岛县旧名，位于四国东部。与兵库县淡路岛隔海相望，之间海面狭长，仅有1.3公里。

②三好康长：(？—1585？)日本战国时代武将。三好氏、织田氏家臣，法名笑岩。三好长秀之子，三好元长之弟。曾参与久米田之战、教兴寺之战，立下赫赫战功。长庆死后，加入三好三人众阵营对抗松永久秀、织田信长。在失败后成为最后抵抗织田家的三好势力。1575年高屋城之战战败后，投降织田家。

③曹司：宫中或官府中专供女官或官吏使用的房间。也可指贵族或武家的宅邸中，专属于其府中公子的房间。

无忌惮地聊一聊看了骑兵检阅之后的震动和感触，也不用担心有旁人说三道四。可是，诚仁亲王不多时便会从清凉殿回来了，这时候离开的确不妥。

（唉，这个女人实在是愚钝至极。）

若草君一脸矜持地坐着，听凭几个侍女为自己前前后后地张罗。晴子冷眼看着她那张狂样儿，打心眼里感到厌恶。空有一张如花似玉的面孔，却这般傲慢无礼，又没有眼力见儿，和这样的人待在一起，怎会不觉得浑身不自在？也不知殿下为何会独独中意于这样的女人，频频出入她的宫门而不知厌倦。每日与之朝夕相处，晴子越来越了解这个女人，同时也越来越不明白夫君的心思。

"冒昧打扰娘娘静休，奴婢有要事禀报。"西厢房那边，晴子的一个侍女跪地一拜，毕恭毕敬地说道。房子赶紧走上前去，二人窃窃私语起来。不一会儿，房子折回房中，将事情原原本本地告诉了晴子。原来，是五王子和六王子找不着了。

"到底是怎么回事？"晴子起身来到厢房，想亲自问个究竟。

"二位王子原本在睡午觉，奴婢们就没太留意。谁知道只一会儿工夫，就不知跑去哪儿了……"伺候王子的侍女早已吓得脸色煞白，语无伦次。说是众人把附近的地方都找了个遍，却压根儿没发现二位王子的踪影。这些侍女们长年只在二条御所伺候，对宫中的情况并不清楚。

"立刻通知上臈局，请她调用更多卫兵，对四个宫门严加看守，注意有无可疑之人出入。另外，再请她调配宫中侍女相助，务必仔细搜寻各宫的每一个房间。切记，不可引起太大的骚动！"逐一吩咐下去之后，晴子亲自领头，开始在各宫搜寻起来。

二位王子一个六岁一个三岁，都还只是年幼的孩子，按理是

161

跑不远的。不过，今日皇宫中人来客往，情况复杂，身为母亲哪有不担心的道理？

她领着一干人从曹司到御膳房转了一大圈，还是没看到两个孩子的踪影。会不会是如厕途中迷了路？又会不会是难得进宫觉得稀奇所以玩得忘了时间？不，说不定是被什么人拐了去也未可知。找着找着，晴子的步子迈得越来越快，呼吸越来越急促，心中那种不祥的预感也越发强烈。她索性脱掉唐衣和裙裳，只穿着布袜就下到中庭。打量着两个孩子会不会是在和自己捉迷藏，也许躲到了地板下面也说不定。

一门心思只顾着找孩子，不知不觉间晴子已来到了后凉殿和清凉殿之间的切马道①。原本埋着头在地板下苦苦搜寻的她无意间抬起头来，却通过敞开的殿门发现了诚仁亲王的身影。殿下不知何时已从清凉殿回来了，眼下和若草君谈笑正欢呢。

愤怒啃噬着晴子的心，令她几乎微微颤抖起来。同时，她又深深感到羞耻，自己怎么这么不争气？一怒之下，她扭头朝北厢房跑去。

"阿茶局大人，您为何会在此处？"丹波局叫住了她。这是一位深得若草君信任，年过四十而又深谙世事的侍女。

"孩子们不见了。"晴子啜嚅着道出实情。她实在是担心孩子被人拐走，已经无法掩饰内心的不安，连表面的平静也绷不住了。

"方才我见他们和劝修寺中纳言大人的侍从在一起，想是被中纳言大人叫去了武家的地方休息。"

"是什么时候的事？"

"午膳用过后不久，想来还不到半个时辰。"

---

①切马道：用厚木板铺就的，殿舍与殿舍之间相互连通的走廊。必要时可拆卸，方便马匹在殿中通行。后来又称为"长廊下"。

晴子连忙掉头折回偏厅，将事情的原由告知了同样刚刚赶回来的房子。

"我这就去把孩子们带回来。快给我更衣！"

"还是奴婢去吧。娘娘您在这儿等着便是。"武家的休息所一带，从各国上京而来的武士们进进出出。怎么能让堂堂东宫太子妃去那么鱼龙混杂的地方？房子一边这么说着，一边系上了襻带。

"你系这个做什么？又不是去决斗！"

"那里可都是些武士，谁知道会做些什么。"

"快脱了！这副打扮只会白白遭人耻笑。"晴子说着便下了中庭，疾步朝阴明门方向走去，随着身体的快速移动，衣裙沙沙作响。只要一刻未能亲眼见到两个孩子平安无事，她就一刻也放不下心来。不仅如此，这事已经惊动了上臈局，若不赶在引起更大的骚动前把孩子们带回来，自己恐怕会沦为整个后宫的笑柄。

出了阴明门来到土御门大街，眼前一派热闹景象。武士、看热闹的百姓、卖东西的小贩……各色人等熙熙攘攘、往来如织。晴子吃力地穿行其间，一会儿被人撞了一下肩，一会儿被人顶了一下腰，一会儿被人踩了一脚一会儿又被人摸了一把。好不容易才穿过人流，来到了专供武家休息的殿舍门前，才发现这里的戒备甚是森严。装备齐整的武士大约有二十人，对每一个出入大门的人都要严加盘查。看样子，若没有足以证明自己身份的东西，谁也别想进得去。

正在晴子急得直跺脚的当口，近卫信基带着几名随从从里边走了出来，看样子他刚去拜见了信长。晴子赶紧将房子往前一推，挡在自己身前，同时抬起衣袖遮住自己的脸。

"内府大人，没想到在这儿能遇见您。"房子连忙一把拽住信基，向他倒起了苦水，说自己奉命来劝修寺晴丰处办差，却只因

163

没有随身带上主子的亲笔信而进不去。

"晴丰方才确和我等在一处。此刻正以武家奏官的身份在殿上听命呢。"

"奴婢的事十分要紧,须得即刻见到大人才行。"就这样,借着信基的面子二人总算顺利进到了殿内。可是刚一进去,她们就傻了眼,里边有好几座殿舍,根本不知道晴丰到底在哪一间。

"你也真够粗心的!方才怎么不问问内府大人兄长到底在哪间房?"

"您责备的是。可是奴婢方才一心只怕娘娘被他发现,哪里还想得到这些?"

"武家的殿舍一般都有个叫做远侍的地方。咱们去那儿问问,或许就能知道。"晴子所说的远侍,乃是负责警戒的卫兵聚集的地方。二人说话间已走到了那里,一问却无人知晓晴丰的去向。

"那奴婢再去那边问问。"房子说着,朝主殿的玄关跑去。

恰在这时,从另一侧的殿舍内走出三个身穿水干的人,其中一位是晴子认识的。乃是在劝修寺家做家宰[①]的一名年过四十的武士。晴子欣喜不已,赶紧上前打听,却被告知五王子和六王子都未曾来过。

"那么,兄长呢?"晴子心头咯噔一下,茫然若失地问道。

"正在前面的松厅,不过好像遇到了什么棘手的问题,正和广桥大人他们商议呢。"据说,是马场那边出了点岔子,眼下这三个人正是要赶去查明实情。

"我听人说两个孩子来了兄长这儿,原想着接他们回去来着……"

---

①家宰:代理家长处理家族事务的人,又称家老。

"一定是弄错了。这里可不是您待的地方，还是由在下护送您回宫吧。"

"有房子同行无须担心。至于曾在这里见过我一事，请不要告诉任何人。"

与三人道别之后，晴子朝主殿走去。这一惊非同小可，一时间她竟有些回不过神来。

（丹波局在撒谎！我竟然上了她的当！）

一定是不想让我打扰到殿下和若草君的绵绵情话，她才想了这个法子将我支开。可是，她究竟是听说两个孩子不见之后才突发奇想编了这个谎，还是带走两个孩子的原本就是她，目的是想引起后宫的骚乱，给我难看？如果真的是她带走了两个孩子，那么单凭丹波局一人绝对没有胆子做出这样的事。

不过短短一瞬，晴子的脑子里就像走马灯似的闪过了各种各样的念头。最后她断定，她们胆敢这么做一定是得到了殿下的默许。

思前想后，晴子只觉得心乱如麻，眼前一片迷蒙，连自己身在何处去向何方也变得浑然不知，就这样稀里糊涂地踏进了主殿的中庭。

而此时的信长，也终于在忍无可忍之后彻底爆发了。

身体的肮脏不适，重臣们的酒后狂言，他一直默默隐忍着。可是那些令人怫然不悦的话却像故意在跟他作对似的，一个劲儿地往他耳朵里钻。

"罢了罢了，我也别无所求。只盼着早日天下太平，讨得块不大不小的领地，下半辈子就老老实实待在尾张，安安稳稳地过日子吧。"

此言一出，信长终于忍无可忍地拍案而起，猛地拔出腰间佩刀，奋力朝座下掷去。随着"铛"的一声巨响，原本人声鼎沸、热闹喧嚣的酒席，顿时变得鸦雀无声。重臣们一个个吓得目瞪口呆，一道道惊恐的目光齐刷刷射向首座。

"谁说的？"信长强压着内心如雷霆般的震怒，连声音都有些微微发抖，"方才过安稳日子的混账话，到底是谁说的？"

"是微臣说的。"回答者乃是前田利家，只见他端坐在自己的座位上，神情却出人意料的镇定。那是一种看破生死之后的平静，仿佛在说，是砍头还是切腹，悉听尊便。

"原来又是你！"信长圆睁着布满血丝的双眼，狠狠地瞪着他，"敢问足下贵庚？"

"微臣今年四十有四。"

"这个岁数就说什么安享晚年的话，恐怕为时过早吧？"

"平定天下只怕还需五六年的时间。微臣方才所说的下半辈子，指的是那以后的事。"

"别跟我耍嘴皮子！"信长勃然大怒，挺身而起，一脚将木制脚凳踢出老远，"我许你重回织田军时，你是怎么跟我说的？你敢不敢当着众人再说一遍？"

"此生誓死效忠主公，虽赴汤蹈火亦在所不辞。今时今日，微臣依然不改初衷。"当年，利家年轻气盛，一怒之下斩杀了信长的童坊①十阿弥。这十阿弥深得信长宠信，却做出了有损利家颜面的事。利家恳请信长严惩十阿弥，信长却未予应允。于是乎，利家不管三七二十一竟当着信长的面将十阿弥一刀了结了。信长怒不可遏，却念及利家还是小姓时与之有过断袖之交，同时也暗赞他不卑不亢的态度，故而免了他的死罪，只处以驱逐流放之刑。自

---

① 童坊：足利将军时期常见的近侍的一种，负责通传、谈笑逗趣等，擅长各种技能，又称"同朋"。

那以后，利家就再三提出重回织田军的请求，甚至在桶狭间大战时赶来支援，砍下三颗敌人的脑袋，信长却仍迟迟不肯答应。直到第二年的森边大战[1]时，利家一刀斩下了敌军主将的首级，信长才将功抵过准许他重归织田军。当时利家的慷慨陈情，信长仍一字一句记忆犹新。

"此生既已誓死效忠于我，又何来安享晚年之说？在咽下最后一口气之前，你都应该尽心尽力为我所用，难道不是吗？"

"主公所言极是。"

"在座各位都给我听好了！你们的命可不是由你们说了算的。若有丝毫懈怠，等待你们的便是终身驱逐，佐久间[2]便是最好的例子。区区一场骑兵检阅就让你们得意得忘了形。看看你们一个个不知天高地厚的样子，真是来气！还不如去跟天主教徒们待在一起，还能解解闷。"信长愤然离席，扬长而去，口中仍怒骂不止。

尽管重臣们的话已然令他失了兴致，但信长还是决定在去见天主教徒之前先洗掉身上的汗臭。于是，他遣兰丸先去柳之厅报个信，自己则独自一人去了汤殿。

一进汤殿，信长就习惯性地张开双臂。因为往常都有小姓或侍女如影随形地跟在身边，这个时候早该有人快步上前，为他宽衣解带。信长已经习惯了这样的生活，所以下意识地摆出这样一

---

[1] 森边大战：永禄四年（1561），美浓国斋藤义龙病逝，其子龙兴即位。年仅十四且平庸无能，导致家臣团内部矛盾激化。织田信长伺机于同年5月13日发兵讨伐，14日在安八郡森边附近展开大战。最终，斋藤方两名大将战死，信长大获全胜。此战为信长收服美浓打下了坚实基础。

[2] 佐久间：佐久间信盛（1527—1582），日本战国时代武将。通称丰介、右卫门尉、梦斋定盛等。信秀、信长两代织田家重臣。参与了信长组织的所有战争，屡立战功，与柴田胜家并称。尤其善于指挥撤退中的部队，又被称为"撤退佐久间"。但从三方原大战开始，信盛的运气急转直下。终于在石山本愿寺包围战之后，信长忍无可忍，以十九条罪状将其父子俩流放高野山。翌年，他在大和国十津川死去，法名宗佑。

个架势，可左等右等也不见有人上前来伺候。真是麻烦！难道这一身繁琐的装束还要他自己来脱吗？可是，既然都已经放出话去说要去见天主教徒，这时候也不好大声叫人进来伺候。一时间信长竟不知如何是好，只得东张西望，像个迷了路的孩子。

格子窗外，开满白色小花的瑞香随风摇曳。树下，一名身着嫩黄色和服的女子悄然走过。单从背影也分辨不出到底是谁，在今天这样的日子里，想来无非是哪个臣子家里的人。

"那女的，等等！"信长朝着窗外喊道。

这威严浑厚的嗓音，在晴子听来格外振聋发聩，宛如一柄鲜红的利箭，射入了她原本因为忧心伤怀而一片空白的大脑。晴子幡然清醒，回头寻找声音的主人。这才发现汤殿的格子窗内，信长正板着一张脸看着自己："你不就是那位……叫做若狭局还是什么的吗？"

晴子惊讶得说不出话来。好似如梦初醒一般，浑然不知到底发生了什么。对她来说，原本静止的时光被突然打破，等待她的却是一场令她难以招架的疾风骤雨。

"你就是曾出使安土的若狭局吧？"

"是、是的。"

"你来得正好，快伺候我沐浴！"

这成何体统！要是让房子听见了可不知会气成什么样。晴子无奈，只得听天由命地走进了汤殿。

她为何不表明身份，拒绝如此无礼的要求呢？也许是内心的失落令她丧失了基本的判断力。又或许是对专宠若草君的太子殿下的不满，令她无意间踏出了这令人意想不到的一步。人，是再脆弱不过的生物。即便高贵如东宫太子妃，也难免会有迷失心智、行差踏错的时候。

不过，信长那充满了威慑力、不容反抗的声音，也许才是令晴子乖乖听话的最直接的原因。那声音，拥有生杀予夺的强大力量；那声音，既可以分分钟夺取敌人的性命，又可以无情地置同盟于死地。正是这不容违抗的声音，在一瞬间就牢牢地控制住了晴子。

汤殿内，信长仍穿着马场上见过的那身高砂大夫似的装束，在地板上挺胸负手而立。

"你来这里干什么？"信长问得简单直接。

"若狭的栗屋胜久是奴婢的大伯父。我本想来此与他一见，却不想半道迷了路。"这个谎竟然编得脸不红心不跳，连晴子自己都吃了一惊。

"大门你是怎么进来的？"

"刚巧在大门口撞见了近卫内府大人，便求他替我说了几句好话，放我进来了。"

"是吗。"信长说着张开双臂，示意晴子为自己宽衣。晴子不禁迟疑了片刻。

"快点！"他的命令也同样简单直接。

晴子深吸一口，终于鼓起勇气伸手解开了红缎子袴裙的腰带，将肩衣脱了下来。信长身长约五尺五寸，比晴子高出三寸左右。晴子的眼睛刚好正对着他的肩头，脱起他的衣服来再轻松不过。信长的小袖处散发出阵阵扑鼻的浓香，似乎是熏了伽罗香[1]。和着杏气，紫束的小袖口也隐约可以闻到淡淡的汗味，却并不令人生厌。这是晴子从未感受过的，男人特有的味道。她顿时心乱如麻，只觉得眼前一阵眩晕，不由自主地停下了手上的动作。

---

[1] 伽罗香：沉香中的精品。

"不中用的东西!磨蹭什么!"信长毫不留情地大声斥责道。晴子不由得一惊,赌气将最里层的贴身小袖往下一拽。

"啊!"晴子情不自禁地差点叫出了声。白皙而修长的胴体上,长满多年练就的结实而紧致的肌肉。不仅如此,肩上、背上、胸前和大腿上都布满了大大小小的伤痕,呈现出淡淡的暗红色。

这便是最最真实的信长,一名自少年时便统帅三军驰骋沙场的勇士。他就是凭借着这尊几乎可以说是单薄的身体,一路披荆斩棘,征战四方。漫漫征战之路该是何等艰辛,这一道道伤痕便是最真实、最有力的证明。

晴子的心被深深触动,恍然间竟已热泪盈眶。她不由得联想起征伐至熊烦野[①],终于殚精竭虑,遥想故乡而饮泣哀歌的日本武尊的形象。

"怎么了?"周身脱得只剩下一条衬带[②]的信长,一脸狐疑地转过头来。

"是眼睛……眼睛进了沙子。"晴子啜泣着勉强回答道。

信长默而不语地进了汤室,只说了一句:"我要洗了!"便将汲水的手桶[③]放在木地板上,咣当一声关上了板门。正在暗暗担心信长会不会命自己给他刷背的晴子,这才终于松了一口气,稍觉释然,转而动手整理起了散落一地的衣衫。

(我怎么干起了这些下人的事?)

晴子用袖角擦了擦汗津津的额头,像个伺候人的侍女似的手脚麻利地干了起来。

[①]熊烦野:位于今三重县龟山市。被认为是日本武尊的埋葬地,建有能褒野神社。
[②]衬带:日文常作"下带",指系在小袖外的围腰布,或指兜裆布。
[③]手桶:带把手的木桶。

"主公，微臣回来了。"话音刚落，森兰丸从门外走了进来。

"我、我方才从院中经过，是大人命我来伺候他的……"仿佛被人抓住了什么把柄似的，晴子一时竟乱了阵脚，对方还未开口问便自顾自地解释起来。

"辛苦你了。接下来的事就交给我吧。"

"她说她是栗屋胜久的亲戚，你带个路，领她过去吧。"隔着门板传来了信长的声音。

晴子正打算起身离开，只听见长廊下传来一阵急促的脚步声。

"下官有要事禀报右府大人，特来求见，恳请大人恩准。"说话者竟然就是晴丰。晴子慌忙闪身躲到门后，脸朝下跪拜在地。

"主公正在沐浴。"兰丸请他们去会客室候着，晴丰等四位公家却不肯退下。坚持说事关重大，一定要在这里等候。

晴子着了慌，要是让哥哥知道自己竟在这里……一想到这儿，她连死的心都有了。可是，汤殿的出口只有一个，他们要是一直坐在门口不动，晴子想逃也没法逃。

走投无路的晴子，只得向兰丸求助："我急着想见大伯父，未经允许便私自出了宫。若被人发现我在这儿，还不知会遭到怎样的责罚。"谎话说顺了嘴，连磕巴都没打一下就冒了出来。

兰丸将晴子的难处转告了信长，浴室内的信长听了，竟放声大笑："把弥助给我叫来！"他口中的弥助，就是那个刚刚收为己用的外邦人。

不一会儿，弥助果然来了。身高六尺二寸的他，在走进汤殿大门时也不得不猫着腰。从近处看，更觉得他的皮肤黑得如刷了黑漆一般。晴子不敢正视，连忙把脸撇向一边。

我国自古以来就有不寻常之物不可正视的说法。世人普遍认为，怪异的事物必然与邪魔有关，一旦正视便会遭邪魔蛊惑。故此，不寻常之物不应直视，而应该用折扇遮面，透过扇骨的间隙一窥究竟。

晴子下意识地撇开脸，也是因为从小就受过这样的教导，这种想法早已根深蒂固。不过，弥助这个男子，若细细看来，却是相当端庄俊美的。黑亮的眸子炯炯有神，高高的鼻梁俊秀挺拔，方正的下颚饱满刚毅。再加上那镇定自若，恬淡从容的神情，简直有一种堪比神佛的不凡气度。

"主公您叫我？"弥助拜倒在浴室门前。

"几位公家说有话要说，你去帮我问问是什么事。"

于是，弥助走出来，向门外几人传达了信长的意思。果然不一会儿，就传来了晴丰愤懑而又无可奈何的回答："既然如此，请容我等在会客室恭候右府大人出浴。"四人这才不情不愿地退了下去。他们的心里，一定也有怪异之物定与邪魔有关的偏见在作祟吧。信长正是巧妙地利用了这种心理，反其道而行之，自然能不费吹灰之力地将四人赶去了会客室。

终于虎口脱险的晴子，在兰丸的护送下赶回宫去。

"那弥助，究竟是个怎样的人？"一路上，晴子与兰丸攀谈起来。

"听说，在比天竺更远的西方，有一个叫做莫桑比克的国家，他就是那里的王子。"

在那个遥远的国度，有一个名为姆韦尼·马塔帕[1]的王国曾盛

---

[1] 姆韦尼·马塔帕：又名莫诺莫塔帕王国，津巴布韦历史上著名的王国之一，以石头建筑和黄金贸易闻名于世。15世纪末，津巴布韦王国分裂后，姆韦尼·马塔帕的第一代王穆托塔率领一部分人北迁，征服了北部地区的许多部落。其子马托帕在位时，进一步形成一个强大的王国。15世纪40至90年代是其鼎盛时期，16世纪初开始衰落，17世纪30年代为葡萄牙殖民主义者所控制。

极一时，却在大约四十年前被葡萄牙所征服。王族们全都逃入了深山继续抵抗。弥助便是这些王族的后代，在一次战役中被倒戈的家臣出卖，成了葡萄牙的俘虏，从此被当作奴隶贩卖到各地。

"主公慧眼识英雄，早就看出弥助大人并非等闲之人。没有杂质的眼睛，往往更容易发现真相。"最后，兰丸用一句天主教谚语似的话，表达了自己对信长的颂扬。

在午间休息这短短一个时辰的时间里，土御门大街南侧的武家看台上，就搭起了一座新的行馆。屋顶、梁柱和墙壁都已粗具规模，已经能够充分感受到那富丽堂皇的气派。很显然，整座馆舍是将安土城天守阁最高层依葫芦画瓢地照搬了过来，只是规模略小一点而已。此外，馆内主厅的正中央，还安放着范礼纳诺赠送的天鹅绒高脚椅。显而易见，信长打算坐在这张椅子上观看整场骑兵检阅。

近卫前久坐在殿上人的看台上，脸色很是难看，仿佛正有千百只虫子在啃噬着他的身体。他偶尔有意无意地向对面的行馆投去愤怒的一瞥，又旋即将脸撇向一边仰头灌下一杯冷酒。如此反复，已有近半刻的时间了。

（狂妄小人，竟做出如此不知天高地厚之事！）

行馆的屋顶、地基均比陛下出入的行宫的要高出许多，叫前久如何能看得下去？

座次向来有高低上下之分。上座本与神灵相通，依礼自然应该由最接近神灵的人来坐。故此，在我国，上座只能专属于天照大神的子孙，也就是当今圣上，这是毋庸置疑的。信长如此行事，岂非在众目睽睽之下将礼仪尊卑肆意践踏？此等恶行，又岂是为朝廷效力的臣子们所能容忍的？

"近卫公，武家传奏官还未回来吗？"关白九条兼孝的询问中带着些许责难的意味。

午间休息还剩下不过半个时辰的时间。若不赶在圣上起驾行宫之前将这座行馆撤走，后果不堪设想。

"阁下难道没长眼睛？回没回来，自己不会看吗？"前久毫不客气地回敬道。此刻他心中烦闷，语气自然比平时更显辛辣。

"今日这场骑兵检阅可是您奏请陛下的。如今出了这档子事儿，您轻易可是脱不了干系呀！"

"这个在下自然清楚，所以才吩咐传奏官们前去与信长交涉。说话间就快回来了，您还是喝点小酒，耐心等等吧。"

然而，酒喝了一杯又一杯，劝修寺晴丰等人却迟迟不见回来。头顶上的春日暖阳已渐渐西斜，午间休息的时间眼看就快结束了。

"兼和，你去看看！"焦灼不安的前久只好命吉田兼和前去打探那边交涉的情况。

安土城天守阁的顶层，用的是唐朝佛堂式样修建。屋顶铺红瓦，檐边瓦嵌金箔，檐角上装饰着金色的逆戟鲸形兽头瓦。柱子、四壁上镶满金箔，朱漆勾栏绕廊而立。眼前看台上所建的行馆，虽未用屋瓦，但远远看去几乎与原建筑分毫不差。马场外观众席上的百姓，对信长这项出人意料的举措纷纷赞不绝口。

晴丰和广桥兼胜在众人的企盼下，终于回来了。

"我等复命来迟，只因右府大人正在沐浴。"

"结果如何？"前久连忙把酒杯往案上一放，急切地问道。

"以下是信长公的原话。圣上曾经说过想一观安土城的风貌，我才特意命工匠在此地搭建这么一座馆舍。事到如今，岂有命人撤去之理？下官如实回禀，并无半句添减。"

"他的好意自然无可厚非。可凭他是谁，断没有高坐天皇之上的道理。"

"这一点我等也向他明确提出了,可是……"

他们的抗议并未被信长接纳。安土城的天守阁,正因为有自己的存在才能称之为天守阁——这便是信长的回答。

"近卫公,事已至此,圣上断不可再亲临此地。"九条兼孝猛地站起身来说道,"我这就进宫,将事情原委上奏天皇。"

"身为关白,怎可如此顾前不顾后,莽撞行事?"前久一声断喝,几乎想一巴掌扇过去。陛下的确说过想看看安土城的话,再说,没有主人的城不算城,此言也不无道理。仅仅因为这个原因,就由我方贸然提出中止圣上出席的要求,反落了个出尔反尔的口实。若信长借题发挥,还不知会给我方出什么样的难题。

"到时候,您若有法子应付,现在尽可以为所欲为。"前久抛出这么一句,兼孝自然无言以对。毕竟在当今朝堂之上,能与信长斗智斗勇的,除了前久再无他人了。

百般思虑之下,前久终于作了一个勉为其难的决定,命人在土御门大街一带围起了注连绳①。这样一来,等于在天皇周围筑起了结界,可确保天威不受侵犯。虽然有强辩之嫌,但也别无他法,只能出此下策了。

翌日,信长专程进宫,叩谢圣上御驾亲临之恩,正亲町天皇却以圣体违和为由不予接见。堂堂天皇,被失礼怠慢到如此地步,若还许他面见圣上,皇家的颜面何存?

尽管如此,信长的心情并未受到丝毫影响,反而兴高采烈地回了本能寺。原本从一开始,他就没想过天皇会答应见他。

---

①注连绳:在神前或举行祭祀的场所张挂的绳子,是一种禁止不洁之物侵入的标志。现在也常在新年时挂在家门口,或装饰于神龛之中。多为三股、五股或七股,用稻草或麦秆捻成。

（昨日遭我迎头痛击，我倒要看看今日你会有怎样的反应？）

他不过是以这样一种胜利者的姿态进宫面圣的。当然，结果并未让他失望，天皇的拒绝让他品尝到了收获战果的喜悦。尽管圣上拒绝接见，不，应该说正是因为圣上拒绝接见，朝廷便绝不会坐视不理。

果然，信长前脚刚进门，后脚就有四个女官被派到了本能寺。

二十九日。昨日行检阅盛事。今日上遣长桥，太子处遣御阿茶及乳娘前往。（《御汤殿上日记》）

宫中派了上臈局和长桥局，二条御所则派了阿茶局晴子和诚仁亲王的乳娘作为使者前往慰问。

可想而知，信长让这四人一场好等。朝廷派这几位女官前来究竟是何意图，信长再清楚不过。让她们等得越久，对方就越是急于求成，越是不堪一击。

足足等了二刻之久，信长才慢条斯理地来到了会客室。四位女官齐齐拜倒在地，好一会儿才缓缓抬起头来。

奇怪，其中一个不是昨日在汤殿伺候的若狭局吗？

"阿兰，阿茶局是哪一位？"东宫太子妃的名号信长当然是知道的。虽然只隔着帘子见过一次，并不清楚容貌长相。但仔细一看，在场四人中与太子妃年龄相仿的，也只有一人而已。

"就是那一位，谎称自己是若狭局的那一位。"兰丸凑到信长跟前小声说道。

（没错，果然是她！）

信长立刻喜上眉梢，意味深长地看向晴子。

晴子也正两眼朝上看着信长，还带着一脸促狭的坏笑，仿佛在说："你可要替我保守秘密呀！"

这个东宫太子妃，还真是不简单呐！

第五章 公武交锋

又一个月过去了，转眼已入弥生[1]。

结束了骑兵检阅的大风大浪，信长恢复了平日里恬淡安详的生活，待在本能寺里终日与弥助为伴。对身份和家世的偏见，为信长所不齿。只要有真本事，哪怕你出身再卑微他也会用人不疑；反之，若对自己毫无用处，即便像佐久间信盛和林通胜[2]那样的重臣，也只会落得个只身驱逐的下场。

即使面对的是外邦人，他也会一视同仁，绝无例外。随着与弥助的接触日渐深入，信长惊觉此人不仅武艺超群，在学识和才干上也颇有过人之处。于是决定与之促膝长谈一番。

---

①弥生：日本三月古称。
②林通胜：(！—1580) 日本战国时代武将，织田家首席家老，又名林秀贞，官位为正六位下佐渡守。织田信长之弟信行的导师，拥立信行为织田家督。信行被杀后，信长不计前嫌，封通胜为尾张那古野城从城主，此后却并没有显著功绩。1580年8月，信长以曾谋反为由放逐了林通胜等数名家臣。后居于京都附近，改名南部但马，同年10月死去。

"说说你对世界的看法。"

弥助依言展开了一张由名为墨卡托[1]的学者绘制的十分精美的地图，从容讲述道："这是我将范礼纳诺大人的地图偷偷临摹下来的。他们通过绘制精准的地图，才得以在海上自由航行，畅通无阻，周游世界，却绝不会允许一个外邦人看到他们的地图。"

此前奥尔冈蒂诺展示给信长看的，是一个名为赫马·弗里修斯[2]的德国数学家绘制的旧地图。其实，早在十多年前，就已经能够绘制比之精准数倍的地图了，比如眼前的这一张。

"是信长大人您，将我从奴隶的身份中解救出来。因此，关于天主教内部那些秘而不宣的事，我也会知无不言、言无不实。"说完这番话，弥助便向信长讲述了一段他闻所未闻的往事。

故事还要从一百年前说起。

为了进一步扩张海外领地，壮大自己的帝国，葡萄牙国王组成了一支强大的舰队，踏上了征服非洲大陆的征程。每到一个港口，他们便在那里建立自己的殖民政府，并以此为据点继续南下，经过了整个南非。后来，迪亚士[3]于1488年绕过好望角到达东非，并确立了前往东非的航线。直到1498年，瓦斯科·达·伽马[4]

---

[1] 墨卡托：Gerardus Mercator（1512—1594），16世纪地图制图学家，精通天文、数学和地理。出生于荷兰。是地图发展史上划时代的人物，开辟了近代地图学发展的道路。

[2] 赫马·弗里修斯：Gemma Frisius（1508—1555），荷兰数学家，地图学家。原文误为德国人。

[3] 迪亚士：Bartholomeu Dias（约1450—1500），葡萄牙著名航海家。于1488年最早探险至非洲最南端的好望角的莫塞尔湾，为后来另一位葡萄牙航海探险家达·伽马开辟通往印度的新航线奠定了坚实的基础。

[4] 瓦斯科·达·伽马：Vasco da Gama（1469—1524），葡萄牙航海家，从欧洲绕好望角到印度航海线的开拓者。生于葡萄牙锡尼什，卒于印度。青年时代参加过葡萄牙和西班牙的战争，后到葡宫廷任职。

终于到达了印度。此后,又于1507年在莫桑比克以及三年后在印度果阿分别建立了殖民政府作为进一步扩张的据点。

"他们想要的是黄金、奴隶以及香料。"弥助的日语说得十分流畅,只是声音因为愤怒而微微颤抖,双眼噙满了晶莹的泪水。

葡萄牙人在东非掠夺了大量的黄金和奴隶,并运送到印度换取香料,或运送到阿拉伯及欧洲大肆贩卖,获得了巨大的利益。他们利用这些财富又进一步壮大自己的舰队,进一步征服东非和印度的各个小国,使之沦为自己的殖民地。弥助的故国姆韦尼·马塔帕王国就是其中之一。

不久,葡萄牙舰队又继续从马六甲向婆罗洲岛[1]及马尼拉进发,并于1557年在中国的厦门建立了殖民政府。也是在这样的时代背景下,弗朗西斯科·圣·皮埃尔漂洋过海来到了日本。

葡萄牙所取得的巨大成功也刺激了西班牙皇室的欲望,后者决定向西航行与对方平分天下。于是,在西班牙皇室的资助下,克里斯托弗·哥伦布以亚洲大陆为目标向西穿越大西洋,并于1492年发现了一片广袤的新大陆。他深信自己找到的就是亚洲大陆,后来亚美利哥·韦斯普奇[2]等人证实这是另一个大陆,由此命名为美洲大陆。

在这个欧洲人从未听说过的大陆上,西班牙的殖民政权迅速

---

[1] 婆罗洲岛:Borneo,又名加里曼丹岛,排在格陵兰及新几内亚之后的世界第三大岛,也是世界上独一无二的分属于三个国家的岛屿。这三个国家分别为印度尼西亚、马来西亚和文莱。

[2] 亚美利哥·韦斯普奇:Amerigo Vespucci(1454—1512),意大利航海家。1500年,发现了南美东北约1200千米的海岸线,推测其为一块新大陆。16世纪起,许多地图、地球仪、地理书等开始将这片新大陆命名为亚美利加州。

扩张，在短短三十年的时间内，就将阿兹特克[①]、印加[②]、玛雅[③]等王国一一覆灭，掠夺了数不清的金银财宝。

后来，麦哲伦[④]又于1520年穿过南美最南端的海峡，横渡太平洋到达了菲律宾群岛。他们在马尼拉建立强大的殖民政府，并将周边群岛逐一征服，并根据当时的菲利普王子的名字将此地命名为菲律宾。

"他们贪得无厌，残忍血腥而又恬不知耻。凭借着坚船利炮以及先进的航海技术和科学知识，他们将殖民扩张的魔爪伸向了世界的各个角落。就这样，有数不清的国家都跟我的故国一样，遭受了灭顶之灾，从此跌入了被奴役、被屠杀的万丈深渊。"

"这两个国家，果真有这么强大吗？"信长仔细浏览着墨卡托的地图。西班牙自不必说，葡萄牙也不过只有日本三分之一的面

[①] 阿兹特克：Azateca，14至16世纪墨西哥古文明。阿兹特克文化是中美洲古老印第安文明的一部分，美洲三大文明之一，有史料记载的历史始于12世纪中叶。阿兹特克族本是北方土地贫瘠而居无定所的狩猎民族，后来侵入墨西哥谷地，征服了原有居民托尔特克人，并在墨西哥平原和高地上辗转徘徊了两个世纪，开创了该民族最兴盛的时期，是古代墨西哥文化舞台上最后一个角色。

[②] 印加：11至16世纪位于美洲的古老帝国，其政治文化经济中心位于现在的秘鲁的库斯科。帝国中心区域分布在南美洲的安第斯山脉上，其版图大约是今天南美洲的秘鲁、厄瓜多尔、哥伦比亚、玻利维亚、智利、阿根廷一带。其主体民族为印加人，也是美洲三大文明之一的印加文明的缔造者。1526年西班牙殖民者弗朗西斯科·皮萨罗发现了印加。1529年帝国爆发内战，实力大大削弱。1533年帝国灭亡，沦为西班牙的殖民地。

[③] 玛雅：约形成于公元前1500年，处于新石器时代。分布于现今墨西哥东南部、危地马拉、洪都拉斯、萨尔瓦多和伯利兹等五个国家的丛林文明，在天文学、数学、农业、艺术及文字等方面有极高成就。美洲三大文明之一。虽从未形成统一的强大帝国，全盛期却由数以百计的城邦，同属一个文化圈。

[④] 麦哲伦：Fernando de Magallanes（1480—1521），探险家、航海家、殖民者。葡萄牙人，为西班牙政府效力。1519—1521年率领船队完成环球航行，在途中遭遇菲律宾部族冲突，被当地居民砍死。其死后，船上水手继续向西，回到欧洲，完成了人类首次环球航行。

积，大小刚好相当于信长目前管辖的领地。这样的小国也能开疆扩土，称霸世界，我又岂能妄自菲薄？——身为一个武士，信长首先产生的便是这样的念头。

"征服他国，便能获取巨大的财富。正是这贪婪的欲望将他们变成了恶魔。"

"天主教徒们又如何呢？他们应该不会有此等庸俗而肮脏的欲念吧？"

"在他们看来，或许单纯只是为了传教，然而往大了说，他们客观上也做了殖民扩张帮凶。"

他们首先以传教和贸易为由进入他国，详细调查和了解了该国的自然环境、社会文化等各方面的情况，然后上报国家，最后瞅准时机一举攻下。殖民扩张向来都有一个冠冕堂皇的理由，那便是让对方改信天主教。所以，他们的所作所为自然不会遭到罗马教皇的反对。

"葡萄牙和西班牙之间曾经因为争夺某块殖民地而产生过分歧，罗马教皇便以南北极为两端，画线为界，确立了两国的势力范围。由此可见，他们分明是以传教的名义，将殖民扩张正统化、合法化。"

"听说你就是某个被他们所灭的王国的王子吧？"

"是的。时至今日，我一族上下仍然隐居山林，为实现复国大业而忍辱偷生。"

"打过仗吗？"

"打过。"

"战斗力如何？"

"我方既无大炮、铁炮，又无战船舰队，赤手空拳实在不是他们的对手。"

"我手上有十万精兵，两万挺铁炮，凭这些能否获胜？"信长的意思原是想弄清楚，万一开战能有多大获胜的把握。因为自从从弗洛伊斯那里了解到世界形势的那一刻起，他就产生了进军海外的想法。不过，他从未像现在这样，明确地将他们视为敌人。

"就在去年，西班牙吞并了葡萄牙，形成了一个更加强大的帝国。若不从他们那里学到更多制造船只大炮的先进技术，就算手握再多的兵力也是没有胜算的。"

"你想回你的故乡吗？"

"不，不想。有生之年，能够遇到像信长大人这样大智大勇的人物，实在是三生有幸。若能从此侍奉您的左右，是在下莫大的荣耀。"

"终有一日，我定将你送回故土，了你心愿。不过在此之前，你必须尽心尽力，效忠于我。"葡萄牙的殖民地，从欧洲一直蔓延到厦门，星罗棋布。若将这些殖民政府一一攻破，那么信长长驱直入，征服欧洲的那一天，也指日可待了。

弥助退下之后不久，近卫信基就登门造访了。

"昨日在京都所司代处，听闻有人奏请天皇，推举义父大人为左大臣，可确有其事？"

"没错。"

"为何会有这等事？"

"这个嘛……"信长略一皱眉，随手将弥助临描的地图抛了过去，说道："这是新的世界地图。你看看吧。"

"画得真是细致入微啊。"信基的指尖划过近畿、九州，再到琉球一带的几个地方。

"听说西班牙人也意欲侵占亚洲，于是向西航行，最终发现了名为美利坚的新大陆。"信长饶有兴致地讲起了刚刚听来的故事，连口气中都透着兴奋,"国力堪比中国明朝和天竺的国家,他们仅仅用三十年不到的时间就彻底收服了。我区区日本想与之一争天下,你会不会觉得太不自量力了?"

"可是,若受命出任左大臣,凡事都得依照朝廷规章制度来办。到时,义父大人成为日本国王的道路可就被彻底堵死了。"信基身为内大臣,却一再主张信长架空朝廷,君临天下。因此,当他听说信长要出任左大臣,便急着赶来坐实消息的真伪。

"凡事都有个先后,不可急于一时。"

"那么,到底何事应在先,何事应在后?"

"此时尚言之过早。不过,你的想法与我却并无太大出入。"信长若想操控整个朝廷,办法只有一个。那便是匡扶义子五王子即位,自己则位同太上皇,施行类似于院政的统治手法。此外,再推举信基为幼帝的摄政,又让信忠出任大将军,一公一武将整个国家的命脉牢牢地掌握于自己手中。

而今,君临天下的宏伟蓝图已初步成型。

"出任左大臣,不过是实现目标的第一步。不久之后,总会有用得着你的那一天。届时你可万不能有丝毫的松懈。"

其实,这也是信长为何执意要由朝廷出面来委任自己督办这场骑兵检阅的原因。既然自己已经按照朝廷的吩咐举办了骑兵检阅,那么作为回报,朝廷理应满足自己出任左大臣的请求。此言一出,朝廷绝无拒绝的理由。不仅如此,信长还要求朝廷派遣敕使上门宣旨,可见信长是何等老谋深算,步步为营。

也许是对信长的企图有所觉察,无论是正亲町天皇还是诚仁亲王,虽都同意委任其为左大臣,却不约而同地拒绝了派遣敕使的请求。若不是中了信长的诡计,命他操办了骑兵检阅,如今又怎会陷入这样尴尬的境地?现在还要给他面子派什么宣旨敕使,若真顺了他的意，被他钻了空子，还不知会给朝廷出什么样的难题。

然而，信长是个为达目的不择手段的人。

"前日的骑兵检阅，圣上似乎不甚满意呀。那就再举行一场吧！"信长命人在京城中广为散布这样的言论，并于三月五日擅自举行了第二场骑兵检阅。不仅如此，在这一次的骑兵检阅上，他竟命全军上下都戴上红黑两色的头巾，同时燃响爆竹绕场飞驰。这显然是在对朝廷示威，警告天皇和朝廷，若逆我之意，后果不堪设想。圣上震怒，拒绝出席，只有诚仁亲王私自前来观看，为掩人耳目还特意换上了被衣[1]。

御方之御所殿下私自着御被衣，混于众御女房中，前往御览。

这咄咄怪事，被记入了《立入宗继记》[2]一书中。

迫于信长令人胆寒的淫威，朝廷终于在三月九日派了敕使前往本能寺宣读委任左大臣的圣旨。这两位敕使，便是上臈局和长桥局。信长热情地款待了两位敕使，并各赠白银三锭以资犒赏。然而，面对委任左大臣的圣意，他却作出了一个令所有人瞠目结舌的回答：

"陛下委以重任，臣感激涕零。然则，若要逼得现任一条内基卸职，臣实在心中不安。还是等到当今圣上让贤，太子殿下即位之后，微臣再出任适当的职务也不迟。"

留下这意味深长、疑点重重的一番话，翌日十日，天尚未

---

[1] 被衣：平安时代，有身份的人外出时用于遮挡面部的衣物，多为女性穿着。
[2]《立入宗继记》：又名《立入左京亮入道隆佐记》，由立入宗继所编写的有关自己的见闻和经历的记录。立入宗继（1528—1622），战国至安土桃山时代商人、官员，曾任禁里御藏职。立入家第三代家主。近江立入城城主立入宗长之子，幼名幸夜叉丸，号隆佐。官位从五位下、左京亮。

明，信长便启程返回安土城去了。

对信长的这番回答，反应最为强烈的要数诚仁亲王。第三天的十一日，他便急招亲信中山亲纲、水无濑兼成[1]等人入府，商议应对之策。中山亲纲乃是若草君亲子的胞兄，亲子入府侍奉殿下之后，他也益发得到亲王的重用。

同样参与了此次二条御所会面的，还有吉田兼和。会面之后，他便顺道去了近卫前久府中拜访。前久此时才从兼和口中第一次听说了信长的那番回答，着实吃惊不小。

"他是怎么说的，你再一字不漏地重复一遍！"

"还是等到当今圣上让贤，太子殿下即位之后，再就任适当的职务也不迟。他就是这么回答的。"

"不愧是信长，果然……"

他千方百计迫使朝廷派遣委任左大臣的宣旨敕使，原来竟是为了走这么一招妙棋。不，应该说早在他提出举行骑兵检阅的那一天起，他就已经为迫使当今圣上让位一事谋划好了一切。

"那就应该明令他先行就任。"前久负气似的冲口而出。若当时就采取这样强硬的手段，或许事情还能有转机，然而现在说什么都为时已晚。

"他口中的适当的职务，究竟指的是什么？"

"这个问题，敕使们当时也提了，但据说他并未给出明确答复。若非左大臣，那便是关白或大将军之类，朝中众臣们都是如此议论的。"

"太子殿下是何态度？"

"殿下的意思，似乎不愿接受当今圣上的让贤。"

---

[1] 水无濑兼成：（？—1602）公卿，英兼嗣子，三条西公条之次子，原名亲氏。权中纳言二位。

太子殿下当然会拒绝。诚仁亲王之后即刻让五王子即位，信长提出这样的要求不过是迟早的事。朝廷素来凡事遵从先例，此次如若答应让位，那么对于信长接下来的要求自然也没有驳回的道理。

"中山等人也表示同意吗？"

"那当然，他们自然没有异议。"

"唔，容我思量思量。"太子的想法固然无可厚非，可圣上却是愿意让位的。既然信长愿意承担太上皇御所的修建和登基大典的一应费用，那也的确不失为一桩好事。加之，信长此次迫使朝廷派遣宣旨敕使，已经充分显示了他的强硬和铁腕。这让位一事，又岂是简简单单一句"不予应允"可以应付得过去的？

"此事你怎么看？"前久越想越觉得心烦，便转而询问兼和的看法。

"下臣人微言轻，不敢妄言。"兼和并不直接表态，显得十分谨慎。

"那你就当自己是信长，想想看若是让位的奏请遭到驳回，他会如何反应。"

"圣上曾经流露过退位让贤的心愿，实乃英明睿智之举。圣上的宏愿却横遭阻挠，定是因为君王身边有奸臣当道，蛊惑君心。信长公一定会有此番宏论，并借此铲除异己，将他看不顺眼的公卿全都赶出朝廷。"

"有何办法能砸了他的如意算盘？"

"信长公不是声称，让一条内基卿卸任令他甚觉不安吗？为今之计，只有早日腾出左大臣一席，虚位以待，方能显示出我方诚意。"

"织田中将现在何处？"

"应该尚在妙觉寺中。"

"速去请他入府一见。命他即刻前来，莫要耽搁。"

在织田中将信忠到来之前，前久一直待在书斋，伏案奋笔疾书。心中早已是千头万绪，剪不断理还乱。每当这时，他便会将自己的想法逐一写在纸上，以便于整理自己的思绪，这早已是多年养成的习惯。

"让位与否"——四个苍劲有力的大字跃然纸上，是近卫流特有的字体。在这四个字周围，近卫又分别写上了圣上、殿下、信长等字眼，并一一掂量彼此的利益轻重，权衡各方的势力强弱。最终，归结出问题的两个关键所在。

第一，关于让位与否圣上和殿下的意见相左。

第二，信长确有拥立五王子的野心。

而应对之法有三。

其一，答应让位，却阻止五王子即位，此乃上策。其二，拒绝让位，同时与信长谈好能令其让步的条件，此乃中策。最后，同意让位也任由其拥立五王子，这自然是下下之策。

若上策能一切顺利，对朝廷来说自然是皆大欢喜，却也就此与信长结下梁子。若采取中策，则不仅需要先说服圣上，更要经过与信长漫长而艰辛的博弈。至于下策，圣上和殿下不用说自然会极力反对，但前久却认为并非绝无可能。就算信长在世期间，一应大小事务皆要听命于他，但只要牢牢控制住信忠，那么至少可以确保朝廷安枕无忧。

前久拿起略显凌乱的一页纸，凝视片刻，在角落处添上两个工工整整的小字"秘计"。

没过多久，信忠就来了。

前久将这一页纸几把撕碎，扔进花器①的水中，这才去前厅相迎。

"阁下公务繁忙，还劳你大老远儿跑一趟，实在是因为有件事想听听阁下的高见。"

"在下也正好有事相求。幸得近卫大人召见，岂能不欣然前来？"

"哦，是吗？什么事？"

"在下不敢僭越，还是大人您先说吧。"

"不用顾虑，有事尽管说。"前久满脸和蔼可亲的笑容，柔声催促道。

"近日梅若大夫②要在下御灵社③演一场劝进能④。在下也曾多番饰演剧中主角，此次特来求借贵当家秘藏的名笛一用。"近卫家有一支流传上千年的古笛，名曰"莺葛"，能乐优伶无不垂涎已久。

"区区小事，何足挂齿。信忠大人若曼舞一支，我愿为你吹笛伴奏。"

"大人此话当真？"

"怎么？你是信不过我的技艺吗？"

"岂敢岂敢。若能请得太阁大人为我吹奏莺葛，实乃我信忠今

---

①花器：日本花道所用器皿。

②梅若大夫：文明十三年（1481），梅津景久年方十六，奉后土御门天皇之诏入宫，因"芦刈"一舞成名。天皇赐名"梅若"，亦深得织田信长、丰臣秀吉等武家的喜爱。此后，梅若家作为观世座的重要成员之一而活跃于能乐舞台。明治维新之后，独立形成梅若流。

③下御灵社：位于现京都市中京区，始建于贞观五年（863）。平安时代，供奉贵人的怨灵，为消除疫病灾祸，保京城平安的神社。

④劝进能：为寺社劝进而举办的大规模能乐表演，后来逐渐演变为借此收取入场费的盈利性演出。

生一大幸事！"前久笛子和太鼓的技艺皆已入化境，再加上这五摄家之首的身份，信忠如此千恩万谢也的确不为过。

"说起前几日令尊大人答谢圣旨的话，"二人就能乐之事旁征博引地畅聊了一番之后，前久突然有意无意地改变了话题，"信忠大人你作何感想？"

"在下实在痛心疾首。"信忠并未多言。虽然他始终认为受命于朝廷并创建幕府方是正道，但毕竟身为信长之子，对于信长的所作所为断不敢公然批判。

"对我等公家来说，日子可不好过啊。令尊大人何以这般苦苦为难朝廷呢？"

"请大人宽恕。在下人微言轻，实在心有余而力不足。"

"我并非想指责信忠大人的不是。只是，公武齐心，荣辱共生，方是治国安邦之道，还望大人你仔细掂量啊。"前久小心翼翼地试探和暗示着信忠，同时又要尽量避免太过激的言辞给对方造成压力，可谓煞费苦心。可是，信忠虽一脸愧疚，却仍是一味地默而不语。

面对信长这个令人头疼的对手，朝廷几乎已黔驴技穷，无奈之下只得定于三月十九日这天召开小御所会议，务必要商讨出一个应对的办法。而就在此前一天，上臈局突然造访了近卫府。这是一次事先并未派人通报的非正式的拜访。

"奴婢贸然登门求见，乃是有一事相求，事关明日的会议。"这名女房乃是花山院家辅①之女，已有四十三岁。在为数众多的侍女中，也算得上是颇得圣上宠信的一位。

"此事陛下可知道？"

---

① 花山院家辅：（1519—1580）战国织丰时代公卿，九条尚京之子，花山院忠辅养子。天文二十三年任权大纳言，弘治三年（1557）经内大臣升至右大臣。正二位。号法云院。

"陛下并不知情，乃是奴婢自作主张。"

"究竟所为何事？"

"圣上近日圣体欠安，若继续高居皇位，恐难以支撑。"上﨟局直视着前久的眼睛，郑重其事地说道。

"此事我可从未听陛下提及。"

"为避免引起朝局动荡，陛下刻意隐瞒了自己的不适。可是奴婢见他日夜呕心沥血，身体每况愈下，实不忍再这般沉默下去。"

"为陛下分忧之心，你我一样。但如今公武之间确有棘手的难题。"

"圣上已是六十五岁的高龄了啊。凭他怎样的难题，不都应该等太子殿下即位之后，交由他来解决吗？"难以抑制心中的悲切，上﨟局早已泪湿双眸。

为了这个国家的苍生社稷、国泰民安，天皇身负重任，责无旁贷。从元月一日的四方叩拜[1]到大年除夕夜的追傩仪式[2]，整整一年日日都有礼仪祭典，从不间断。为此圣上必须时刻保持自己身体的圣洁不染。故而，严冬不能用炭盆，生病不能施针灸。个中辛苦，又有谁能体察一二？若圣上果真已经落下一身病痛，那么继续让他高居皇位，煎熬心力，的确太过残忍。

"虽然仍有诸般阻碍，但关白和左大臣都已同意让位。凭太阁

---

[1]四方叩拜：元月一日举行的宫廷仪式。天皇于当日午前寅时（即五点半）着束带，于清凉殿东庭，朝着皇大神宫、丰受大神宫、天地神祇、天地四方、山陵等方向叩拜。祈祷宝祚昌永，天下太平，万民安康。

[2]追傩仪式：宫中年中重要活动之一。于大年三十之夜，驱恶鬼、除疫病的仪式。由舍人扮作恶鬼，在大内四大门之间追逐奔跑。大舍人长则扮演方相士，戴黄金四目面具，着玄衣朱裳，手执矛、盾，此为大傩。又有小童着藏青色布衣，戴绯色抹额紧随其后，称作小傩。殿上人则持桃木弓、苇箭等射杀恶鬼。古时始于中国，7世纪末文武天皇时期传入日本，后来在寺社、民间也传播开来。

大人之力，定能令问题一一迎刃而解。"

"他二人已经同意？你如何得知？"

"昨日我已上门相求。关白信誓旦旦地承诺，结果定不会令我失望。"

"我明白了。定尽我绵薄之力，努力促成让位一事。"前久嘴上这么说，心里却反而预感到，或许让位一事恐难成真了。任何谋划都必须秘密进行。若上﨟局曾暗中找过九条兼一和一条内基之事被人察知，那么圣上和殿下之间便会有更深的嫌隙。为避免信长从中作梗，首先朝廷内部要尽可能地避免分裂成两派，自相残杀。

与上﨟局的这次会晤也并未商讨出什么结果，不过对方提到的一件事却引起了前久的注意。她说，此前佐五局出使安土时，阿茶局曾冒充若狭局随同前往。而且，似乎与信长还颇有点趣味相投，给他留下了上佳的印象。此事是上﨟局在起身告辞之前，似乎无意间透露出来的，也不知她用意何在。然而，说者无心听者有意，在与信长交手多年，早已用尽各种手段的前久看来，这却是一个十分有用的信息。

就在当天，前久便派了吉田兼和前去村井贞胜处，打探信长的那番答谢之辞的真实意图。

"此次若能让当今圣上让位，那么统一天下之后便极有可能拥立五王子即位。"贞胜素来与朝廷交好，竟然连这样的机密计划都透露了出来。

"是吗？那可就怪不得我了。"前久的目光变得格外的冷峻而坚定，似乎在心中已经下了一个天大的决心。

翌日的小御所会议上，朝廷各大机要部门的主要管事人，共十几位公卿全数到场。

"对于右府信长的奏请,究竟该如何答复?时间紧迫,刻不容缓,还望各位大人不要诸多顾虑,尽可畅所欲言、各抒己见。"关白九条兼孝在会议开始之前,说了这样一番开场白。也许是对一条家和近卫家赞成让位的态度也有所耳闻,他的表情略显轻松释然。

"下官听闻圣上本就有意让位,且信长公许诺负责太上皇御所的修造和登基大典的一应费用。窃以为,当准奏。"首先发表意见的,是上臈局的娘家人花山院家雅[①]。

"可是,信长公明显有拥立五王子的野心。若这次答应他的请求,岂不等于在公武相峙的局面中开了一个不好的先例?"得了诚仁天皇的授意,中山亲纲义正词严地提出了异议。

这两种意见都各有附和者,双方你来我往,互不相让,会议气氛越来越白热化。

"近卫大人,您意下如何?"兼孝瞅准时机,将问题抛给前久。

前久自然不会放过这个机会,打算一鼓作气以同意让位的最终结果结束这场争论:"我也认为,应当准奏。"前久用凛冽的目光环视一周,接着说道:"然则,我曾命吉田兼和占卜让位的吉凶,今年乃金神之年,让位实属不吉。天意不可违,为今之计只好将让位一事暂缓至明年了。"

此言一出,场内顿时炸开了锅。

金神乃阴阳道所信奉的金气之神,性凶残,好杀伐。自古以来,朝廷素以当年的天干地支来预测吉凶,并确定需要避讳的方位。天正九年(1581)乃辛巳年,子、丑、寅、卯四个方位均为

[①]花山院家雅:(1558—1634)后名花山院定熙,织丰至江户时代公卿。西园寺公朝之子,花山院家辅之养子。天正十六年升至正三位,翌年任权中纳言。元和五年任内大臣,翌年升从一位。后经右大臣于宽永九年出任左大臣。号霜松院。

不吉。诚仁亲王若今年即位，势必要从二条御所迁入位于其丑之方位的宫中，实属不吉。故此，虽让位一事可定，但实行却要等到来年再做打算。

——这便是前久经过一番冥思苦想，想出的万全之策。

"可是，对方只需用改向避凶之法①不就可以解决这个问题了吗？"兼孝正言厉色地反驳道。

"我看，关白一职阁下实难胜任。"前久竟然当着满座公卿的面，公然指责兼孝无能。

"太过分了！就算你是近卫公，我也不能任由你贬斥侮辱。"

"改向避凶之法，乃是不得已而为之的折中之策。用在别的事上尚可，此等让贤即位的大事又岂能用此法敷衍了事？连这样简单的道理都想不明白，又如何当得起关白之职？"

"左大臣，您有何意见？"兼孝只得转而向和自己站在一边的一条内基求助。

"虽然并非下官本意，但凡事依照吉凶乃是朝廷的一贯做法。既然今年是金神之年，那么让位一事也只有暂时搁置，再行观望了。"内基心有不忍地低着头说道。

其实，前久在会议之前已与内基见过一面，暗示他若在会上对自己延缓让位的主张表示赞同，自己便会设法撤了兼孝的关白，扶他上位。当然，眼下兼孝已被逼到这步田地，也唯有辞去关白之职方能挽回些许颜面。另一方面，设法让兼孝下台，也能顺水推舟地腾出左大臣之位。信长既然觉得让内基卸任令他心有不安，那就空出此位令他再无拒绝的理由。待到信长出任了左大臣之后，诚仁亲王再行即位之礼。届时信长身负辅佐新君的重

---

①改向避凶之法：阴阳道信仰之一。外出之时，应避开天一神所在之方位。需在外出前夜去位于吉方的人家借宿一宿，方能改变方位的吉凶，放心出行。

责,自然不敢立马就胁迫新君让位于五王子。

前久深谋远虑,竟已谋划到了这一步。

"早在太阁议会上,我就再三提议推举信长为左大臣,尔等却全都不以为然。当初若听我一言,又怎会落得今日这般进退维谷、狼狈不堪?在此我奉劝九条兼孝大人辞去关白之职,方能重振人心,还朝廷一番新气象。"前久迎头一击打得兼孝毫无还手之力,他还趁热打铁当场让列席者一一表态,敲定了延缓让位和内基就任关白这两件事。

武士用刀杀人,公家却用计谋杀人。所以必须时刻审时度势,处处左右逢源,容不得半点疏忽大意,方能在朝廷中、官场上如鱼得水,屹立不倒。在这一点上,年方二十九岁的兼孝,与长年宦场沉浮,九死一生的前久,自然是不能相提并论。

前久回府之后,便叫上几个亲信,摆起了酒宴。

"兼和,此次你贡献良策,功劳不小。事后必有重赏。"说这话时,侍女正在为他脱去里外两层的时服。

"下官谢大人赏识。事情总算尘埃落定,也不枉大人一番辛苦。"

"一切还未结束呢,最终决定权可是掌握在信长手中啊。如此说来,究竟派谁去安土城最为妥当呢?"前久言罢,静待众人回答,可是武家奏官劝修寺晴丰和广桥兼胜却都缄口不语。

"晴丰,你说呢?"

"下官以为,还和之前一样,由上臈局和长桥局二位前去最为妥当。"

"这二人若作为圣上的使者甚是妥当,但此次还关系到太子殿下即位一事,太子御所也理应派出合适的使者一同前往。"

"所言极是。"

"我倒觉得阿茶局大人是个不错的人选。若想要事情商量得顺顺利利,我方怎能不表示出一点诚意?我看明日你就去问问她本人的意思,如何?"

诚意一词包含着多层含义。晴子冰雪聪明,听了晴丰的转达,自然就什么都明白了。

三月二十一日,一行人出发前往安土城。这一日清晨,便开始下起了蒙蒙烟雨。正是春寒料峭之时,寒风刺骨仿若隆冬。晴子却浑然感觉不到一丝寒意。天色微明她便早早起身,将随身行李收拾妥当,又虔诚地叩拜了四方神灵,祈祷旅途一路平安,此行任务顺利完成。她深深知道,此次出使的成败关系到朝廷的命运。然而,她此刻的激动和不安却并不是因为紧张,而是某种异样的情绪在撞击着她的胸膛。尽管她在神灵前长久地祈祷,仍然无法平复心绪。

"娘娘,车快到了。"侍女房子拎着两个又大又重的包袱走了过来。

"这是什么?"

"这可是好东西,您摸摸就知道了。"晴子看她自鸣得意的样子,忍不住好奇地伸手一摸。哎呀!竟然是温热的。原来里面是烧烫了的石头,用来驱寒的。

"瞧这天儿冷成这样。您长途跋涉,车马劳顿,要是凉了腰受了寒可就不好了。"

"我可用不着这个。要用你自个儿用。"晴子没好气地把那包袱一推,说得好像自己已经年老体衰了似的。

"好呀好呀,那奴婢可就不客气了。上了年纪最怕的就是寒气了。"房子答了一句,拎着包袱走了,真是让人又好气又好笑。

哥哥晴丰前后脚走了进来:"车子已经准备好了,再过半个时辰便可出发。"

"我也已经收拾妥当，随时都可以出发。"

"殿下呢？"

"自然还在休息。"

"他不来送送你吗？"

"听说昨夜身体略觉不适。"

晴子出使一事，诚仁亲王其实是极力反对的，在晴丰等人的再三劝说下他才勉强应允。昨夜却又不知为何突然心中不快，赌气进了若草君的房间就一直没露面。至于他反对的原因，晴子还是多少能感觉到一点的。不过，独独这一次，无论惹得殿下多么不高兴，她也绝不会妥协。她的决心从未有过地坚定，鼓舞着她勇敢去做自己想做的事。

"我等办事不力，连累圣上和殿下也深受其扰。"

"无须自责。为了皇家和朝廷的安稳，这也是不得已的事。"

蒙蒙细雨仍下个不停，庭中的垂枝樱笼罩在乳白色的雨雾中，静静伫立。不多时，带家纹①的车停在了门口，直到晴子出发也没有看到殿下前来送行。在二十多名随从的护送下，牛车驶出了二条御所的大门，向南而去。在这样一个清冷的早晨，车中宛如冰窖。晴子和房子不得不将烧烫的石头紧贴身体两侧放置，再在上面盖上夹棉的寝服用以取暖。

"您瞧，听奴婢的没错吧？我这就叫，有备无患！"房子又自鸣得意起来。此刻暮色尚未散去，四下里仍是漆黑一片。

"路途遥远，您还是躺下略睡一会儿吧。"

"那你还不安静点儿？"晴子说着，果真和衣躺下，可是车轮

---

①家纹：象征着家族的纹饰。例如，德川家是葵，前田家是梅钵等。

声隆隆，吵得她根本无法入睡。

车在三条大桥桥头与宫中出来的一行人会合，继续出了粟田口朝山科而去。山科的劝修寺是劝修寺家的祖寺，晴子也曾走过这条路前去寺中参拜。

"不过话说回来，殿下也不来送送娘娘，奴婢还真是有点儿看不过去。"替晴子揉着腰，房子忍不住又开始唠唠叨叨了，"您此番出使安土，不也是为了殿下着想嘛。"

"你可别乱说话。"

"这话奴婢当然也只在娘娘面前说说。可是昨夜殿下分明去了若草君那儿，照这样下去，娘娘您在府中的地位可就岌岌可危啦。奴婢实在是担心呐！"

"只要能把孩子平平安安抚养长大，余愿足矣。至于其他的什么身份、地位，丢了就丢了，无须介怀。"晴子嘴上这么说，不过是负气逞强，心里却还是隐隐作痛。细细想来，自己和殿下，两颗心已离得越来越远。也许殿下他，也是因为敏感地觉察到了这一点，昨夜才会那般光火。微闭上眼睛任思绪翻滚，不知不觉间晴子竟朦朦胧胧地睡着了。

等她睁开眼，一行人已来到了坂本城下。他们要在这里换乘织田家的大船横渡琵琶湖。宫中派来的使者和之前一样，只有佐五局一人。这一次，她已经知道了晴子东宫太子妃的真实身份，自然处处赔着小心。可是晴子却表现得十分冷淡。明明已经跟她约法三章，出使安土一事绝不能让第三个人知道，她却还是告诉了上臈局。"为了向信长表示出应有的诚意，还请阿茶局出任使者，去一趟安土城。"当晴子听说了近卫前久的这番话，就明白是佐五局泄了密。现在又哪来的心情理会她？

不知何时，雨已经停了。琵琶湖笼罩在一片浓雾中，连安土城的影子都看不到。也许是因为视野受阻，大船不敢继续向前行驶，而是在湖中央就仓促下了锚。一行人又继续换乘小船由水路进入了安土城。

"哎呀呀，一路奔波，辛苦了！"大手门前的渡口上，近卫信基迎上前来。好像刚出了趟远门似的，他的手上拿着一条白色的马鞭。他的身后，跟着一名牵栗色马的少女。"这是阿驹。是骑兵检阅上与我赛马的矢代胜介之女。"胜介回了关东，女儿阿驹却依令留在信长身边做了一名侍女。从此，但凡信基闲暇之时，便会向她求教马术，"她虽不过九岁，但要论骑马我还真不是她的对手。"

"原来如此。你迟迟不肯回京，就是为了骑马呀。"晴子注意到信基看阿驹时两眼放光，于是毫不客气地揶揄道。虽然还是个孩子，阿驹的身形却格外高大，再加上清秀挺拔的五官，早已有了几分成熟女人才有的风韵。

"比起待在京城，待在这儿不知道要逍遥自在多少倍。阿茶局您不也一样嘛？瞧你容光焕发，神采奕奕，莫不是有什么好事？"信基回敬了她一个不轻不重的玩笑，同时伸出手搀起晴子，将她领入了大手门。

此时的信长，正置身于一片云雾之中。他端坐在安土城的天守阁中，敞开殿门任乳白色的云雾肆意涌入。云雾也有浓淡之分。随着气流的强弱忽而卷起漩涡，忽而凝成一团，忽而又倾泻而下。这变幻莫测的云雾，正好比两军交战的战场，形势瞬息万变。突然，从南面刮来一阵强风，冲散了眼前的云雾，仿若揭开了一道白色的帷幕，顿时豁然开朗。

琵琶湖以东的气候，以安土城为界有很大差异。安土以北严寒多雪，以南却极少有雨雪天气。正是这南北迥异的天象，造就了眼前这番神奇的景象。城南面早已云开雾散，可见朗朗晴空。城北面却仍是云深雾重，一片混沌。而湖面上也残留着淡淡薄雾，对岸的比睿山仿若漂浮在一片云海之上。

眺望着这番奇景，信长不由得生出一种错觉，仿佛正独自置身于茫茫天界，唯有比睿山与自己遥遥相对。火烧比睿山，屠杀僧俗三千余人，这早已是十年前的事了。此山自传教大师[①]创建以来，已有近八百年的历史了。此等佛教圣地却被信长付之一炬，眨眼间化作焦土。只因此山实乃浅井、朝仓的盟军，两军当时都屯兵山中，伺机而动。不过，信长真正的目的，其实另有所在。某些人依仗着朝廷的势力，在暗中操控着比睿山这支力量。信长正是要给他们点厉害，令他们胆战心惊，惶惶不可终日。

近卫前久便是头一个。

当年，前久潜伏于石山本愿寺内，集结本愿寺、一向宗及比睿山、高野山等势力，甚至拉拢浅井、朝仓、武田和毛利，企图剿灭信长。世人都说是足利义昭一手打造了这个庞大的包围圈，然而年仅二十九岁，出身佛门的年轻将军，又哪里能有这样的胆识和手腕？唯有自十九岁起便出任关白，长年周旋于各方势力之间的前久，才能够将堂堂圣旨变成自己各方调停，拉帮结派的工具，最终成功设下这个局，简直近乎于是个奇迹。

这是一场新旧势力之间的较量。是自古以来以宗教信仰为根基的势力集团，向标榜着天下布武，旨在使武家势力成为支配整个国家的唯一绝对力量的信长发出的挑战。面对这样的挑战，信长断然下令焚烧镇护王城的灵山，就是要向天下人宣告，那个神

[①]传教大师：最澄的谥号。最澄乃平安初期日本天台宗的开山鼻祖。近江人，受戒后于785年遁入比睿山修行，以法华一乘思想为中心建立了一乘止观院。804年入唐，学习天台教义等，翌年归国创建天台宗。

圣不可侵犯的信仰的时代已经终结。

也许是因为祖辈曾是位于越前丹生郡织田庄的剑神社[①]的神官,织田家世世代代恪守着信奉神灵、效忠朝廷的信念。信长的父亲信秀在世时,不仅年年不忘供奉热田神宫[②],甚至曾在仅仅掌管着半个尾张国的时期还上缴四千贯用作皇宫修缮之资。而雄霸西国五国的毛利元就,在正亲町天皇登基时上缴的贡金也才不过二千贯,且已是十七年之后的事。仅此一事,织田家的家风如何,便可一目了然。

正因为在这样的家族氛围中长大,信长比谁都更清楚朝廷的实力及其利用价值。所以,他并不急于扩张领土,而是选择先入主京城。因为他深知,若不先将朝廷牢牢掌控于手心,那么雄霸天下不过是痴人说梦。

然而,与朝廷交道打得越多,信长就越是感到失望。

理由有二。其一,是朝廷的故步自封和虚伪做作。其二,朝廷强大的势力和影响力甚至超过了他的想象。

信长原本以为,既无武力又无兵权的朝廷,轻易便可玩弄于股掌之间。殊不知,公家人的老谋深算、阴险狡诈却屡屡令他惨遭算计,败下阵来。

多年来浴血奋战打下江山,眼看着统一大业即将实现,却不知何时这一切竟被说成是对朝廷的赤胆忠心。朝廷不费一兵一卒便坐享其成,倒反过来要给信长恩赐嘉赏。可见,朝廷虽只是形

[①]剑神社:别名织田明神,位于现福井县丹生郡越前町织田。以素戈鸣尊为主神,另供奉有气比大神、忍熊王等。中世以后,得此地历代领主,斯波氏、朝仓氏、织田氏等的崇敬和庇护。特别是织田信长,因是该社神官的子孙,故将之作为织田家的氏神。

[②]热田神宫:原官币大社,位于现名古屋市热田区。以热田大神为主神,供奉有天照大神、日本武尊等。神体为草薙剑。

式上的统治者，却掌握着生杀予夺的权力。若继续维持现状，那么恐怕终有一日，原本属于信长的一切便会被统统夺走，而他也将面临被信忠袭爵的命运。

信长三年前辞去右大臣一职，正是因为深切地感受到了这种危机。从那以后，如何打破自己与朝廷之间的这种主从关系，便成了他的首要问题。终于，他想到了拥立五王子，荣升太上皇这条出路。

"主公，京城来的使者已到。"森兰丸进来通报。

"都是些什么人？"

"宫里派了佐五局，二条御所来的是阿茶局。"

（是吗？她又来了？）

信长走到回廊上，探身往下一看。透过层层迷雾，遥遥可见一个个女子的小小身影，正由信基带路，款款走在大手道上。

本丸大殿的会客厅内，晴子一行人已等了足足一刻钟。信长这个人，还真是喜欢让别人等他呢。他是觉得姗姗来迟方能彰显自己的威严，还是特别享受这种让别人等候自己的优越感？

（自己明明比谁都性子急，却总是拖拖拉拉地考验别人的耐心。）

晴子这么想着，一边欣赏障子门上狩野派画师的绘画。这些绘画用了大量的金箔银粉，以及各种色彩艳丽的颜料，画风新奇大胆，与京城的传统审美形成鲜明对比。在这强大张力的冲击之下，什么"雅[①]"也好"寂[②]"也罢，似乎都显得苍白无力。

门外一声通传，信长走了进来，径直坐上了首座。

[①] 雅：和歌六义之一，也衍生为平安宫廷和贵族的一种审美情趣、艺术理念和生活情操。

[②] 寂：取闲寂之意，带古风而富有情趣，为歌谣、物语中常见艺术风格。

"有事快说！"他冷冷地抛出这么一句。再怎么说也是朝廷派来的敕使。让人白白等了这么久，竟连一句客套寒暄都没有，实在是太失礼了。

"关于之前大人的奏请，朝廷已有答复，特遣我等前来传达。"宫里派来的使臣佐五局首先开口了，"本年乃金神之年，让位之仪只能暂缓。另外，下月一到左大臣之位便会空置，还望大人早早就任。"

"金神是为何物？"兰丸问道，当然是信长授意的。

"乃阴阳道中掌管金气的神。本年乃金神之年，故丑之方位大为不吉，万不可从殿下御所移至宫中。"

"一条卿辞去了左大臣一职吗？"

"非也。九条关白意欲功成身退，所以一条大人得到升迁，成为了众臣之首。"关白和摄政自古以来就被视为是朝廷中的头把交椅，可谓一人之下万人之上。

"东宫太子也没有异议吗？"

"自然是同意的。太子殿下也希望您早日官拜左大臣，并期待着来年能早日举行登基大典。"这句话，本来该由晴子来说。她贵为东宫太子妃，自然与普通使臣不同，说话的分量要重得多。可是，尽管信长犀利的目光屡屡扫过她，她却始终不置可否。

（这群家伙，当别人是傻子吗？）

信长怒火中烧，气得七窍生烟。什么金神什么升迁他统统不管，就凭这么一个荒唐可笑的理由就想把人玩得团团转？你们可真是大错特错了。既然你们如此不把我放在眼里，那可就休怪我无情，定要出个狠招，叫你们尝尝我的厉害。这么想着，就连之前对晴子产生的好感也连带着烟消云散，信长旋即做出了一个可怕的决定。

"右府大人，您领旨谢恩吧？"佐五局用颤抖的声音催促着信长。

"阿兰，清麻吕那小子现在何处？"信长的声音格外的和蔼、爽朗。当一个人的愤怒到了极致，反而会显得异常平静，看上去满面春风、开怀畅然。

"正在庭院除草。"

"那家伙不是近卫公的旧相识吗？你吩咐他引着诸位使臣去城中转转。"信长传令下去之后便起身离席了。

就这样，终于轮到笔者我出场了。当时，我还是信长公的近侍中位分最低的。虽获准可在本丸御殿出入起居，但却干不了武士的差事，不过被安排一些诸如给院子除除草、把文书分分类之类的杂务而已。信长公竟然想到了身份如此低微的我，还记得我出身公家的身份，并将接待敕使这样的重任交付于我。当时年仅十四岁的我，做梦也不会想到公武之间会有这么深的矛盾纠葛，只一门心思为主公第一次交代给自己的任务而兴奋雀跃，全心全意地当起了向导。

也是在这一天，我第一次见到了太子妃晴子。她性格爽直，不甚修饰。双眸熠熠生辉，显得聪慧过人。看上去十分年轻，完全不像已育有八个子女的女人。满头青丝柔顺光滑，时而展颜一笑，如少女般天真无邪。我一路领着她们参观了城中的教会学校和兵器街，晴子的美竟然常常令我心猿意马、魂不守舍。

关于这一天，我想写的还有很多很多。可是，一个讲故事的人，却光顾着说自己如何如何，实在是厚颜无耻，不甚妥当。接下来，还是容我继续做我的黑衣人[①]，将信长和晴子之间这段曲折

[①]黑衣人：在歌舞伎的舞台上着黑衣，负责更衣、调整背景等工作，协助演员完成表演的人。

坎坷的孽缘娓娓道来吧。

翌日，晴子等人再次来到本丸御殿面见信长。

"在城中参观得如何？"兰丸询问道。

"桩桩件件都闻所未闻，见所未见，我等无不叹为观止。"佐五局的回答甚是圆滑周到。

"今日再带各位去看看桑实寺。"

"能否先让我们知道大人如何答复？"

"什么答复？"信长故作惊讶地瞪大了眼睛。

"就、就是，关于就任左大臣……"

"去了寺里再说。准备出发！"

桑实寺位于安土城以东的观音寺山之中，乃是一座天台宗①古刹。关于此寺的由来，《桑实寺缘起绘卷》中有详细记载。相传天智天皇②在位期间，志贺都③曾一度时疫猖獗，连阿闭皇女都未能幸免，卧病在床。有一日，皇女做了一个梦，梦里只见琵琶湖上神光乍现，光耀万丈。于是，便请来定慧和尚作了场法事。谁知竟请得药师如来现身琵琶湖，佛身大放光明。得到光明照耀的人全都一一康复。随后，药师如来乘着帝释天④化身而成的水牛渡湖

---

①天台宗：佛教宗派之一。以法华经为基本典籍，以一乘主义为立场，以五时八教的教判理论和止观的实践体系为特点。在中国，经北齐的慧文、慧思，由智𫖮集大成。最初由鉴真传入日本，后最澄入唐学习，于805年归国建立比睿山延历寺，从此发展起来。

②天智天皇：（626—671）7世纪中叶日本天皇。舒明天皇二皇子，名为中大兄。与中臣镰足联手剿灭苏我氏，并成为皇太子，推行大化改新。661年，其母齐明天皇死后称制。667年，迁都近江国滋贺的大津宫，翌年即位。制定庚午年籍、近江令，有效整顿内政。

③志贺都：滋贺古称。

④帝释天：全名释提桓因陀罗，简称因陀罗，意译为能天帝。本为印度教神明，司职雷电与战斗，后被佛教吸收为护法神。

而去，又坐上梵天王①化身而成的岩驹登上了观音寺山。于是，朝廷就以药师如来为本尊修建了这座桑实寺。不久，阿闭皇女即位，成为第四十三代天皇元明天皇，曾巡幸桑实寺。据说，安土城中有一片叫做丰浦的湖湾，便是当年亦被称作丰国成姬的天皇登船的地方。

这桑实寺，同样也是当年幕府失势时的暂避之所。当年，足利第十二代将军义晴逃出京城，在近江守卫佐佐木定赖的掩护下躲入了这座寺庙，并在寺中的正觉院度过了三年光阴。永禄十一年（1568），信长赶走了佐佐木后，也正是在这座与义晴渊源颇深的正觉院内会见了义昭，并带着他杀回京城，扶他做了第十五代将军。可以说，正是在这座寺中，信长迈出了统一天下的第一步。所以，他对这座寺庙的庇护也格外优厚，不仅将方圆八町的土地都划归寺院所有，还每年布施四百五十石的供养。

行至寺院总大门，信长便命所有人下轿，沿参道徒步入寺。兰丸领头，信长紧随其后，二人都健步如飞。晴子、房子和佐五局只得加快步伐，一路小跑地跟在后边。参道紧邻峡谷而建，乃是一溜整齐美观的石阶。但越往上走，石阶就越来越窄，坡度也越来越陡。

经过正觉院门前，正要渡过横跨峡谷的石桥时，佐五局终于忍不住嚷了起来："走不动了。我真的不行了。"只见她虚弱地趴在石栏杆上，俯着身子大口大口地喘着粗气，连说话都已气若游丝。她平日里也很少走路，所以才刚爬了不过一町，便已累得腰酸腿疼，浑身无力。

"此处距寺门还有多远？"晴子也已累得有些气喘，浑身大汗

---

① 梵天王：佛教护法神色界梵天之王。色界初禅天之梵天，名尸弃，又称娑婆世界主、世主天。深信正法，每逢佛出世，必最先来请佛。又常侍佛之右边，手持白拂。

淋漓,和服的下摆紧紧黏着皮肤,将双腿裹住,好几次险些摔倒。

"大约还有三町。"兰丸眉头轻蹙,一脸歉意地回答道。信长却早已往前走了十多级,正回过头居高临下地冷冷看着她们。

"我等不胜脚力,哪里还有力气走得了三町?还是请大人就在附近的不拘哪个殿里将回复告知我们吧。"

"主公吩咐一定要到了本堂再做答复。各位还是再坚持坚持,慢一点也没关系。"

信长如此强人所难,分明是想看朝廷敕使的笑话。晴子心下明白,便一咬牙继续往上爬。

"娘娘,奴婢来搀您。"晴子扶着房子的肩,一步一步艰难地走着。石阶却突然变得更加陡峭,好似一座悬崖耸立在眼前。好不容易过了地藏堂来到了实光坊门前,晴子的双腿已如灌了铅一般沉重,几乎站也站不住了。心也咚咚跳得厉害,仿佛随时可能跳出胸膛。

"水⋯⋯给我水。"嗓子干得快冒烟,刚一张口说话就像针扎一般地疼。

"前面等一等——"房子大声叫住兰丸,声音在空旷的山间久久回荡。

"娘娘说她要喝水。"兰丸回头征询信长的同意。

"让她喝点溪水不就结了。"信长全然不当回事,继续朝前走。

一听说让晴子喝溪水,房子顿时气得吹胡子瞪眼。却没想到兰丸用碧青的竹筒汲来的溪水竟格外地清甜可口、沁人心脾。也许是这带着淡淡甜味的冰冷山泉滋润了喉咙,晴子顿时觉得浑身又有了劲儿。

"再往前可就越发陡峭了,还是在此处稍作休息吧。"兰丸一贯地体贴周到。自从骑兵检阅那日在汤殿蒙他鼎力相助,晴子便对这个眉目清秀、举止得体的青年有了一种特别的好感。

"右府大人为何偏偏选在这所寺庙内领旨谢恩呢?"正是因为有了这种莫名的亲切感,晴子才敢贸然向兰丸提出这样的疑问。

"对主公来说,这座寺庙有着特殊的意义。所以才会带你们来的。"

"是什么特殊意义?"

"也许跟他的名讳有关吧。"

信长这个名字,是其父信秀请临济宗[①]妙心寺派[②]的泽彦和尚给取的。传教士范礼纳诺将之解读为"长久信赖"之意。他并不知道,这个名字还蕴含更深层次的祝愿和希冀。

在中国的明朝,有一种叫做"反切"[③]的拼读之法,用两个汉字来表现一个汉字的读音。分别取前一个汉字的字头音和后一个汉字的韵,拼在一起读作一个音。按照这种方法,"信长"二字便可拼作"桑"。即将"信(SIN)"的字头音"S"和"长(CHANG)"的韵"ANG"拼在一起,便拼成了"桑(SANG)"。

"扶桑"乃是日本的古称,泽彦和尚所取的"信长"这个名字,恰恰蕴藏了"治天下者"这层深意。信长自幼便常听父亲说起自己名字的这段来历,自然对桑实寺有一种特殊的感情。他之所以选在这里与足利义昭见面,也是因为想在这座与自己的名字颇有渊源的寺庙中,迈出自己一统天下的第一步。

[①]临济宗:禅宗之一派。以唐临济为祖师爷。于镰仓时代由荣西传入日本,至室町时代在京都、镰仓确立五山,得到保护。现分为十五派。

[②]妙心寺派:临济宗派别之一,大本山为现位于京都市右京区的妙心寺,山号正法山。此寺乃花园上皇于1337年将其离宫改建而成,开山之祖为慧玄。16世纪得丰臣秀吉庇护而再兴。乃是临济宗最大的伽蓝。

[③]反切:中国古人在"直音"、"读若"之后创制的又一种注音方法,在魏晋南北朝随着佛教的传入而产生。后来在明清时代得到进一步改良。

"这么说，右府大人的答复中会揭示什么重大的秘密吗？"

"'桑'这个字又可写作'桒'，此字由四个十和八个一组成，合在一起便是四十八，这是一个意义非凡的数字。"兰丸说着，拾起一粒小石子在石阶上写下了这个字，"主公今年正好四十八岁，所以一心想要在今年之内实现统一天下的大业。"

"再怎么说，这般对待我们都无礼至极。我们娘娘代表的可是东宫太子啊。"房子仍气不过，红着一张脸回敬道。

"我们主公对身份地位从来不屑一顾，独独看重才能胆识。"

凭你是谁，若连这几步石阶都难以战胜，又怎配称得上是敕使？体会到信长的这番用意，晴子那股子不服输的劲儿又冒了出来。

（怕什么？不就是几步石阶嘛，有什么了不起！）

她坚定地迈开了脚步，心中暗下决心，一定要一鼓作气爬到最顶上。也许是刚刚喝的那几口水起了作用，刚开始她还觉得疲乏顿消，脚步也轻快了许多，可是爬了五六十步之后，便又开始上气不接下气了。

参道左右两旁僧房高低错落而建，山间的树木才刚刚吐出嫩芽，一簇簇山樱零星可见，枝头上早早地缀满了淡粉色的花骨朵。黄莺恰恰啼春早，那清脆悦耳的浅吟低唱似乎还略显青涩，一声声鸣叫划过山谷，令人心驰神往。可是，晴子却没工夫欣赏这醉人的美景。她正全神贯注地盯着眼前陡峭的石阶，铆足了劲向上爬，每迈出一步都几乎感觉腿和腰快断掉了。

"娘娘，奴婢可就顾不得许多了。"房子从她的身后用力托起她的后臀，把她像个包袱似的往上推。虽然动作十分不雅，但晴子果然觉得腰腿松快了不少。想起昨日还在为她说自己年老体衰的话而心中不快，眼下却全靠房子这双粗大有力的手，自己才不至于倒下去。没想到，行至宝泉坊门前，这双手却突然一松，晴子猛地往后一仰，险些从石阶上滚落下去。原来就连房子也没了力气，双膝一软瘫坐在了地上。

"娘娘，对不住，都怨奴婢。"房子大口大口地喘着粗气，竟稀里哗啦地哭了起来。

"不要紧，还多亏了你，让我省了不少劲儿呢。你就在这儿待着，好好歇一会儿吧。"晴子说着，心中默默祈祷着神佛的庇佑，一面心无旁骛地继续向上攀登。光靠腿脚的力量已经完全无法挪动身体，她也顾不上满身绫罗绸缎会被弄脏，竟双手撑地爬行起来。双膝跪地，手脚并用，也不知到底爬了多久。突然，眼前豁然开朗，她已经爬到了中坊前的开阔地带。

不远处，信长正坐在坊门前的台阶上等着她们呢。不过，他两眼出神地凝视着远方，好像根本没有注意到晴子的到来。四下里一片寂静。山中吹来的风轻轻摇晃着树梢，不时传来早莺稚嫩的啼鸣。信长似乎对这一切毫无知觉，纹丝不动地坐着，仿佛已深深陷入了遥远的追忆。他那瘦长的侧脸充满了忧郁，仿佛一个被独自遗弃在荒野的人，显得孤独而无助。

（这个人，也挺不容易呀。）

晴子竟油然生出一丝怜惜。这么一想，她突然不知哪来的力气，竟鼓足劲儿踉踉跄跄地爬完了石阶的最后几步。

信长听到脚步声，回过神来，一转头就看到了晴子。汗流浃背，满面尘土的她，正咬紧牙关，跌跌撞撞地朝自己走来。

（没想到啊！）

看着弱不禁风，竟还能坚持走到这里，也真是难为她了。信长心里虽这么想，脸上却丝毫没有流露出体恤怜惜之意。他早已做好了打算，一到本堂，他就会向两位使者作出如下的答复："我将二条御所献予太子殿下,本是出于一番好意。不想竟成了殿下登基即位的绊脚石。为将功赎罪,以证我心,我愿将御所付之一炬。"

"就快到了,赶紧跟上!"信长说完又迈开大步继续朝前走,却听见身后传来咚的一声。原来是精疲力竭的晴子不小心踩住了散乱的衣裙,一个趔趄扑倒在地。她虽然摔倒了,却仍然吃力地抬起头来看向信长,那眼泪汪汪的黑色眸子里射出两道犀利的光,诉说着内心的懊恼、伤心和愤怒。那愤怒不是因为信长的怠慢和刁难,而是因为自己没能经得起信长的考验。因而在愤怒的同时,又感到伤心和懊恼。

四目相交的短短一瞬,信长立刻就读出了这两道目光中所包含的一切,不禁深深震动。一个女人的目光能令自己如此心旌动摇,这还是有生以来的第一次。以前,也曾有过目光令他同样震动。比如,在战场上舍身忘我,英勇杀敌的将士们的目光,又比如,甘愿做信长的挡箭牌,虽身负重伤亦死而无憾的近卫们的目光。这些目光,因为没有一丝私欲而充满了力量,它象征着超越了功名利禄而得到升华的灵魂。同时,它也在无比坚定地告诉信长,为了你,我愿意付出我的一切。

怀抱着婴儿的母亲,眼中不就是这样的目光吗?

想到这里,信长终于明白了。晴子的目光之所以震动我心,是因为他从她的眼睛里,找了自己自幼失去,却又梦寐以求的母爱。突然间,信长真想不顾一切地放声大哭一场。恍惚间,他仿佛听到风声吹来了母亲的问候:孩子,这些年,你过得好吗?

"主公,让微臣扶娘娘起来吧?"兰丸征询信长的同意,想要上前去扶晴子。

"慢着!"信长厉声喝住他,亲自上前将晴子打横抱起,同时冲口而出:"今后谁也不许碰她!"

"妾身罪过。"晴子紧张得浑身僵硬,颤声说道。

"不打紧,比我想象的轻多了。"信长不客气地打断她的话,继续沿着石阶向山门攀登。

躺在信长的臂弯里,晴子情不自禁地闭上了眼睛。只觉得身体像飘浮在茫茫宇宙,没着没落,内心却感到莫名的踏实和安稳。自己还是个孩子时,曾被外祖父抱上他的马背,纵马驰骋,如翱翔天际般的自由自在。此刻的心境令她不禁联想起当时的情景,禁不住像个撒娇的孩子般紧紧依偎在信长的怀中。

"快看!"耳边响起信长的声音。晴子抬头一看,眼前出现了一座入母屋式①的宏伟建筑,这便是桑实寺的本堂。门前,一棵高大的山樱已是满树繁花。缀满淡粉色花朵的树冠几乎遮住了半边天,在淡淡斜阳的照射下摇曳生姿。

"这可是绘卷中亦有记载的古树,还不赖吧?"信长硬要带她们来这儿,说不定就是为了来看这花儿的。这么一想,如此绝美的花儿倒也值得她这番辛苦。

敕使一行人返回都城,是在三月二十四日。此次出使,可谓凯旋。因为她们带回了信长的一句话——让位之事一切听凭朝廷安排。

为迫使圣上让位,信长甚至不惜强行举行了第二次骑兵检阅。如此强硬的他,竟会如此轻易罢手,接受朝廷的安排,这究竟是为什么?在桑实寺的庵堂中,信长与晴子两人独处了整整一个时辰。在这一个时辰的时间里,究竟发生了什么?

---

①入母屋造式:歇山顶,宋朝称九脊殿、曹殿或厦两头造,清朝改今称,又名九脊顶。为中国古建筑屋顶样式之一,在规格上仅次于庑殿顶。后亦有传入东亚其他地区和国家。在日本称入母屋造,如著名的法隆寺金堂的屋顶就是这个式样。

这一切，又岂是我等凡夫俗子所能参透的？

唯一可以确知的是，晴子在进宫复命之前，曾特意赶往下鸭[①]的贺茂御祖神社[②]，在神殿中长跪不起，祝祷了许久许久。圆满完成使命的敕使在进宫之前参拜神社，感谢神灵庇佑，这本不是什么新鲜事。可是这一日晴子的祝祷，原因却似乎并没有这样简单。

不管怎么说，这个结果对朝廷来说实在可喜可贺。

御茶局等入宫。（中略）彼处商榷之事回复甚佳。幸哉幸哉。

这一日宫中的女官在《御汤殿上日记》中如此写道。

然而信长这一边，没过几天，就开始越想越不是滋味儿。从正月里的左义长开始，他便费尽心机，步步为营，逼得朝廷节节退让。眼看只差这最后一步便可大功告成。却因为儿女情长而心慈手软，做出了这样一个令自己懊悔不已的决定。

信长对自己真是又气又恨，恨自己的感情用事，恨自己的优柔寡断。而这两点，原本都是他最为不齿的。多年以来，他的心硬如顽石，全无弱点，才可以凭着钢铁般的意志和说一不二的决断力将每一件事处理得近乎完美，从而赢得了今天的成就和地位。这颗心一旦有所动摇，恐怕即刻就会一败涂地，甚至招来杀身之祸。也许是信长如野兽般灵敏的嗅觉让他立刻清楚地意识到了这一点，四月十日，他仓促决定前往竹生岛[③]参拜。

近年来，常有人评说信长不信神佛。然而，这不过是在太平

[①]下鸭：京都市左京区，市东北部的贺茂川与高野川交汇处的三角地带，中心有下鸭神社。

[②]贺茂御祖神社：下鸭神社，原为官币大社。所祭祀之神为贺茂别雷命之母玉依姬命和外祖父贺茂建角身命。本殿乃为流造建筑代表，每年的葵祭闻名遐迩。二十二社之一，山城国第一宫。

[③]竹生岛：琵琶湖北部小岛，周长不过2公里。树木繁茂，风景绝佳。岛上有都久夫须麻神社、宝严寺等。

盛世中安稳度日的儒者们的想当然罢了。那些日日行走在生死边缘，刀尖走步，如履薄冰的人，又有谁敢不向神佛低头？

只不过，信长对神佛的信仰，方式有别于常人。大多数人求神拜佛，不过是为了寻求庇佑。而信长，却是要借神佛之力，让自己变得更为强大。

竹生岛位于琵琶湖北部，是一个方圆不过半里的小岛。岛上有一座都久夫须麻神社，又名竹生岛明神。还有一座供奉弁才天[①]的宝严寺。相传岛上自古就常有神佛显灵，慕名而来的善男信女络绎不绝，据说十分灵验。

十日一早，信长携近臣五人出了安土城，在长浜城[②]乘船渡湖，登岛后便进了弁天堂。他打了一个莲花坐，调整呼吸，平心静气，渐渐进入了参禅之境。少顷，一个飘渺的声音在他耳边响起。

——信长啊，你可知道自己都干了些什么？

那声音，仿佛从九重天外飘然而至，又仿佛从深邃的地底喷涌而出。

——你不是想一统天下吗？你不是想做天下的主人吗？你不是想一手开创天下布武的盛世吗？

信长啊，回头好好想想。是谁给了你无人可敌的力量？是谁教会你顺应天道方能成事？难道不是我吗？若不是我感知天命，

[①] 弁才天：印度教创世者梵天的妻子，名字为萨罗斯瓦蒂，又称弁才天女。据说是梵天从自己身体中诞生出来的女神，主管音乐、辩才、财富，又叫美妙天、妙音天。多为双臂或八臂，手持琵琶或武器，与吉祥天并列为印度最受尊崇的女神。在日本后来与吉祥天混同，被视为赋予福德之神，成为七福神之一。

[②] 长浜城：位于现滋贺县长浜市公园町，羽柴秀吉所筑之日本城。天正元年（1573），羽柴秀吉攻下近江小谷城之后，在琵琶湖边的今浜城的基础上筑成长浜城，之后一直作为秀吉的封地。本能寺之变时曾被明智光秀攻破。

授意与你，你又怎么能战无不胜，攻无不克？

想想桶狭间，想想金之崎①，想想姊川②……正是在我的荫翳庇佑下你才能一路披荆斩棘，高歌猛进，如今却要背叛我吗？

好好想想，何为天命？何为天道？

难道不是摆脱一切束缚，将人的力量发挥到极致的决心吗？难道不是优胜劣汰，适者生存这近乎残酷的真理吗？

这真理，你是懂得的。所以你才有统帅三军，勇往直前的气势，所以你才能令这些微如草芥的无名之辈为你前仆后继，赴汤蹈火。相信终有一天你能一手开创一片崭新的天地，到时便能含笑九泉。

可是，如今宏图伟业还未实现，你却要向朝廷低头吗？

这样的妥协，我绝不允许！

那些为你献出生命的人，那些为你奋战至今的人，他们也绝不会答应！

逆天命而行之人，只有死路一条！

你若不甘心，那就即刻成神。只有成了神，才能拥有藐视一切，践踏一切的强大力量，你才能战胜你现在所面对的一切。

——信长啊，只有在你真正成为天下的主人的那一天，你才是真正的你，你也才能变成真正的我。

闭门参禅一个时辰之后，信长走出了弁天堂。他神情冷峻，

---

①金之崎：金崎大战，又称金崎殿后。元龟元年（1570）二月二十五日，织田信长和宿敌朝仓交战。正当朝仓家节节败退之时，朝仓的盟友、信长的妹夫浅井长政背叛了织田，将织田军困于越前的金之崎附近。在此关头，木下藤吉郎主动要求殿后撒网，使得信长和织田军主力得以平安撤退。木下也因此名声大振，被众家臣所称赞。

②姊川：姊川之战，元龟元年（1570）8月9日，在近江国浅井郡姊川河原（今滋贺县长浜市野村町附近）发生的，织田、德川联军与浅井、朝仓联军之间的一场会战。最后，浅井、朝仓两家大败。

摄人心魄。周身透着杀气，仿佛体内有一把愤怒之火在熊熊燃烧。仿佛邪魔附体，前后判若两人，然而这样的突变于信长却已然不是第一次了。

在战场上一马当先，号令三军之时，在怒发冲冠，丧失理智，也就是太田牛一所谓的"癫狂失常"之时，信长都曾有过举止判若两人的突变，此事不少近卫都曾亲眼所见。

信长自己，对此也并非毫不自知。

善与恶、美与丑、生与死……千万种彼此矛盾、错综复杂的情感在自己的体内交战，相互融合又相互抵触，沸腾着、燃烧着，在脑内撞击出一道道电光石火。待这一切归于平静，一道耀眼的光芒便会从天而降，为他的人生开辟一条新的出路。

这道光芒究竟从何而来？信长也不得而知。尽管一无所知，他却不管不顾地一路拼杀，走到了今天。那道光芒最终会不会降临？会不会弃我而去？他的内心怎会不感到深深的恐惧和不安？

当然，我们并不能因此而指责信长的迷惘和踟躇。因为天才的伟大之处，有时候连天才本人也无法完全理解。选择一种前无古人后无来者的生存之道，这种大无畏的勇气和决心可不是人人都具备的。若换作是你我，结果只怕更难想象。

所以说，天才始终承受着不安和恐惧的折磨，忍耐到极致时便会发狂。为了克服这种因恐惧而引发的癫狂，他更加需要如恶狼般勇往直前，不顾一切地去追寻那道光芒。

于是乎，信长终于下定决心。

我要变成神！蔑视一切，践踏一切的神！什么晴子，什么朝廷，逆我意者统统杀无赦！

寻找到了新的光芒，信长又重新充满了活力。他一鼓作气行了五里水路、十里陆路，当日就从竹生岛返回了安土城。

这可吓坏了城中的侍女们。她们原以为主公今晚必定留宿长浜，一多半都未经许可外出留宿了。一经盘点，共有十二人结伴去了桑实寺，个个都是重臣们从自己的女儿中精挑细选出来献给信长的妙龄女子。

"明日一早，全部砍头。"信长的命令依然简单明了。

正觉院的住持得到消息，忙不迭地赶来求情。他解释说，侍女中有人是自己的亲戚，特邀她去聆听佛法，其他的十一人也一同前往。绝非擅离职守，游山玩水去了。

"还请大人网开一面，饶她们不死。"住持拜倒在地，苦苦哀求道。

"这么说来，你也该杀！"信长竟半分情面也不讲。

翌日一早，这十三个人便被依令处死了。

听了下人的回报，兰丸这才吞吞吐吐地张了口："其实……"

"其实什么？"

"听主事侍女说，阿驹昨日也外出未归。"

"去哪儿了？"

"据说是和近卫内府大人结伴，一路骑回了京城。"

信长不禁回想起左义长那一日阿驹鲜衣怒马的身姿。自那日以后，信基便向阿驹学习马术，此事信长也是知道的。

"你觉得该如何处置？"

"若是破例饶她一命，很难向那些痛失爱女的重臣们交代啊。"只能一视同仁，也砍了阿驹的头。

不过半个时辰之后，近卫信基果然带着阿驹惊慌失措地赶来了。他紧紧拽着阿驹的手，仿佛生怕一不小心她就会被人夺了去。

"请义父大人高抬贵手！"二人齐刷刷拜倒在信长跟前，"请您饶阿驹一命！"

"不可能。"信长正拨弄着手中的一碗汤羹。也许是昨日长途跋涉饿坏了,今早的汤羹吃起来格外有滋味。

"是我邀她骑马远行,是我命她留宿近卫别府,一切都是信基的错。阿驹她是无辜的。"

"我不在城中之时擅离职守,此罪不可恕。该杀的都杀了,怎能独独留她一人的性命?"

"道理在先,律法在后。那些去桑实寺游山玩水的侍女怎可与阿驹相提并论?这可不像是义父大人的所作所为。"

"闭嘴!"信长将手中的汤碗往地上一掷,"给你点面子你就蹬鼻子上脸!一个连人都没杀过的毛头小子也敢来教训我?"信长说着,从一旁的小姓腰间夺过刀来,一把指向信基的鼻尖,"你要想真正成为我的儿子,就在我面前亲手斩了阿驹。只有手上沾了血,才能让我看到你的赤子之心。"

"阿驹是我的师父。哪里有弟子举刀杀师父的道理?"信基那清澈俊美的眼睛流露出宁死不从的决心。这份坚贞和无畏,益发令信长怒不可遏。

"啊呀呀——"信长发出一声如野兽般的怪叫,将信基一脚踹开,拖着阿驹就往院子里走,"那就让我来替你动手,让我来教教你该怎么杀人。你可给我看仔细咯!"说着,他手握刀鞘拔出刀来,这把信长引以为傲的爱刀,在阳光下反射着刺眼的寒光。阿驹因为恐惧而全身僵直,眼睁睁看着信长可怕狰狞的模样而瑟瑟发抖。

"刀下留人!"信基冲了过来,挡在二人之间,用自己的身体护住阿驹,"您若一定要杀,那就杀我吧!"

"你说什么?"

"晚辈虽未杀过人,可是却有替师父去死的决心。以命抵命,

217

还请义父放了阿驹!"

"好样儿的!不愧是我信长看中的人。"信长的嘴角闪过一丝狞笑,高举利刀奋力砍将下来。眼看着刀尖快要刺入信基的前额,在这千钧一发之际,一旁的阿驹扑了上去,将信基压倒在自己的身下。阿驹的头和右手,被无情地砍了下来。头离开身体,飞出去二间来远,场面惨不忍睹。

"阿驹!"信基惨叫着扑向滚落在一旁的阿驹的头颅。他草绿色的水干早已是血迹斑斑,怀中紧抱着阿驹的头,仰天放声大哭。

闻讯匆匆赶来的重臣们,目睹了这惊心动魄的惨状,也唯有默然不语,在一旁垂手而立。

第六章 父与子

转眼已入文月①，正是盛夏时节。安土城中连晴高温，闷热难当。

只为贪凉，织田信长一大早便出门鹰猎，在回程时顺道去了那间建在新道旁的教会学校。

这间教会学校，是耶稣会东印度辖区的巡察牧师范礼纳诺主持修建的，旨在培养更多的日本神职人员。学校于天正八年（1580）闰三月动工，同年年末的圣诞节那一日举行了落成典礼。校舍为三层建筑，三面垒有厚厚的石墙，内有二十间教室和供学生起居的宿舍，规模算得上宏大。这是继九州的有马②之后，日本开设的第二间教会学校。有三十名学员在这里学习拉丁语和天主

---

①文月：日本阴历七月古称。
②有马：指有马信晴（1567—1612），战国至江户时代初期的大名，肥前日野江藩初代藩主。有马义贞次子。著名的基督教大名，1580年接受洗礼成为基督教徒。

教教义。所使用的教科书有阿尔瓦雷斯①的《拉丁文词典》和圣博义②的《天主教弟子的教育》等。优秀的学员会被选入名为"圣马利亚组"的学习小组，继续为成为一名传教士而接受更高等的教育。此外，作为传教的手段，赞美诗是不可或缺的。因此这里的学生不仅要学会唱格来哥列圣咏③，还要努力学习歌唱技巧和管风琴、拨弦古钢琴和长笛等乐器的演奏技法。

信长常爱去教会学校走走，看看学员们的学习情况。

用不了多长时间，全国各地就会陆续建起一间又一间的教会学校，培养出成千上万的学生，成为日本的栋梁之材。为把日本建设成为一个堪与西班牙比肩，称霸世界的强国而贡献自己的力量。

首先他们必须要精通欧洲各国的语言，不久还会让他们留学彼国，学习先进的造船和航海技术以及大炮、火药的制造之法。待他们学成之后，信长便能组建起强大的舰队，载着视死如归的十万武士，打响一场称霸七大洋的世纪之战。

不过，在天主教徒们的面前他可从未流露过这样的野心，在他们看来，他频繁造访教会学校，不过就像是一位热心子女教育的慈爱的父亲。

这一日，信长聆听了"圣马利亚组"的学员们演奏的赞美诗。虽然他并不知道是什么曲子，可是这些学员都是经过专门挑

---

①阿尔瓦雷斯：Manuel Alvarez。
②圣博义：st. Bonifatius，八世纪将天主教传入法兰克王国的传教士、殉教者。在天主教会、正教会、拉丁教会和圣公会都颇受推崇的圣人。被誉为"德意志的使徒"的德意志守护圣人，美因茨大主教。
③格来哥列圣咏：Gregorian chant，是西方教会单声圣歌的主要传统，是一种单声部、无伴奏的罗马天主教宗教音乐。主要是9、10世纪，法兰克人到达西欧和中欧期间发展起来的，后来继续有所增编。

选的,他们演奏的管风琴和长笛悠扬动听,令他身心舒畅、愉悦。与日本的雅乐①有所不同,西洋乐曲的音阶和旋律都清晰而精准,深得信长的钟爱。陶醉在悠扬的曲调中,信长的思绪不知不觉飘回了遥远的孩提时代。

那是十四岁那年,第一次登上战场的那一天。

在三河②大浜大胜今川军,手刃了两个敌人的信长,铠甲上溅满敌人殷红的鲜血,腰间挂着两颗敌人的人头,站在了清州城下。他要让平日里对他冷冷淡淡的母亲看看,自己是何等骁勇、何等英武,更希望能从母亲那里得到首战告捷的嘉赏。

步入内殿,迎上前来的侍女们无不吓得惊声尖叫,纷纷四散逃走。她们的大惊小怪让信长更觉得意——女人怎会懂得男人的战争?但若是母亲,看到我这般模样,定然会明白我的一番苦心。

满怀着这样的期待,信长加快脚步奔向书斋,看到母亲正在里面教信行写字。母亲坐在案前,怀中搂着弟弟信行,一边手把手地教他写字,一边指导他仔细揣摩字帖。弟弟聪明伶俐,性情温良恭顺,长得也讨人喜欢,母亲对他向来宠溺。她教得太过投入,以至于根本没注意到信长早已站在了书斋外的庭院中。留着额发的信行,也手执毛笔写得十分用心。

---

①雅乐:雅正的乐舞之意。原指祭祀用的乐舞,后来泛指宫宴时的乐舞。大致可分为国风歌舞、外来乐舞、歌物等三类。国风歌舞指神乐、东游等日本自古流传的皇室、神道系的祭祀用歌舞;外来乐舞指唐乐、高丽乐等在平安初期传入的乐舞的基础上形成的宫宴乐舞,歌物指催马乐、朗咏等平安中期形成的宫宴乐曲。

②三河:三河国,日本古代令制国之一,属东海道,俗称三州。邻接尾张、美浓、信浓、远江四国。在长达十几甚是战国时代,是兵家必争之地。其领域大约为现在的爱知县东部。该国在战国时代初期本无统一势力,后来冈崎城的松平氏(后德川氏)逐渐崭露头角,却由于家主的接连猝死势力迟迟无法壮大。1549年继任家督的竹千代(后来的德川家康)成为了今川和织田家的人质,三河国也沦为今川氏的领国,成了今川家对抗织田家的前线基地。

"母亲大人。"信长兴冲冲地唤道,声音中透着一股子得意劲儿,那是在为自己已长大成人而感到兴奋。母亲闻声抬起她那张美丽的脸,拂开遮住脸颊的几缕秀发,脸上原本温柔的笑容却瞬间凝固了,旋即变成了惊愕和恐惧。她仿佛看到了什么怪物似的,瞪大了双眼,手一抖,笔也落到了字帖上。

直到这一刻,信长也仍然坚信他的战绩会得到母亲的赞许。

(男人们在外浴血奋战、保家卫国,女人们才能在家安享太平日子。聪慧过人的母亲,怎会连这点道理都不懂?)

这份信赖和期许,在接下来的一瞬间,被彻底击得粉碎。

"看看你这肮脏不堪的模样,怎么能进内殿?赶紧给我出去!"母亲一面尖声呵斥,一面砰的一声用力关上了明障子。

信长只觉得五雷轰顶,顿时眼前一黑,呆立在院中竟一动不动。好一会儿他才回过神来,猛踢了一脚院中的碎石,悲愤交加地冲出了内殿。他又羞又气,怒火攻心,只觉得待在哪儿都坐立不安,索性朝马房跑去。那里有他的爱马阿青。

伏在曾陪他出生入死的阿青的背上,信长终于失声痛哭起来。阿青的后腿和屁股上都有深深的刀伤,那是从后面追击上来的敌人留下的。信长的铠甲上也处处是刀痕、枪印,后背还有一处箭伤,稍稍一动就会钻心地疼。

战场是无比险恶的地方。稍不留神便会命丧黄泉,阴阳相隔。要想活下来,除了祈求神佛的眷顾,唯有拼死一战。信长咬紧牙关,经受住了生死的考验,如今带着赫赫战功得胜归来。作为母亲,就算再怎么疼爱小儿子,面对这样的信长,哪怕只言片语也好,不都应该说几句褒扬鼓励之辞吗?信长把脸深深地埋进阿青温暖宽厚的脊背,任悲伤和失望啃噬着自己的心。

这时，身后传来了一声呼喊："吉法师①呀，方才母亲是无心的，让你受委屈了。原谅母亲，好吗？"一回头，映入眼帘的竟是母亲关切而愧疚的脸。"母亲大人！"母亲果然还是理解自己的。整颗心被欣喜和感动填满，信长雀跃着奔向母亲的怀抱。母亲也展开双臂迎接着他。可是，那身影，一眨眼却变成了劝修寺晴子……

赞美诗演奏已毕，信长的思绪又回到了现实。他恍惚觉得眼角微微有点湿润，用指尖一揉，却是干干的，与平常无异。

现实中的母亲，又怎会像美好回忆中的那样，向自己敞开温柔而宽容的怀抱呢？事实上，信长伏在阿青的背上痛痛快快地大哭了一场之后，就彻底想通了。错不在母亲，而在自己。对战场杀伐之人来说，敌人的鲜血象征着胜利，可是在养尊处优的女人们看来，却是污秽和不吉之物。无论有多大的战功，他都不应该就这么拎着死人的头颅擅闯内殿。

一番自省之后，信长毫不犹豫地扔掉了人头，换上一身藏青色的大纹②，再一次来到内殿。他要为刚才无心冲撞了母亲而致歉，还要把第一次上战场的兴奋、害怕以及战场上遭遇的种种险情都统统讲给她听。

可是，当他再一次站在书斋的障子门前，却只听到母亲冷冷的声音从屋内传来："在战场上砍下个把敌人的头，哪里是领兵将领该干的事？不过是喽啰小兵干的勾当。你可是要做织田家大将的人，还是应潜心钻研学问才是。"她的膝上坐着信行，她一边轻柔地抚摸着他的头发，一边幽幽地说道。

---

①吉法师：织田信长幼名。
②大纹：在五处刺绣或染有大型图案或家纹的、平绢或麻布质地的直垂。始于室町时代，至江户时代确定为五位以上的武家的正式服装。

这冰冷的话如同一把利刃插入了信长胸膛。就在这一刻，他终于痛彻心扉，幡然醒悟：母亲的爱是他永远无法企及的，也许不久的将来，他们便会反目成仇。

信长默默地退了出来，返身回了马房，发疯似的将身上的大纹撕了个粉碎。撕扯完之后似乎还不解气，他又把扔在角落的人头拖出来千刀万剐。先割耳朵，再割鼻子，最后把双眼也挖了出来。然后，他又在月代头上划了个十字，残忍地将整张头皮都剥了下来。独自一人近乎痴狂地玩着这个血淋林的游戏，他一边在心中暗暗发誓，今生绝不再爱任何人。

（这便是对那个女人最有力的报复！）

就在下定决心的一刹那，信长的心中住进了一个恶魔。一个残忍而充满了破坏欲，同时又向他昭示了天命之光的恶魔。

"主公！"森兰丸站在大殿的入口处向他禀报："范礼纳诺大人求见。"

"让他进来！"

即便在炎炎夏日，范礼纳诺仍是一袭长袍加身，他带着随行的翻译弗洛伊斯走了进来："学员们的演奏，您觉得如何？"

"甚合我意。多谢！"

"范礼纳诺大人不日将要返回九州。"

"安土城住着不顺心吗？"

"哪里哪里。此城美轮美奂，百看不厌。只是丰后和肥前①的教徒们邀我前去。"范礼纳诺让弗洛伊斯转达信长。

"那么，至少请待到七月十五日。"

---

①肥前：肥前国，日本古代令制国之一，属西海道，俗称肥州。原为火国的一部分。大化改新后将肥国分为肥前、肥后两国。其领域大约包含现在的佐贺县及长崎县的大部分。

"为何？"

"届时会有一场盛大的祭典，还有不少新鲜玩意儿想让您见识见识。此外，咱们的约定不是还未兑现吗？"

"约定？什么约定？"

"不是说好和神道众徒来一场宗教论争吗？"关于与范礼纳诺进行宗教论争的事，信长早已对吉田兼和耳提面命。无奈他总是找各种各样的借口搪塞推托，如今已有近五个月了，他仍未给出明确的答复。

这一次就算是绑也要把他绑来，这场宗教论争非搞不可！

天正九年七月十五日——这一日恰好是盂兰盆节。按信长的意思，整座安土城用成千上万只灯笼装点起来。首先被点亮的，是天守阁檐下的灯笼。紧接着，从大手门到本丸，一溜蜿蜒的石阶两旁也挂起了灯笼，宛如一条光芒万丈的通天大道。城外的护城河中，各条水路上，漂浮着成百上千只装饰着灯笼的小船。星星点点的船灯倒映在水面上，一圈一圈将整座城环绕起来，仿佛为安土城戴上了一条条璀璨夺目的宝石项链。

这是一场举世无双的盛大祭典。为了一睹为快，从京城、大阪等地云集了成千上万的百姓，安土城中早已人满为患，挤得水泄不通。

在漆黑的夜里挂上灯笼，烘托节庆的气氛，这其实并非信长的首创。在祭祀织田家氏神的津岛神社[①]，自古就有牛头天王祭。在这个祭典上，人们会让五百多艘用灯笼装点的卷篙船漂浮在河

[①] 津岛神社：位于现日本爱知县津岛市，旧社格为国币小社。是日本全国约三千座津岛神社即天王社的总社，津岛信仰的中心。在中世、近世又称为"津岛牛头天王社"，祭神是牛头天王。

面上。此外，京都的八坂神社①也有祭祀之夜在本堂的檐下悬挂灯笼的习俗。然而，用点点灯光连成一线，将整座城勾勒出来，仿佛在巨大的夜幕上描画出光与影的世界，这个别出心裁的做法却的确从未有人尝试过。信长一贯善于在前人的基础上加工和改良，使之规模更大、气势更强。这一点过人之处即便在节庆祭典之类的小事上亦体现得淋漓尽致。

举行一场隆重盛大的祭典，对信长来说有着多方面的意义。首先，上至天上神灵，下至黎民百姓，谁不知道他才是这场祭典的主持者？自然有助于彰显自己的魅力，提高自己的威望。其次，祭典上家臣、子民欢聚一堂，既可以营造君臣一心的和谐气氛，又能够为进一步行动鼓舞士气。最后，还有最重要的一点，向敌对势力展示我织田军的强大实力，令之不战而败。因此，这么多年来，每当大战将近，信长必会寻由头，以某种形式举行一场祭典。不过，今日的祭典，却有着非同一般的特殊目的——他要将安土城的繁华，深深烙印在范礼纳诺的脑海里。他要借他之口，告诉罗马教皇和耶稣会总会长，自己是何等强大。同时，也为日后进军海外奠定有利的基础。

为了确认这场祭典的举行是否真的达到了这样的效果，信长命人抬着为今日祭典特制的礼品，专程去了一趟教会学校。

夜幕降临之后，信长骑上马，穿过大手门前的大道，向南奔去。从这里仰望安土城，显得格外雄伟壮观。沿途也聚集了不少的百姓驻足观望。他们像在春日里赏樱一般，在地上铺上凉席，围坐在一起，吹着习习夜风，吃吃喝喝谈笑风生。甚至还有人拉

---

①八坂神社：位于日本现京都府京都市东山区，为二十二社之一，旧社格为官币大社。是日本全国三千座八坂神社之总本社，古称"祇园神社"、"祇园感应院"等。神社例行的祭祀活动叫"祇园祭"，与东京的神田祭、大阪的天神祭并称为日本的三大祭。

着身穿薄绢小袖的游女作陪,喝得烂醉如泥。可是,沿河堤修建的大道上,却见不到一个人影。这是因为,信长有令,此条大道必须时刻保持畅通,即便城中军队突然出征,也可确保通行无阻。若有违令者,格杀勿论。

沿新道向东一转,向前行了没多远,就看到哨兵的篝火周围聚集了不少人。负责警戒的武士正拽着五个衣衫褴褛的孩子,严厉地盘问。其中一个满脸络腮胡的武士看起来像是领头的,正叉开两腿站着,神气活现地训斥着孩子们。

信长赶紧派兰丸上前询问事情的原委。

"据说是几个在城中游荡的孩子,武士们正在确认他们的身份。"

"进城来做什么?"

"他们自己说是来看热闹的。不过,也有可能是趁着祭典上人多眼杂,想浑水摸鱼偷点东西。"

"闪开,闪开!"信长拨开人群来到哨岗前。十多个武士立刻分成两路,齐刷刷单膝跪地。只剩下那几个孩子,不知道发生了什么,一脸茫然。他们不过是些七八岁的孩子,一个个灰头土脸,脏得像只泥猴儿。而且全都打着赤脚,身上的小袖也跟在泥水中泡过似的。他们身上那刺鼻的汗味儿和泥腥味儿,连坐在马上的信长也能闻到。可是,他一眼就能看出来,他们并不是什么小偷。心中有鬼,行事见不得光的人,眼神绝不会这般清澈坦荡。

"你们打哪儿来的?"信长翻身下马,亲自上前问道。

"津川村。"其中一个像是孩子头儿的,不卑不亢地回答。这津川村远在十里之外,单凭这几个未成年的孩子,轻易可走不了这么远的路。

"俺们走了三天三夜呢,可不容易呀!"说是为了看今日的祭典,一路风餐露宿,好不容易进了城,才发现哪儿都挤满了人,结果啥也没看成,"没办法,俺们只好到处找位置嘛,谁知道却被这些家伙给逮住了,就被拎这儿来了。"

城中无论大街小巷,都是禁止闲杂人等四处游荡的。即便是对于这样孩子,哨岗的武士们也会依令行事,绝不姑息。

信长突然想起,自己小时候也曾和狐朋狗友结伴在城中闲逛。肚子饿了就随便偷点人家田里或店里的东西。经常被人逮个正着,追得满街跑。这些孩子天真无邪的面容,让他想起了自己年少时的伙伴们。

"好了好了。让俺来替你们想想办法!"他也学着他们孩子气的口吻说道。转头命哨兵头领为他们找一块合适的空地。

"可是,您看,哪里还有一丁点儿空地呀!"的确,道路两旁人山人海,根本没有他们的立锥之地,也没理由硬让人家腾位置啊。

"要我说,那儿就不错。"大道的对面有块墓地。墓地里,三段式的石台上建着一座高高的石塔,周围围了一圈栅栏。"把栅栏拆了,把那石塔放倒!"站岗的武士们丈二和尚摸不着头脑,只得乖乖照吩咐做了。随后,信长让孩子们坐到放倒的石塔上,果然不高不矮,不大不小,坐得稳稳当当。

"哇哦,太棒啦!"五个孩子做梦都没想到能坐上这么好的位置,看看远处的景致又抬头望望高高的城楼,不禁兴奋得大叫起来。他们一个个瞪大了眼睛,无比虔诚地仰望着天守阁,眼中闪烁着赞叹和自豪的光。

每一个孩子身上都蕴藏着无限可能,信长比谁都更真切地明白这一点。

"我看他们一定饿了,你过会儿给他们送些饭团之类的来。"

他郑重地嘱咐了卫兵首领一番之后,才转身离去。

教会学校那边,事先已派了人前去通报。路易斯·弗洛伊斯和范礼纳诺等人早已在三楼的大厅备好了晚宴,恭候着信长的到来。西洋式的落地窗大大地敞开着。窗外,点点灯光勾勒出的安土城一览无余,仿佛一幅绝美的图画。

(嗯——)

信长心中一阵窃喜。很明显,范礼纳诺等人充分领悟了自己的意图,正以一种最高规格的方式在欣赏着他为他们准备的一切。

然而,他却不动声色,故意轻描淡写地问道:"今日的祭典,大家还满意吗?"

"实在是太美了!如此壮观的美景,我等在欧洲也未曾见过。"弗洛伊斯将范礼纳诺的回答翻译给信长听。

"是吗?那太好了!总算没有枉费我挽留阁下的一番盛情。"

"今日这个节庆,有什么特殊的寓意吗?"

"此节叫做盂兰盆节。是召唤和祭奠先祖亡灵的日子。"

"在这个国家,人们相信死者的灵魂可以自由地往来于天堂和人间吗?"不愧是出身于被誉为"知识的摇篮"的帕多瓦大学,范礼纳诺所提的问题都那么具有理论性。

信长却懒得再跟他解释,便示意兰丸接着说下去。

"并非自由地往来,而是我们为了供奉先祖,而用各种办法将他们的亡灵召唤回来。"盂兰盆节的起源,在一本名为《盂兰盆经》的汉译经典上有详细记载。"很久以前,日连上人[①]为了拯救堕入饿鬼道而受尽折磨的母亲,将百味佳肴盛于盆中献给诸位高

[①]目连上人:佛陀十大弟子之一,又名摩诃目犍连、大目犍连、目犍连等,意译天抱。为古代印度摩揭陀国王舍城外拘律陀村人,婆罗门种。生而容貌端正,自幼与舍利弗交情甚笃,同为删者耶外道弟子,各领徒众二百五十人。

僧品尝，因为他的此项功德，其母亲终于得以解脱，立地成佛。随着佛教传入我国，这个故事也在日本广为流传，而供奉先祖的盂兰盆节也由此固定下来。相传，家家户户挂起灯笼，正是为了给先祖们引路，让他们不至于迷失在通往人间的路上。"兰丸的解释简洁明了、深得要领，可是范礼纳诺似乎仍然无法理解生者召回死者这一习俗。

"信长大人，您也相信死者真的会回来吗？"他一脸困惑地追问道。

"当然不信。"死者也好，死后的世界也罢，信长都漠不关心。他只在乎活着的时候能干什么，人一死就什么意义也没有了。至于地狱、阴间什么的，不过是佛教僧徒们为了忽悠那些善男信女们臆造出来的而已，"不过，芸芸众生总是需要安抚和教化的，我所做的这些不过是为了这个目的。"

不一会儿，晚宴开始了。教会学校还会教学员们烹调西餐。此刻的餐桌上，早已摆满了用肉类、奶酪等烹饪而成的珍馐佳肴，可谓五花八门，琳琅满目。

信长本就不喝酒，范礼纳诺也早已为了信仰而与酒绝缘。伴着窗外灯火辉煌的安土城，这顿晚餐吃得安静而平淡。

"送上来！"信长草草吃完，便回身命令在门外候命的近卫们将带来的礼物呈上。狭长的立柜中，装着一台折叠式的屏风。近卫们将屏风缓缓展开，一幅泥金描绘的安土城全景便展现在众人眼前。这是信长命狩野永德等人，用了足足一年的时间精心创作而成的。精美还在其次，更难得的是整幅画都是完全依据实物，按照一定比例缩小，经过严格计算之后画就的。经过信长的亲自检查，又经过多番修改重画，才终于造就了这样一幅杰作。

在烛光的映照下，画中的安土城美得摄人心魄，又与窗外光影绰绰的真实的安土城交相辉映，真是一番神奇的景致。

范礼纳诺和弗洛伊斯等人全都看呆了，发出由衷的赞叹之声。

"怎么样？"信长也按捺不住内心的兴奋，那感觉就好比在战场上略施小计，让敌人落入了自己的圈套，"您要是不满意，可以换别的。"

"哪里哪里。大人您误会了。只是因为实在太好了，我等一时竟找不到恰当的赞美之词。简直……简直就像是天神显灵，奇迹出现。"范礼纳诺激动地站起身来，把椅子都弄翻了也浑然不觉。他一会儿凑到屏风前仔细观察每一个细节，一会儿又退后几步把握整体的构图。"奥尔冈蒂诺君，我曾经指责你对日本赞誉太过，如今看来是我错了。请允许我收回我之前的话，并原谅我的武断和无知。"在场所有人都没有想到，范礼纳诺竟双膝跪地，而且因为太过激动竟当众啜泣起来。

"这座屏风的名声也传到了京城，连天皇都想一睹它的风采。"兰丸向弗洛伊斯讲述道，"不过主公说，这是要献给罗马教皇的礼物，可不能随意示诸他人，所以回绝了。主公的一番心意，还请各位大人体察。"主公竟将天皇说成是"他人"，兰丸也是借此在暗示信长的用意所在。

范礼纳诺听了弗洛伊斯的转述，便和众人小声商议起来。突然，弗洛伊斯神色一凛，和范礼纳诺、奥尔冈蒂诺一同站起来出去了。

"好像是范礼纳诺大人说，要回赠什么东西给主公您。"同是天主教徒的兰丸，对几位传教士说的话多少还能听懂一点。

没过一会儿，三个人合力抬着一个结实的木箱子走了进来。箱子里装着一个做工精美的地球仪。"这是范礼纳诺大人千里迢迢从西班牙带来的。"弗洛伊斯将地球仪恭恭敬敬地双手呈上，"此物是依据最新的地理知识制作的,整个东印度教区也不过只有三个,十分珍贵难得。范礼纳诺大人说,愿慷慨赠与信长大人,以感谢大人对我等的深情厚谊。"地球仪用镶满宝石的台座托着,上面绘制着精巧细致的地图。

然而,信长还是不放心:"把弥助叫来!"弥助已经俨然成了他的智囊。这礼物是否真有他们说的那么珍贵,当然要问问他的意见。

"的确是墨卡托的地图。同样的东西只在澳门和果阿各有一件。"

信长用手拨动地球仪,仔细端详了一番,这才终于露出了满意的笑容:"多谢阁下慷慨相赠。"说着,紧紧握住范礼纳诺的手,"我还有一事想要请教。"

"大人请讲。"

"我听说西班牙和葡萄牙虽是弹丸小国,却拥有遍布世界各地的许多殖民地,当真如此?"

"千真万确。在非洲、亚洲和美洲的主要港口,都有西班牙的殖民政府。"弗洛伊斯翻译得有些犹豫。这么多年来,他们从未将世界的政治形势如实相告,眼下范礼纳诺却这般直言不讳,他们怎么会不心生疑惧?

"不久的将来,我也要建立一个这样的国家。阁下觉得,我做得到吗?"

"信长大人比世界上任何一个国家的国王都要强大,对您来说,这当然不是什么难事。"

"那么,我应该怎么做呢?"

"希望之路就在东方。"范礼纳诺指着地球仪上那一片绿色的大陆,"欧洲列强早已在亚洲建立了许多据点,要想在这里扩张必然会导致战争。而美洲大陆却更加地大物博，竞争者也少得多。"

信长可以组织一支强大的海上战团，以西海岸的某个港口作为据点，输送数万兵力到美洲大陆，再以此为中心逐渐扩展自己的势力范围。待到时机成熟，便可建立一个新的国家，作为与欧洲之间的贸易中转站。如此一来，与西班牙平分秋色的那一天便指日可待了。

范礼纳诺说得轻描淡写，一旁翻译的弗洛伊斯却早已惊出了一身冷汗。范礼纳诺出生在意大利，对葡萄牙和西班牙在世界范围内的殖民扩张并无好感。

"美洲？有意思。"待到不久后天下一统，人数庞大的武士军团便成了累赘。这帮无事可做、游手好闲的武士们留在国内也只会引发骚乱，还不如将他们分批送往美洲，倒也不失为一个好办法，"明年之内我定能完成统一大业。之后便会派遣使者前去拜访罗马教皇，表达我的问候。在此之前，还请您先替我送上这面屏风，并将我的打算告知一二。"

"在下明白。日本人的勤劳睿智、谦恭礼让，罗马教皇早就有所耳闻。等他见到了这面屏风，肯定会对此更加深信不疑。"

"每日鞭打自己的苦修，您仍在坚持吗？"

"一日不赎清身上的罪孽，我便一日不会停止。"

"阁下高风亮节，堪称为信仰而生之人的典范。明日神主们便会从京城赶来，到时你与他们可要好好辩上一辩，神道和天主教究竟孰是孰非。"

信长与他们约好明日午时入城，便离开了教会学校。

你如何看待日本的诸神？

伊邪那岐[1]和伊邪那美是这片国土上最早的居民，关于这个说法你作何感想？

　　十多年前，当弗朗西斯科·卡布拉尔第一次造访岐阜城时，信长就曾问过他这样的问题。他记得，卡布拉尔当时是这样回答的："日本人所崇拜的神，都被赋予了金、银、石、木等真实的形态。然而，偶像并不能真正拯救人的灵魂。此外，伊邪那岐和伊邪那美的神话，虽被后人记录在了《古事记》[2]和《日本书纪》[3]里，但是对于全知全能的神，区区凡人怎能洞悉他们的所作所为，所以多半也是杜撰。"

　　传教士们竟然对神道也如此了如指掌，同时又对天主教的主张坚信不疑，令信长感触不已。这种坚定无畏的人生态度信长尤为欣赏，甚至对当时的家老林佐渡守[4]道出了这样一句肺腑之言："即便在白山权现[5]面前我也敢于坦白，天主教徒们的主张与我的信念不谋而合。"

　　当时，神道的自相矛盾、自欺欺人，佛教僧徒的自甘堕落、腐败糜烂早已令信长深恶痛绝。因此，他有意通过保护天主教的方式给这些旧势力施加压力。

---

　　①伊邪那岐：日本神话中，奉天神之命与其妹伊邪那美结合，诞生日本的国土和众神，并负责掌管山海、草木的男神。是天照大神、素戈鸣尊等的父神。

　　②《古事记》：现存日本最早的历史书，共三卷。由稗田阿礼奉天武天皇之命诵习帝纪及前代旧辞，再由太安万侣奉元明天皇之命撰录，于712年献与天皇。

　　③《日本书纪》：日本六国史之一，奈良时代完成的日本最古老的敕撰正史。记录了从神代到持统天皇时期的神话、传说和朝廷大事等，汉文编年体史书。共30卷。720年由舍人亲王撰写，又名日本纪。

　　④林佐渡守：林通胜。

　　⑤白山权现：白山的山岳信仰和佛教修行相融合而形成的神，是日本神佛合一的体现。又称为白山大权现、白山妙理权现。在神佛分离、废佛毁寺之前，日本各地均建有白山权现神社供奉此神。

然而，此次宗教论争却有着不同的意义。将来出兵海外，神道和天主教究竟哪一个更有利？此次宗教论争便是一个可供判断的依据。

西班牙和葡萄牙以天主教传教的名义，将侵略的触角伸向世界的各个角落。正是因为得到了罗马教皇的承认，他们的侵略行为才能在国内得到广泛支持。但是对于信长来说，仅仅在国内凭借朝廷的权威得到认可，到了海外恐怕仍是寸步难行。因此，日本是否也应该寻求罗马教皇的庇护，为进军海外赢得一个冠冕堂皇的理由，方是上策？还是说，只要利用朝廷的权威在国内得到充分的支持，便足以以传播神道的大义名分出兵海外？

信长原本想着，通过一次彻底的论争便能做出合理的判断，没想到翌日午时已过，吉田兼和等人却迟迟没有现身。

信长最讨厌等待。

一面是统一天下的大业，一面是进军海外的宏愿，未完成的工作堆积如山。却还要浪费时间在无聊的等待上，简直就像是眼睁睁看着时间被大把大把地偷走，叫人怎不光火？

眼看午时已过半，吉田兼和等人竟然还未出现。信长已经愤怒到了极点。

"阿兰！"也不知京城那边有没有什么消息。

"尚无任何消息。"

"这个兼和，又来这招！"该不会又要找什么借口，拒不出席吧？三番两次地用这下二烂的手段，以为还能行得通？今天定要给他点教训！信长早已气得咬牙切齿，暴跳如雷。

"岐阜中将大人求见。"此时，近卫进来通报。

"信忠？他来做什么？"

"他急着见您，说是有要事相商。"

信忠头戴风折乌帽子，身穿藏青色大纹，一身轻便装束走了进来。他的袴裙下摆都溅上了泥点子，看来是从岐阜驱马赶来的。

"何事？"

"有封京城送来的书信，解释了个中原委。儿子不敢耽搁，急急送来呈予父亲大人。"信忠说着，递上近卫前久所写的信函。

信上说，为在今日的宗教论争上一决胜负，吉田兼和本已奉命做好了万全的准备，却不想数日前兼和的家人不幸染病，不治而亡。死乃污秽之事，对神职人员而言更是忌讳。故而在服丧期间，兼和绝不能出席任何正式的场合。以如此不洁之身，怎敢对神道妄加评论？故而虽深知出尔反尔，罪不可恕，仍斗胆恳请信长公网开一面，准其回避。特此修书一封，还望大人海涵。若大人仍心有疑窦，在下愿亲自前往安土城，当面澄清一切。

一封说情信洋洋洒洒，一挥而就。

"哪个家人？染的又是什么病？"信长简直气昏了头。

"说是他的养子，突染恶疾，溘然离世。"

"不会是骗我的吧？"

"儿子让村井贞胜前去慰问，顺便探听虚实。据他回报，确有其事。"信忠说着深深一拜，代前久求情，请信长宽宏大量，饶兼和违命之罪。

雕虫小技，信长又怎会轻易上当？谁也猜不到，盛怒之下，一个离间信忠和前久的妙计已在他的心中悄悄酝酿。

"此事你可愿以性命担保？"

"儿子在所不辞。"

"那好，宗教论争即刻取消。"

待信忠退下，信长却转而命人修书一封给村井，指示他："兼和之事必有蹊跷。举京都所司代上下之力，务必给我查个明白。"

事实证明，信长的担心不无道理。没过几天，事情便水落石出了。原来，兼和在接到宗教论争的命令之后，便迅速从远房亲戚中找了三个人收为养子。无一例外，全是体弱多病之身。

七月二十五日这天，信长召见了三个儿子。他命三人坐在群臣中间，并命人在三人面前摆放了三方台①，上面各架着一把佩刀。

"尔等从中各挑一把。"

岐阜中将信忠选了正宗②作，北田中将信雄选了北野藤四郎③作，三七信孝则选了镐藤四郎④作。每一把都是信长私藏多年的名刀。

"不过，这刀可是用来切腹的。以示尔等舍生取义、为我效忠的决心，若无此心，大可拒绝接受。"

三个人面面相觑，又惊又惧，不知父亲今日所为目的何在。

"信忠，你可愿接受？"信长用凌厉的目光逼他作答。

"儿子得罪了。"信忠拔出佩刀试了试刀锋。此刀的刀面较宽，上面的纹饰雕工精美，清晰可见，可谓巧夺天工。不愧是相

---

①三方台：用丝柏的白木制成的台架，三方各有从中间剖开挖空的平台，多用在仪式上盛放供品，古时也可用于摆放膳食。

②正宗：（生卒年不详）日本镰仓时代末期至南北朝时代初期相模国著名刀工。又称五郎入道正宗、冈崎正宗、冈崎五郎正宗。日本刀剑史上最著名的刀工之一，确立了名为"相州传"的制刀工艺风格，并培养了多名弟子。其工艺对后世的刀工影响深远，"正宗"一词已成为日本刀的代名词。

③北野藤四郎：日本名刀，栗田口派短刀，长约八寸二分五厘，因收藏在京都北野天满宫而得名。

④镐藤四郎：日本名刀，长约八寸八分，又名凌藤四郎，因其制作工艺而得名。"镐"和"凌"均指的是刀锋和刀脊之间长长的一道纵痕，使刀身具有一定的厚度而不易折断。但如果"镐"太厚，又会使刀刃的刃角变大而不够锋利。中国刀没有"镐"，日本刀开始出现"镐"的文字记载，始于《太平记》。

州①正宗的名刀，信忠细细看罢才将之放回三方台，拱手一拜，恭恭敬敬地说道："儿子谢父亲赏赐。"

"信雄，你呢？"

"父亲恩赏，儿子自当领受。"信雄忙不迭地答应，连刀身都顾不上拔出来看一看。自从两年前伊贺一战一败涂地以来，信雄在信长面前总是谦卑有余，底气不足。他深知自己没有武将之才，所以才想用这种卑躬屈膝的态度讨得信长的欢心，多少挽回一点自己在父亲心目中的地位。

"信孝又如何？"

"请容儿子先看上一看。"信孝与信雄是异母兄弟，向来事事不忘与之攀比竞争。此时自然也不甘示弱，哗啦一下拔出佩刀，颇有点炫耀的意味。

不愧是镐藤四郎——刀身正中央，一道长长的镐贯穿头尾，刀尖呈锐角，锋利无比。真是一把削铁如泥的好刀。信孝神情专注地将手中的刀看了又看，突然举刀将面前的三方台劈成了两半，"此刀果然名不虚传。不过，父亲恩赏，请恕儿子不能领受。"

"却是为何？"

"切腹本应是心甘情愿之所为。既然已有舍命效忠的决心，又何须多此一物？"此话听起来足以讨得信长欢心，却也不过只是哗众取宠的小小伎俩而已。

三人之中唯有信忠当得起信长继承者的身份，这一点的确是有目共睹。信长也早已有这样的打算，六年前才会让他继任家督。不过，要想真正成为信长的继承人，还须得好好调教一番。

"敬告织田一门众人。"向来在重臣面前轻易不会张口的信

---

①相州：相模国，日本古代令制国之一，属东海道，又称相州、湘州。其领域大约是现在的神奈川县（东北部分除外）。

长，照例授意森兰丸代他宣布，"为早日平定天下，主公命你三人为先锋主将。岐阜中将大人出军武田，北田中将大人征讨伊贺，三七信孝大人则负责收服四国的长宗我部。"

在座重臣无不唏嘘愕然，纷纷议论开来。此前虽已早有传言，但信长从未亲口说过要征讨长宗我部。明智光秀受长宗我部元亲之托，羽柴秀吉则受托于三好康长，与信长交涉。究竟与哪一方交好关系到这二人的颜面，所以一直悬而未决。

然而，还有更令人吃惊的消息在等着他们。

"主公早已立岐阜中将大人为继承人。不过，自今日起，此言作废。究竟立何人为继承人，还要视三位大人日后的战绩来决定。"

信长用这样的方式，激励家臣们相互竞争，迫使每一个人都拼尽全力，不敢懈怠。有勇有谋之人自然可以步步高升，懦弱无能者则会被弃如敝屣，惨遭淘汰。

如此残酷的竞争，即使是亲生儿子也不能幸免。

傍晚时分，起风了。

习习凉风扑面而来，池面上莲叶接天，朵朵莲花迎风轻摆。酷热难当，令人生倦的京城夏日，终于迎来了一丝秋的凉意。

片片莲叶迎风展，颗颗玉露娇欲滴。

秋风习习拂面过，寒蝉声声诉凉意。[1]

此情此景，令近卫前久不禁联想起这样的诗句。隐约间，耳边的确不时传来秋蝉的婉转低唱。秋天，这个硕果累累的季节果然如约而至。

莲花，冰清玉洁，出淤泥而不染。难怪世人都坚信，人在弥

---

[1] 和歌，出自《金叶集》145首，歌人源赖俊。译文为本书译者自译。

留之际会看到一朵圣洁的莲花，指引人升登极乐世界。

活在这混沌浊世，哪一个人不是忍辱负重，肮脏不堪？又有哪一个人不渴望到了另一个世界能洗净污浊，重获新生？

这自然也是前久的心愿。不过与常人不同的是，在他看来，既然身在泥淖之中，就应该甘于承受这污浊肮脏，没什么可怨天尤人的。

"家门大人考虑得如何了？还请大人示下。"一旁劝修寺晴丰终于忍不住打断了前久的沉思，小心翼翼地询问道。

"嗯，事情还真是越来越麻烦了。"前久再一次陷入了两难之境。

迫使正亲町天皇让位于诚仁亲王，为日后拥立五王子做好铺垫，信长的这个如意算盘前久早已看破。为了不让他的奸计得逞，前久以金神之年为由，顺理成章地将让位之期推迟延后。不仅如此，他还设法削了九条兼孝的关白之位，提拔了一条内基，借此使左大臣一职空置，逼信长就范。却不想，反倒为自己埋下了祸根。

兼孝对前久的所作所为心有怨怼，去找上臈局哭诉。事情自然传到了天皇的耳朵里。圣上一听说让位之期暂缓，顿时勃然大怒。随即下旨，延期归延期，既然让位一事已定，那么今后朝中事务无论大小，悉数交与二条御所处置。

"尔等既然无视朕的旨意，肆意妄为，那么这纷乱的朝政，朕便再也不管了"——直截了当地说，天皇就是这个意思。这充分说明，天皇对朝廷已经极不信任。或者说得更明白一点，天皇就此与前久翻脸。后者暗中操控朝政，早已令他忍无可忍。

其实，前久劳心劳力，并非有何非分之想。圣上心中恼恨，他又怎会不知？然而，若就此听从天皇的旨意，那么岂不等于朝廷自食其言，将传达给信长的圣旨变成了废纸一张？所以无论如何，他都要恳请天皇收回成命。

"臣全心全意为朝廷出谋划策，不知何罪之有？不想竟触怒天颜，臣自知罪不可恕。唯有辞官卸职，剃度出家。"

"大人可是要遁入空门？"

"正是。舍去这浊世的营生，退隐山林。终日与古籍经典为伴，吟诗作画，论棋抚琴，也不失为人生乐事。"前久说这话，一半是真心，不过更多的是对天皇一种示威：我倒要让你看看，这偌大的朝廷离了我，还能不能维系下去。

"下官明白。大人的意思下官会如实告知圣上。"

"你先替我给上臈局大人带句话，什么话该说什么话不该说，她应该好好想想。"

日暮时分，从尾张回来的使者带回了织田信忠的亲笔手书。信中如此写道：多年深情厚谊，无以为报。然则情非得已，就此与大人斩断师徒情谊，分道扬镳。随信还送还了他前日借走的那支近卫家代代相传的名笛。

读了这封信，不用细想前久也知道是怎么回事。只因取消宗教论争一事，信忠代自己为兼和说情，触怒了信长，想必也是不得已才与自己断交。

（这个信长，尽给我出难题啊！）

对信长，前久早已恨得牙根痒痒。可是，苦于朝廷没有兵力，回回被信长刁难，都只能采取绥靖之策，顺水推舟，不了了之。

现在当务之急，还是派人去打探打探，信忠那边究竟有何变故。只有赶紧弄清信长的愤怒已发展到什么程度，才能想法应对，不至于坐以待毙。

正在思前想后，尚未下决断之际，却传来了明智光秀上京的消息。据说，原本他打算在安土滞留数日，却突然受命提前返回丹波龟山。事不宜迟，前久赶紧动身了。也没派人提前去通报，他就亲自登门，来到了光秀的府邸。他考虑到，此事不宜太过张扬，若叫信长得知光秀曾与自己有过接触，定会给他招来不必要的麻烦。

然而，也不知是幸还是不幸，光秀府中恰好另有访客。乃是丹后宫津城的城主细川藤孝（后又称幽斋）。此人曾是足利义辉的左膀右臂、得力干将，与前久亦是多年的知交旧友。

当年，他和如今的信长一样，都是四十八岁。在义辉惨遭松永弹正暗杀之后，将兴福寺一乘院中的觉庆营救出来，扶植他做了第十五代将军足利义昭的，正是藤孝和光秀以及前久三人。

有日子没见，藤孝仍是一张容光焕发的圆脸。相较之下，光秀却满面愁苦，心事重重，显出一副与他五十四岁年纪极不相称的衰老之相。

"你二人此番竟一同归国，实属难得啊。"

"羽柴筑前已经攻下了因幡的鸟取城。毛利的大队人马恐怕会伺机反扑，我等临时受命，专程回来料理粮草、弹药的补给之事。"

"近日安土城动静不小啊。"

"前几日信长公下令展开新一轮的攻势。"藤孝听出了前久的言外之意，于是大致地介绍了一下目前安土城内的局势。据他所说，信长意欲在明年之内平定天下，遂命信忠攻打武田，信雄攻打伊贺，信孝攻打四国的长宗我部。并且，继承人究竟花落谁家，要视三人的表现而定。"一入九月便会向伊贺发动全面总攻。

一旦取胜，没准儿还会乘胜攻入高野山[1]。"

自始至终只有藤孝一人在说，光秀始终是一副心不在焉的样子，不发一言。土佐的长宗我部和阿波的三好，平定四国一役究竟与哪一方结盟，说到底拼的是光秀和秀吉的面子。

秀吉将自己的内侄秀次送予三好康长做养子，两家既然已是荣辱共生的关系，他自然会在信长面前费尽唇舌，极力斡旋。光秀一方自然也不肯落后，想尽了各种办法讨好信长，加深和他之间的关系。甚至在长宗我部元亲的嫡长子元服之时，请信长为之赐名，借其名讳取名为"信亲"。最近，光秀又欲将自己的女儿嫁给信亲，由此亲上加亲，两家的关系就更加亲密无间，牢不可分了。正在这节骨眼上，信长却宣布征讨长宗我部，可想而知，光秀遭受了多大的打击。

光秀的闷闷不乐被前久看在眼里，他于是故意岔开话题，问道："说起来，二位大人何时才能抱上孙子呀？"

"就是一直没什么动静呢，对吧，日向守大人？"

"是啊。说起来真是丢尽我这张老脸！"光秀的次女玉子嫁给藤孝的嫡长子忠兴已有三年，却迟迟没有生育。

"玉子今年芳龄几何？"

"十九了呢。"

"正是生儿育女的好年纪，你们做父母的哪里用得着操心？"

三个人推杯换盏，谈笑了一番，约好改日再聚，前久这才起身告辞。看似上下一心的织田一族，随着势力范围的日趋扩大，也开始出现了矛盾和裂痕。这个变化引起了前久的充分关注。

不过，现在最要紧的还是信忠的事。如何才能消解信长的怒

---

[1] 高野山：日本佛教真言宗的本山，位于现和歌山县的东北部。山顶是弘法大师开创的真言密教总寺院——金刚峰寺，以此为中心还分布着一百二十多个寺院。

气，阻止父子二人的关系进一步恶化，这可是个伤脑筋的问题。百般思量之后，前久决定由朝廷出面赠送熏香，劝说父子俩握手言和。

　　遂即刻遣右卫门佐前往安土。促中将与信长和好如初。御赐熏物。赐敕书。

　　这一年七月二十八日的《御汤殿上日记》中如是记载。因为前久深知，信长对熏香的偏爱已到了难以自拔的程度。

　　八月一日，乃是宫中一年一度的八朔祭①。这一天既被称作是田实②之节，又被称作是依凭之节。顾名思义，这原本是一个祈愿秋季丰收，向众神进献早稻的节庆。也不知从几时起，这个节庆渗透到公武的交际文化之中，成为主仆间互赠礼物、维系关系的一个重要日子。朝廷中，亲王、关白自然会进宫面圣，献上精心准备的厚礼。然后还会喝上一碗混入烧焦的麦穗熬制而成的尾花粥，祈祷这一年平平安安，无病无灾。

　　今年的这个日子，前久献上了宝刀一口、黄金十枚。此前面对圣上的旨意，自己的答复简直与恐吓要挟无异，所以此次入宫，前久格外谨慎小心，生怕再有什么闪失。岂料，等待自己的竟是更大的麻烦。

　　仪典上、酒宴上，都未见到信基的踪影。甚至东宫太子妃劝修寺晴子也并未出席。整场宴会冷冷清清，毫无半点喜庆的气息。信基竟未进宫，此事定有蹊跷。前久放心不下，早早地离席告退，急急忙忙赶往二条御所附近的近卫别府。

---

①八朔祭：阴历八月初一及这一日的传统活动和仪式。农家会将这一年的新谷相互赠送，对平时邻里间的照应表示感谢。城镇居民受此风俗影响也会相互赠送礼物。

②田实：日语发音"tanomi"，应该源自农家这一日互赠新米的风俗。同时又与日语中表示"依赖、依托、依凭"之意的"tanomi"一词发音相同，故取一语双关之用。

正对中庭的正堂中一片昏暗，信基正独自一人呆呆地坐着。天气如此闷热难当，屋子里却门窗紧闭，密不透风。看他的样子，已经数日茶饭不思，形容枯槁，浑身恶臭，宛如行尸走肉一般。前久早听下人说过，自打阿驹被信长所杀，信基就一直躲在别府中不肯见人，却没想到他竟已颓废到如此地步。

"这是御赐的酒，不喝一口吗？"本想痛骂他一顿，话一出口却变成了柔声的询问。

信基默默抬起那张憔悴消瘦的脸，眼窝深陷，脸色苍白，好似一具绷了薄皮的骷髅，实在令人不忍直视。看到这张脸的一瞬间，前久已明白，如今说什么都为时已晚。同时，一想到正是信长把自己的儿子逼到这步田地，心中的愤怒和仇恨比以往任何时候都更加强烈。

"这人世本是秽土，你若受不了这里的肮脏和邪恶，大可一死了之！"前久怒不可遏，猛地大喝一声，愤然冲了出去。公家人不懂得如何用刀杀人，所以才更需要拥有强大的内心和过人的头脑。仅仅因为一个女人的死，就颓废脆弱成这般模样，在这险恶的朝廷中，就算有九条命也不够他死的。

二条御所中的满池莲花也已盛开。

这座织田信长进献的、规模堪比城池的雄伟府邸，在中庭正中辟有一个葫芦形的池塘。池塘中央架了一座石桥，桥下碧绿的莲叶密密匝匝铺满了整片水面。

据说，莲花开放时会有声响。

此时，劝修寺晴子从寝殿中款款而出，莫非也正是听到了花开的声音？她赤着脚走下中庭，登上石桥驻足远眺，只觉得清风送来一阵阵莲花的馨香，令人心醉。凝神细赏，那洁白的花瓣好似镶了一道淡粉色的边儿，一朵朵如亭亭玉立的美丽女子，随着脚下翠绿欲滴的莲叶翩翩起舞。看着那随波荡漾的优雅身姿，晴子的眼睛竟渐渐湿润了。这便是盛开在极乐世界的佛之花。此生，想要如此花一般圣洁高贵，一尘不染，于自己已是痴心妄想。想到此处，晴子顿觉心中五味沸然，几乎有些站不稳，身体一倾，险些跌入池中。

"娘娘小心！"房子伸出结实有力的双臂扶住了她，"您怎么一个人跑到这里来了，当心被人看到。奴婢扶您回去吧。"房子连拉带拽将她送回了寝殿。

晴子身体并无大碍，只因心中烦闷，不愿出席今日的八朔祭。可是，房子却是以身体抱恙为由替她向宫里告假的，若不老老实实装几天病，恐怕难以蒙混过关。再说，今日上臘局还会派人来询问病情，晴子却到处乱跑，房子心中当然十分不是滋味。

"还不是怪你，好好的撒什么谎？现在弄得我左右为难。"晴子不情不愿地躺上床，没好气地抱怨道。

"奴婢撒谎，还不都是为了娘娘？"房子正要为她盖上一层薄衣，听她这么一说，把衣服往晴子身上一扔，回嘴道，"您说说，那个节骨眼儿上，奴婢还能怎么说？娘娘没心思参加什么八朔祭，只能缺席——难道奴婢这么说不成？"

"自然应该这么说，这是实情。"

"奴婢真要这么说了，这一府上下还不知闹得怎样沸沸扬扬。您也该想想自个儿的处境。"

此言一出，晴子顿时气不打一处来："处境？什么处境？"

"您是什么身份？堂堂东宫太子妃，如此我行我素，您不是让太子殿下为难吗？"

"那么殿下呢？他又是否尽到了为人夫、为人父应尽的责任？你倒是说说看！"

说起来，二人争执的起因，不过是一件小事。八朔祭上，诚仁亲王自然也要进宫觐见，进献贺礼。按理本应晴子一同入宫，临到出发前，殿下却改命若草君相陪。晴子怎会不恼？于是耍起性子来，索性连仪典之后的酒宴也不去了。

"娘娘的苦处，奴婢怎会不知？所以我才谎称您身体不适，不就是为了维护您的面子嘛？"

"我可用不着你维护，我自有我的办法。"

"总之，在探病的使者来之前，娘娘您就给我老老实实地躺着，就算天塌下来也不能再起来。"房子一边唠叨，一边给晴子扇着扇子。

晴子静静地躺着闭上眼睛。哪知一闭眼，那棵漫天繁花，摇曳生姿的樱花树，便立刻出现在她的眼前。

正是桑实寺门前的那株樱花树。

那一日，信长抱着她在树下伫立片刻，便将她抱入了庵堂。直觉告诉晴子，他并不是为了回复什么圣旨。然而她却听之任之，并未提出异议。因为，在她的内心深处，那也正是她所渴望的，她不过是顺应了自己的真心。

明知自己身份非比寻常，却为何会有那样可怕的念头？是信长孤高自傲的独特魅力，动摇了她的心志？还是那一树尽情绽放生命的花儿，乱了她的心神？

真正的原因，或许晴子自己也说不清。

她只是清楚地记得，那一天发生的一切，是她此前的人生中从未体验过的。听人说，在祭祀神灵之时，凡夫俗子可以摆脱一切禁忌和约束，自由地尽情交合。那一天，第一次，晴子体验到了那种令人深深沦陷的狂热和迷醉。

当她再次踏上那陡峭的石阶，一步一步缓缓下山时，她几乎恨不得就此纵身一跃，了却此生。哪怕只有一次，在品尝了那种极致的幸福之后，她哪里还有勇气再回到二条御所？对她而言，那里的生活将会变成炼狱，每一分每一秒都将是一种煎熬，如地狱之火一般灼烤她的身心。

事实，也的确如她所料。

百无聊赖的生活，背叛夫君的罪恶感，这些都不是最折磨她的。此事一旦东窗事发，那么不仅是自己，连丈夫和孩子们也会被人在背后指指点点，从此再无颜面做人——这种恐惧才是对她最大的煎熬。再加上，一想到自己违背了神佛的教诲，终遭天谴，更是令她不寒而栗。现实的残酷让她从那一日桑实寺的迷梦中彻底清醒过来，从此食不知味、夜不能眠，惶惶不可终日。

纵使梦长久，长睡不复醒。

怎奈人世间，浮名不可收。①

心中默念着这样一首和歌，她想起了藤壶君的故事。身为桐壶帝的皇后，藤壶却与继子光源氏发生了不伦的关系。藤壶害怕此事为世人所知，终日担惊受怕。光源氏却难以压抑自己的思慕之情，竟两次用计骗她与其幽会。在第二次身不由己与光源氏一夜偷欢之后，藤壶在那天清晨离别之际唱了这首和歌。歌中既唱出了自己的绝望和无奈，认为自己与光源氏犯下的滔天大错，必是宿命的安排，自己已是无能为力，只能听天由命。同时却又流露出内心的忧虑和恐惧，担心有朝一日事情败露，自己将沦为世人的笑柄，堕入万劫不复的深渊。

她的不幸，和今日的晴子何其相似？正如藤壶无法抵挡绝世美男子光源氏的诱惑，晴子也同样无法抗拒信长的魅力。

---

① 和歌，出自《源氏物语》第五贴·若紫，译文取自《男人和女人的故事——日本古典文学鉴赏》，译者张龙妹。

不，应该说她是心甘情愿，主动献身。

然而，那些在世俗偏见的桎梏中坐井观天的伧夫俗人们，又怎能容忍她这样胆大包天的人。一旦他们对此视而不见，他们苦苦维系的秩序就会形同虚设，毫无意义。所以，他们愤怒，他们害怕，他们不安，他们嫉妒……他们恨不得使出浑身解数百般迫害，将这样的人置于死地。

正因如此，无论藤壶还是晴子，除了将所有烦恼和愁思深埋心底之外别无选择。然而，命运和编故事的人一样，往往比想象中的更加残酷和恶毒。第二次幽会之后，藤壶竟有了身孕。这个孩子在毫不知情的桐壶帝的祝福下顺利出生，后来又得到了光源氏的暗中相助，最后竟登上了天皇的宝座。

一想到这故事的结局，晴子就会感到脊背一阵阵发凉，害怕得手脚冰冷，浑身颤抖，日日只盼着月信快来。这与日俱增的愁苦烦忧，三言两语哪里说得尽？所幸一个月、两个月过去了，日子却波澜不兴，并未起什么变故。渐渐地，晴子也就认了命，接受了命运的安排和捉弄。

然而，或许连晴子自己都没有意识到，她已经变了。曾经，恪守后宫中的各种清规戒律和繁文缛节，对她来说是那样的理所当然。可如今，就连寻常的行礼和问候都变成了虚伪做作的丑态，令她觉得反胃。

当今圣上尚无正室，皇后之位一直空置。自南北朝以来，朝廷势衰，无力承担皇后册封大典的庞大开销，故而后位空虚竟已有三百年之久。

而今代行皇后之职掌管后宫的，便是内侍司的一众女官。包括上臈局、大典侍、新大典侍、目目典侍和勾当典侍等，相当于天皇的侍妾。自古母以子贵，这些女官们的地位高低，当然取决于她们能否孕育皇子。而她们能在内侍司中担任何种官职，又由其母家的家世来决定。这正是晴子最不能容忍的事情。

那些劝修寺家、万里小路家的千金小姐们，虽出身名门，却不过被视作生儿育女、传宗接代的工具。她们一个个被想方设法地送入宫中，只为了当上大典侍或新大典侍，盼着有朝一日能得到天皇的垂青。

（我也和她们一样，不过是千千万万这样的女子中的一个而已。）

这么一想，她只觉得自己落入了一个丑恶的圈套之中。这么胡思乱想着，晴子竟然昏昏沉沉地睡着了。是房子火急火燎的喊声吵醒了她："娘娘，快起来！太子殿下来了。"

"我头疼得慌，去转告他今日不见。"

"殿下可是专程来探望娘娘的，您怎么能使性子呢？"房子将晴子从被窝里拽了出来，将打裙披在她的肩上。

"那我也得换好衣服再见他，快去转告殿下请他稍等片刻。"

"不用换，这样就好。"门外传来一个低沉的男声，诚仁亲王已经到了。他有着一张饱满的圆脸，下颚偏宽。身形肥硕，大腹便便，似乎连盘腿而坐都有些吃力。可是举手投足间却自有一种高贵的气质，显得仪表堂堂，气宇不凡。因为凡事思虑太过，城府太深，不过三十出头的他看上去却比实际年龄大了至少五六岁。

晴子这里，他已有足足两个月没来了。

"我听说你病了，没什么大碍吧？"

"没事，不过是夏日里身体倦怠所致。"晴子低垂着眼帘回答道。

"没事就好。你突然告病缺席，引来宫中不少人猜忌。"

"给殿下添了麻烦，臣妾罪过。"

"有时候我也是身不由己，府中琐事也多亏有她帮忙打理。你凡事也该想开点，别斤斤计较。"想是他也听说了自己在为若草君的事生气，才有了这番体贴的开导之辞，也算是在道歉吧。不过，晴子听了却一声不吭。

两个人的心难道真的已经疏远到这个地步了吗？殿下的温言软语晴子听来竟毫无感觉。甚至觉得十分反感——现在才来说这些话哄人开心，岂不是平白给自己难堪？

殿下没想到晴子会是这样的反应，一时竟有些不知所措。一会儿双手交握，一会儿又放开，似乎浑身不自在。一旁垂眼端坐的晴子看在眼里，只觉得他像个搓手哈腰的下人，简直俗不可耐。还有那两只肥嘟嘟的手，臃肿得连指关节都不明显了，晴子看得直恶心，起了一身鸡皮疙瘩。

她心里清楚，这一切都不是殿下的错，只怪自己动了别的心思。却还是忍不住别开脸，不愿再看他一眼。

（眼前的这个人，除了个头大点儿，与肥胖软绵的婴儿有什么分别？）

身为皇子，他自然从小养尊处优，衣来伸手饭来张口。与她心目中的英雄——浴血沙场，开天辟地的信长一比，这臃肿的身体，这绵软的胖手，都不过只是软弱和虚伪的标志。

看样子，殿下已经有点不高兴了，可想到自己难得来看看晴子，也不愿最终闹得个不欢而散，所以一个劲儿地没话找话。宫里的事，京城中的事，诸国各大名的动向……东拉西扯讲了一大堆，晴子却仍是置若罔闻，面无表情。

只有一次，当殿下聊到信长时，她的心才微微一动。

据说半年前，荒木村重[①]的余党躲进了高野山。信长几番派使

[①] 荒木村重：（1535—1586）日本战国至安土桃山时代武将及大名。利休七哲之一，幼名十二郎，后改称弥介。祖先藤原秀乡。

者前去，劝对方早日交出穷寇，高野山方面却拿"守护不入"①的原则作挡箭牌，始终不肯就范。信长便抓捕了近千名往来于诸国的高野圣②，扬言若再不交出穷寇，便将这些僧人全部处死。消息一经传入山门，无人不胆战心惊，生怕这样下去高野山便会重蹈比睿山的覆辙，同样沦为焦土。

"娘娘，您方才那不冷不热的态度却是为何？"殿下起身离去之后，房子忍不住生气地质问道，"殿下好不容易来一次，您还给他脸色瞧，连奴婢都为殿下叫屈。"

"打从一开始我不就说了吗？今日不想见他。还不是你非要我见？要怪也只能怪你自己。"晴子也知道，这么说未免太蛮不讲理，太孩子气了。然而，说再多的狠话，使再大的性子，都无法疏解她内心的痛苦和郁结。只能等到夜深人静时，躲在被窝中偷偷啜泣，泪湿罗巾。

---

①守护不入：镰仓、室町时代实行的一种制度，部分庄园和寺庙神社等特定区域禁止守护进入，守护不可在此地征税或追捕逃犯。

②高野圣：为在各地传教，高野山所派出的在日本国各地巡游的僧人，属于高野山的下级僧侣。

第七章　天正伊贺之乱

天正九年（1581）八月十七日，织田信长将此前抓获的高野圣千余人，押解至松原町的马场，全部斩首示众。高野圣乃是半僧半俗的下级僧侣，为宣讲高野山的因缘而云游各国，劝善化施。

事情的起因，是高野山藏匿了荒木村重的余孽。

自从两年前摄津有冈城①陷落之后，村重便销声匿迹，至今不知去向。信长怀疑，村重本人就混在这群余党之中，所以再三派使者去劝说对方交出穷寇，高野山方面却始终不予回应。高野山本就有"守护不入"的权利。这是一个不成文的老规矩，几百年来早已深入人心。不管此人在人世间犯了什么样的滔天大罪，一旦进入寺院的范围，便不予追究。信长执意要高野山交出余党，等于在公然挑衅这项法则，高野山当然可以断然拒绝。然而，信

---

①有冈城：原名"伊丹城"，荒木村重从伊丹氏手中夺取该城之后改名为"有冈城"。天正六年（1678）7月到次年10月，原本已归属织田信长的荒木突然谋反，发动了史称"有冈城之战"的笼城之战。后来城破兵败，荒木氏一族及重臣皆遭信长酷刑虐杀。

253

长却仍一意孤行。

天下布武——让武家成为这个国家绝对的、唯一的统治者，这是信长毕生的奋斗目标。他当然不会认可这种以宗教势力为先的特权意识。

信长一次又一次上门要人，态度一次比一次强硬。高野山的众僧徒们终于被逼急了，竟斩了信长派来的使者，明确表示要反抗到底。

依信长的性子，即刻便要起兵攻山。可是，今时不同往日，织田军四面受敌，实在没有更多的兵力来应付俸禄七十万石的高野山。于是，信长便抓捕了往来于诸国的高野圣，威胁说若不赶快交出荒木的余孽，便要将他们全部处死。没想到，高野山方面仍无动于衷。十七日的期限一到，信长也毫不手软，果然在正午时分下了处斩令。

松原町的跑马场，是一片从观音寺山上冲刷下来的砂土堆积而成的沙洲。不过半年前，这里才举行了那场举世瞩目的左义长。而今，却变成了尸横遍野、血流成河的刑场。马场上挖了一条约一町长的壕沟，高野圣们被一个一个拖将出来，砍掉脑袋扔进沟里。这些僧人不过只是些俗家弟子，家中都有妻儿老小，却不想仍难逃浩劫，惨遭杀戮。这人间地狱般的惨况，任谁也不忍直视。

然而，信长却亲临马场监斩，还叫上了专程从伊势赶来的北田中将信雄相陪。之所以专门召回信雄，乃是因为高野圣中也混入了伊贺的忍者。

"信雄，你看到了吗？"

"是。"本性怯懦的信雄，目睹了这残忍血腥的场面，早已吓得脸色煞白。

信长燃烧·第七章 天正伊贺之乱

"顺我者昌，逆我者亡！"

"儿子明白。"

"明白就好！可别再一错再错了。"

两年前的天正七年（1579）九月，信雄亲率一万余人马，攻打了伊贺国。只因他听信了名张郡[①]比奈知城[②]的城主下山甲斐守[③]的教唆，相信后者会与他里应外合，助他攻下伊贺。自从进了北畠家做了养子以来，信雄一直毫无建树，听了这样的蛊惑怎会不动心？

他担心夜长梦多，自己的计谋被敌人识破，于是等不及信长的批准便仓促出兵，谁知却事与愿违。也不知是中了下山甲斐守的奸计，还是两人密谋之事被敌方事先察觉，刚翻过布引山地准备长驱直入的信雄军，却遭到了伊贺举国上下的迎头痛击，不得不仓皇退兵。最终，此战一败涂地，不仅损失了得力干将柘植三郎左卫门[④]，就连信雄自己也遭到伊贺忍者的疯狂追击，九死一生才得以逃回伊势。

此次再度攻打伊贺，对信雄来说，可是最后一次机会了。如若再失败，信长定会说到做到，和他断绝父子关系。信雄的紧张

[①]名张郡：伊贺国旧郡名，与伊势和大和接壤。相当于现三重县名张市的大部分。

[②]比奈知城：又名下山甲斐守城，据说由下山氏组织修筑，也有其他说法。城址位于现三重县名张市比奈知。

[③]下山甲斐守：南伊贺地方实力豪族。1577年，北畠具亲举兵之际，曾作为主和派成功游说了伊贺各土豪。1578年，预感伊贺国总国一揆的体制命数将尽的下山向织田信雄进言，劝其出兵平定伊贺国。翌年，信雄出兵伊贺（第一次天正伊贺之乱）却遭大败。下山同时得罪了伊贺和信雄两方，只得离开比奈知逃往柰垣。关于其结局，一说自尽，说被伊贺兵生擒，还有的说为洗雪前耻他加入了织田一方胁坂安治的队伍，参加了第二次天正伊贺之乱。

[④]柘植三郎左卫门：柘植保重（？—1579），织田家武将，属柘植一门。关于其出身无定论，通常认为是伊贺国地方豪族福地宗隆之子。泷川雄利的姐夫，又说是雄利的生父。

和志忑,信长当然了如指掌。

是夜,信长在天守阁的大殿召集群臣,商讨攻打伊贺一战的各项事宜。列席的有丹羽长秀、泷川一益[①]、蒲生氏乡[②]和堀秀政等。他们的领地都在伊贺周边,与此国有较深的渊源。

此战将动用大约五万兵力,兵分四路进攻伊贺。总战术制定已毕,信长当即命总大将信雄交出人质,并立下军令状。"万一你有任何违逆军令的举动,不仅你自身性命难保,你的妻儿也必受牵连!你给我好自为之!"说罢,信长冷冷地看了信雄一眼,照例早早地起身离席了。

九月三日清晨,笠取山燃起滚滚狼烟,织田大军向伊贺发起了总攻。

伊贺国地势隐秘。往东,与伊势之间有布引山地相隔;往西,与大和之间又横亘着笠置山地和高见山地的连绵群山;往北,与近江交界处的铃鹿山脉则形成了一道天然的屏障。这样的地形看似固若金汤、易守难攻,但只要封住它与别国互通的八个关卡,伊贺国就会立刻变成瓮中之鳖,只能坐以待毙。

这个弱点,织田军当然早就了如指掌。总大将信雄亲率伊势军一万余骑从布引山地的青山岭攻入,而丹羽长秀和泷川一益则率一万两千人马从柘植口进攻。与此同时,铃鹿山脉的玉泷口和多罗尾口分别有蒲生氏乡的七千余人马和堀秀政的五千余人马长

[①] 泷川一益:(1525—1586)日本战国、安土桃山时代武将、大名。出身近江国甲贺郡忍者世家,幼名久助,通称彦右卫门。其父一胜乃泷城城主。天文年间开始出仕织田信长,深得重用。后因功封上野、信浓一部,任关东管领。织田四天王之一。本能寺之变后被北条氏击败,后隐居。

[②] 蒲生氏乡:(1556—1595)伊势松阪城城主,会津领主,信长的女婿。战国时期智勇兼备的名将之一,侍奉信长、秀吉两代,立下无数战功。四十岁便英年早逝,传言是被毒杀。

驱直入，而通往大和的笠置口和笠间口则有筒井顺庆①的八千余人马严防死守。

此时的伊贺国，男女老少加在一起，总人口还不到八万。如此小国，遭五万大军同时进攻，烧杀抢掠，受尽蹂躏和荼毒。那该是一场多么惨烈的战争，那该是一幅多么悲凄的画面？笔者实在不忍细述。不过，故事开始之前，却有必要将伊贺的一段特殊的背景，向各位看官稍作介绍。若对这段历史一无所知，便无法让大家了解，在这段腥风血雨的背后究竟有什么不为人知的原因。

伊贺国有两大特点，可谓天下无双。其一，此国既无守护大名又无战国大名。古代律令制瓦解，进入庄园领主时代之后，伊贺国便成了东大寺②、兴福寺和伊势神宫的领地。这些庄园到了镰仓时代仍势力尚存，伊贺的国侍都需要通过担任某个寺社的庄官③，方可确保自己的地位。

不久，足利幕府的时代来临，寺社的势力才彻底衰弱。国侍们便把其庄园私有化，瓜分为自己的领地。同时彼此结盟，合力霸占了伊贺一隅。这便是著名的伊贺国"总国一揆④"，参与者竟有六十六个国侍家族。

伊贺本就是四面环山的狭小盆地。在这样一个相对封闭的环

---

①筒井顺庆：（1549—1584）战国末期武将。大和生驹郡筒井城城主。1571年松永久秀背叛信长之时，曾与明智光秀联手剿灭久秀，据郡山城统管大和全国。本能寺之变后曾一度投靠光秀，后随形势所变改变立场，在1582年的山崎合战中与丰臣秀吉暗通。

②东大寺：位于现奈良市，华严宗总本山。别称，金光明四天王护国之寺、大华严寺、城大寺、总国分寺。天平十七年（745）由圣武天皇下令修建，本尊"奈良大佛"尤为著名。

③庄官：又称庄司、庄长。奉庄园领主之名管理庄园的人及其职务。郡司兼任庄司者又称大庄司。

④总国一揆：指全国上下同心协力，团结一致，各阶层、各势力为共同目的而集结在一起，形成统一的武装力量和战线。

境中，六十六个国侍家族彼此监视又互不侵犯，恪守着最初缔结的条约，竟相安无事、和谐共生地走过了一百多年。而对于其他国家来说，这里则几乎等于是一个与世隔绝的国度。

再后来，日本国上下战乱四起，伊贺国也同样面临着遭受外敌入侵的危机。面对这样的局势，伊贺国的国侍们进一步加强了彼此间的联盟，决定团结一致抵御外敌。他们同风雨、共进退的决心是何等坚定，从下面这篇《举国一战总法则》中便可见一斑。

一、如有他国踏入本国疆土，应举国一心，共同御敌。

二、在一国上下共同治理时期，若边关要塞传来军情急报，则各村各寨应鸣钟警示，刻不容缓列阵出兵。

三、凡年满十七以上、五十以下者皆应上阵作战。常驻士兵则应实行交替制。故而，各地应指定武士大将，一国上下皆应听从他的号令。

四、全国凡武士在任者，无论国中形势如何，皆应立下誓词，由其主家呈报各乡里。

五、若有涉嫌藏匿他国人员者，一经确认，便应举国声讨之。削其籍（没收其领地），将其领地收归寺社所有。同样，若有私通敌国、泄露军情者，也与私藏敌军者一视同仁。

正是得益于这样严苛的法度，伊贺国才得以成功抵御了外敌的入侵，多年来偏安一隅。然而，如今面对信长这样强大的敌人，这五项拒绝妥协拒绝投降，宁为玉碎不为瓦全的法则，却注定会令这个小国走向全军覆没、亡国灭种的命运。

伊贺国的另一个独一无二之处，便是盛产伊贺忍者。

忍术的起源在孙子的用间篇[①]中略有涉及。据说，伊贺一国自

[①]用间篇：《孙子兵法》第13篇，主要讲五种间谍方法及其配合使用。

古以来就有从吴、汉渡海而来的忍者迁移至此，在此地继续将忍术发扬光大。直到源平之乱时期，服部氏家长服部平内左卫门确立了伊贺流忍术，从此以后服部家便成为了伊贺流忍术的宗家，统管所有伊贺忍者。不久进入镰仓时代，又有藤林家和百地家先后从服部宗家独立出来，形成了三足鼎立之势，其影响力波及整个伊贺乃至全国。

伊贺忍者中，又有上忍、中忍和下忍之分。上忍当然是指服部、藤林、百地家的直系后人。中忍则是指这三家的被官[①]，相当于小分队头目。下忍就是在这些头目的手下听命的无名小卒，被称作"足轻"。

忍者组织向来纪律严明，与《举国一战总法则》相比亦有过之而无不及。要想成为一名忍者，从出生之日起就要被迫接受各种极其残酷的训练。他们常常潜入敌方的城池中，或暗杀敌军首领，或在井水中投毒，或打开城门为己方的大队人马放行，这些对他们来说不过是家常便饭。更有人擅长易容之术或歌舞杂耍，时常假扮成苦行僧、云游艺人、游女或云游巫女，以百变之身游走于诸国之间，打探各种消息，了解各国形势。服部家中就有一支系，尤为擅长戏曲，专门扮成云游艺人，后来甚至涌现出了观阿弥和世阿弥等流芳百世的能乐大家。

如今已是战国之世，所谓时势造英雄，乱世出豪杰，忍者中也有三名杰出的上忍应运而生。他们便是服部半藏正成、藤林长门守和百地丹波。此三人名声在外、各国皆知。他们将伊贺忍者

[①]被官：在律令制时期，指直属于上级官厅的下级官厅，如在省管辖之下的寮、司等。到了中世，也指从属于上级武士的，身份相当于家臣的下级武士。中世末期，又可指地方领主或豪族的家臣，受封宅邸和土地，在劳作的同时也帮助主家料理军事、家政、农耕等事务。

组织成一个史上最强的军团，应各国大名的召请，派遣忍者为他们卖命。哪怕是一个寂寂无名的下忍，要夺取一座城池也可不费吹灰之力。《举国一战总法则》中的有一条就讲得很清楚：

国中足轻赴他国夺取城池期间，若国境有城池遭他国强夺，而有足轻将其成功夺回，或有忠孝之百姓①有同等作为者，则应予以大肆嘉奖。即刻赐武士之身份。

由此也不难看出，忍者虽然武功盖世，却难以摆脱足轻、百姓等身份的桎梏。所以，对于几百年来囚禁在严苛的清规戒律之中的他们来说，区区一个武士的身份，便足以令他们为之上刀山下火海，拼死一搏。

织田信雄终于被激怒了。

他生性懦弱，本就没有做武士的天赋，又因两年前伊贺一役兵败将亡而遭信长厌弃，不得不日日仰人鼻息，委曲求全。可眼下，连妻儿都成了人质，怯弱如他，也不能不为之变色。

（简直欺人太甚！）

对父亲隐忍多年的愤怒和不满，瞬间化为一种反叛的动力——一定要旗开得胜，好让你刮目相看！信雄毫不犹豫地发布了进攻伊贺的军令。他率领一万大军于九月二日从伊势的松之岛城②出发，当夜就翻越了布引山地，屯兵青山岭下，只等天一亮便发起进攻，从伊势地口杀入。

---

①百姓：在日本封建社会，特指庄园佃农。
②松之岛城：现存于日本三重县松阪市，属平城。天正八年（1580），因附近的田丸城被烧毁，织田信长下令修筑并命名的新城。位于通往伊势神宫的古道旁，面朝伊势湾，乃是海陆要冲。信雄家臣津川义冬、泷川雄利先后为城主，最后由丰臣秀吉部下蒲生氏乡入主，并一直将之作为其统治伊势国南部的据点，直至天正十六年（1588）修筑松坂城。同年11月，城中百姓皆被强制性迁入新城，古道也被改经松阪，松之岛城及其城下町由此废弃。

信长燃烧·第七章 天正伊贺之乱

两年前的伊贺一役，信雄将兵力分成三股，却遭遇守卫国境的边防兵的殊死抵抗，被各个击破，吃尽了苦头。这一次，他绝不能再重蹈覆辙。所以他将全部兵力集中在青山岭，一举攻破了对方的边关防线，以排山倒海之势直捣黄龙。

先后占领了伊势地的东禅寺、下川原的清水寺和北山的神宫院，控制了桥头堡之后，信雄又刻不容缓地将兵力分为三路。信雄亲率的主力军沿木津川而下，泷川三郎兵卫的左翼则从奥鹿野朝国见山进发，而由日置大膳[1]和长野左京太夫[2]率领的右翼则翻越北面的连绵山地攻入比自岐。

这些深山腹地中散落着大大小小的村落，就算伊贺的国侍和忍者再怎么彪悍，也无法抵挡住从四面八方如潮水般涌入的一万大军。有的寺庙或山中城心存侥幸，以为可以躲过一劫。却眨眼间就被信雄大军团团包围，在一片枪林弹雨、炮击火攻之中变成了一片火海。就连事先逃进山里，藏身于岩缝、山洞的妇孺，也在织田军如围猎一般逐步缩小包围圈的过程中，被一个一个搜了出来，全都成了刀下鬼。

"全砍了，一个不留！俘虏、人质，全都不要！给我杀、杀、杀！统统斩尽杀绝！"信雄毕竟年轻气盛，一旦起了杀戮之心便一发不可收拾。熊熊燃烧的大火，肆意飞溅的鲜血，无不令他痴迷，令他沉醉。一个接着一个惨无人道的命令从他的口中发出，似乎永远没有停止的时候。

攻至比自岐的日置大膳的队伍，全歼了藏身于金泉寺的敌军，并将寺中的宝物洗劫一空，最后一把火烧了个干干净净。

---

[1] 日置大膳：日置大膳亮（生卒年不详），本为北畠家家臣，在北畠具教与信长和睦后成为信雄的家臣，活跃于各大战役中。

[2] 长野左京太夫：南伊势国武将。

攻至国见山的泷川三郎兵卫①一支，则在沿途的奥鹿野、老川及腰山的大小村落烧杀抢掠，一面清除残兵一面直逼山顶。

同一时间，泷川一益、丹羽长秀的一万二千大军，则早已攻入了柘植口。

打头阵的，就是管辖北伊势五郡的泷川一益本人。一益出身甲贺郡的地方豪族之家，从小练就了一身甲贺忍者的本领和技艺，并凭之立身扬名，坐到了大名之位。他与称雄北伊贺的藤林长门守交情匪浅。

已五十七岁高龄的他早已洞悉世事，对此次攻打伊贺颇有些不以为然。

（将国中男女老幼斩尽杀绝，未免太过分了！）

他倒不是担心因果报应。

甲贺的国情与伊贺有几分相似，他当然能够理解举国同心、抵御外敌的伊贺子民的心情。尽管他明白，若晓之以理动之以情或许也能说服伊贺臣服，但他却没有胆量向信长进言，劝他三思。

就这样，一益心有不甘地接受了打头阵的重任，以上柘植的福地伊予守为向导，徐徐向前进军。也许是一益的抵触情绪，也不知不觉间影响了其属下的将士，整支队伍明显军纪涣散，行军步伐凌乱不堪。却在这个当口，突然遭到了敌人的伏击。大段的木头和巨大的岩石从山顶滚滚而下，直击队伍的中部，将长长的行军队伍一下子冲散了。为了躲避巨石和圆木，士兵们四散奔逃，却又遭到了数十挺铁炮的疯狂射击。慌乱间，有的人爬上了

---

①泷川三郎兵卫：泷川雄利（1543—1610），战国至江户前期武将、大名。据说本是伊势国司北畠家庶流木造家养出身，最初出家源净院，法号主玄。后还俗，得泷川一益赐姓，人称泷川三郎兵卫。既是一益的女婿又是其养子。伊势神户城城主，后常陆片野藩首代藩主。

262

树，有的人趴在地上，还未看清敌人的长相就丧了命的，不下一百人。

"慌什么慌？继续前进！"遭此痛击一益才彻底清醒。他即刻下令加快行军速度，直奔敌军的主营所在地柏野山。终于用数千发子弹成功地击溃了五百敌军，横渡柘植川火烧了壬生野村。丹羽长秀的队伍后来居上，烧毁了柘植川北岸的神社佛堂，直下三田村，继续屯兵，蓄势待发。

与近江交界的玉泷口，则有蒲生氏乡的军队七千人在奋力厮杀。日野城城主氏乡，今年刚刚二十六岁。他十三岁时就被作为人质送到了织田家，却聪明伶俐很讨信长喜欢，所以翌年便娶了信长的女儿返回了日野城。氏乡精通茶道，造诣颇深，名列"利休七哲"之一。同时又是一名受过洗礼的天主教徒，教名"里昂"。

不过，这些都是多年以后的事。此时的氏乡，仍是一位血气方刚、争强好胜的青年。他享有俸禄三万石，手下有兵马七千，有如此气性也在情理之中。加之眼下，附近的多罗尾口，正有堀久太郎秀政率领的五千兵马在奋勇冲杀。人所共知，后者乃是氏乡最有力的竞争对手。无论如何，这一仗必须赢得比秀政还要漂亮，还要风光，唯有这样，才能取得信长的信任——拔得头筹的强烈愿望占据了氏乡的大脑，令他丧失了原有的冷静沉着。尽管如此，他却始终全身心投入到战斗中，并未见丝毫心神不定之态。果然不愧是信长器重的良将。

蒲生军翻讨国境的山岭，抵达了玉泷寺，一面派出透波[1]去前方打探敌情，一面严阵以待。队伍的向导中有一个名为耳须弥次

---

[1]透波：战国大名从无籍的武士或强盗中招揽的，充当间谍或军队向导之职的人。

郎的伊贺人。他原是长门守手下的一名中忍，得到织田军入侵伊贺的消息，便早早投靠了织田军，做了私通敌军的奸细。氏乡命耳须及其手下作为透波去前方打探，一旦发现敌军的藏身之处，便会派十倍以上的兵力袭击，将之各个击破。

当伊贺的军民全都躲入了雨请山，蒲生军便在对面的稻掛山摆好阵形，将残余的敌兵也尽数赶入了雨请山中，然后放火烧山。初秋的杂木林，树叶已大都干枯变黄，一经点火，火势便迅速蔓延开来，转眼间，整座山就被熊熊的火光吞没。

雨请山山巅冒出的滚滚浓烟，连远在西山村的堀秀政也看得清清楚楚。昨日只用了一天时间，秀政的队伍就已经开到了甲贺郡小川乡，随后兵分两路，继续攻入伊贺。小川城城主多罗尾四郎兵卫率领的两千兵马从多罗尾口向音羽进发，与秀政的三千兵力会合之后又一起翻越了御齐岭，在西山村集结。

秀政时年二十九岁。与森兰丸、万见仙千代齐名，同为信长近卫中的佼佼者。他近身侍奉信长多年，长期代信长与诸国大名接触交涉。不久前更是从羽柴秀吉手中接管了长浜城，开始了自己的大名生涯。

此次攻打伊贺，也是信长对他的一次考验。不过，秀政并不心急。他从西山村派出多位使者前去周边各村游说劝降，不声不响地竟降伏了好几个村镇。

其他主将都唯信长之命是从，但秀政却拥有足够的器量和才识，更愿意用自己的头脑来进行判断。与其苦战到底，劳民伤财，还不如劝对方归降，我方也多一个盟友，岂不两全其美？他自有打算，才敢擅自派出使者劝降。此外，他还声称，若有愿意降伏者，必须带上自家珍藏的珍贵茶器前来归顺。这正是他思虑周全的地方——一旦劝降之举触怒了信长，便可立刻献上他钟爱的茶器，或许还能讨得他的欢心，令自己逃脱惩罚。

短短一个时辰的时间，岛之原一带的村村落落就有许多国侍相继投诚，阵幕之内已经摆满了大大小小的茶器。乍一看似乎没有一个能入得了信长的法眼，不过其中也确有一个难得的珍品，或许能令信长眼前一亮。这件茶器乃是河合村的一位名为田屋的国侍进献的山樱茶壶。此壶黑胎灰釉，素色图案，深色的背景下隐约可见一株繁花似锦的山樱。

"美不胜收！田屋大人，明日就由你出任先锋大将。"秀政当即就将田屋任命为武士大将，率领刚刚归顺的国侍们打头阵。粗粗算来，投诚的国侍就有八百人，比起这难得的山樱茶壶，这个数字更令秀政满意。

行动虽不如秀政雷厉风行，但表面服从信长的命令，实际上却按兵不动，驻足观望的主将，其实还有两人。一人是从长野岭攻入的织田上野介信包。他是比信长小九岁的同胞兄弟，自幼便被送与伊势的长野氏做了养子。

另一人则是筒井顺庆，人称日和见顺庆。身为大和[①]郡山城[②]城主，筒井顺庆奉命主攻笠置口和笠间口。笠置口是从伊贺沿木津川通往大和的主要通道，而笠间口则需翻越名张以西的笠间岭，相对比较隐蔽。这一日顺庆将八千人马兵分两路，命松仓丰

[①] 大和：日本古代令制国之一，属京畿地区，为五畿之一，又称和州。其领域相当于现在的奈良县。国内文化水平和生产力均较高。战国时代，筒井氏在该国势力较大，后因筒井顺昭的暴毙而逐渐衰落。随着三好氏放逐管领细川氏并掌握中央政权，其家臣松永久秀势力也逐渐扩大，并于1559年自称大和守护，开始统一大和的进程。

[②] 郡山城：位于现奈良县大和郡山市，属平山城。1559年，松永久秀入侵大和国，筒井城被占。之后，郡山城便成为了筒井顺庆军的据点之一。1580年，筒井得信长援助，重新成为大和国守护，随后弃用筒井城，扩建郡山城。

后守①领精兵五千直奔笠置口，自己则亲率三千小兵驻扎在笠间岭。

笠置口有一个著名的岩仓峡，是木津川冲刷而成的峡谷，两岸多为悬崖峭壁，地势险要。如若在此地与伊贺军的伏兵正面交战，虽我方在人数上优势明显，却也很难突破。因此，顺庆授意松仓丰后守，待到伊势和近江两军攻入，三军会师之后，再一同顺着沿河的山道向长冈山进发。此外，自己麾下的三千兵力也屯兵笠间岭，静待织田信雄的一万人马从伊势地口攻入。敌方若东面受敌，则西面的防守必会减弱。到时便能乘虚而入，最大限度地减少我方的兵力损失。

堂堂武将却畏手畏脚，瞻前顾后，难免遭人非议。然而，三十三岁的顺庆已征战沙场多年，经验丰富，作此打算自然有他的道理。顺庆乃是一国之主、大和守护代顺昭的嫡长子，两岁丧父，十二岁时大和国被松永久秀所夺，不得不藏身山野。不久，他又与三好三人众联手夺取了奈良。然而，此时松永久秀已归顺织田信长，被封了大和守护，顺庆复国无望，多年的努力化为泡影。

岂料，在他二十三岁时，久秀竟起了叛心被信长所灭。顺庆做梦也没想到，在二十八岁那一年，他竟然终于赢回了本属于自己的领国。这大起大落的人生，把他锻炼成了一个有超强忍耐力、行事慎重的武将。善于在保存我方战斗力的同时削减敌方实力，这是顺庆最大的长处。他也成为信长麾下众多武将中唯一一位，可以不费一兵一卒平定叛乱的领兵奇才。

当然，在此次攻打伊贺的战斗中采取这样保守的战术，还有

---

① 松仓丰后守：松仓重信（1538—1593），日本战国时代武将，筒井顺庆的家臣，筒井三老臣之一。长子为松仓重政。

别的原因。他不想因此得罪了伊贺忍者,为自己的领国埋下祸患。

伊贺一战可谓惨绝人寰,世人闻之无不唏嘘。仅仅一日之间,近三万人惨遭屠戮,无数村落被洗劫一空,被一把火烧成了灰烬。信长在讨伐伊势长岛和越前的一向一揆时,就曾屠杀了两三万人。而此次进攻伊贺,伤亡的程度远非上次可比,简直称得上是一场惨无人道的暴行。

当权者如此残暴,必然激起劳苦大众的反叛之心。伊贺上下,但凡有良知、有血性的国侍和忍者,谁不义愤填膺、饮恨长歌?他们聚集在上野的平乐寺和比自山,发誓就算粉身碎骨也要报这一箭之仇。

平乐寺乃是一座真言宗的古刹,建在上野城[1]的一座高台上。寺内有佛堂、佛塔数十座,规模宏大。朱漆大门更是庄严肃穆,气势恢宏。此寺素来是伊贺国侍六十六家族的集会之地。战事一起,又可在四周筑起土墙,墙上开出一个个铁炮的射击孔,形成一座牢不可破的城池。寺中有身强力壮、令人闻之胆寒的僧兵,唤作"荒法师"。除此之外又集结了大约一千二百人,只等时机成熟便要发起反攻,就算最后玉石俱焚,也要杀死更多的敌人以泄心头之恨。

另有一股力量集结在平乐寺以西半里之外的比自山。山上有座观音堂,堂中躲藏了三千五百伊贺残兵,早已严阵以待,欲与平乐寺联手夹击,打织田军一个措手不及。

伊贺军一方决定先下手为强。

三日的深夜,屯兵在佐那具驿站的蒲生氏乡大军遭到了伊贺军的夜袭。几天来的急行军和狂风骤雨般的疯狂扫荡,早已令蒲

---

[1] 上野城:位于现在的三重县伊贺市上野丸之内(属于上野公园),属平山城。又称白凤城、伊贺上野城。伊贺之乱之后,由新任城主筒井平次修复。

生军精疲力竭。将士们一个个酣睡如泥,整座军营一片死寂,夜里的守卫也十分松懈,谁也没有想到伊贺军敢来偷袭。

伊贺忍者借着夜色的掩护,将巡夜的士兵一个一个轻松了结。而原本藏身于平乐寺的一千多人则兵分三路,无声无息地杀进了军营。伊贺军首先灭掉了篝火。他们用准备好的湿布往篝火上一盖,四周顿时一片漆黑。黑暗中,他们左突右进,用手中的短枪将一个个敌人一刀毙命,身手敏捷,干净利落。

蒲生军当然试图反击,可是黑暗中也分不清是敌是友,一顿厮杀之后,竟有不少人死在了自己人手中。好不容易点燃了火把,看清了形势,伊贺军却早已消失得无影无踪。一清点,死了三百八十二人,伤了五百余人——短短半个时辰就损失近一成的兵力,氏乡欲哭无泪,气得仰天长啸。

众所周知,安营扎寨素来必在山中。若万不得已只能在平地驻扎,则务必要在军营四周围上栅栏,以确保即便遭遇突袭也能有所防备。然而,精明如蒲生氏乡,竟然也会蠢到将大队人马驻扎在柘植川的河滩上,与一头四脚朝天的待宰牲口又有何异?也许是白天的疯狂杀戮冲昏了他的头脑,令他丧失了正常的判断力。除此之外,还有什么合理的解释呢?

(此事若被信长知晓,少不了被骂得狗血淋头。)

争功心切的氏乡,想尽一切办法也要挽回此次失利。于是,天一亮他就起兵攻入了平乐寺。蒲生军将整座寺庙围了个密不透风,连一只苍蝇也飞不出去。意欲将困在里边的伊贺军一举歼灭。岂料,伊贺军也一个个抱了必死的决心,算准敌方已逼近土墙,突然打开朱漆大门奋不顾身地冲进了敌军的阵营。他们在敌阵中横冲直撞,或举枪射击,或拉弓放箭。直到弹尽粮绝,又用短枪和佩刀与敌人展开了殊死肉搏。蒲生军的包围圈眼看就要土崩瓦解，甚至主阵营也快被对方攻破，连氏乡自己也不得不亲自提枪上阵，局面实在不容乐观。

千钧一发之际，竟是泷川一益化解了这场危机。

当时一益正屯兵三田村。精通兵法的一益，发觉氏乡的战况有异，便调集兵力从大手口攻入，意欲从后方支援氏乡。赶赴战场一看，果然氏乡的主阵营岌岌可危。于是，一益赶紧派一支骑兵队从敌军的腹部横插了进去。

蒲生军得到了一丝喘息之机，立刻重振旗鼓，重新将千余名敌兵包围起来，一一斩杀。如此犹不解恨，还放火烧了平乐寺，数十间佛堂楼阁顷刻间化为乌有。寺中还有不少躲避战火的妇孺，竟无一人活着逃出山门。一个个无辜的生命在熊熊烈火中号哭、惨叫，最终化作一缕青烟。那场景，仿佛信长命人在安土城墙上画的阿鼻地狱，真的出现在了众人面前。

下一个，便是比自山。

那个做了氏乡的向导的耳须弥次郎，趁着己方攻打平乐寺的工夫，打算前往比自山探听虚实。他本想将对方的阵容勘察得清清楚楚，再借此邀功。于是带着二十几个手下，先一步蹚过了木津川。没想到，有一个忍者正一路跟踪着他，意欲取他的首级。

这个忍者便是风之甚助，他还有一个名字——夜伏甚助。他是效力于藤林长门守麾下的一名下忍，最擅长潜入敌人的城池，实乃个中高手，无人能出其右。无论戒备多么森严的地方他都能如入无人之境，宛如一阵清风般悄无声息，来无影去无踪。探听内幕、盗取密函，甚至砍掉睡梦中的敌将的脑袋，对他来讲都不过是小菜一碟。到目前为止，已经有五座城池毁在他一人之手，其手段之凶狠毒辣可想而知。不过，再厉害的高手也会有他的软肋，甚助当然也不例外。

他是一个彻头彻尾的好色之徒。

任何场所都能来去自如,这与生俱来的天赋给他带来的最大好处便是,只要遇到中意的女子,他当夜便能将她弄到手。但凡他看中的,从未失手过。他每每潜入女子的香闺,点上一支伊贺秘制的奇香,待那女子意乱神迷,昏昏睡去,便在她睡梦中霸占了她的身体。

他风流成性,又有着超凡的精力,不过三十岁竟然就有三十八个子女,也算儿女成群了。他从未婚娶,一贯独来独往,伊贺国却到处都有他的私生子。

甚助另有一项特异的本领,就是异常灵敏的嗅觉。他能够通过行房之后的女子的体味,来判断她是否受孕。而且,他的孩子也独具特点,个个乖巧可爱,机灵得像只小猴儿。村里的乡里乡亲看一眼便知是甚助的种。

谁承想,浪荡子也有坠入爱河的一天。他爱上了藤林长门守的女儿,志乃。忍者内部有十分严苛的行规,下忍与上忍之间连直接交谈都是不被允许的。这段恋情当然注定不会有结果。可是,相思成病的甚助终于还是按捺不住内心的渴望,在一个夜晚潜入了志乃的闺房,遂了自己的心愿。事后,甚助敢作敢当,向长门守坦白了实情。并发誓,只要将志乃许配给自己,多大的城池他都会不惜一切代价为长门守夺来。

长门守气得脸色煞白,浑身发抖,当即命人把甚助拖出去砍了。谁也没有想到,这个时候志乃竟站了出来,阻止父亲痛下杀手。一夜交欢,志乃已对甚助倾心不已。她手持佩剑,以死相胁,声称若长门守杀了甚助,自己也不会独活。女人心,还真是叫人难以捉摸。无可奈何的长门守只好放了甚助,但却把他赶了出去,扬言除非是立下大功,否则这一辈子都别想再回来。

只要立下大功，便可将功赎罪，迎娶志乃也就有了希望。满怀期待的甚助终于等来了织田军大举进攻伊贺这个大好时机。这么多主将的脑袋还不都任他挑选，随意宰割？不过，他偏偏决定要从叛徒耳须弥次郎下手。

对此毫不知情的弥次郎，此刻正得意洋洋地骑在马上，大摇大摆地朝比自山进发呢。他手上握有信长的亲笔书信，许诺待平定伊贺之后便会将藤林长门守所属的领地全部赏予他，他能不得意吗？

（背信弃义又如何？不择手段又如何？能达到目的才是最重要的。）

真是人不知死，车不知翻。转眼间弥次郎已来到了长田的常住寺的门前。甚助头戴斗笠身披蓑衣，扮成一个跛足乞丐的模样守在寺门前。等到身穿油光锃亮的时新铠甲的弥次郎从他面前走过，他便连滚带爬地凑上前去，双手合十，苦苦哀求道："行行好！赏几个钱儿吧！"

弥次郎手下的足轻立刻挥着枪杆想要将他赶走，甚助却敏捷地从枪杆下一钻，把蓑衣一扯，高高地临空一跃，如一头凶猛矫健的野兽一般稳稳地落到了马背上。他紧贴住弥次郎的后背，拔出随身藏好的利刃，一刀刺透铠甲，刺穿了对方的脖子。脖子被生生刺穿的弥次郎吭都没吭一声就咽了气，甚至还来不及回头看看自己到底是死在了谁的手上。

"如何？死得痛快吧？"甚助继续驱马向前，将冲上来的足轻一一斩落马下，带着弥次郎的尸首上了比自山。他来到伊贺军的阵营前，割下弥次郎的人头高高举起，一边高喊着："叛徒耳须的项上人头，风之甚助献于帐前！"一边在营内来回奔走，搜寻着长门守和志乃的身影。传闻藤林家的人全都逃到了这里，他却始终没有发现两人的踪迹。

九月六日一早，织田军兵分三路攻向比自山。

比自山是高耸于木津川西岸的一座近百丈的山峦，巍峨的山脊由南至北起伏延绵，比自山观音堂的一间间佛堂殿舍就坐落在两座巨大的山峰之上。

伊贺军早知道信长不会善罢甘休，一场恶战在所难免。早在三个月前就组成了两大阵营，其中一个集结在北峰上的长田丸，另一个则在南峰的朝屋丸排兵布阵，可谓摩拳擦掌，严阵以待。山顶上、大门外筑起了重重防线，围上栅栏，遍插上荆棘，挖好战壕。再用挖出的土垒起高高的土堡，上面压上岩石、插上圆木。又沿山脊挖了一条长长的壕沟，沟上还架了一座木桥供前后方联络之用。长田丸的主将乃是百田藤兵卫，朝屋丸的主将则是福喜多将监，武士、足轻自不必说，连妇女儿童都个个全副武装，做好了誓死一搏的准备。然而，伊贺一方的总兵力不过三千五百余人。

织田军一方则有超过两万人。蒲生氏乡和筒井顺庆的大军从正面的西莲寺口攻山，而堀秀政的大军则从后山的常住寺口攻入，目标是长田丸。伊贺国多池，西莲寺的后庭就有几个大池塘，将入寺之路一分为二。一条是通往长田丸的观音堂的参道，另一条则穿过风吕之谷通向朝屋丸的僧堂。蒲胜和筒井的军队，也不划分各自的进攻路线，而是争先恐后地沿两条路攻上山来。立功心切的蒲生氏乡抢先下达了进攻的命令，筒井军当然也不甘落后紧紧跟上。风吕之谷地势狭窄，两侧岩壁陡峭险峻。织田军的将士们将竹枝挡在身前抵御山上射来的枪弹和暗箭，一面踩着岩壁上的松根、岩缝奋力向上攀爬。

以福喜多将监为主将的伊贺军一方，却分工严密、上下一心。士兵们悄无声息地埋伏在朝屋丸正下方挖出的壕沟里，借着土堡的掩护，静静等待着敌人靠近。一旦时机成熟，便把事先准备好的巨石和大木头一齐往下推，织田军被砸得扔掉竹枝，抱头鼠窜。这一边紧接着又有三百名铁炮手上阵，一时间枪林弹雨从天而降。没了竹枝做挡箭牌的织田军，对此毫无防备。一个个被铺天盖地而来的子弹打得千疮百孔，骨碌碌地滚落山崖。

对敌人惨无人道的军队，对自己人也同样冷酷无情。尽管先头部队伤亡如此惨重，氏乡和顺庆却谁也不下令停止进攻。他们自以为敌方兵少将寡，必定撑不了多久。

然而，伊贺军虽只有区区五百人，却个个视死如归。他们用弓箭和铁炮击溃了先头部队，之后，竟打开栅门，将枪头对准敌人，齐刷刷冲了出来。由上而下遭到攻击的织田军，顿时大乱。有的人被长枪刺穿了肩头和胸膛，压在自己身后的人身上，两人一起滚下山去。有的人慌着逃命，却一脚踩空，刚好撞上从下面爬上来的自己人的枪头，被一枪刺穿。到最后，蒲生和筒井两军只为了抢夺几处安全地带，竟自相残杀起来。就这样，伊贺军将攻上来的织田军打得溃不成军，风吕之谷一时间人仰马翻、尸横遍野。

而另一边，沿参道登山，从比自山正大门攻入的军队也打得甚是艰难。大门处一左一右站着哼哈二将、大力金刚的塑像，门外两侧早已筑起长长的筑地屏。远远看去如一只展开双翅的雄鹰。此处由长田丸的主将百田藤兵卫亲自指挥作战。筑地屏的墙头和墙角开出了密密麻麻的射击孔，枪林弹雨从中倾泻而出。泥墙的瓦顶上更有弓箭手射出的火箭，一个个火球坠落到敌人的身上、脚边，顷刻间就熊熊燃烧起来。

织田军凭借着人多势众，好不容易才攻到一条空战壕。谁知伊贺兵们早已埋伏在那里，只等他们一来，便用二间长的利枪将他们一个个刺得人仰马翻。

织田军的苦头还没吃够呢。伊贺军早料到他们会逼近战壕边缘，便事先在山腰处纵向挖了一条长壕沟，并设了伏兵。经过周密计算，此处正好可以从侧面射击逼近战壕的敌人。于是，有五十名铁炮手用枯枝做掩护，早早地就埋伏在了这里。这样的壕沟还不止一处，对面山腰上也有一条，意欲待敌方大军逼近战壕，再从左右两侧同时扫射，打他个措手不及。

右侧战壕的总指挥，便是风之甚助。他杀了耳须弥次郎，立下大功。依照《举国一战总法则》顺利获得了武士的身份，并被赐姓"横山"，成为了一员统兵的大将。他带的兵，正是服部半藏手下的铁炮手。

甚助的心中早已燃烧着一把复仇之火。在织田军的疯狂扫荡下，伊贺的村村寨寨沦为一片焦土，山野田原惨遭践踏，男女老少无一幸免，竟有三万多人惨遭屠戮。自己那三十八个可爱的孩子，想必多半也难逃一劫。如此令人发指的暴行，身为骄傲而无畏的伊贺忍者，怎能容忍？

（你们谁都别想活着回去！）

甚助一动不动地蜷伏在战壕之中，手中紧紧握着一杆铁炮，静待敌人的到来。

不久，筑地屏那方传来的枪炮声渐渐变得稀疏，看来织田军终于用光了弹药。他们擂响了进兵的太鼓，声嘶力竭地大喊着发起了总攻，连手中的盾牌都扔了。就在五六百敌兵一齐冲向战壕时，正大门第二层的城楼上，也吹响了嘹亮高亢的号角，那便是示意铁炮手们开枪射击的号令。

"瞄准，射！"一声令下，左右两条战壕共百挺铁炮同时开火，子弹呼啸着从四面八方铺天盖地而来，身上那层薄薄的铠甲如何能抵挡得住？织田军东倒西歪，死伤大片。

眨眼的工夫织田军就损失了三百人以上的兵力，却并不见他们有丝毫退兵的迹象。蒲生氏乡害怕被信长斥责，下令全力冲击，若有人退却当场击毙。可想而知，冲在前面的人哪敢往后退？除了硬着头皮继续向前冲外，只有死路一条。

也有不少敌兵杀到了甚助所在的战壕。此时，伊贺兵们已用尽了手中的弹药，纷纷举起长枪冲出了战壕。与此同时，筑地屏上的铁炮也火力全开，为赤膊上阵的己方将士掩护。就连墙内的女人和孩子们也加入了战斗，将焙烙玉和石头奋力扔向敌人。

焙烙玉乃是一种将火药填入素烧圆陶壶内制成的简易炸弹，引线一旦点燃就要算准时间果断出手，这中间的间隔分寸十分难把握。若扔得过早，陶壶落到地面一摔碎便不会爆炸。可若扔得太慢，说不定还没出手就炸了。不过，伊贺的女人和孩子们却毫无惧色，几乎从未失手过。他们在引线的相应位置做上标记，在火烧到那里的一瞬间用力扔出去，焙烙玉便会准确无误地在织田军的头顶炸开，一举放倒十多个敌兵。

在后方火力的掩护下，甚助等人一面奋力抵挡着敌人的进攻，一面从大门打开的一条缝隙中退回门内。织田兵们当然认为这是一个攻入大门的大好机会，一个个大为振奋，穷凶极恶地追了上来。有大约两百人用力挤开了大门，举着枪冲了进去，岂料门内正有一个大大的陷阱在等着他们。门的内侧事先设计成钩形的虎口之势，挡住了敌人的去路。气势汹汹直往里冲的织田兵被困在门内，纷纷惨死在埋伏在墙头的伊贺军的枪下。

蒲生氏乡已经气疯了。他原以为比自山不堪一击，轻易便可拿下。谁承想竟如此顽强？眼前横七竖八地躺满了织田兵的尸体,二千?不,至少有三千!而且死伤人数还在不断增加。可是,敌方的防线却仍然没有丝毫破绽。

(再这么打下去,万一攻不下来……)

一想到信长那因为愤怒而变得铁青的脸,氏乡就浑身一哆嗦。

"冲啊!冲啊!一口气杀上山去,将这些家伙一网打尽!"氏乡一面发号施令,一面自己也攥紧缰绳,策马而上,打算亲自攻山。

筒井顺庆的马却挡在了他的前头:"这座山怕是攻不下来了,再怎么拼尽全力也是徒劳。我看,应暂时退兵,稍作休整,重新调整战术,再做打算为是。"

"现在退兵不就前功尽弃了吗?再咬牙拼一拼,定能将敌人击溃!"氏乡早已听不进别人的劝阻,仍一意孤行。

连主将都亲自驱马上山,蒲生兵们哪有不拼死一搏的道理?三千多士卒在参道两侧一字排开,形成合围之势,逐渐向正大门逼近,意欲全力总攻。

兵少将寡的伊贺军,自然无力抵挡三面夹攻。即便奋力突围,只因势单力薄,也只会被各个击破。转眼间,敌军已逼到了大门前。埋伏在空战壕中的将士们首当其冲,在敌方的凌厉攻势下死伤大半,一个接一个倒在沟底的血泊中,气绝身亡。

眼看伊贺军大势已去,长田丸内却突然吹响了号角,从朝屋丸也传来了应答之声。雄浑嘹亮的号角声在山谷间久久回荡,与此同时,在蒲生军的侧面竟突然出现了五百伊贺兵。原来,是在风吕之谷一战中大获全胜的福喜多将监,派出部分兵力前来支援。蒲生军哪里料到会有这样一招?顿时大乱,只得护着氏乡赶紧撤退。

就在同一时间,常住寺口的堀秀政也同样以大败收场。

伊贺军在后山的防守看似薄弱，实则是为了诱敌深入。等到将堀军引入峡谷深处，便切断其退路，铁炮齐射将敌人打得落花流水。当场就有六百四十五人丧命，其中大半都是投降后被任命为先锋的岛之原一带的国侍们。

到了傍晚，竟淅淅沥沥地下起雨来。漫天细雨纷纷扬扬、密密匝匝，愈发加重了黄昏时分的晦暗和阴霾。借着雨势，织田军纷纷开始撤退。万念俱灰的氏乡退至佐那具安营扎寨，而筒井顺庆也垂头丧气地退到了八幡宫①背后的长冈山，在那里驻扎下来。

一场大战之后，原本森林茂密、郁郁葱葱的比自山，到处散落着双方将士的尸体。

此战以伊贺军的完胜而告终。一日，战功赫赫的七个人成为了传说中的"比自山七勇将"，从此名载史册，流芳千古。他们便是百田藤兵卫、福喜多将监，和被称作"枪森"的森四郎左卫门，以及町井清兵卫、新弥兵卫、山田勘四郎和横山甚助，也就是风之甚助。

虽然得到了如此高的赞誉，甚助心中的仇恨之火却并未平息。他深知，织田军中战死的大多是足轻，而那些躲在后方的所谓大将们却早已全身而退，现在也许正围坐在篝火旁饮酒作乐，还不知何等快活呢。若不能亲手砍下这些家伙的脑袋，有何颜面去见自己含冤枉死的孩子们？不对！如此惨无人道的命令出自谁人之口？没错，是信长！只有砍了他的头，才算是真正报了仇。

另外，藤林长门守和志乃，至今仍不知下落。有人说，在从府邸赶往比自山的途中，二人已落入织田军之手。说是贪功心切

---

① 八幡宫：指祭祀八幡神的神宫。

的耳须弥次郎,暗中派人一直监视长门守等人的动向,织田军才得以在其必经之路设下埋伏,将他们抓获。

(这个消息恐怕不假)

甚助的直觉不会错,一定要想办法把二人救出来……

"众将士,我欲乘胜夜袭,不知各位意下如何?"甚助的一声呐喊打破了细雨中的宁静。

"什么?夜袭?"激战之后精疲力竭的国侍们,反应却不甚强烈。大部分人早已枕着头盔,横七竖八地躺在观音堂的地板上沉沉睡去。

"敌方的疲累更甚我方数倍。再加上雨夜难行,他们料定我们不会进攻,一定会放松警惕,此刻也许早已睡得像偷腥得手的汉子。难道我们不该趁热打铁,再给他们的屁股上重重一击吗?"不愧是人称"夜伏甚助"的风流浪子,说起话来还真是不知羞。可是,要想让这些筋疲力尽的男人重新充满斗志,恐怕还就非得用这种粗话不可。

"打谁的屁股?蒲生的,还是堀氏的?"

"蒲生人如其名,说不定真是蒲柳之姿,那纤纤柳腰还真想摸上一把呢。"男人们的鼻息立刻变得粗重起来。

"不!今夜应偷袭长冈山!"上一次突遭夜袭,蒲生氏乡和堀秀政的两支队伍一定加强了营地的警戒。唯有驻扎在山上的筒井顺庆的营地,方是此次夜袭的上佳选择。此外,甚助还另有打算,他欲生擒顺庆作为人质,逼迫对方交出长门守和志乃。

"没错!今夜定要让那个什么筒井连枪筒都拿不稳!"商议已定,伊贺军立刻开始行动。他们大多是能在黑暗中来去自如的忍者,迅速奔走相告,在极短的时间内便商议好了此次夜袭的具体战术。

目标，屯兵长冈山的筒井军七千人。

兵力分配，前山九品寺口，百田藤兵卫带兵五百；久米口，福喜多将监带兵三百；后山四十九院口，横山甚助带兵一百五。

行动时间，子时初刻。

行动号令，长田丸的号角声。

行动暗号，月之影。

不愧是长年受雇于各国大名，有丰富作战经验的职业忍者，他们的战术可谓无懈可击。决战之前，还需养精蓄锐、重振士气，于是伊贺军拿出珍藏多年的佳酿，一通畅饮之后便沉沉睡去了。

对此毫无防备的筒井军，当然安心在山中休养生息，仿似游山玩水的游客一般悠闲。区区几千人的伊贺军，怎会蠢到深夜入山？对此毫不怀疑的七千将士，纷纷摘掉头盔脱去铠甲，早去见了周公。

临近子时初刻，雨势越发强劲，阵阵呼啸的山风从北边刮来。斜风骤雨熄灭了营中的篝火，整座长冈山笼罩在一片伸手不见五指的黑暗之中。伊贺兵却在这个时候悄悄逼近了营帐。清一色的一袭黑衣，外披锁帷子，借着夜色和风雨的掩护，他们顺利夺取了三个进攻口。敌方的营帐外虽围着栅栏，警备却十分松散。他们用事先准备好的锯子将栅栏锯断，使之一推便倒，然后静候时机到来。

子时初刻一到，比自山长田丸传来阵阵号角，那低沉浑厚的声音打破了夜的宁静，久米口和九品寺口两处随之响起了进攻的呐喊声，夜袭开始了。周遭一片漆黑，就算已习惯了这黑暗，勉强能看见，对手也不过只是一个黑影。无奈之下唯有挥枪乱刺，刺中一个算一个。此刻的筒井军正是这般束手无策。他们虽都是身经百战的将士，一发觉遭到了夜袭便随手套上头盔、拿起武器仓促应战，但毕竟刚从睡梦中醒来，在这一片漆黑中与睁眼瞎也没什么区别。慌乱之中，他们也不管是敌是友，挥刀一通乱砍，结果好多人都死在了自己人手里。

事先商定的暗号便在这个时候发挥了作用。就这样，伊贺军凭借敏锐的直觉，成功地避开了己方将士，每一刀、每一枪都准确无误地落在了敌人的身上。

此刻，甚助正率领着一百五十人从后方向敌人的主营逼近。筒井顺庆将山顶的一座小小的神社作为自己的寝帐，四周围起阵幕。幕外，有几面战旗迎风招展。

"时机未到，少安毋躁！"甚助喝止住跃跃欲试的手下士卒，静静埋伏在主营之外。他早就计划周密。先挑选出几个特别出色的忍者，命他们带上焙烙玉去炸毁敌人的火药库。自己再趁乱揪出顺庆将他制伏。

不久，西方竟然起火了。原来是筒井军在黑暗中实在无法作战，竟然不管不顾地在八幡宫的神殿烧了一把火，借以照明。

八幡宫乃是武烈天皇①亲自下令修建的神祉，隶属于九州宇佐神宫②，是供奉神灵的圣洁庄严之地。这座神宫有着上千年的历史，是伊贺子民世世代代的精神家园。如今却遭战火荼毒，被一场大火吞噬，火光映红了大半个夜空。

突然，轰地一声巨响，仿佛是上天在宣泄着自己的愤怒，火

---

① 武烈天皇：《古事记》和《日本书纪》（以下合称"记纪"）中所记载的5世纪末的日本天皇。仁贤天皇的第一位皇子。名为小泊濑稚鹪鹩。

② 九州宇佐神宫：神龟二年（725）创建，是日本全国4万多座八幡宫的总本宫，祭祀八幡大神、比卖大神、神功皇后等。对皇室来说，其崇高地位仅次于伊势神宫。在民间亦是自古倍受崇敬的镇守之神。

药库也喷出了高高的火舌。忍者们埋下的焙烙玉在三个地方同时爆炸,装满火药的木桶被炸得飞了起来,爆炸声震耳欲聋。

"时机已到,行动!"甚助一声令下,撕开阵幕,率先冲进了主营。

顺庆安坐在高床式①的神社正殿中,头盔铠甲全副武装,端坐于床几之前。正殿周围被两百马回团团围住,再往外更有手持长枪的足轻组成的人墙,将顺庆护了个严严实实。

甚助将事先备好的焙烙玉扔了过去。这些焙烙玉经过改造,只需拔出引线便能引爆,在雨中更是威力无穷。一发、两发、三发……队伍中不断发生的爆炸令敌军大乱,一时慌不择路,东躲西藏。趁此机会,甚助一阵风似的钻进了殿内。

他的目标只有一个——顺庆。要想生擒敌军主将还要顺利逃脱,这可绝非易事。然而甚助却异常地沉着冷静。眨眼的工夫,他已蹿上了正殿的地板,一闪身躲过了顺庆的攻击,却反手一枪击中了对方的头盔。顺庆的太阳穴遭此重重一击,惨叫一声昏倒在地。甚助将他连人带甲扛在肩上,正欲飞身离去,只听得一支锋利的枪头呼啸着掠过耳畔。速度之快,攻势之凌厉,倘若甚助稍有迟疑,躲避不及,恐怕早已被那枪头削去了脑袋。

来者乃是岛佐近胜猛[2]。此人日后会成为石田三成[3]手下的一

---

[1] 高床式:在地面用柱子撑起的、挑高的地板。弥生时代的粮仓多用这种方式,后来这种建筑形式在日本房屋中被广泛应用。
[2] 岛佐近胜猛:岛清兴(1540—1600),战国至安土桃山时代武将,筒井氏、石田三成的家臣。通称佐近,民间认为其真名为胜猛。
[3] 石田三成:(1560—1600)安土桃山时代武将,幼名佐吉,又称治部少辅,近江人。深得丰臣秀吉宠信,五奉行之一,在经济、财政方面才能出众。佐和山城城主。后为除掉家康而起兵,兵败关之原,在京都被斩首。

员猛将,在关之原大战①中一战成名。不过这一日,他还只是顺庆身边的一名卫兵。

(我决不是此人的对手。)

短短一瞬,甚助就做出了判断。于是,他将顺庆挡在自己身前,用刀刃抵住了他的咽喉:"放下枪!闪开!"

"蠢货!这人不过是主将的影子武士!"甚助闻言,猛地一惊。佐近当然不会错过良机,手中的一杆片镰枪立刻瞄准甚助的右臂刺了过来。甚助只得放开顺庆,往后一闪,才勉强躲过这一枪。他赶紧掷出焙烙玉,在声声爆炸的掩护下逃出了包围圈。

此时,悠悠的号角声再次传来。甚助抬头一望,久米一带早已是火把通明。原来是别处的织田军得知长冈山危在旦夕,纷纷赶来增援了。长田丸的瞭望台早早发现了军情,旋即吹响了撤退的号角。于是,伊贺兵赶在被敌人切断退路之前,便已三三两两地消失在了茫茫夜幕之中。

翌日七日,铁青着一张脸的蒲生氏乡、筒井顺庆和堀秀政三人紧急碰头,商议对策,决定暂时按兵不动,待丹羽长秀、泷川一益的援军赶到,再发起总攻。而眼下,只能暂且严密包围比自山,以防伊贺军逃脱。

谁知,到了半夜,长田丸和朝屋丸竟然同时燃起篝火,灯火通明。"糟糕!莫不是又要来夜袭?"担心又像前夜那样主营突遭暗袭,三军主将无不心惊胆战。于是赶紧将全部兵力召回,先护住我方军营要紧。那么,包围圈自然也就不得不撤了。而躲在山

---

①关之原大战:庆长五年(1600)9月15日,在关之原,石田三成的西军和德川家康的东军之间展开的一场争夺天下的大战。诸大名皆分属东西两军,故被认为是决定天下大势的一场重要战役。因西军小早川秀秋的背叛,东军最终获胜。随后,家康掌控天下大权,庆长八年(1603)被任命为征夷大将军。

中的伊贺军，却趁此机会消失得无影无踪。他们洞悉了敌人的心理，这招"明修栈道，暗度陈仓"用得实在是高妙！

十月九日，织田信长以出巡伊贺国为由，亲自赶到前方视察军情。刚到伊贺，他就马不停蹄地登上了国见山。这座矗立在伊势、伊贺和大和三国交界处的高山，便是遭到织田信雄大军步步紧追的伊贺军的最后的藏身之所。不过半月前，就在附近柏原[①]，伊贺军刚打了一场守城之战，所以残兵极有可能躲在这座山中。信长也等不及听详细的战况，便急匆匆登上了山顶。同行的有岐阜中将信忠，和带着一众参阵公家的近卫前久，一共二百余人。

站在高近三百丈的山顶，可一览伊贺国全貌。东边有山势平缓的布引山地延绵起伏，西边则横亘着笠置山地的座座山峰。四面环山的上野盆地，狭小封闭却物产丰富。在这片富饶的土地上世代生息的八万余人，如今已有近半数成了亡魂，剩下的人虽逃得一死，却也只能逃往他国，从此无家可归，颠沛流离。

"好景致！"信长安坐在床几前，陶醉在眼前的无边美景之中，"近卫，你说呢？"兴致所至，他甚至转而询问起前久的意见。

"的确是难得一见的美景。"对信长的所作所为颇感不快的前久，回答得十分敷衍。

"这天下，是我的天下！顺我者昌，逆我者亡！"

"伊贺的子民们应该对此已刻骨铭心，深有体会了吧。"

"岂止是伊贺，日本上下六十余州，每一寸土地、每一个人都

[①] 柏原：柏原城，别名泷野十郎城。位于现三重县名张市赤目町。天正伊贺之乱中伊贺地方豪族最后据守的城池。永禄年间（1558—1570）由泷野贞清下令修筑，天正二年（1574）贞清死后，由其子十郎吉政继承。伊贺之乱中，柏原城及其周边豪族守城顽抗，却终因力竭不敌而投降。

应臣服于我。"所谓"普天之下莫非王土",信长竟然毫不掩饰地表示出这样的言外之意,同时深深看了一眼前久。

"我等也衷心祝愿大人早日平定天下。"

"我记得这座山曾与神武天皇①有过一段因缘啊。"

"传说在东征之际,神武天皇曾登临此山,一览全国之风貌。"国见山之名也由此得来。我国自古相信,"用眼睛来看"这一行为有特别的灵力。譬如男女相见便有交合之意,而帝王纵览国土,则意味着这片土地上的神灵皆已臣服于他。

"神武似乎是从纪州②一直打到这里来的吧?"

"古书中的确是如此记载的,不过实情无从得知。"前久感觉到信长的话来者不善,于是小心翼翼,避免话题深入。

"在那之前呢?他又在哪儿?"

"啊?"

"我是说,他到纪州之前又身在何处。"

"应该是在吉备③的高屿宫。"

"再之前呢?"

"安艺国④的多祁理宫。"

"再之前呢?"信长像只对老鼠穷追不舍的猫一样执着。

---

①神武天皇:记纪中所记载的日本初代天皇。名为神日本磐余彦。按神谱,他是从高天原降临的琼琼杵尊的曾孙。彦波瀲武鸬鹚草葺不合尊的第四子,母亲为玉依姬。他从日向国高千惠宫出发,经濑户内海登陆纪伊国,平定了长髓彦,于辛酉年(公元前660)在大和国的橿原宫即位。依照《日本书纪》的年份记录,明治以后将这一年作为纪元元年。亩傍山东北陵便是其陵墓。

②纪州:纪伊国,日本旧国名,又称纪国。其大部分相当于现在的和歌山县,一小部分属于现在的三重县。

③吉备:山阳地区的古代国名。大化改新之后,分成备前、备中、备后、美作四国。

④安艺国:日本旧国名,相当于现在的广岛县西部,又称艺州。

"筑紫①的冈田宫，之前在丰国②的宇佐宫，再往前便是日向③的高千穗宫。"

"再之前呢？"

"据说是从高天原④上降临人间的。"

"这个什么高天原又是什么地方？"

"据说是众神的世界，下官实在不甚了解。"

"连从哪里来都说不清楚的人，又凭什么有权统治这个国家？"

"据说是奉天照大神之命，下界管理丰苇原瑞穗之国⑤。"

"这不过是他本人的说辞而已。在他来之前，这个国家早已有人居住，信奉国津神⑥。他剿灭这些人建立了自己的国家，却谎称什么从高天原上下来的。实则与我攻打这伊贺国有什么两样？"

"倒也说不定就是这么回事。"前久已是身经百战的官场老手，信长的这点非分之辞哪里就能令他失态？

"这么说来朝廷也并非绝对不可动摇的。说不准几时就被灭了，也没什么大不了。"

"我国帝王并非凭武力治理国家。上敬重神灵，下体恤百姓，才能确保国泰民安，得万民敬仰。"

"我可不敬仰什么帝王！"信长猛地站起身来，竟撩起皮裙袴撒起尿来，晚秋的凉风直拍在他的面颊上，"近卫，你可给我听好

---

①筑紫：九州的古称。又可统指筑前（今福冈县西北部）、筑后（今福冈县南部）两国。
②丰国：日本旧国名，相当于现在的大分县的大部分。
③日向：日本旧国名，相当于现在的宫崎县。
④高天原：在日本神话中，传说天神所居之天国，由天照大神支配。与之相对，人类所居的谓之"苇原中国"，死后的世界谓之"根国"或"黄泉国"。
⑤丰苇原瑞穗之国：日本国的美称。
⑥国津神：天孙降临之前就居住在日本这片国土之上，统治着一方土地的神，又称国神。与天神（天津神）相对。

了！想保朝廷屹立不倒，凡事都得听我的。"

翌日，信长造访了织田信雄的大营。

"信雄，辛苦你了！"信长首先肯定了儿子的功劳。

"蒙父亲赞誉，儿子喜不自禁，铭记在心。"信雄的细长脸上竟泛起了潮红，这可不是他这样的身份该有的羞涩。

"如何？打胜仗的滋味不赖吧？"

"一切皆是拜父亲大人的威名所赐。儿子定当再接再厉、勇创佳绩，决不辱父亲威名。"

"阿兰，快！"

在信长的催促下，森兰丸宣读了恩赏的文书："伊贺国境内，封三郡予信雄卿，余下一郡封予上野介信包大人。其余功臣，日后另行赏赐。堀久太郎大人！"

"在！"堀秀政低着头，跪着向前挪动了一小步。

"您进献的山樱茶壶主公甚是中意。身处战场仍不失风雅之心，实在难得。"

"谢主公褒扬，微臣感戴不已。"

"蒲生氏乡大人！"

"在！"氏乡同样膝行上前。

"您领兵苦战比自山，大义可嘉。还请暂回长浜城休养生息。泷川佐近将监大人！"

"在！"

"大人的英勇无畏已传遍安土城。今日特赐您山樱茶壶以示嘉奖。请您暂回领国，尽可举办赏壶茶会。"

"主公恩赏，微臣受之有愧，实在喜出望外。"泷川一益花白的头在地上猛磕了几下，连声道谢。能得信长恩准，可以自行举办茶会，这意义可不一般呐。

"筒井法印大人！您苦战春日山①，功不可没。在高野山一战中您也拼尽了全力，主公赞赏有加。"信长得知顺庆在讨伐伊贺时曾手下留情，便勒令他搜剿逃入大和境内和春日山中的残兵。顺庆唯恐失了信长的信任，持续搜山围剿近一月之久，光是敌军主将就剿杀了七十五人。

稍后便是庆功酒宴，庆祝此次讨伐大获全胜。武将们从信长手中接过酒杯，依次传递，共叙主仆情义。之后便一如往常，大家不再讲那些虚礼客套，放开了喝，尽情地乐。在此之前，森兰丸却宣布了羽柴秀吉派人送来的最新战报。

天正五年（1577），为平定中国，秀吉出兵播磨。他首先与备前的宇喜多直家联手铲平了美作，又直逼因幡和伯耆。为抵御秀吉的进攻，毛利一方派吉川经家②驻守鸟取城与之抗衡。秀吉则于这年七月调集两万大军发动了大规模的攻城之战。

鸟取城坐落在久松山山顶，是一座易守难攻的坚固城池。城中延伸出一条大路沿雁金山山脊直达日本海，乃是补给粮草、弹药的交通要道。城中守兵三千五百有余，总指挥吉川经家更是以勇猛著称的一员名将。

秀吉深知，若采取强攻己方必然也会损兵折将、伤亡惨重。所以决定采取彻底切断粮草供给的办法，迫使对方不战而降。自去年秋天，他们就开始从鸟取城管辖范围内的商人手中大肆购买刚上市的新米，同时血洗了城周边的村落，将村民全都赶进城中。

山城本就是作为百姓的避难所而修建的。当初周边百姓也曾

---

①春日山：春日神社以东的山，与南面的高圆山相连，乃是今奈良公园的一部分。最高峰为花山，海拔497米。

②吉川经家：（1547—1581）幼名千熊丸，小太郎，吉川经安之嫡长子，官任式部少辅。毛利家家臣，出身山阴名门吉川家庶流，石见国迩摩郡福光城城主。

不辞辛劳地为修筑山城贡献力量，正是因为他们坚信，一旦遭到敌人的攻击，他们大可以逃进城中躲避战火。保护好这些百姓，是身为城主应尽的责任，吉川经家当然不可能拒绝任何一个进城避难的人。所以，他明知会面临粮草不足的大问题，仍然义不容辞地肩负起了数千名男女老幼的安危存亡。

看准这个大好时机，秀吉立即命人在城的四周筑起了重重栅栏，并派兵在各个方位严防死守，开始着手切断鸟取城的粮草供给。没过几天，对经家来讲至关重要的海上补给线，以及可从丹后的宫津城发兵增援的细川藤孝的入城之路都被彻底封锁了。

眼看着整座城一天天陷入饥饿的深渊，别说野草、树叶，就连牛马和稻苗都被饥不择食、苦苦求生的人们给吃掉了。当然，即便这些也终有被吃光的一天。不过一个月的时间，到了九月中旬，城中就开始不断有人饿死。饿得奄奄一息的人们，趴在栅栏上惨叫嚎哭、哀哀求饶。还有点儿力气的，则奋力翻过栅栏想要逃出城去。秀吉军便用铁炮将这些出逃者击落。中弹者应声倒地，立刻有一大群饿得两眼发绿的人扑将上去。还有一息尚存的人就这样被活活地割去手脚，啃得血肉模糊。如此凄惨光景宛如饿鬼传说中描写的一般，在城中竟随处可见。

围城三月——

吉川经家等人仍在苦苦支撑，只盼援军来救。可是毛利总部那边却不见有任何动静，想必是其他地方也战况吃紧，实在挪不出兵力。眼见大势已去，走投无路的经家终于做出了让步，甘愿用自己的性命，换得城中军民一条生路。眼下，双方正就投降条件进行谈判，进展得还算顺利。

听到这个消息，席间顿时沸腾起来。毛利家与石山本愿寺结盟，与织田家长年不合，本是宿敌。被信长放逐的足利十五代将军义昭逃到了毛利的领地，立刻被尊为座上宾。很明显，毛利打算伺机匡扶义昭入主京城。

与这样的对手交战，并取得了初战告捷的佳绩，无可辩驳地向世人证明，织田家一统天下的那一天已指日可待。

"儿臣有小小心意愿献与父亲大人，也借此对今日的胜绩深表祝贺。"信雄的一席话令席间众人安静下来，只见他将一个紫色布匹包裹的箱子毕恭毕敬地双手呈上。箱子中原来装着一个青铜制成的龟形香炉。炉顶上的龟匍匐在地，仰头望天，那表情、那姿态惟妙惟肖、栩栩如生，仿佛立马就会活过来似的。实在是一件巧夺天工的精品。

"此乃柏原城大将，泷野吉政①进献之物。听闻乃是唐土周王朝时传下来的珍品。"信雄率一万大军包围了柏原城，并抓获了吉政的嫡长子做人质，逼得对方缴械投降。这香炉便是吉政投降后为表诚意而进献的。

"嗬，果然是好东西！"连信长也露出了难得的微笑。香炉自然甚合他意，不过信雄如今竟也懂得审时度势，行事如此滴水不漏，更是令他欣慰。

"信忠，你看如何？"

"的确是难得的精品，儿臣拜服。"

"那我便将它赐予你，如何？讨伐武田之时，你要将它日日置于身畔，时时告诫自己决不能输给信雄。"信长早已声明，三个儿子中功劳最大者方能继承家督之位。信忠若想要夺回原本属于他的位置，就必须要在攻打武田时立下更大的战功，将信雄比下去。

"主公，微臣也有一物想要献给您。"蒲生氏乡说完，击掌示

---

① 泷野吉政：(？—1602) 伊贺国豪族。柏原城城主。幼名十郎。父泷野贞清，子龟之助，女千手姬。1581年伊贺之乱后，将柏原城让渡给筒井顺庆。

意。手下武士便从院中拖进来一个上了年纪的武士和一个妙龄少女，"这是藤林长门守和他的女儿志乃。"

长门守看上去五十上下，身形高挑瘦削。满头花白的头发束成总发，鼻梁高挺，目光锐利，可谓仪表堂堂、傲雪凌霜，的确是身为与服部和百地齐名的伊贺忍者宗家该有的气度。那志乃则不过十七八岁，生得白嫩娇小。她低着头，长长的睫毛低垂着，两手小心翼翼地护住自己的肚子。虽然还不十分显怀，但人人都看得出来她这是有了身孕。

"尔等伊贺贼子！"信长狠狠地瞪着长门守，目露凶光。多年来，织田军多次遭伊贺忍者暗算。追吧，眨眼便逃得无影无踪；不追吧，稍不留神便会被他们钻了空子，吃尽苦头。简直就像是黑夜里在耳朵边嗡嗡乱叫的蚊子，抓不住又赶不走，信长怎能不恨得牙根儿痒痒？——"你们这些终日躲在地底、见不得光的鼹鼠，如今终于暴露在光天化日之下。死到临头，你还有什么话要说？"

"还啰嗦什么？要杀要剐，悉听尊便！"长门守满脸鄙夷之色，用唾弃的口吻回敬道。

"主公打算如何处置？"眼看信长又要被激怒，氏乡连忙插嘴问了一句。

"押回安土，游街示众！再送上断头台！"信长歇斯底里的咆哮，藏身地板下的风之甚助听得一清二楚。这种临时修建的行宫，对甚助来说自然来去自如，与不设防的民宅毫无区别。他一早得到消息，信长必到此地，故而昨夜就偷偷地潜入了地板之下。一别多日，终于再次见到了志乃。没想到她已身怀六甲，大腹便便，甚助也吃惊不小。

（赫赫有名的夜伏甚助，竟然……）

半年前的偷欢之夜，他竟丝毫未察觉她已怀上了自己的骨肉。目前为止，他已经有三十八个孩子，无一例外都是在行房之夜他一闻女人的体味便已心知肚明，唯独这一次他并没有留心探察。终于能够和自己倾慕已久的女子同床共枕，他沉浸在深深的幸福和欢愉之中，甚至忘了趁夜逃走，缠绵缱绻一直到天明。

眼下面对的可是信长！一旦志乃被他带回安土，她怀有身孕之事一定会被当作丑闻四处传扬，人尽皆知。而信长，当然会心满意足地看着她被五马分尸。一定要争分夺秒，想尽一切办法把志乃救出来！甚助无声地握紧了怀中的穿甲匕首。

走出信雄的主将营之后，信长在丹羽长秀、泷川一益诸将的陪同下巡视了整个军营。随后，又于十月十二日的傍晚抵达了敢国神社[①]。

这座神社来历不凡，祭祀的是敢国津神，乃是伊贺首屈一指的神宫，备受尊崇。却在织田军讨伐伊贺的战火中，早已被摧残得面目全非。只有参道旁的两行松柏和神殿后面的长鹤池得以幸存。整座神社的废墟上，大火的痕迹依然清晰可见，触目惊心。丹羽长秀却在废墟之上建起了一座行宫，并在其四周围了一圈栅栏，专程迎接信长的到来。

伊贺境内已入冬，天气一天天冷起来。因为是四面环山的盆地，所以昼短夜长，夜里尤为寒冷刺骨。可是，负责行宫警戒的卫兵却昼夜无休。他们刚一抵达神社，便在行宫的栅栏外修了一圈小营房，每隔十间便燃起一堆篝火，防止敌人夜袭。唯有长鹤池一带，警戒较为松散。池边虽然围了一圈栅栏，却并没有派卫兵把守。

[①]敢国神社：位于现在的三重县上野市，原国币中社。主要祭祀敢国津神，随祀少彦名命、金山比咩命等，乃伊贺国第一宫。

甚助将忍者装束绑在头上顶着，轻轻松松地游过池塘，翻过栅栏，进入了神社境内。换好行头之后，他首先用头盔护颈将栅栏锯出断口，以确保身怀六甲的志乃能够尽快逃脱。白天他就已经打探清楚，二人被关在正殿一侧的马房内。剩下的，唯有静待夜深人静后卫兵放松警惕。

临近黎明，寅时初刻，甚助开始行动了。他双脚套上用厚棉布缝制而成的猫足鞋，悄无声息地溜进了马房。马可要比人警醒多了。它们生性胆小，一听到有人偷偷潜入立刻会发出惊恐的嘶鸣。所以，对忍者来说，马可比人要难对付得多。可是，甚助却大摇大摆地从马跟前儿走了过去。他的诀窍是，别让马产生怀疑，要让它们以为你不过是夜里过来巡视的人。这样就不会引起它们的骚动了。

长门守和志乃被绑在马房的角落里，双手被紧紧地缚在身后，无力地瘫倒在地上。双脚也被牢牢地捆住，绳子的一端则拴在马房的柱子上。甚助赶紧拔出匕首割断长门守的绳子，黑暗中他的身体摸上去格外的冰凉。

（长门守大人……）

甚助伸手试了试，他竟已经没了鼻息，嘴唇也失去了弹性，身体已经开始变得僵硬了。

（志乃……）

甚助心如刀割，一边无声地悲伤地呐喊着，一边摸索着试探志乃的呼吸。谢天谢地，还有气儿，脸颊也还有余温。甚助几把割断捆住她双手的绳子，将她仰面抱起，松开她小袖的前襟，伸手往她胸前一试，还能感觉到心脏微弱的跳动。

是中毒！忍者通常都随身携带着自尽用的毒药。二人一定是不甘心被带到安土受尽屈辱，所以服了毒，想在敢国神社一死了之。

眼下，要想救志乃，只有给她大量喝水，让她把腹中的毒药全部吐出来。可是，她现在如此虚弱，根本来不及把她带到后面的水池去。于是，甚助竟毅然割开了自己的手腕，用嘴吸出自己的血来，再喂进志乃的口中。他一边在心里默默地祈祷着，一边一次又一次地将自己的血注入志乃的体内。大约喂了二合左右，他才将她的身体放倒，把手伸进她喉部，并用力按压她的胸口，同时还要小心别伤着腹中的胎儿。终于，按了两三次之后，大量温热的鲜血从志乃口中喷了出来。甚助的手上沾满了呕吐物，他用手指捻了捻，却辨认不出是何种毒药。想必是上忍家独传的上等毒物。

（志乃！别死！一定要挺住啊！）

甚助使劲揉搓着志乃的身体，防止体温下降。揉搓了足足半个时辰之久，志乃才终于发出了微弱的呻吟声。阿弥陀佛，总算是把她从鬼门关抢了回来。

"是我！听得见吗？"甚助将志乃牢牢抱起，紧贴着自己的面颊。

"甚助，我就知道你、你一定会来救我的……"

"那你为何不等我？为何要服毒自尽？"

"我怎忍心让父亲大人一人上路？只能对不住你的孩子了。"志乃竟拼出最后一丝力气，想要向甚助磕头谢罪。

甚助二话不说，将志乃往自己背上一背，像绑婴儿似的把她绑在背上，跑了出去。他坚信，只要逃到水池给她喝更多的水，就一定还有得救。可是，跑着跑着，他分明感到志乃的生命正在一点点流逝。爱人和孩子正在渐渐死去，变成僵硬的尸骸，这可怕的感觉清晰地从后背传来，令他痛不欲生。

（志乃！求求你！求求你别死！）

甚助不顾一切地狂奔起来。

翌日清晨，信长即将离开敢国神社，返回安土城。同行的有织田信忠、近卫前久等共约五百人马，意欲一鼓作气驱马赶回安土。盛装出行的骑兵武士们排成两列，气宇轩昂地走在两排松柏之间的参道上。沿途还有镇守伊贺的将士们夹道欢送。

甚助藏身于最高的那棵松树上，只等着信长从树下走过。他的怀中藏着死去的志乃的一缕秀发，一只手紧握着穿甲匕首。亲手斩落信长的头颅，供于志乃的墓前，是如今支撑着甚助活下去的唯一的信念。

（来吧，快过来吧！我决不会让你活着离开伊贺！）

脚下的队列行进得飞快。遍身绫罗、全副武装的武士们依次通过参道，那么的盛气凌人，那么的不可一世。有的头盔上装饰着半月形的前立，有的戴着水牛角，有的脸上罩着般若总面[①]，有的又戴着鹫鼻形的半颊[②]……一个个标新立异的装扮，只为彰显自己的强大和无所畏惧。其中，又要数信长的装扮最为与众不同。一身黑色的南蛮甲胄配上骷髅头形的银质头盔，肩披大红色的天鹅绒斗篷，似乎在昭告世人，自己就是死神的化身。虽极为不吉利，却也的确震慑人心。

甚助耐心地等待着，等待着信长从他眼皮底下通过，他便可以像一只鼯鼠一样扑到他身上，死死地攀住他的后背，用手中的

[①]总面：铁面的一种。铁面乃是为保护面部而用铁制成的面具。覆盖整张脸的称为总面，遮挡从额头到面颊部分的称为半首，遮挡眼部以下部位的称为目下颊当，保护下颌部分的叫做颊当。

[②]半颊：目下颊当，铁面的一种，用铁板打制而成，用于遮挡从面颊到下颌部分的防护用具。

匕首刺穿他的咽喉。甚助在脑海中反复想象这一瞬间的画面，一边极力调整自己的呼吸。

来了！紧跟在身强力壮的马回之后，信长意气风发地越走越近了。十间、五间、三间……甚助计算好马的速度和树的高度，突然无声地临空而起。不快不慢、不偏不倚，甚助的身体径直朝信长飞了过去。

（抓住了！）

就在甚助自以为得手的一瞬间，他的身后传来一声枪响，右肩旋即感到一阵剧痛。开枪的是近卫前久。作为马上筒的高手，前久即时察觉到了异常情况，仅仅比甚助快了一秒，开枪射穿了他的肩头。甚助吃痛，仰身倒地，刚站起身来就被卫兵制伏了。

第八章 我,就是神

人活着,究竟是为了什么?

难道说,人生原本就没有什么意义可言?

或许是因为已到了知天命的年纪,又或许是信长公轰轰烈烈的一生感染了我,最近,我总是不知不觉地冒出这样的念头。

我受人所托,着手记录信长公晚年的生平。此事的原委,之前已向各位看官道明。

本能寺之变与朝廷,尤其是与五摄家之首近卫前久有着密切的关系。然而事后,朝廷为免除后患,竟摆出一副事不关己的姿态,将所有证据秘密销毁,又严令相关人等三缄其口。

故事还未讲到一半就将原委和盘托出,恐怕各位看官会心有不满。但是在此我还是不得不说,此次兵变之责,大半应归咎于前久公。正是他,唆使明智光秀举兵造反,杀了信长公。可就在丰臣秀吉从中国挥兵反攻,剿灭了光秀之后,他却将所有罪责推到了光秀一人身上,自己则全身而退,逃离了京城。倘若哪天前久公的奸计败露，恐怕会危及朝廷的安危存亡。因此，这一切最好是永远深埋地底，被人们彻底遗忘。当然，朝廷自有朝廷的苦衷，然而真相总归是真相，若是就这么不明不白地含混过去，又如何向子孙后人交代？

兵变以来，历史的车轮已碾过了三十五个春秋，如今已是德川幕府的天下。若不趁现在将一切记录下来，恐怕就来不及了。——那位托我写书的贵人的一番肺腑之言实在打动人心。他甚至准许我自由查阅宫中和公家现存的当时的文献资料，更是令我感到意外。

我虽出身于与近卫家同宗的公府之家，本能寺之变前后却是信长公身边的一名小姓。也许正是由于我的独特经历，那位贵人才独独选中了我。殊不知，这项任务对我而言，实在太过艰巨。

我从天正九年（1581）元月一日安土城的那场盛事着笔，写到同年十月信长出巡伊贺国，就用了足足三年的时间。

这三年间，连森坊丸大人也已离开了人世。当年，坊丸大人只身一人从本能寺逃脱，一直在京城以北的阿弥陀寺守护着信长公的陵墓。却于去年的六月二日，在信长公墓前剖腹自尽，追随主公而去。

其实，对于此事我早有不祥的预感。信长公的第三十三次忌辰法事操办妥当之后，坊丸大人就时不时地念叨，说自己的使命已经完成，是时候追随主公而去，与兄长和同僚们黄泉再见了。目睹了丰臣家的灭亡，又获知德川家康公辞世之后，他更是变得心如止水，一副"该见识的我都见识了"的姿态。尽管如此，一直挨到去年他才痛下决心，自我了断，完全是为了留着性命，好助我一臂之力。

"交给清麻吕这样的人，还不知会写出什么荒唐事儿来！"虽然他对我总没好脸色,却总是尽其所能地回忆出当时的点点滴滴,尽可能详尽地说与我听。

若我的书中写了什么他看不入眼的话,便会遭到他毫不留情的呵斥:"你就是个彻头彻尾的小杂碎!难怪只能以小人之心度君子之腹!"我当然无言以对。不过,有的地方他也会反反复复读上好几遍,直读得泪流满面,泣不成声。每当这个时候,我就会倍感安慰,仿佛得到了信长公本人的肯定和赞许。

坊丸大人的遗书中特意叮嘱,要将他的遗骨葬在主公的一侧,骨灰则撒在安土城天守阁的旧址上。为了了却他最后的心愿,前些日子,我去了一趟安土城。

时值一月中旬,安土山上一片荒凉的冬景。曲轮①内,曾经巍峨壮丽的天守阁和座座殿宇早已变成一片凄惶的杂木林,掉光了叶子的枯枝在寒风中瑟瑟发抖。大手道上的石阶也早已没了踪迹。也不知是被山上滚落的泥石掩埋了,还是被什么人刻意拆走了。总之,安土山已经变成了安土城建成之前的样子,就好像那座城从来不曾存在过。

我用拐杖拨开枯枝,从二之丸向本丸走去。曾几何时,这里有一座宏伟的宫殿,是模仿皇宫的清凉殿而建的。诚仁亲王成功即位之后,信长公曾一度希望他移居此殿。他以为,过不了多久他便可以扶植自己的义子五王子即位,自己则顺理成章地坐上太上皇之位,将整个朝廷牢牢控制在自己的手中。而今,他的勃勃野心却早已如浮云般消散殆尽,曲轮的废墟上,不过是堆积如山

---

①曲轮:城池、城郭等,用土、石等围起来的一定区域。城郭通常会在内部按照不同的机能和用途划分成一个一个小的区域。中间由木板或城墙间隔。这些区域的划分,主要就是为了万一敌人攻陷了一个区域,其他区域可以继续保持战斗状态,使战斗可以继续下去。而这种区域就被称作是"曲轮"。在近代城郭内,曲轮也被统称"丸"。

的枯黄落叶。

国破山河在，城春草木深。

——这是古代中国唐朝诗人的咏叹。

祇园精舍钟声响，诉说诸行本无常。

沙罗双树花失色，盛者必衰话沧桑。

——本朝著名的《平家物语》，也用这样的名句开篇。

置身于化作一片废墟的安土城上，我想起了这样的诗句，不禁心潮澎湃，感慨万千，不知不觉竟在萧萧北风中伫立了许久。

信长公终其一生追求的究竟是什么？他向天下人宣称：我，就是神；他将自己的权威凌驾于朝廷之上……这一切的背后，他究竟想要达到怎样的目的？这个问题，至今仍是未解之谜。它萦绕在我的心头，挥之不去。

若是邪门歪道的宗教狂徒也就罢了，已经稳坐至尊之位的一国的最高统治者，却将自己奉为神灵，命天下百姓朝拜祭祀，甚至将一块石头当作自己的御神体[1]，并命名为"盆石"。这些震惊世人的所作所为，的确是前无古人后无来者。

也因为这个原因，那些对信长公顶礼膜拜的所谓儒士，自然不愿碰触这些行为背后的深意。他们或是将之解释为信长公对自身权力的夸示，或是指出他大兴祭祀之风，不过是为了惊世骇俗、夺人眼球。总之想尽一切办法混淆视听、敷衍搪塞。

可是，这样做真的合乎情理吗？

我始终固执地认为，如果其所作所为真是我等凡夫俗子亦能洞悉明了的，那么信长公还能被称作信长公吗？

那么，各位英明的看官啊，请随我这个困惑却又执着的讲述

---

[1] 御神体：象征神灵的神圣之物，被作为礼拜的对象。古来，常用镜、剑、玉、塑像等。

者一起，追根溯源，去探寻事情最根本的原因吧！

信长公究竟是"犯上作乱的狂妄之徒"，还是"暴佞无常的混世魔王"？若果真如此，那么死后分别被尊为"丰国大神明"和"东照大权现"的秀吉公和家康公又是什么呢？

历史的因果轮回何其相似？当我们纵观古今，事情的本质自然不言自明。信长公与秀吉、家康二公，二者的区别仅仅在于两点：第一，封神之事是在生前还是生后？第二，是否得到了朝廷认可？然而，自我封神这一行为本身却并无任何本质区别。"战国三杰"都不谋而合地自封为神，并都认定若不采取这一手段便不能成功地统治这个国家。这也恰恰说明了，他们面对的是同样一个复杂而棘手的问题。

写到这里，就不得不说一说这个国家的起源。千万年前，这片国土上居住着各种不同种族的人，有的是发源于此地的原住民，也有的是别国迁徙而来的移民。他们相互间有着不同的血统、不同的语言，生活习惯也迥异。他们以山川为界，建立了各自的国家，信奉着各自的族神，彼此互不侵犯，相安无事。

然而不久之后，个别强国逐渐从这众多小国中脱颖而出，开始产生了吞并周边国家扩张势力范围的野心。正如织田、武田、北条、毛利及岛津等枭雄称霸战国乱世一样，这些强国也逐渐收服了其周边小国并将它们合而为一，形成了几个大国鼎立的局面。随后，各个大国相继确立了自己的氏神，各种族间开始通婚，语言也逐渐统一。而那些被征服的小国，则不幸沦为了大国的奴隶，终身受人奴役。他们原本的氏神也被彻底取缔，原有的语言、文化和历史也逐渐被抹杀和遗忘。

就这样，几大强国之间也进一步形成了强强对决的局势。在这腥风血雨的战争漩涡中脱颖而出的，便是神武天皇率领的朝廷军。确切年代虽已不可考，但据说朝廷军是从九州出发，沿濑户内海东进。先在河内的几场大战中大败长髓彦的军队，后又从纪州发兵采取迂回战术成功压制了大和①的各方势力。此时，大和朝廷的大军才又重新踏上了收服外族的征程，正式打响了征服日本全国的第一枪。

不久，中大兄皇子和中臣镰足②二人推行了大化改新，大和朝廷以中国唐朝为蓝本立国、建国，取得了显著成效。律令制得以完善，户籍制度也逐渐确立。然而，唯一令朝廷头疼的，便是如何为统治这个国家寻求一个令天下人信服的大义名分。一个外来的征服者，要如何主张自己的统治权的正当性？其依据又是什么？种族各异、语言不同的各方子民，要如何才能使他们凝聚成一个整体？

经过百般思量，反复权衡，朝廷最终找到了一个解决之策。他们创造了一个神话，宣称天皇是奉天照大神之命降临人间，为治理丰苇原的瑞穗之国而来。同时，为了将神话和史实联系起来，还陆续组织编写了《古事记》和《日本书纪》等书。接着，为了进一步团结各种族的子民，更是以天照大神为中心，将各族所信奉的氏神依次排序，构建了一个庞大的众神体系。"你们的氏神原本就在天照大神的管辖之下，你们当然也应该臣服于我们的天皇。"他们将这样的思想灌输给每一个子民，并使之深入人心。

所以，每逢新一任天皇即位，登基大典的最后一项仪式，便

---

①大和：此处的大和并非指令制国大和国，而是指日本历史上诞生的第一个统一的奴隶制国家政权——大和政权，发源于近畿地区，存在时间大约从三世纪到七世纪，于四世纪末五世纪初统一了日本列岛。

②中臣镰足：（614—669）日本飞鸟时代政治家，藤原氏的始祖。在大化改新前后作为中大兄皇子（后来的天智天皇）的心腹而活跃于日本政坛，为藤原氏的繁荣奠定了基础。曾受教于大儒南渊请安。皇极天皇五年（645）参与诛杀权臣苏我入鹿，推进改革。

是由宣命使立于南庭，宣读这样的诏书：

诏曰，统管四方现御神、君临八大岛国之天皇大命诏曰，集侍皇子等、王等、文武百官等，天下子民，皆应唯皇命是从。

这项仪式意义重大，乃是刚刚正式即位的天皇，面对群臣发布的第一道命令。具体内容上，历任天皇或有细微不同，但大意却基本一致。皇家来自高天原之上，奉天神之命自古就统治着这个国家。当今圣上亦会一匡天下，勤政惠民，文武百官、天下百姓也自当忠心不贰，以拳拳之心相报。

遵循神的旨意治理国家，这样的政治模式，后来逐渐演变成政教分离的形式。祭祀和政治不再完全对等，祭祀仍是皇家的职责，而政权却落入了藤原氏的手中。

随着历史的变迁，朝代的更迭，政治的实权不断转移，从藤原氏到平家，从平家再到源氏，而最终，祭祀成为了朝廷唯一可以掌控的事务。与此同时，作为支撑这个国家的精神信仰，朝廷的作用也得以代代延续，不可取代。

是否认可朝廷在祭祀上的权力？是否承认自己是奉朝廷的旨意行政治国？还是摆脱朝廷的约束，构筑一个全新的体制？面对这个两难的选择，信长公断然决定，不仅政权，祭祀权他也要夺过来，牢牢攥在自己手中。既然如此，他当然必须和朝廷一刀两断、正面交锋。

故事虽刚讲了一半，请容我斗胆将一切的结局和盘托出——这场战争，当然是以信长公的满盘皆输而告终。

他不仅中了近卫前久的圈套，殒命本能寺。甚至，他呕心沥血开辟的新政之路，也被其后继者全盘否定。后来，丰臣秀吉公荣任关白，凭借着朝廷的权威和名义才得以一统天下。而德川家康公，更是被朝廷任命为"征夷大将军"，成功建立了幕府政权。

若信长公愿意，他当然尽可以选择这样的治国之路。可是为什么，他那么坚决地要彻底推翻朝廷，与之抗衡到底呢？

理由应该有如下几条。

首先，便是我之前提到过的下克上①的问题。

下克上是战国大名们所秉持的正义。他们哪一个不是乘着下克上的洪流夺权上位？哪一个不是否定了朝廷和足利幕府的统治，自立门户，开疆辟土？下克上的战斗打到最后，显而易见，他们要对付的最后一个敌人，当然就是朝廷。持续了上百年的刀光剑影，在这战国乱世的最后，作为下克上的最终体现者的信长公和至高无上的朝廷之间这场针锋相对的激烈较量，可以说是历史的必然。

理由之二，便是天道思想。

《易经》②中常用顺应天命的仁德之人终将取代暴君成为天子的理念来解释改朝换代。得上天庇佑者方能战无不胜的思想，则与这种说法如出一辙。秉持着这样的信念，信长公戎马一生，南征北战，他的最终愿望当然是要亲手将自己送上天子的宝座。若就这样甘愿臣服于朝廷的威势，岂不等于自己否定了自己？那么，他高举天道思想的大旗建下的丰功伟业又有什么意义？

自己否定自己，这绝不是信长公的所作所为。而且就算他自己甘心妥协，那些对他忠心耿耿的家臣们也绝不会善罢甘休，一定会举兵造反。这一点，他比谁都清楚。

---

①下克上：意为地位较低之人冒犯和谋取地位较高之人的地位和权力。特指日本南北朝时代开始形成的一种下层阶级抬头的社会风潮，从室町中期到战国时代越演越烈。

②易经：《周易》，《三易》之一，是中国传统经典之一。相传是周文王姬昌所作，内容包括《经》和《传》两个部分。《经》主要是六十四卦和三百八十四爻，用作占卜之用。《传》包含解释卦辞和爻辞的七种文辞共十篇，相传为孔子所著。

"主公若下不了手，臣等愿代主公做这恶人，以了却主公的心愿。"一定会有武将毅然挺身而出，这样的忠臣没有十个也有五个。可见，天道思想早已主宰了历史的进程，它推动着历史的洪流滚滚向前，势不可挡。连信长公自己，也无法阻挡历史朝着必然的方向发展。

然而，理由绝不仅限于这两条。比起什么信念、什么思想，一定还有更大的因素在推动着信长公。身为贴身侍奉在他身边的一名小姓，这一点，我深有体会。

这最后一条理由，则与信长公的个人情感有关。

对于朝廷，信长公可谓又爱又恨。一方面，他的父亲信秀公对朝廷可以说是忠贞不贰，推崇备至。父辈的思想自然也对他造成了深远的影响。信长公深知自己与朝廷势不两立，却又不愿给父亲的牌位抹黑，内心恐怕是万般纠结、苦不堪言。

总之，千言万语说不尽这背后的紧张局势和复杂关系。那么，在这样的背景下，信长公与前久公之间的斗争究竟会如何发展呢？他与劝修寺晴子之间的苦恋又会有怎样的结果呢？各位看官，就让我继续说一说接下来这半年的动荡和巨变，带着大家去一步一步接近历史的真相吧。

天正十年（1582）开年了。

新年伊始，一场盛大的四方朝拜就在皇宫的清凉殿拉开了帷幕。

寅时，长夜未央。正亲町天皇起驾清凉殿东庭，逐一朝拜了属星、天地四方以及先皇的陵山，以祈求新的一年无病无灾、风调雨顺、幸福安康。

属星，乃是指北斗七星中与这一年相对应的那颗星，今年既是壬午年，属星则应为破军星。此星主兵乱，乃不吉之星。故而，天皇念诵祝文，祈祷一国安宁时，比往年显得更为郑重和虔诚。

据史料记载，四方朝拜的仪式始于宇多天皇[1]时期。当时，宇多天皇起用了菅原道真[2]，以遏制意图专政的藤原家的势力。同时大规模学习唐朝的礼法，借以强调和抬高天皇的权威。

专门介绍该国古代礼法的《大戴礼记》[3]一书中记载道："礼有三本"，天地乃为性之本，先祖乃为类之本，君师乃为治之本。没有天地则万物不能生存，没有先祖则人类不能繁衍，没有君师则世道混乱无人治理。故而，世人皆应上敬天、下畏地，祭先祖，敬君师，此乃礼法之三大根本。

其中，奉天承运的皇帝或天皇，更应时时刻刻克己自律，从日常起居到冠婚丧祭，一言一行皆应遵循礼法，不得有半点对天地不敬之举。

这一年之内贯穿始终的大大小小的礼法便统称为"年中行事"。一丝不苟地遵守这些礼法，乃是身为天子应尽的义务。从元月一日的四方朝拜到大年夜的追傩大典，朝廷上下事无巨细都要做到礼数周全，不敢有丝毫怠慢。

正亲町天皇今年已是六十六岁高寿了。近年来，他强撑着病弱之身主持朝政，早已萌生了退位让贤之意，无奈身在帝位，凡

---

[1]宇多天皇：(867—931)平安前期天皇，光孝天皇第七皇子，名定省。举用菅原道真，遏制藤原氏。宽平九年（897）让位，称宽平法皇。在位11年（887—897）。

[2]菅原道真：(845—903)平安前期贵族、学者。是善之子。出仕宇多天皇，深得信任，历任文章博士、藏人头、参议等职。宽平六年（894）被任命为遣唐使，却上书建议废除遣唐使制度。醍醐天皇时，成为右大臣。延喜元年（901）因藤原时平的谗言而遭贬官，殁于任地。善书法，三圣之一。长于汉诗，著有《菅家文草》、《菅家后集》等。死后被祭祀于北野天满宫，被尊为学问之神。

[3]大戴礼记：又称《大戴礼》、《大戴记》。前汉儒者戴德所撰。集合了周、秦及汉初的各种儒家礼说。共85篇，现存39篇。

事还是得依礼行事。

眼下,天皇只穿一袭单薄的黄栌染①御袍,置身寒风刺骨的庭院中,端坐在四扇屏风前的宝座上,虔诚礼拜已有半个时辰之久。

与此同时,织田信长也正在安土城中的总见寺内闭关参禅。他在被称作御神体的盆山前打了一个莲花坐,与自己的化身相对而坐,静心冥想。

此刻的信长,表面静如止水,内心世界却早已发生了翻天覆地的变化。

长久以来,他时常会觉得自己不再是自己。善与恶、美与丑、贪生与求死……所有这一切彼此矛盾的情感同时存在于他的体内,相互融合又相互抵触,沸腾着,燃烧着,在他的脑内撞击出一道道电光石火。每当这时,他便会好似发了疯一般无法控制自己的情绪,喜怒无常,理智全失。太田牛一所说的"癫狂失常",指的便是这种情况。

然而,待到一切归于平静,他便会重新恢复理智,又变得一如既往的冷静而果敢。就好像暴风雨之后一道耀眼的阳光穿过厚厚的云层,为他照亮了前路,令他再次找到了自己前进的方向。

冥冥中不知是谁的声音回响在他的耳边,为他拨云见日,为他指点迷津。正是因为听从了那个声音的指引,他才能攻无不克,战无不胜。也正是因为听从了那个声音的指引,他才能拥有如今的霸主地位。然而,这个唯命是从的自己,究竟又算什么呢?带着这样的不安和疑虑,信长在沙场拼杀多年,终于走到了今天。

然而,如今主仆关系早已颠倒,原本的那个信长被深深地隐

---

①黄栌染:一种染色的名称。用黄栌和苏枋籽荚的混合煎汁加入醋和灰汁等染制而成的黄褐色。嵯峨天皇以来,被定为天皇的束带袍的颜色,延续至今。

藏起来，想法也好，主张也罢，都与从前大不相同。而那个原本隐藏在潜意识中的声音的主人，却逐渐显露出来，主宰了他的思想和行为。

信长的容貌也随之大变。横眉立目，满脸怒容，目光犀利，令人望之胆寒。然而，他的愤怒却似乎并无特定的对象，目光也显得游离而涣散。

其实，他的心中既无丝毫迷惑，亦无半分不安。反而，他比以往任何时候都更确信："我，就是神！"这种确信令他无比自豪，同时也令他感到了无边的孤独。

既然已经成为了神，那么早已没有任何禁忌可以束缚得了信长。他尽可以君临天下，凌驾于万事万物之上，为所欲为，肆无忌惮。等他灭了武田和毛利，统一了天下，他便要将自己封为最高神，构建一个全新的众神体系，就连上天也要听命于他。至于天照大神，自然也要请她屈尊降贵，排在自己之后。这样一来，朝廷也就顺理成章地在他的支配之下了。

如何才能自封为神，令所有人心悦诚服，正是信长现在面临的最大难题。

——信长啊，这样做真的是对的吗？

耳畔隐约传来一声微弱的悲鸣。这是早已被逼入意识深处的、从前的那个信长，在试图进行最后的反抗。反抗如今这个高高在上、不可一世的、已经成了神的自己。

——以天照大神为祖神的众神体系古已有之，支撑着这个国家繁衍生息了上千年。唯有天照大神，才是将血统复杂、文化各异的多种族捆绑在一起的纽带。想想看，为了让黎民百姓认可、接受这条纽带，承认它的正统性，这一千多年来，朝廷做出了多大的努力和牺牲？仅凭一代人的力量，就想让这些努力和牺牲化为子虚乌有,又谈何容易?若你果真扯断了这条纽带,便会丧失统治这个国家的大义名分,这场平定天下的战争将永远没有终结的那一天。

眼下倒还好,凭你的实力,这样的统治少说还能维持数载。可是,你死之后呢?这统治恐怕瞬间便会分崩离析、灰飞烟灭,难道你真的无法预见吗?

正因如此,这个国家真正的执政者,哪一个不是委曲求全,以期与天照大神的体系和谐共生?源赖朝也好,足利尊氏也罢,哪一个不是被朝廷任命为征夷大将军之后,才能够成功建立幕府政权?

——信长啊,你当真要自封为神?当真要凌驾于朝廷之上?你就不怕多年努力毁于一旦,落得个死无葬身之地的下场?

千余年间,在朝廷的努力下,对天皇的崇敬早已深深植根于每一个百姓的心中。你就不怕,这份崇敬化作反叛的利刃,转而插入同为反叛者的你的胸膛?

信长微微一笑。

燕雀安知鸿鹄之志?你这个被父亲责骂,被母亲冷淡,只知道光着屁股哭鼻子的可怜虫!若不是你这般懦弱无知,我又怎会委身于你这副臭皮囊?

是我,给了你冲破一切禁忌的勇气和力量;是我,为你照亮前路为你指引方向。若没有我的帮助,你哪里活得到今天?你若要忘恩负义,忤逆我意,我必将你弃如敝屣,毫不留情。就让我这个真神的化身,来代替你去完成你无法完成的丰功伟业吧。

——你究竟是谁?为何会潜伏在我身体里?

——愚蠢至极!如今还在纠结如此可笑的问题,你又有什么资格能一睹真神的风采?

是门外的人声，打断了信长脑海中这番激烈的问答。

"主公，该来的都来了。"

"让他们在毗沙门堂等着。"连信长原本高亢激越的嗓音，也变得浑厚低沉了。

此刻，城下早已乌压压一片，聚集了数万百姓。正月间，信长将织田一门众人和邻国大名纷纷召集到安土城，命他们向自己参拜朝贺。锦衣丝履、衣冠楚楚的织田家贵公子们，勇冠三军、名扬天下的各国大名们，络绎不绝地跨过百百桥，神色肃穆地缓缓攀行在通往总见寺的参道上。为了一睹这百官朝拜的盛况，城内城下、参道两侧聚集了成千上万的百姓。参道的石阶窄得只容人蹑脚而立，两侧的斜坡更是陡峭险峻。虽然事先在两侧斜坡都垒起了防护用的石墙，却被熙熙攘攘的人群给挤垮了，竟造成了多人摔死摔伤的惨况。

以三位中将信忠和北田中将信雄为首的织田族人和众大名们，先是参观了总见寺毗沙门堂的舞台，又到摆放在院中央的盆山前磕了头。这座盆山高约一丈，仿须弥山①山形而制。不过是装饰在壁龛里的寻常之物，信长却偏偏声称它是自己的御神所化，命群臣对它三拜九叩。

接着，众人又从天主台下走过，来到了本丸御殿前的白洲②，这才见到了巍然立于殿上的信长。御殿乃是仿照大内清凉殿而建，内设御帐间③和议事厅，南殿更配有御膳房。

---

①须弥山：梵语"sumeru"的音译，又可意译为妙高山、妙光山。在佛教的世界观中，世界的中心耸立着一座高山。它高耸在海上，高达八万由旬。山顶住着帝释天，半山腰住着四大天王。周围环绕着九山八海，海面有阎浮提等四洲。日月星辰皆绕此山回转。

②白洲：宅邸的玄关前或庭院中，用白沙铺就而成的地方。

③御帐间：身份地位尊贵之人的起居之所。此处指天皇的寝宫。

信长欣然接受了群臣的朝贺，随后便亲自领着众人进了御殿。

关于这激动人心的一刻，太田牛一在他的《信长公记》中这样写道：

奉命拜见御幸之御间，深觉惶恐，有幸一睹天下万乘之主之御殿、御座，三叩九拜，诚乃三生有幸，毕生难忘之事。自御廊下至御幸间，均以丝柏树皮葺顶，金银之物装饰，日光照耀之下，殿中金碧辉煌，光芒万丈。殿内四壁、地面皆镶金铺银，殿中陈设亦多为黄金之物。金粉镶嵌的器皿，蔓草图案的地毯，格子形穹顶……满堂熠熠光辉，令人叹为观止。

这座金碧辉煌、奢华至极的宫殿，将信长公对吾皇的敬仰和忠诚表达得淋漓尽致。亲眼目睹了这一切，在场众臣对自己主公的拳拳赤诚之心自然深信不疑。然而，这座宫殿其实还隐含了信长对朝廷的嘲讽和恶意。

御殿的构造与大内的清凉殿几乎完全相同，可功用配置却正好东西对调。原本的清凉殿，东侧依次为鬼间[①]、御帐间和东中段[②]，而西侧则依次设为膳房、议事厅、下段及西中段。而安土的御殿却正好相反，东侧依次设有膳房等四个房间，西侧反而设为鬼间、御帐间等。

也许有人会说，或许是因为安土城与皇宫地形不同，所以才不得不做这样的改造。然而，事情绝非如此简单。想想看，清凉殿的配置可是依照古代宫殿的建筑规格而定的，为何要多此一举，处心积虑地反其道而行之呢？

[①]鬼间：大内清凉殿西厢的南隅的一室。与殿上相通的南侧墙壁上，绘有白泽王斩五鬼的图画，因此而得名。

[②]东中段：日本书院造房屋样式中，比上段低一段，比下段高一段的部位为中段，其东侧部分则称东中段。

理由很简单，因为信长所居住的天守阁正好在宫殿的西侧。天皇的寝殿背对天守阁，挡在他的前边，信长岂能允许这样的事发生？不仅如此，他甚至还刻意将御殿建在了从天守阁上可以遥遥俯瞰的位置。他的用意难道还不够明显吗？不就是为了向世人宣称，朝廷不过是自己属下的一名仆从而已吗？而这一日，信长如此大肆铺张，劳师动众，不过是一场虚情假意、别有用心的表演罢了。

信长命家臣们每人各献礼钱百文，待众人参观完御幸间[1]之后便亲自收了这些礼钱。然后，他背对御殿而站，用手抓起礼钱，一把接着一把地往后抛撒。面朝皇宫撒钱，众人哄抢，在民间自古就有这样的风俗。信长却故意背对宫殿，将串成串儿的百文钱向后抛撒，嘲弄和讽刺之意显而易见。

一月三日，近卫前久、信基父子二人来拜年了。

在朝中，正月三日正是最忙碌的日子。各种仪式庆典接踵而至。身为五摄家之首的近卫家，又要赴皇族各家的宴请，又要设宴招待各位王公贵族，更是迎来送往，应接不暇。可是，二人却将这些应酬都通通往后推延，直奔安土城而来。

然而，信长却一如既往，并不打算即刻接见他们："让他们在白洲等着吧。"

时值严冬，父子二人在积雪如堆棉的庭院中等了许久，才终于被带入了这座仿造的"清凉殿"，得以与信长相见。在簇新的备后面[2]的地席上，二人头戴黑色乌帽子，并排而坐。前久的坐姿甚是松散闲适，表情一如既往地泰然自若、无懈可击。信基却与以前大不相同，两颊深陷，神色凛然。

---

[1] 御幸间：原指天皇起居之所或行宫，此处指信长修建的安土城本丸御殿中的居所。
[2] 备后面：现在的广岛县的尾道、福山边等地出产的地席面，自古以品质优良著称。

"信基，别来无恙啊。"信长参拜竹生岛的第二日，阿驹惨死在他的刀下。自那以后，信基再也没有踏足安土城，算来已有八个月之久，"我看你倒是懂事了不少啊。"

"正是因为晚辈懵懂无知，才斗胆来拜访义父大人。"说话还是这么直来直去。这个年轻人，若要就此与他一刀两断、形同陌路，还真是有点可惜呢。

"近卫，我这宫殿，你看着可还满意？"

"富丽堂皇，实在世间少有。"前久不假思索地附和了一句溢美之词。

"这便是天皇宝座。待诚仁亲王成功即位，我便要请他移居此殿。"比地板高出一阶的御座间前垂着御帘，信长一边说，一边站起身来，亲手将帘子高高挑起。只见御座间内四壁和梁柱都贴满了金箔，地上纻绷锦镶边的地席铺得一丝不苟。中央挂着天皇专属的黄栌染御袍，淡淡衣香四溢开来，充满了整间屋子。

"殿下也常常提及想亲访安土城，若得知大人特意为他打造了这样一座绝世宫苑，想必定会欣喜不已。"

"信基，你曾劝我要当上日本国王，你可还记得？"

"记得，晚辈的确说过。"

"现在你的想法可有改变？"

"请恕晚辈现下无法作答。"

"你不说也罢。那就留在这里，为我当差。做我的内大臣，主持操办新任天皇的搬迁事宜，如何？"信长犀利的目光咄咄逼人，信基不禁微微颤抖起来。

日暮时分。夕阳西沉，火红的晚霞越来越淡，勾勒出比睿山起伏的山棱，如剪影一般，最后也逐渐隐没在无边的暮色中。

劝修寺晴子在二条御所的回廊上迎风而立，失神地眺望着眼前的黄昏景致。

比睿山——这座镇守王城的神山，自古备受世人敬仰。却被信长毫不留情地付之一炬，僧俗三千人无一生还。至今，信长仍不许人上山收尸，安葬遗体。据说，山上遍地遗骸，白骨森森，甚至能听到孤魂野鬼在哀哀悲泣。百姓闻之色变，哪里还有人敢冒险上山？故而，昔日风光无限的巍巍神山，如今已变成了一座人人敬而远之的魔山。

众所周知，导致信长痛下杀手，下令烧山的直接原因，是比睿山与浅井、朝仓联手，屯兵山中欲与信长抗衡。但是归根结底，还是因为信长将比睿山在近江国一带的山门领[1]强行据为己有，并坚决拒绝了比睿山提出的返还要求。于是，比睿山便通过应胤法亲王[2]向朝廷提出申诉。应胤法亲王本是比睿山三千院的住持，自然在天皇面前据理力争，终于得到了天皇的口谕，勒令信长返还领地。当然，正亲町天皇也的确认为比睿山有理在先，自然奉劝信长适可而止、做出让步。然而，信长却对此一概不予理会。这下可把比睿山惹急了，于是联手浅井、朝仓意欲将信长逐出近江。

事情发生在元龟元年（1570）九月。当时，石山本愿寺已向信长宣战，同时又以一纸檄文号召一向宗揭竿而起。信长遭两面夹击，腹背受敌，可谓陷入了山穷水尽的境地。趁此良机，比睿山发布了誓文，强烈要求信长返还所有山门领，并声明，近江国并未易主，仍是浅井氏和六角氏的领地。信长本已退兵岐阜，获

---

[1] 山门领：从属于寺院的庄园、领地。
[2] 应胤法亲王：（1531—1598）战国、织丰时代亲王，伏见宫贞敦亲王的第五王子，得彦胤入道亲王传法。天文二十二年（1553）成为天台座主。天正年间还俗。擅长书法、和歌。68岁逝。俗名尊悟。号蜻庵。

知此事后大怒，再次率大军攻破近江，火烧比睿山，前后只用了短短九个月的时间。

信长的所作所为天理难容，世人不齿，可是，独独晴子却明白他的孤独和无奈。一想到那个倚坐在桑实寺石阶上的寂寞身影，那张遗世独立的忧郁面庞，她就不由得一阵心疼，觉得这个人所做的一切都应该得到原谅。

隔着衣服，晴子轻轻地抚摸着自己的身体。当手指滑过胸口，触摸到乳房，努力掩埋在记忆深处的往事被再次唤醒，和信长在桑实寺庵堂内那黯然销魂的一幕一幕又浮现在了她的眼前。顿时，一阵剧烈的绞痛袭上心头，令她几欲昏厥。

"娘娘，水无濑大人派来的使者已经到了。"侍女房子前来禀报，晴子却充耳不闻。

"娘娘，您这是怎么了？"

"没、没什么。"晴子仍如在梦中，神情恍惚，只下意识地伸手紧了紧小袖的领口："没什么要紧。是七草送到了吧？"

"说是今年鼠曲草实在难得，只得换作耳菜勉强凑数，送进宫来。"

明日便是正月七日，乃是喝七草粥的日子。前一日，水无濑家必须备齐七草，送入宫中和亲王府上，此乃宫中惯例。然而，今年或是因为时令不佳，并未培植出像样的鼠曲草。

"将耳菜用作七草之一，说是古书中也的确有这样的记载。"

"是哪本古书里这样写的？"

"这个嘛，奴婢哪里能问得这么清楚？"房子缩了缩肥短的脖子，被问得有些不自在。她不过把使者的原话如实转达，至于古书的书名，她哪里想得到连这个也要问？

"不过，水无濑大人出身自古供奉七草的世家，想必不会有什么差池。"

"七草中独独缺了鼠曲草，让别的女房知道岂不落人笑柄？你即刻派人去我的母家，让他们务必在最短的时间内备好送入宫去。"

"既然娘娘这么说，奴婢立刻派小的去便是……"房子不服气地噘着嘴退了下去。

最近晴子事事要求依循古制，容不得半点差错，而且似乎还乐此不疲。

自从去年三月，与信长之间发生了那次意外以来，她曾一度无法自处，甚至羞于见人。倒不是为自己犯下的过错而追悔莫及，也并非为自己背叛了夫君而深深自责，虽然连她本人也深感意外。唯有违背了神佛教诲之后的羞愧，和玷辱了自己的纯洁之身之后的负疚，无时无刻不在折磨着她的身心。就这样自责自省了数月之后，她幡然领悟到，唯有尽心尽力效忠朝廷，方能弥补自己犯下的罪过。

所以，她决意此生与信长再不相见。

信长绝非一个甘于流连于女人温柔乡的男人，在桑实寺的石阶上被他用力抱起的那一刻，晴子就清楚地意识到了这一点。对信长来说，在她的身体上翻云覆雨、欲仙欲死，不过同砍下两三个敌人的脑袋一样快活。即便如此，不，应该说正因为如此，晴子才深深被信长所吸引。如若他跟那些成日里将情呀爱呀挂在嘴上的男人一样，只知甜言蜜语、海誓山盟，那么她就算咬舌自尽也绝不会让他有机可乘。

所以，就算今生再不相见，也没什么可遗憾的。从今往后，她要改头换面，过一种全新的生活。但愿有朝一日回想起前程往事，她或许会觉得与信长的这段露水姻缘，对自己来说也不失为一桩幸事。晴子既然心意已决，便从此一心一意专注于后宫事务，力求振兴古制，从内部着手，重振朝廷纲常。

所幸，劝修寺府中恰好备有鼠曲草。

芹菜、芥菜、鼠曲草、繁缕草、宝盖草、芜菁、萝莆草，当这七种春草都一一备齐，侍女们便会将它们放在砧板上，一边捣一边轻轻吟唱："青青七草兮七草离离，大唐的鸟儿啊未曾飞来，日本的鸟儿啊亦未飞过，快快采摘哟且莫迟疑。"这项仪式会彻夜不休，通宵达旦，可是至于它的由来，就连晴子也说不分明。

相传，正月六日的夜里会有一只名为姑获鸟的怪鸟徘徊空中，在幼子的衣物上滴上污秽的血渍，彻夜碓捣七草便是为了驱赶这种怪鸟。还有另一种说法，在一年之初驱逐害鸟以祝祷这一年风调雨顺、五谷丰登的祭祀古已有之，后来逐渐与年初熬食七草粥的习俗结合起来，便形成了如今的仪式。

其实，仪式原本的寓意和由来已经并不重要。这些太古时期便流传下来的仪式祭典，必须一丝不苟地传承下去，每一项仪礼、每一个细节都要做到精益求精，方能成为百姓的表率，不断提升朝廷的威信。

翌日，七草粥的庆典如期举行。由于诚仁亲王去前朝赴白马节会[①]了，所以济济一堂的只有后宫的一众妃嫔女官们。后宫中的情形也与往年有所不同。因为去年以金神之年为由推迟了让位，故而今年太子即位便已是板上钉钉之事了。新帝登基在即，今年的七草粥庆典自然非比寻常，内侍司上下忙里忙外，悉心打点，准备得可谓面面俱到。

[①]白马节会：宫廷年中行事之一。正月七日，天皇在朝中大宴群臣，左右马寮牵出马供天皇预览的仪式。起源于中国，相传在这一日看到青马能驱除一整年的邪气。该习俗传入日本后改用白马，是因为在日本将白马视为神圣之物。

内侍司乃是宫中负责管理后宫的重要机构，设有上臈局、大典侍、目目典侍等官职，而职位高低则完全取决于女官的家世。通常，上臈局出身清华家，大典侍出身名家，目目典侍则往往是羽林家之女。当年皇权显赫、朝纲严谨，皇后、女御等天皇的妃嫔和内侍司的一众女官身份有别，绝不可混为一谈。而如今，自南北朝时代以来，二者的界限却变得模糊不清了。如今国库空虚，朝廷的日子越来越艰难，实在无力承担册立皇后、册封妃嫔的庞大开销，因此，内侍司的女官们也有了给天皇侍寝的机会，地位早已今非昔比。

依照惯例，即将即位的太子应该启用一批新的女官，不过如何选拔仍需严格依据女官们的家世门楣来决定。宫里宫外，自然免不了又是一场明争暗斗。

晴子出身名家，地位较之清华家出身的上臈局略低一等。现任上臈局花山院满子千方百计才谋到这个天皇身边的位置，若再诞下个一儿半女，恐怕连小王子的皇太子之位也岌岌可危。眼下亦是如此，仪式之后的合宫大宴上，十七岁的满子竟坐在晴子的上座。对于十五岁起就侍奉在太子殿下身边的晴子来说，实在是莫大的羞辱。

满座女官们啜饮着七草粥，细嚼慢咽，个个举止优雅得体。晴子冷眼旁观，不发一言。大典侍万里小路厚子、目目典侍飞鸟雅子、勾当内侍高仓京子……她们一个个都是二八年华、风华正茂的名门闺秀。为了有朝一日能有幸被选进宫来，她们自幼便受过良好的教育，可谓琴棋书画样样精通、能歌善舞、秀外慧中。看着她们，就好像看到了从前的自己，晴子感触良多，内心郁郁难平。和这些女子坐在一起，晴子甚至觉得一旁的若草君都变得亲切可人。即将临盆的她此刻正挺着大肚子喝着粥呢。

"借此机会,我有一事告知诸位。"群宴已毕,晴子不慌不忙地开口说道。气氛立刻变得紧张起来。新选出来的一众女官立刻端正坐姿,静待下文。谁都知道,这二条御所至少眼下还是晴子说了算,若是得罪了她可没好果子吃。于是人人都收敛起笑容,一脸严肃。

这一瞬间,晴子却犹豫了。

自己刚被选到诚仁亲王的身边侍奉时,也曾被辈分高资格老的女官们百般刁难,稍有差池便会遭到苛责辱骂。这么多年过去了,即便是现在,一想到那些老宫女们搽着厚厚的白粉,神气活现的脸,她仍然恨得牙根痒痒。

(如今的我,难道也变成了那副嘴脸?干着相同的勾当?)

一想到这儿,晴子不禁对自己心生厌恶。然而,这些水葱儿似的清纯少女不久也会成为一个真正的女人。她们会争风吃醋,钩心斗角,为争夺殿下的宠爱而挖空心思,不择手段。然后,又将自己毕生的希望寄托在自己的孩子身上。若不趁现在给她们个下马威,待到她们在后宫站稳脚跟,一个个变得强大起来,到时可就难对付了。

"今日喝七草粥,乃是为了祝祷孩子们健康平安、茁壮成长。天遂人愿,下月中山亲子夫人便将迎来生产之期。本宫在此预祝夫人母子平安,一切顺利。"说着,晴子向若草君微微一颔首,其他嫔妃女官们也赶紧附和着表示祝贺。

突然成为众人的焦点,若草君一时间竟不知该如何反应,在身边侍女的提醒和催促下,才忙不迭地回了礼。

"在座各位想必也清楚,宫中已有近三百年未曾册立皇后,祖宗留下的规矩眼看便要沦为一纸空文。近年来,后宫更是一盘散沙,纲纪废弛,礼乐崩坏。甚至闹出些不大不小的丑闻,传入坊间,沦为百姓们茶余饭后的谈资。"

的确,近年来,京中有钱有势之人争相将自家女儿送入名家和羽林家做养女,再以此为跳板进得宫来,只盼有朝一日能得到圣上的宠幸。更有宫女与年轻的公府子弟私相授受,密会私通,实在闹得不成体统。此等不堪之事也不知何时竟流入坊间,极大地损伤了朝廷的威信和颜面。

"长此以往,不仅朝廷将颜面扫尽,甚至会有损皇威,一场割肉剔骨的改革势在必行。无奈目前朝廷尚无力恢复立后之制。然则,如今新帝即位,百废待兴,你我身为后宫之人,唯有上下一心,励精图治,重振纲纪,令后宫重现昔日气象。本宫所说的,在座诸位可有人反对?"晴子说着,凛然扫视一周,自然无人敢说半个不字,"既然大家都无异议,那么本宫宣布,自今日起,无论何人诞下龙种,皆应作为我的孩子由我来抚养。如此一来,便不再有母凭子贵之说,前朝的争权夺势也再不会牵扯后宫,更不会有女官之间的钩心斗角、尔虞我诈。"

晴子的这番话,无疑在向众人表明,自己才是后宫之主,虽不是皇后却胜似皇后。就连她的贴身侍女房子都没想到自己的主子会说出这样一番话来,脸上写满了惊愕和不安。不过,倒也没人有勇气敢当面和她唱反调。

"敢问娘娘,方才您说的这个规矩,是在殿下即位之后才开始施行吗?"在若草君身边伺候的丹波局壮着胆子开口问道。她主子的孩子下个月便将出世,她思忖着,也许晴了会对这个孩子网开一面吧?

"事不宜迟,越早越好。既然大家都一致同意,那么便从亲子夫人的这个孩子开始,如何?"

群宴结束之后,众人各自回房。一进房间,房子就喜滋滋地凑上前来，说道："哎呀呀，娘娘，您这一出手可真是了不得啦！"

"怎么？有何不妥吗？"

"怎么会！娘娘真是心思缜密、棋高一着，奴婢佩服还来不及呢。可是，堂堂清华家的大小姐，位分却屈居娘娘之后，她肯善罢甘休吗？"

"我可没想这么多，一心只为整顿后宫风纪。"

"娘娘的苦心，奴婢当然明白。所有皇子、皇女，无论是谁所生，只要都归娘娘一人抚养，自然不会有人再有非分之想。这三宫六院自然也会被调理得干干净净、清清白白。也不知这小脑瓜儿，什么时候变得这样聪明了！"房子说着展开双臂，想要把晴子的头拥入怀中，就像她还是个孩子时自己经常做的那样。

就在这时，障子门悄无声息地打开了，丹波局走了进来："方才所言之事，奴婢还有一事不明，特来请教。"态度虽然恭谨，言辞也算委婉，可是她那细长的眼睛里却闪烁着令人捉摸不透的光。

"有何事不明？大人请讲。"

"方才的事，殿下是否知晓？"

"后宫一应事务，殿下已交由本宫全权负责。"

"这么说，这只是晴子娘娘一人的主意？"

"如今既然已得到大家的一致赞同，稍后我便会转陈太子殿下。"

"若是这样，请恕我等不能接受娘娘定的规矩。这个规矩有违古训，有悖伦常，于理不合，于情不通。"丹波局毫不客气地抛下这么一句话，就站起身来准备离开。

"请留步！"晴子不慌不忙地挽留住她，柔声问道："为何要反对，能否细细说与我听？"

"原因不言自明，何须奴婢在此多费唇舌？天下哪有人甘愿将自己的孩儿拱手他人？即便是布衣草民、乡野村妇，怕也不会如此狠心。"

"看来，本宫只得再将众人请来，听听大家的意见了。到时，还要劳烦大人将您方才的一番肺腑之言说与在场的所有人听。"

"我家夫人即将临盆，行动多有不便，恐怕实在不方便出席。"丹波局在若草君身边侍奉多年，自然深知她性子急，沉不住气，绝非能言善辩之人。

"那就由你代你家夫人出席，倒也无妨。"

"娘娘为何执意如此？您就不怕无端生出许多是非，令后宫人心不宁吗？"

"本宫不是说了吗？只为在新帝登基之前，重振后宫风纪，恢复昔日气象。"

"可是这样一来，整个后宫岂非都在您一人的掌控之下？晴子娘娘您不就成了实际意义上的皇后？名家出身的人，是没有资格册立为皇后的，这一点您应该比谁都清楚。"若非摄关家出身的女子是不能封为皇后的，丹波局正是想以此为理由彻底将晴子驳倒。

"那就再从摄关家挑选合适的佳丽迎娶入宫吧。"

"什么？"

"你们尽可以册立她为皇后，将我的孩子也送到她的膝下做养子。如此一来，内侍司的女官们便能如过去一般专心料理后宫事务，不用再为荣宠、位分斗得你死我活了。"

"娘娘的这番话，当真是出于本心吗？"

"为重振朝纲、再兴礼乐，这点小小的牺牲必然在所难免。更何况，去年的骑兵检阅时既已出了那样的事，凭我一己之力想要护我的孩儿们周全，恐怕也绝非易事。"骑兵检阅的那一日，五王子和六王子突然无故失踪。晴子急得六神无主，正忙着四处寻找，丹波局却骗她说孩子们去了武家休憩所。只为防止晴子打扰到若草君和殿下的浓情蜜意，她竟使出这样下三烂的手段。晴子的这番话，正是在暗示丹波局，若还要执意和自己对着干，她便要将这件事摁到明面上来，好好理论理论。

傍晚，劝修寺晴丰入府拜访。这位比晴子年长九岁的哥哥，现任武家传奏官，负责公武间的往来联络。晴子在前殿的会客厅面见了他。既然要严格执行后宫中的各项规矩，晴子自当以身作则，再不可像往日那般，允许兄长自由出入内殿了。

"家里送来的鼠曲草可还派得上用场？"

"当然。多亏有兄长相助，妾身才得以保全颜面。"

"我一早听说水无濑家的准备工作有所疏漏，特命人从山科备好送来的。"晴丰每每倾力相助，解救晴子于危难之中，的确是晴子不可或缺的坚实后盾，"看样子，后宫里的纷纷扰扰，也的确令你操碎了心呐。"

"事情好不容易才有了点头绪，我可不打算就这么不了了之。我也早料到这么做会落人口实，惹来诸多非议，可是这恶人也总得有人来当，不是吗？"

"你从小就是这样的性子，一旦决定的事绝不会轻易退缩。"

"今日宫中设宴，兄长为何没出席？会不会不妥？"

"也罢，今日也难得告次假。再说，我也的确有事要找你商量。"

"何事？"晴子微微坐直，神情变得严肃起来。她想，多半是自己刚定下来的规矩惹恼了某些个女官，她们又跑到太子殿下跟前去嚼了什么舌根。

"事关安土。据说，信长公在安土城的本丸建了一座跟清凉殿极为相似的宫殿，正月里才刚在此殿中大宴群臣。"

"此举……想来,应该是为了恭贺新帝登基吧?"

"表面看来的确如此,不过近日近卫太阁造访安土城之时,信长公竟明确提出要太子殿下在即位之后即刻移居此宫。"

"什么?这成何体统?"

身为人臣却强令君主迁都,纵观前朝历史,自平清盛开此先例以来便屡见不鲜。更何况,信长公既是五王子的义父,此举不过是为扶植五王子即位做个铺垫,司马昭之心尽人皆知。

可是,虽然明知信长用意何在,晴子却难以抑制内心的狂喜和躁动。一旦移居安土城,她便能与信长朝夕相处。莫非,信长心里也有相同的打算,所以他才会有这样一番筹谋?

"那么,此事太子殿下是否已经知晓?"

"兹事体大,未敢贸然禀告殿下。"

原来,前久只命晴丰暗中透露给晴子一人。莫非,信长与晴子之间的关系,已被他看出什么端倪?

近卫府内一派银装素裹。那棵京城内外远近闻名、常被名家入画的垂枝樱,枝头上早已缀满了晶莹的白雪,甚是妖娆。不过,寒风却也分外凛冽刺骨。

近卫前久正在起坐间内,背靠着火盆,梳洗更衣,准备出门。他腰缠鹿皮行縢,足蹬皮质长靴,鞋袜间还均匀地塞满了红辣椒。要在年轻时,这点风雪对他来说根本算不了什么。可是,近些日子,他的身子骨也大不如前,受不住寒经不起冻。更别说在这样的冰天雪地里经过山科前往安土,怎会不是个令人头疼的大难题?何况,他前去安土城观看今年的左义长,昨日才刚刚返京。谁知,今日一早信长又遣使者来,命他即刻赶赴安土商议要事。

简直召之即来,挥之即去,没见过这样使唤人的!

"家门大人，随行者皆已收拾停当。"年轻的近卫前来通报。

"让他们候着！"

前久用棉制头巾包住头，穿过长长的回廊向库房走去。这间库房已被改建成了软禁室，从伊贺抓回来的横山甚助正关在里边。这个有勇无谋的男人，曾经天真地以为单枪匹马就能暗杀信长。最近，近卫没事就来看看他，已成了他的一种新乐子。

甚助依然瑟缩在库房的角落里，他每日只吃一餐，下人送进来的卧具他也从未打开过。

"肩上的伤好些了吗？"

甚助仍是双唇紧闭，一言不发。他仰面朝天，凝视着穹顶的某一点，一动也不动。

"这天寒地冻的，我又要跑一趟安土了。还不是那信长急着叫我去。早知今日，当初我就不该救他。"

当日，正是前久用马上筒将从天而降意欲暗袭信长的甚助一枪击落。当时，他正驱马走在信长身后，突觉情况有异，只凭一瞬间的反应便迅速出手。是前卫一枪射中甚助，阻止了他的进一步行动。所以，当他提出要将甚助带回京中，在天皇跟前表了功之后再另行处置时，信长竟出人意料地爽快应允了。这个男人的自尊心比谁都强，连救命恩人的请求都不答应，传出去一定会被世人耻笑——一定是这样的念头令信长做出了让步。

前久将甚助装在载行李的牛车上带回了京城，并偷偷用被捕入狱的强盗与他掉了包，想尽办法让甚助活了下来。因为直觉告诉他，总有一天他会用得上这个男人。

也许这一天已经来了——前久在心里提醒自己。信长不仅在安土城修了一座清凉殿，还强行要求新帝迁都。若继续坐视不理，那么朝廷的覆灭之期已为时不远。如若信长不知悬崖勒马，仍一意孤行，前久必定会用尽一切手段将他摧毁。

"甚助啊，我听说你在伊贺有不少私生子啊。"前久在格子门前坐了下来，继续自说自话，"不过，信长血洗伊贺之后，这些孩子全都不知去向，音讯全无了，是不是？就让我来帮你寻找他们，你可愿意？"

甚助仍然呆呆地望着穿顶，没有任何反应。

"奈良的兴福寺乃是近卫家的氏寺，与东大寺也渊源颇深。只要我一声令下，两座实力雄厚的大寺，要找几个孩子那还不是易如反掌？等我把你的孩子们全都找到，将他们带到你跟前儿，你能答应做我的心腹，为我效力吗？"

"……"

"说不准哪一天，信长便会死在我的手下。"听到前久压低嗓子说出的这句话，甚助才第一次转头看向他，"为了这一天早日到来，请你一定要助我一臂之力。手刃信长，这不也正是你的心愿吗？"甚助仍然没有作出任何回答，可是前久已经敏锐地觉察到，他的心中正进行着激烈的思想斗争。

玄关处，前来送行的家礼和门流的贵公子们早已等候在那儿。三十多个人排成两列，垂首而立，积雪已经没过了他们的脚踝。为首的有吉田兼和、山科言经[①]、劝修寺晴丰以及刚刚晋升为权中纳言的广桥兼胜等等，他们一个个都是前久一手提拔起来的侯门新贵，正是春风得意的好时候。

"家门大人，此行路途遥远，还请保重贵体。"众人齐声高呼，戴乌帽子的头齐齐垂下。

"多谢尔等前来相送。兼和！"

[①]山科言经：（1543—1611）战国到江户初期公卿。正二位，权中纳言。山科言继之子。《言经卿记》的作者。

"在！"

"关于登基之年迁宫的费用，我此去定会与之协商，你大可放心。"

"劳大人费心，下臣感激不尽。"身着狩衣①的兼和将双臂高高举起，躬身一拜。

"晴丰，我吩咐你的事你已办妥了吗？"

"是的。下臣听了您的吩咐，即刻便去了一趟二条御所。"

"言经，这次可真是给你添了不少麻烦呐。"

"家门大人言重了。但凡是大人吩咐的事，在下赴汤蹈火也在所不辞。"山科本属言经的管辖范围，为免前久在途中遭大雪所困，他一早便派了大量人手在沿途扫雪，清除障碍。

前久在大津改走水路，乘船横渡琵琶湖，终于在傍晚时分抵达了安土。城外，停靠大型船只的码头上，森兰丸早已等候多时，他带着前久一行渡过百百桥上了天守阁。到了第二层的会客厅，前久被告知须在这里稍作等候。

前久打开明障子向外眺望，城中的一排排屋顶全都盖上了厚厚的积雪。那座建在本丸的与清凉殿别无二致的宫殿，被白雪勾勒出清晰的轮廓，站在天守阁第二层便可将之一览无余。如若新帝果真移入此宫，那么堂堂一国之君，每日起居、一举一动便都在信长的眼皮子底下，与信长豢养在脚边的一条哈巴狗有什么区别？想到此处，前久只觉得百爪挠心，怒火中烧。

"近卫太阁大人，主公来了。"随着兰丸的一声通传，信长快步走了进来，径直坐上了上座。他的身后，还跟着一个五十出头

---

①狩衣：本是狩猎时穿着的服饰，平安时代成为公家常用服饰。盘领，肩宽约一幅（约一尺），腋下不缝合，用纽扣相连。搭配裙袴，衣摆垂于裙袴之外，并配以乌帽子。质地多为布，后来也用绫、绢、纱等。衣色不一。

的男人。生得短小精悍，一张猴儿脸上爬满皱纹，嘴角耷拉着几根稀疏的黄毛，勉强算是胡须吧——原来是羽柴秀吉。当年秀吉在做京都奉行时，与前久也曾有过几面之缘。见前久坐在了下首，秀吉便退至门槛下屈身而坐，以免失了礼数。

"无妨。你坐在近卫身旁便是。"信长心不在焉地说着，眼睛却并不看向这边，"猴儿此次是为宇喜多直家之事而来，机会难得，便想着让你二人见上一面。"

"秀吉大人在西国的一番作为，我在京城也时有耳闻。"前久微微颔首致意。

"承蒙大人抬爱。"秀吉中规中矩地回了一礼，转而又对信长毕恭毕敬地说道："一切全都是仰仗主公的神威！"言罢深深一拜，像只长脚蜘蛛似的整个人匍匐在地。此人行事还是如此圆滑老到，滴水不漏。

"近卫，听说毛利献了两千贯，以作新帝登基的贺礼，可有此事？"

"此事我也确有耳闻。"

"遥想十多年前，我的父亲信秀为皇宫修缮捐赠了足足四千贯。这么大一笔钱，若是用于招兵买马，恐怕尾张一国早已是他的天下。我父亲还真是愚蠢至极啊，你说呢？"

"臣以为，正是因为令尊大人心怀天下，厚德载物，织田一门才能有今日的辉煌。"

"那么，武田一门又如何？我听说信玄坊主之妻乃是出身三条家[1]，

---

[1] 三条家：藤原氏北家闲院流分出的家名，七清华之一，藤原实行的始祖。因宅邸在京都三条而得名。

且是新罗三郎义光①之后的源氏名门。在京中的名声，织田家可没法与之相提并论呀。"

信长究竟想说什么，前久总算是听明白了。

"今春，我便欲剿灭武田。"信长冷冷一笑，眼神深不可测，"至于讨伐毛利之事，全权交给猴儿及其大军便是。待平定东西两方，便行登基大礼。此前的准备事宜便交由你来负责。"

"在此之前，在下还有个不情之请。"前久的态度仍是十分谦恭。只要能维护朝廷的利益，个人的荣辱、尊卑又算得了什么？他早已做好了牺牲小我的准备，就算为信长提鞋他也在所不惜，"伊势神宫的迁宫之制，业已废弛多年。当今圣上想借此次让位的大好时机，恢复旧制，重振朝纲。还望大人体恤圣上的良苦用心。"

"阿兰，'迁宫'……是个什么东西？"

"乃是将御神体迁至新址的制度。伊势神宫每二十年便要迁宫一次，此制度古已有之。然而，近三百年来的确早已废弛。"兰丸讲解得十分言简意赅。

"既已荒废多年，为何偏偏现在要旧事重提？"

"大典之年迁宫与大尝会②齐名，同为朝廷的两大重要仪典。想在自己当政之年恢复旧制，重现朝廷礼乐的昔日辉煌，亦是当今圣上多年的心愿。"

"费用呢？"

"这一点微臣早有打算。大人只需出资一千贯，余下的经费，

---

①新罗三郎义光：源义光（1045—1127），平安后期武将。赖义的第三子。善计谋，箭术高超，善吹笙。任刑部少辅。因在新罗明神的神社前元服而得此异称。

②大尝会：天皇即位时举行的第一次新尝祭，即将进献来的当年新谷供于天照大神及各大天神地祇前的祭祀活动，是一年一度的重要祭典。

靠各方布施用不了多久便能筹足。"

"近卫，你的如意算盘打得可真够响啊！只要迁宫的费用一日筹措不足，你便可以以此为由，将让位之事不断推延，我猜得没错吧？"

一语中的！恢复迁宫旧制的确是众望所归，此言不虚，但想以此为由将诚仁亲王即位一事往后拖延，的确才是前久的真正目的所在。

"大人误会了，微臣绝无此意！身负皇恩，竟敢有如此欺君罔上之举，岂不怕遭天谴？"

"够了！无须多言。我与天照大神又没有什么深仇大恨。这就给你三千贯，尽快做好迁宫的各项准备，不得拖延！"

"大人深明大义，微臣感激不尽！"

"礼尚往来，我也正有事要有求于你。"

"大人请讲。"

"自今日起，我便任命你为太政大臣，位列公家之首，全权负责登基大典和迁都安土的各项事宜，切勿推辞！"

"此等大事，非同小可，岂是微臣的一己之念可以决定的？"

"放心，此事我已派村井知会了一条关白，绝不会有人敢提出异议，除非他不想要他的项上人头。另外，将京城旧历也一并废除了吧！从今往后都改用尾张历。"信长不愧是信长，还未等朝廷有所行动，他竟已先下手为强，将一把利刃直刺向朝廷的咽喉。

"敢问大人，这又是为何？"

"按尾张历，十二月会有闰月，然则京城旧历却似乎没有。年月日的计算方式相异，长此以往定会给往来联络造成诸多不便。"

历法自古以来便是由朝廷来制定。起初是依据百济或中国唐代所用历法而定,直到天武天皇①即位之后,才在中务省②的阴阳寮设立了历博士一职,开始逐步完善日本国自己的历法。然而,随着朝廷势力的衰弱,其颁发的诏书、法令均不能即时传达到诸国,故而渐渐地,只有京城周边地区仍严格依照阴阳寮所制定的历法行事。而地方上,诸如伊势历、尾张历、三岛历③等等,各地相继制定出符合本地气候、环境特点的历法,年月日的计算方式越来越难以统一。

故此,如何统一历法,是即将一统天下的信长所面临的一大难题。

"既然如此,微臣以为应该统一用京城原有历法,似乎更为妥当。"前久挺直腰背,气沉丹田,一字一顿地说道。

"理由何在?"

"自古以来,人间的年辰时刻向来都属朝廷的职责范围。朝廷设阴阳寮,制定历法,又任命贺茂氏一族为阴阳头④,将观天象、测阴阳的秘法世代相传。若说对本国历法及相关知识了如指掌,试问又有谁能比得过贺茂氏一族?"

通过制定历法便能准确把握天地间的阴阳更迭、万物作息,亦能充分证明朝廷对这个国家的支配权乃天神所赐。故而,每一位帝王在即位之初便会确立自己的年号。而这种权力一旦被剥

---

①天武天皇:(?—686)7世纪后叶的天皇,名曰大海人。舒明天皇的第三子。671年出家隐居吉野,其兄天智天皇驾崩后发动了壬申之乱成功篡取皇位,并于翌年在飞鸟的净御原宫登基。制定新的八色姓,改革官位制度,制定律法,编撰国史。在位14年(673—686)。

②中务省:律令制八省之一。负责天皇的贴身侍卫、宣旨、传递奏折、监修国史、女官的名册和排位、诸国的户籍和税收,寺院僧尼的记档等等。此处文官亦可带刀。

③三岛历:室町中期,应仁、文明年间,由伊豆的河合家所编制,由三岛大社颁布的,用假名、小字撰写的历书。

④阴阳头:阴阳寮的长官。

夺，则意味着从根本上否定了朝廷的权威。这已经触及了前久的底线，他绝不会做出丝毫让步。

"近卫呀，既然你把话说到这个份儿上，看来有必要好好理论理论，尾张历和京城旧历究竟哪一个更合理。你最好速速派人回京，把负责天文历法的官员给我叫来。"又是一道蓄意刁难、令人头疼的难题，仍是一副不容违抗、盛气凌人的语气。

前久拖着如灌了铅一般沉重而疲惫的双腿，返回自己下榻的斋馆。正在他沿着大手道的石阶一步一步朝着大宝坊大门走时，羽柴秀吉三步并作两步飞奔着追上前来，嘴里一边叫着："近卫大人！太阁大人！"说起奉承话来，他的嘴就跟抹了蜜似的："方才实在多有冒犯，无名小卒竟然敢与堂堂五摄家之首，天下景仰的太阁大人并排而坐，实在是僭越之至，深感惶恐。幸而大人宰相肚里能撑船，非但不与秀吉计较，还赏脸垂听我的播磨见闻，实乃小人三生有幸，必感戴终生。"不过，这个男人说话时满脸媚笑、奴颜婢骨，一望而知并非出自真心，令人不由得心生厌恶。

"你既然觉得自己的所为有僭越之嫌，想必对朝廷的位分官阶也很是看重吧？"

"这是自然！在下的母亲日夜在供奉着天照大神的神龛前双手合十、虔诚叩拜，怎敢不把朝廷的规矩放在眼里？"

"这么说，你对右府大人的所作所为也颇有不满吧？"前久冷不防抛出这么一个尖锐的问题，秀吉始料未及，顿时目瞪口呆："这、这话从何说起？"

"近段日子以来，他对朝廷的诸多做法，未免太不讲情面，想必你也早有耳闻。"

"绝无此事。要论对朝中大事的关心，无人能及主公半分。迁宫的费用他慷慨解囊；登基大典的筹备他事必躬亲，劳心劳力；

为恭迎新帝圣驾，他更是在本丸修建了那样一座宏伟气派的宫殿。他所做的一切，哪一件不是为了朝廷大事？哪一件不是为了替尊皇分忧？这一颗赤子之心，天地可鉴。大人说主公不讲情面，可真是冤枉他了！"

（秀吉，你这家伙……）

这当真是你的心里话？前久实在有些听不下去了，好不容易才强忍住，没让这句质问冲口而出。这个巧舌如簧的男人，想当初百般不受信长待见时，他亦能左右逢源，处处化险为夷。如今，就算再怎么逼他，他又怎会出言不逊，陷自身于不义？

"敢问大人今夜是否会留宿安土？"

"的确有此打算。"

"关于西国，在下还有诸多事务想向大人禀报。稍后我便会派人前去大人的下榻处迎接，还望大人赏脸，光临寒舍，与在下秉烛夜谈，共度这漫漫冬夜。"秀吉郑重其事地一鞠躬，动作像是舞台上的表演一般，略显浮夸。

大宝坊的玄关处，静静地摆放着信基的一双鞋。原以为他早已回京了，没想到仍滞留在这儿。前久只觉得心中一阵不快，便径直去了信基的房间。

信基正伏案查阅着什么。几案上零乱地散落着古籍、卷轴之类，信基埋首其间，正专心致志地誊抄着什么，前久在他身后站了许久，他竟丝毫没有察觉。

"你这是在干什么？"前久越过信基的肩头往案头上看。

"您不是回京城了吗？"信基一惊，慌忙将案前刚写了几行的纸往旁边一推。

"昨日刚回，今日又被招来了。我倒要问问你呢！为何还不回京，待在这里做什么？"

"有几个不明之事,想要翻查翻查典籍。"信基说着,伸手去整理案上散乱的书本、纸张。前久瞥见其中有一本《鹿苑院殿[1]旧事记》,记载的是足利三代将军义满当政时期的历史。

"你身为朝廷内大臣,却要助纣为虐,甘做信长的走狗吗?"

"父亲何出此言?"

"义满自封日本国王,妄图权倾朝野,只手遮天,实乃逆天而行,罔顾伦常的狂妄之徒。你却在此翻查他的'丰功伟绩',难道不是在为让信长当上日本国王做准备?"前久说着,一把抓起那本厚厚的史书,扔到信基面前,"为什么?信长如此待你,令你饱受折磨,为何你还要对他言听计从?"

"父亲你,不也对义父大人言听计从吗?"信基一脸麻木地将那本书拾起来,捧在手中。他已从阿驹惨死的痛苦深渊中解脱出来,似乎整个人都变得成熟而有城府了。

"我这是为了维护朝廷的利益,不过是逢场作戏,曲意逢迎罢了。一旦触及了我的底线,我也是绝不会让步的。"

"儿子愿为义父大人牺牲一切。"

"你说什么?"

"只有他,能将日本打造成堪与西班牙、葡萄牙匹敌的强国;只有他,能将从古至今无人敢想无人敢做的事轻而易举地变成现实……为了我日本国的百年大计,难道我们不应该鞠躬尽瘁,誓死追随义父大人吗?"

"信长甚至提出废除京城的固有历法,难道这,你也要追随吗?"

"这还不是父亲你一手造成的。正是因为你用了金神之年这一

---

[1]鹿苑院殿:足利义满的法号。

招缓兵之计,将让位一事成功推延,他才对京城的历法有了戒心。"信基简直像是着了魔一般,执意要站在信长一边,态度十分强硬。这对前久来说十分不利。

大约半个时辰之后,秀吉派来接前久的轿子已到了大门。轿子沿大手道向下而行,轿中的前久显得心事重重。

(莫非真是金神所至?)

前久不禁自问。金神、鬼门①以及八将神②等需要避讳的方位,乃是阴阳道所定,采用不同的历法也会有不同的讲究。可是前久却单凭京城历法将让位一事延期,自然会令信长产生强烈的怀疑。

秀吉的宅院毗邻大手门,正对着大手道。宅门用的乃是簇新的白木,气派而美观。秀吉亲自迎到了大门外,像个仆从似的忙前忙后、唯唯诺诺,将前久招呼进了会客厅。厅内,在上首方特为前久设了雅座,座前摆满了各色礼物,黄金、白绢、太刀等等,琳琅满目,应有尽有。

"太阁殿下大驾光临,令寒舍蓬荜生辉。"秀吉在下首深深一拜,恭恭敬敬地朗声说道。有人将金银珠宝拱手送到自己面前,有谁会舍得拒绝呢?他比任何人都更明白这个道理。

"想来,你是有求于我吧?"

"果然什么事都瞒不过大人您呐。"

"你这个老奸巨猾的家伙,真是拿你没办法。不过,有件事我要先向你问个明白。"

"大人尽管问,在下一定知无不言,言无不尽。"

---

①鬼门:又称鬼方,阴阳道中所说鬼魂出入的方位,诸事不宜。"艮"即东北方。
②八将神:掌管历法吉凶的八大神,在历书一开头便会指明当年所在之方位。这八神分别是,太岁、大将军、大阴、岁刑、岁破、岁杀、黄幡、豹尾。

"右府大人下令要比一比历法的优劣,却不知尾张一方会指派谁来主辩,你可听见了什么风声?"

"据说是安土的教会学校出身的某个学者,具体是何人在下也不得而知。"

难不成是某个精通天文的传教士?前久的心中掠过一丝不安。所谓历法,归根结底是以日月的运行规律为基准而制定的,西洋的天文学何其发达?日本的古老历学怎可与之抗衡?

"那么,你打算求我的又是何事?"

"事关足利义昭公。"原来,被信长驱逐的将军义昭如今在毛利家的庇佑下正藏身于备后。一直以来,秀吉都在着手推行劝降的工作,设法让毛利一方的武将归顺我方。然而,仍有不少人认为拥立将军的毛利一族才是正统,实在很难劝服。所以,秀吉想请天皇出面,颁布诏书,剥夺义昭的将军之位。晓以利害之后,秀吉深深叩拜于地,只等前久点头。

关于历法的论争终于在一月二十九日这一天如期举行。

关于此事,吉田兼和的日记(《兼见卿记》)中记载如下:

当年有无闰月之仪,尾张之历者,乃日唱门师者也。京都在富末孙或曰在政、久脩等应战,于安土一决胜负。

如文中所示,在政是否真是贺茂在富[1]的末代子孙,连兼和也不能确知。久脩则是指时任阴阳头的土御门久脩[2]。

为这场论争做准备,织田信长早就向弥助请教了许多与历法相关的问题。弥助常年跟随意大利传教士范礼纳诺周游各地,对

---

[1] 贺茂在富:(1490—1565)战国时代公卿、阴阳师。贺茂氏实为勘解由小路最后的家主。其父勘解由小路在重。初名在秀。

[2] 土御门久脩:(1560—1625)安土桃山到江户时代公卿、阴阳家。土御门家第31代家主,有脩之子。

西洋的天文学和历学也有很深的见解。

"这个世界为何会有白昼与黑夜之分？何为一月？又何为一年？"

面对信长的这个问题，弥助引用了一位名为哥白尼的天文学家所提出的"日心说"来作答："地球本是球形，自转一周为一日，绕太阳公转一周则为一年。地球自转形成昼夜之分，绕太阳公转则形成一年四季。同理，月球绕地球公转一周的时间则被定为一个月。"弥助一边画出太阳、地球和月亮的位置关系图，一边耐心地讲解着。他还告诉信长，当月球运行到太阳和地球之间便形成日食，而月食则是因为地球运行到太阳和月球之间而形成的。

令人难以置信的是，信长仅仅听了一遍讲解，便对这一学说的正确性深信不疑。即便是在当今的西洋，也仍将地心说奉为真理，主张哥白尼学说的人大多被视为异教徒，受尽迫害。而远在东洋的信长，却一针见血地指出了这一学说的合理之处。同时，他当然也清醒地意识到，西洋历法构建于如此先进的学说的基础之上，陈旧粗略的日本历法肯定是无法与之相提并论的。

自贞观四年（862）清和天皇①下诏启用宣明历②以来，此历已使用了七百年有余，从未经过任何改良和修订。如今，就连日食、月食的发生时间也无法准确预测了。尽管如此，世代传承历法的贺茂一族与世代研习天文星象的土御门一族却私下勾结，将历法与阴阳道混为一谈，彼此遮掩，只为确保自己家族的稳固地位。自去年前久以金神为由提出将禅让帝位一事延期以来，信长便对此事产生了怀疑，于是便派了一名通晓历法之人进入教会学

---

①清和天皇：（850—880）平安前期天皇，文德天皇第四皇子，名惟仁，又称水尾帝。因年幼即位，由其外祖父藤原良房摄政。后皈依佛门，法讳素真。在位858—876年。

②宣明历：822年，唐朝徐昂编制的太阴历，862年传入日本后一直使用了823年。

校学习西洋历法。

这场论争是在安土城天守阁的正大殿展开的。

信长带上了弥助，而近卫前久则带上了信基，各自端坐于上首，充当裁判之职。而下首方，则面对面坐着信长一方的辩手幸德井友长和朝廷一方的辩手贺茂在政、土御门久脩。

友长原本出身阴阳道世家，只因厌倦了日本历法的因循守旧和一成不变，竟毅然决然舍家弃业，投奔筒井顺庆做了一名右笔[①]。当顺庆听闻信长急需一名通晓历法之人，便推举了友长，将他派到了安土。兼和在其日记中称浓尾[②]的历者为唱门师[③]，想必也是因为对个中内情并不太清楚。

下首方的隔扇门全都被打开了，厅外更有织田家的重臣约三十人到场观战。

信长的最终目的，是要揭露京城旧有历法的虚假不实，故弄玄虚。不仅如此，更要让世人看看，多年来按部就班地依循着这套历法举行年中的庆典、祭祀，占卜吉凶的朝廷，又是何等愚蠢可笑，迂腐无知。

尽管信长深知，要统一天下必先统一历法，但他并非鼠目寸光之辈，又岂会一心只想着要以尾张的历法作为一国历法的基准？高瞻远瞩的他早已预见到，学习西洋先进的天文学知识，将其科学、完备的历法引入本国，方能为将来进军世界打下基础。他派幸德井友长去教会学校学习，正是向成功迈出的第一步。这场论战，必然会以友长的完胜而告终。信长对此深信不疑，却不想结果竟出乎他的意料。

[①]右笔：武家官职，随侍达官显贵，负责文书撰写等工作的人。
[②]浓尾：美浓和尾张。
[③]唱门师：日本中世，在百姓家门前敲响金鼓唱诵经文的俗家法师。

面对能言善辩、步步紧逼的友长，贺茂在政竟旁征博引，应对自如。他对西洋天文学知识竟也了如指掌，其学识的渊博，甚至远远超过了友长和弥助。信长未曾想到，这位六十四岁高龄的在政，才是前久为了这次论战而特意寻来的制胜法宝。

在政乃是声名显赫的阴阳博士贺茂在富的嫡长子，其博学多才早已享誉京城。然而，永禄三年（1560）与耶稣会传教士的一次偶遇，彻底改变了这位天才的一生。在政从传教士们那里学习了许多西洋天文学的相关知识，惊叹于其学说的客观严谨和正确精准。从此他痛下决心，将贺茂家世代相传的历法弃如敝屣。因此，盛怒之下的在富便废了在政的嫡子之位，收其弟之子在种做了养子，继承家业。是年，在政已四十二岁。

脱离了贺茂家身份的在政益发自在潇洒，无拘无束。不仅接受了天主教洗礼，更改名为马诺埃尔在政，从此专注于西洋天文学的研究。当他发现京城并非研究的上佳环境，便携妻儿举家搬迁，去了丰后。在政的勤勉和毅力连传教士们也纷纷自愧不如，不过用了数年时间他便掌握了西班牙语和拉丁语，读起天文学和数学的原著来也能朗朗上口，理解无误。

而另一方面，随着永禄八年（1565）在富一死，贺茂一族便断了香火。养子在种庸碌无为，阿时趋俗，早已被绝望的在富亲手斩杀。贺茂一族奉吉备真备为先祖，历法正是由他从大唐带回日本，才得以在本国传承下来的。贺茂一族绝后，对朝廷来说也是莫大的损失。于是，正亲町天皇亲指天文之道的大家土御门有春之子做了贺茂家的养子，命他再兴贺茂一族，重振历法之道。

谁知第二任养子在高仍是资质平庸，难当重任，连像样的历法都制定不出来，关于日食、月食等的记载更是与实际情况相去甚远。朝廷无法，只得暗地里又将马诺埃尔在政召回，命他从旁协助在高。此种情况已持续了五年之久，但朝廷一直秘而不宣，所以就连信长也对在政的存在一无所知。

眼看友长败局已定，论战却也告一段落，结论将在翌日公布。

"近卫啊，朝廷竟还有如此博古通今、学贯东西的学者呢！"信长揶揄道，口气中充满了懊丧和不甘，"依我看，大可以封此人为阴阳头，朝廷也改行西洋历。如此一来，日本国上下历法统一也不是什么难事了。"

"他本人再三推辞，说是年老昏聩，难当此大任。"前久简单敷衍两句，便匆匆起身告辞了。

翌日若论战继续进行，结果必然会伤了信长的脸面。若要缓和形势，前久也别无他法，就只能依信长所言，将在政任命为阴阳头。

正在双方都骑虎难下之时，二月一日从岐阜传来的一通消息，为二人解了围。使者是信忠派来的，据他说，武田家的重臣木曾义昌[1]已允诺做我方内应，机不可失，事不宜迟，应火速出兵，攻打武田。

---

[1] 木曾义昌：（1540—1595）本是信浓地区豪族，信浓四大将之一。后降服于武田信玄，娶其女为妻。在信长攻打武田时倒戈，给武田军带来巨大损失。信长死后成为德川家家臣。

系列推荐！

■ 《壬生义士传》

【日】 浅田次郎/著
周晓晴/译

文久二年（1862），日本东北爆发饥馑。藩里教师吉村贯一郎却在最困难的时候脱藩离乡，从亲人面前消失。不久，千里之外的京都新选组里迎来了一位新队员。

庆应四年（1868），伏见鸟羽之战爆发，新选组覆没。吉村贯一郎历经血战，捡得性命，盼望能够回归故里。然而等待他的，却是更加残酷的命运……

乱世飘摇中沉默的守护，一本连编辑都看哭的凡人物语！

天狗文库/推出

■ 《新选组血风录》
【日】司马辽太郎/著
张博/译

元治元年（1864）六月五日夜，新选组局长近藤勇仅率四名队士冲入京都三条小桥附近的旅店池田屋，与在此密谋的二十余名倒幕派浪人展开激战。刀光剑影惊心动魄的一晚过后，浪人死伤殆尽，新选组迎来了最巅峰的曙光。

庆应四年（1868）五月三十日，年轻的天才剑士冲田总司在江户千驮谷植木旅馆里病逝。直至最后一刻，他仍不知局长近藤勇两个月前已被处斩，新选组已成为历史，甚至武士的时代也即将过去……

幕末最强剑客集团、壬生之狼"新选组"立体群像！司马辽太郎力作！

天狗文库/推出

■《幕 末》

【日】司马辽太郎/著
尹蕾 陶霆/译

安政七年（1860）三月三日，大雪。与美国人签订通商条约的幕府大老井伊直弼，在进城觐见将军途中，被刺客暗杀于江户城樱田门外。随后，开国主张被一片"攘夷"之声淹没。武士们纷纷请缨，誓要将外国人赶出日本。

明治元年（1868）正月十五日，取回政权的明治天皇昭示天下：与友邦建交，为国际公理，需妥当处置，望万民谨记。此举掐断了企盼"攘夷"的武士们最后的希望。他们，成为了可悲的弃子。

《新选组血风录》姊妹篇，唱响幕末刺客的慷慨悲歌！

■《风林火山》
【日】井上靖/著
子安/译

　　天文十四年（1545年）正月，武田信玄挥师讨伐诹访。城破当夜，山本勘助独自步入熊熊燃烧的大厅，出现在他面前的，是诹访赖重女儿由布姬失神的双眼……那年，他五十二岁，她十五岁。
　　永禄四年（1561年）九月十日，信浓川中岛喊杀声地动山摇，刀枪剑戟遮云蔽日。勘助置身战场，迎来了他一生中最为平静的时刻。此时，他六十八岁，而她已经去世六年……

传奇军师山本勘助爱与梦想的执念！
2007年日本放送协会NHK大河剧《风林火山》原作！

天狗文库/推出

■《天地人》

【日】火坂雅志/著
子安/译

天正六年（1578年），军神上杉谦信猝死，一朝风云变色，养子景虎景胜兄弟阋墙。年仅十九岁的直江兼续临危受命，上杉家终于避免了分崩离析的命运。

庆长三年（1598年），太阁丰臣秀吉溘逝，德川家康与五奉行之一的石田三成势同水火，逐渐演变为一场席卷整个日本国的灾难。如何才能贯彻上杉谦信的遗志，同时又保全上杉一门？一篇流传千古的"直江状"，终于点燃了关原之战的导火索……

2009NHK大河剧原作！
第13届中山义秀文学奖获奖作品！
日本畅销20万册！

天狗文库/推出

天狗文库

■《花之庆次》
【日】隆庆一郎/著
吉川明静/译

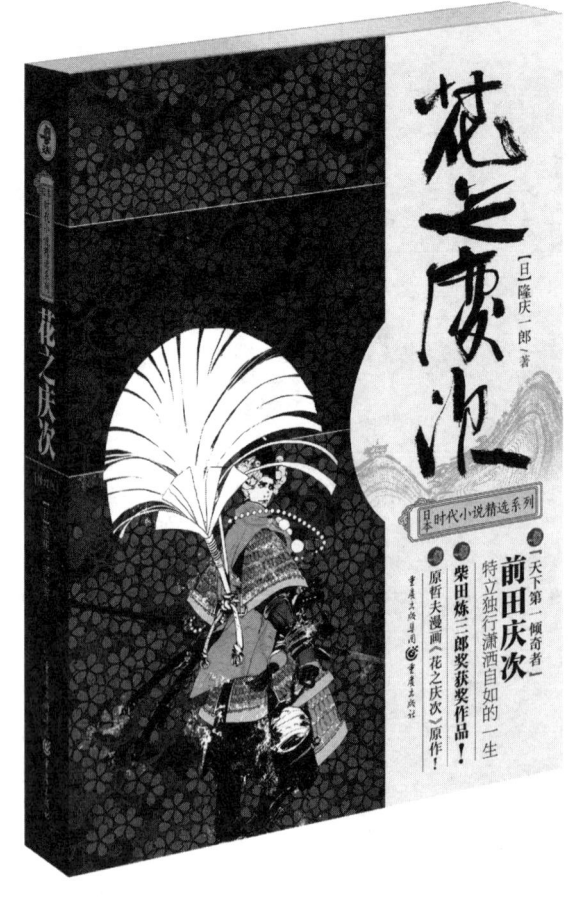

　　天正十五年（1587年），前田庆次以"无缘"为名与妻儿诀别，切断了与过沉闷生活的纽带，只身投奔自由天地。此后的十余年间，他鲜衣怒马踏遍京都、渡、会津、朝鲜，冒险、交游、嬉笑怒骂，抱得美人归。一时间，"天下第一倾者"声名大噪，尽人皆知。

　　庆长五年（1600年），关原之战进入最后关头，面对陆奥第一智将最上义光领的两万大军，势单力薄的上杉家陷入背水一战。此时，前田庆次的身影忽然出在战场……

"天下第一倾奇者"的传奇！
原哲夫经典漫画《花之庆次》原作！
第二届柴田炼三郎奖获奖作品！

天狗文库/推出